Sara Shepard

THE AMATEURS • Wer anderen eine Grube gräbt

Foto: © www.danphoto.com

DIE AUTORIN

Sara Shepard hat an der New York University studiert und am Brooklyn College ihren Magisterabschluss im Fach Kreatives Schreiben gemacht. Sie wuchs in einem Vorort von Philadelphia auf, wo sie auch heute lebt. Ihre Jugend dort hat die »Pretty Little Liars«-Serie inspiriert, die in 22 Länder verkauft wurde und die, ebenso wie ihre Reihe »Lying Game«, zum New-York-Times-Bestseller wurde. Inzwischen wird »Pretty Little Liars« mit großem Erfolg als TV-Serie bei ABC gesendet. In Deutschland wird »Pretty Little Liars« seit Mai 2014 auf Super RTL ausgestrahlt.

Mehr zur Autorin auch auf Instagram @saracshepard
Mehr zu cbt auch auf Instagram @hey_reader

Von der Autorin sind außerdem bei cbt erschienen:

Pretty Little Liars – Unschuldig (30562, Band 1)
Pretty Little Liars – Makellos (30563, Band 2)
Pretty Little Liars – Vollkommen (30564, Band 3)
Pretty Little Liars – Unvergleichlich (30565, Band 4)
Pretty Little Liars – Teuflisch (30774, Band 5)
Pretty Little Liars – Mörderisch (30775, Band 6)
Pretty Little Liars – Herzlos (30776, Band 7)
Pretty Little Liars – Vogelfrei (30777, Band 8)
Pretty Little Liars – Unerbittlich (31032, Band 9)
Pretty Little Liars – Skrupellos (31037, Band 10)

Lying Game – Und raus bist du (30800, Band 1)
Lying Game – Weg bist du noch lange nicht (30801, Band 2)
Lying Game – Mein Herz ist rein (30802, Band 3)
Lying Game – Wo ist nur mein Schatz geblieben? (30803, Band 4)
Lying Game – Sag mir erst, wie kalt du bist (30903, Band 5)
Lying Game – Und du musst gehen (30924, Band 6)

The Perfectionists – Lügen haben lange Beine (30998, Band 1)
The Perfectionists – Gutes Mädchen, böses Mädchen (31012, Band 2)

The Amateurs – Wer zuletzt stirbt (31130, Band 1)
The Amateurs – Wenn drei sich streiten (31131, Band 2)

Sara Shepard

THE AMATEURS

Wer anderen eine Grube gräbt

Aus dem Amerikanischen
von Ursula Held

cbt

Sollte diese Publikation Links auf Webseiten Dritter enthalten, so übernehmen wir für deren Inhalte keine Haftung, da wir uns diese nicht zu eigen machen, sondern lediglich auf deren Stand zum Zeitpunkt der Erstveröffentlichung verweisen.

Dieses Buch ist auch als E-Book erhältlich.

MIX
Papier aus verantwortungsvollen Quellen
FSC® C014496

Verlagsgruppe Random House FSC® N001967

1. Auflage
Deutsche Erstausgabe Februar 2020

Die Originalausgabe erschien 2018 unter dem Titel »Last Seen« bei Freeform Books, New York.
Published by arrangement with Rights People, London.

Aus dem Amerikanischen von Ursula Held
Lektorat: Ulrike Hauswaldt
Umschlaggestaltung: init | Kommunikationsdesign, Bad Oeynhausen, unter Verwendung eines Motivs Adobe Stock (OLGA, sparkia)
he · Herstellung: LW
Satz: KompetenzCenter, Mönchengladbach
Druck und Bindung: GGP Media GmbH, Pößneck
ISBN 978-3-570-31132-5
Printed in Germany

www.cbj-verlag.de

Für Clyde

Davor

Es war stockfinster in dem Schuppen. Seine Unterwäsche war durchnässt, die Haut juckte. Es roch schrecklich – ein bisschen so wie die tote Maus, die mal zu Hause unter der Veranda gelegen hatte. Er hörte das Meer, konnte aber nicht sagen, aus welcher Richtung das Rauschen kam. Er hatte das Meer nicht ein Mal gesehen, seit er hier war. Es war kein Urlaub.

Er tapste nach rechts und links und stieß gegen Buddeleimer, verrostete Fahrräder und eine platte Schwimminsel. Dinge, mit denen er nicht spielen durfte. Er dachte an die Tiere, die womöglich an ihm hochkrabbelten. Tausendfüßer, Spinnen, vielleicht sogar eine Maus. Ihm wurde ganz eng in der Brust. Die Maus hatte immer schlimmer gestunken. Erst hatte es nach Erbrochenem gerochen, dann nach etwas noch Ekligerem. Als sein Vater sie irgendwann hervorgeholt hatte, hatten da nur noch Knochen auf der Schaufel gelegen. Er war schreiend davongerannt und sein Vater war ihm hinterhergelaufen und hatte ihn in den Arm genommen. *Ich weiß*, hatte er gesagt. *So was ist nicht schön.*

Würde er seinen Vater je wiedersehen? Würde er so sein wie diese Maus?

Ihm blieb das Herz stehen. Er hockte da und legte den Kopf auf die Knie. Wenn ihn die Angst so heftig packte, half ihm nur noch, in eines der Harry-Potter-Bücher abzutauchen. Er stellte sich vor, er wäre in Hogwarts und nicht hier eingesperrt, dann hätte er Zauberkräfte, so wie Harry und seine Freunde. Dann würde er die Frau, die ihm das angetan hatte, mit einem Zauberspruch unschädlich machen. Sie würde einfach so zusammenschrumpeln und verschwinden. Und dann? Dann würde er wegrennen. Schnell. Nur weg.

Da ging die Tür auf. Er rappelte sich hoch, bekam plötzlich keine Luft mehr. Das Licht brannte ihm in den Augen. Er hielt sich die gefesselten Hände vors Gesicht.

Sie sah ihn an. Sie trug das groß geblümte Kleid, das ihr früher mal gepasst hatte. Ihre Haare hingen ihr in orangeblonden Strähnen ums Gesicht. Als sie noch seine Lehrerin gewesen war, hatte sie ihn an die freundliche Vogelscheuche aus *Der Zauberer von Oz* erinnert. Jetzt sah sie eher aus wie ein Halloween-Skelett.

»Es … es tut mir leid«, stammelte er. »Ich tu's nie wieder. Versprochen.«

Sie schnaubte nur und funkelte ihn böse an. Es gab eine Zeit, da er von alldem nichts geahnt hatte. Er hatte sie für einen ganz normalen, freundlichen Menschen gehalten. Eine nette Lehrerin, die Witze erzählte, ihm nach der Stunde ein Bonbon zusteckte und sich mit ihm über Harry Potter unterhielt. Sie meinte, ihr würden die Bücher auch gut gefallen.

Jetzt sprachen sie überhaupt nicht mehr über Harry.

»Kann ich … kann ich wieder rein?«, sagte er und deutete auf das Haus gegenüber. Er konnte es durch einen Ritz in der Tür erspähen. »Ich habe Durst.«

Sie rümpfte die Nase. *»Ich habe Durst«*, äffte sie ihn nach. »Daran bist du selber schuld.«

Seine Wangen glühten. Wie lange war er hier schon gefangen? Als sie ihn in den Schuppen gesperrt hatte, hatte er losbrüllen wollen, aber dann hatte er befürchtet, sie würde ihm etwas noch Schlimmeres antun. »Pass bloß auf«, sagte sie immer. »Ich kann auch anders. Du solltest dankbar sein, dass ich so nett zu dir bin.« Sie hatte ihm erzählt, dass seine Eltern froh wären, dass er verschwunden war; sie würden nicht nach ihm suchen. Niemand suchte nach ihm. Niemand machte sich Sorgen um ihn.

Sie hob einen Finger. »Du hättest vorher darüber nachdenken sollen, was passiert, wenn du dich so verhältst. Aber das hast du nicht. Du hast mich enttäuscht. Nach allem, was ich für dich getan habe: ausgerechnet das. Du willst weg von mir. Du glaubst, du kannst mich an der Nase herumführen.«

»Ich … ich habe doch gesagt, dass es mir leidtut.«

Er wusste, dass er nicht hätte weglaufen dürfen. Aber es hatte sich so gut angefühlt. Da draußen auf der Straße war er kein hilfloses Opfer mehr gewesen; er hatte sich in einen mutigen Helden verwandelt. In Harry Potter persönlich. Er hatte die klare, frische Luft eingesogen. Die Sommersonne hatte ihm Kraft gegeben. Als er zwei Häuser weiter an die Tür geklopft hatte, war er davon überzeugt gewesen, dass ihm die Menschen dort helfen würden.

Sie kam immer näher, fast berührten sich ihre Gesichter. Ihr Atem roch nach Kaffee, so wie bei seiner Mutter, wenn sie sich morgens über ihn beugte, um ihn für die Schule zu wecken. Er bekam furchtbares Heimweh davon, und doch wollte er diesen Geruch in sich aufnehmen – nur um sich erinnern zu können.

Als sie die Hand ausstreckte, zuckte er zusammen. Aber sie schlug ihn nicht, sondern strich ihm über die Wange. »Mein lieber Junge. Ich liebe dich. Das weißt du doch, oder?«

»Mm«, flüsterte er. Es fühlte sich widerlich an.

»Aber du warst schrecklich böse. Das muss bestraft werden.«

Die Tür schlug so heftig zu, dass der billige Plastikschuppen wackelte. »Warte!« Er hechtete nach vorn und stolperte über seine gefesselten Füße. »Nein! Bitte! Warte! Lass mich hier raus! Ich tu das nie wieder! Ich verspreche es!«

»Tut mir leid, mein Schatz.« Das Metallschloss klickte. »Aber es geht nicht anders.«

1

Seneca Frazier stand in der superkühlen, superexklusiven Lobby des Reeds Hotel in Avignon, New Jersey. Starr vor Schreck fixierte sie die Nachricht, die sie gerade eben empfangen hatte.

Versucht erst gar nicht, uns zu finden. Wir sind weg.

»Ich glaub das nicht«, flüsterte Maddox Wright. Er rieb sich über die sonnenverbrannte Nase und strich sich seine ausgewachsenen braunen Haare aus den Augen. »Meinst du wirklich, das kommt von Brett?«

Seneca malmte derart heftig mit den Kiefern, als wollte sie ihre Zähne zu Pulver zerstoßen. »Garantiert. Aber was hat das zu bedeuten?«

Seneca, Maddox, seine Stiefschwester Madison und ihre Freunde Aerin Kelly und Thomas Grove waren seit einer Woche in ein Katz-und-Maus-Spiel mit Brett Grady verwickelt. Wieder einmal. Krasserweise war Brett anfangs ihr Freund gewesen, er hatte sogar ihrem zusammengewürfelten Ermittlerteam angehört. Kennengelernt hatten sie sich auf einer Website namens *Offene Fälle*, die sich mit ungelösten Kriminalfällen beschäftigte. Bei ihrem ersten Fall hatten sie herausfinden wollen, was mit Aerins Schwester Helena Kelly geschehen war. Helenas sterbliche Überreste waren Jahre nach ihrem rätselhaften Verschwinden in einem Park gefunden worden. Brett hatte sich in die Ermittlungen eingebracht, sie hatten ihm vertraut. Er hatte Einblick. Er konnte zuhören. Und so mischte er mit bis zum Schluss – bis sie glaubten, sie hätten Helenas Mörderin gefunden: Marissa Ingram, deren Mann eine Affäre mit Helena gehabt hatte.

Damals hatten sie keine Ahnung, dass Brett die Ermittlungen gesteuert hatte. Dass er sie alle dahin gelockt hatte, wo er sie haben wollte. Denn er selbst hatte Helena umgebracht. Doch dann war er von der Bildfläche verschwunden, bevor Seneca die Zusammenhänge erkannt hatte. Brett hatte weitere Verbrechen begangen. Er hatte Andeutungen gemacht, die in Seneca die Überzeugung weckten, dass er auch ihre Mutter Collette ermordet haben musste. Er hatte sie alle getäuscht und sich dabei die ganze Zeit in ihrer unmittelbaren Umgebung aufgehalten. Bei dem Gedanken kochte Seneca das Blut in den Adern.

Sie wollte ihn kriegen. Sie *musste* ihn kriegen. Das sah sie inzwischen als ihre einzige Lebensaufgabe an. Aber Brett war ein Phantom: Er änderte sein Aussehen so leicht wie seinen Namen. Ihm auf die Schliche zu kommen, war unheimlich schwer. In der vergangenen Woche war er erneut aufgetaucht und hatte die Gruppe auf Chelsea Dawson angesetzt, die offenbar sein neuestes Opfer war. Und dann hatte er alles so aussehen lassen, als habe die Instagram-süchtige Chelsea ihre Entführung nur vorgetäuscht, um noch mehr

Follower zu gewinnen. Seneca und ihre Freunde hatten dagestanden wie die Idioten, als sie der Polizei zu erklären versuchten, dass Brett alias Gabriel Wilton hinter alldem steckte. Noch dazu hatte Brett einen Autounfall inszeniert, bei dem »Gabriel« ums Leben kam. Wer auch immer dieser Gabriel Wilton wirklich gewesen war – jedenfalls nicht Brett, sondern ein Unschuldiger, der Bretts boshaftem Spiel geopfert wurde. Am Ende befand die Polizei, Chelseas Fall sei abgeschlossen, und Seneca und ihre Freunde galten als Lügner.

Jetzt war Brett wieder da und verhöhnte sie mit einer seiner seltsamen Nachrichten à la: *Vergesst es, ihr Loser! Ihr habt wieder mal null Chance gegen mich!* Seneca drückte die Fingernägel in die Handflächen und hätte am liebsten laut losgeschrien. Der Wunsch, Brett endlich zu kriegen, wurde mit jedem Tag dringlicher. Sie musste diesen Kerl zu fassen bekommen – das war sie ihrer Mutter, den anderen Opfern und sich selbst schuldig. Und wenn auch nur, um ihn nach dem Warum zu fragen. *Warum ihre Mutter? Warum Helena? Warum überhaupt?*

Sie schritt die Lobby ab und fragte sich, ob Brett wohl hier gewesen war. War er unbemerkt an ihnen vorbeigelaufen? Das Hotel hatte als ihre Zentrale fungiert, aber da Chelsea ja nun wieder aufgetaucht war, wollten Seneca und die anderen für ein paar Tage zurück nach Hause – Madison, Maddox, Thomas und Aerin nach Dexby in Connecticut und Seneca nach Annapolis in Maryland. Danach wollten sie die Suche nach Brett wieder aufnehmen. Die Hotellobby hatte einen fröhlichen Tiki-Style und steckte voller sonnenverbrannter Touristen. Ein paar Jungs im Collegealter saßen an einer Bar mit Strohdach und tranken Tequila. Draußen standen Einparker in Hawaiihemden bereit, um die Autos der Gäste zu übernehmen. Portiers schoben Gepäckwagen durch die Automatiktüren.

Seneca schaute sich noch einmal die Nachricht an und griff sich dabei gedankenverloren an den Hals. Sie hatte sich angewöhnt, mit dem Kettenanhänger ihrer Mutter zu spielen, aber vor einigen Tagen hatte Brett das »P« zerstört. Sie fühlte sich nackt, wie amputiert.

Warum hatte Brett ihr diese Nachricht geschickt? Nur um sie damit zu ärgern, dass er wieder einmal davongekommen war? Dass er von »uns« und »wir« sprach, kam ihr wie ein Hinweis vor. Wen hatte er bei sich? Seine »Schwester« Viola etwa? Vor Kurzem hatte sie nämlich herausgefunden, dass Brett jemanden *Schwesterherz* nannte. Den Hinweis hatte ihr Amanda Iverson gegeben – sie war die Chefin der Immobilienfirma, bei der Brett alias Gabriel eine Maklerausbildung gemacht hatte. Seneca musste diese Viola unbedingt finden. Sie hatte sich schon das Hirn zermartert, wie sie ihr auf die Spur kommen könnte. Aber warum sollte Brett seine Schwester meinen, wenn er gar nicht ahnen konnte, dass Seneca von ihr wusste? Zumindest ging sie davon aus, dass er nichts ahnte. Das passte alles nicht zusammen.

»Fertig zur Abfahrt? Madison ist jetzt auch da.« Maddox zeigte auf den glänzenden Haarschopf seiner

Schwester, die eben bei den Aufzügen aufgetaucht war. Sie zog zwei riesige pinkfarbene Koffer hinter sich her. Außerdem trug sie ein grell geblümtes Minikleid und Sandaletten mit dicken Keilabsätzen aus Kork.

Seneca wollte Madison eben von Bretts rätselhafter Nachricht erzählen, doch Madison kam ihr zuvor und hielt ein iPad in einer Louis-Vuitton-Hülle in die Höhe. »Aerin hat das hier vergessen. Ist sie noch da?«

»Sie ist schon weg. Sie war mit Thomas verabredet.« Seneca sah zur großen Eingangstür. Thomas war Aerins neuer Freund, ein ehemaliger Polizist, der ihnen geholfen hatte, Chelsea und Brett zu finden. Er hatte an diesem Morgen erfahren, dass seine Großmutter im Krankenhaus lag, und wollte unbedingt zurück nach Dexby. Aerin hatte darauf bestanden, ihn zu begleiten. Also hatte Thomas sie an der Hotelauffahrt abgeholt.

Seneca rief Aerin an, und das nicht nur wegen des vergessenen iPads. Sie wollte, dass alle von dieser Nachricht erfuhren – Bretts Worte wurden ihr mit jeder Sekunde unheimlicher. Vielleicht wurde ja Aerin oder auch Thomas mit seiner Polizeierfahrung daraus schlau.

Aber es meldete sich nur die Mailbox. Daraufhin versuchte es Seneca bei Thomas, der nach dem ersten Klingeln abnahm. »Thomas? Stell mal auf laut. Aerin soll mithören.«

»Oh.« Thomas klang überrascht. »Ich brauche noch fünf Minuten.«

»Halt mal! Wie bitte?« Seneca senkte verdutzt den Kopf.

»Ich habe Aerin noch gar nicht abgeholt. Ich bin im Stau stecken geblieben. Jetzt kann es aber nicht mehr lange dauern.«

»Ah.« Seneca reckte den Hals. Ihr Blick irrte über die Hoteleinfahrt, auf der Suche nach Aerins seidigen weißblonden Haaren, ihren langen gebräunten Beinen und der schwarzen Designertasche an ihrem Ellbogen. Sie war nicht da.

Seneca überfiel ein nervöses Kribbeln. Sie sah Maddox und Madison besorgt an. »Aerin ist gar nicht bei Thomas«, flüsterte sie. »Und draußen ist sie auch nicht.«

Maddox runzelte die Stirn. Madisons Blick hastete hin und her. »Vielleicht ist sie auf der Toilette?«

Seneca sah zu den Toilettentüren auf der anderen Seite der Lobby. Ihr wäre aufgefallen, wenn Aerin dort hinein- oder herausgegangen wäre. Sie nahm das Telefon wieder ans Ohr. »Thomas, können wir uns vor dem Hotel treffen? Wir finden Aerin, ganz sicher. Außerdem muss ich euch etwas zeigen.«

Nachdem sie aufgelegt hatte, versuchte sie es nochmals bei Aerin. Wieder die Mailbox. Ihr wurde heiß und kalt, aber sie bemühte sich, ruhig zu atmen. Das hieß alles noch gar nichts. Es musste eine normale Erklärung geben.

Auf dem Weg nach draußen scannte sie noch einmal die Auffahrt. Immer noch keine Aerin. Sie bemerkte einen schlaksigen jungen Portier, der gelangweilt, mit halb geschlossenen Augen an der Hauswand lehnte. Auf seinem blinkenden Namensschild stand der Name *Hunter*. Er stand sofort stramm, als sie sich näherte.

»Haben Sie hier ein Mädchen vorbeigehen sehen?«, erkundigte sich Seneca. »Siebzehn, hübsch, blonde Haare. Müsste Ihnen aufgefallen sein.«

Madison zeigte Hunter ein Foto von Aerin auf ihrem Smartphone. Seine Lippen kräuselten sich zu einem anzüglichen Lächeln. »Oh ja. Die habe ich gesehen. Sie ist vor ein paar Minuten in ein Auto gestiegen.«

Seneca zuckte zusammen. »Was für ein Auto?«

Der Portier dachte nach. »Ich glaube, der war weiß. Vielleicht ein Sedan?«

Seneca stutzte. Thomas hatte einen weißen Ford Sedan. Aber Aerin war nicht bei Thomas. Könnte es ein Taxi gewesen sein? Aber die hatten hier alle das typische Taxigelb. »Haben Sie gesehen, in welche Richtung der Wagen gefahren ist?«

»Auf die Brücke zu, glaube ich.« Er nickte entschlossen. »Ja, bestimmt. Die haben noch jemanden geschnitten, der nach links wollte. Haben sich ganz schön durchgeschlängelt.«

Dann wandte sich Hunter einem frisch eingetroffenen SUV voller Gäste zu. Seneca ging zu Maddox und Madison zurück. In ihr schrillten sämtliche Alarmglocken. An Maddox' Gesichtsausdruck konnte sie sehen, dass auch ihm panische, paranoide Gedanken durch den Kopf schossen. Das wunderte sie nicht. Maddox und sie hatten schon vor langer Zeit begonnen, private Nachrichten über die Offene-Fälle-Site auszutauschen, und so war eine enge Verbindung zwischen ihnen entstanden. Sie sagten sich einfach alles, wobei ihre Ideen und Vorstellungen erstaunlich oft übereinstimmten.

Seneca rief noch einmal Thomas an. Er meldete sich sofort. »Wer hat dir eigentlich Bescheid gegeben, dass deine Großmutter im Krankenhaus liegt und du nach Hause kommen musst?«

Nach einer kurzen Pause antwortete Thomas: »Der Arzt. Warum?«

»Hast du vorher schon mal mit diesem Arzt gesprochen? Kennst du seine Stimme?«

»Nein.«

»Seneca, worauf willst du hinaus?« Madison kniff die Augen zusammen.

Senecas erhobener Zeigefinger bat um etwas Geduld. »Thomas, ruf bitte den Arzt deiner Großmutter an. Frag nach, ob sie wirklich so krank ist.«

Madison wirkte verwirrt. »Glaubst du, der Arzt hat gelogen?«

Maddox fluchte leise vor sich hin. Seneca sah zu ihm hinüber und merkte allein an seinem fahlen Gesicht, dass er gerade dieselbe Theorie durchspielte wie sie. Bretts Nachricht tanzte ihr vor den Augen: *Versucht erst gar nicht, uns zu finden. Wir sind weg.* Stand das »uns« etwa für ihn und …?

In ihrem Kopf spulte sich ein unheimliches Szenario ab: Brett hatte sich als der Arzt der Großmutter ausgegeben und Thomas über ihren Zustand belogen. Dann war er in einem Auto, das genauso aussah wie das von Thomas, vor dem Hotel vorgefahren und hatte Aerin mitgenommen … während alle anderen ein paar Meter weiter nichts ahnend in der Hotellobby standen.

Sie hielt das Telefon dicht ans Ohr. »Ruf ihn an, Thomas. Bitte.«

»Ist gut«, antwortete Thomas. »Ich melde mich dann. Das heißt, eigentlich bin ich gleich da. Ich biege gerade Richtung Sea Breeze ab.«

Das Gespräch wurde beendet. Seneca trat von einem Bein aufs andere. »Wetten, dass der Arzt ihn niemals angerufen hat«, murmelte sie. »Wetten, dass es Brett war, mit verstellter Stimme.«

»*Wie?*«, meinte Madison verdutzt. »Warum das denn?«

Wortlos zeigte Seneca ihr die Nachricht auf ihrem Telefon. Madison beugte sich übers Display und sofort wich sämtliche Farbe aus ihrem Gesicht. »Ist das von …?« Sie brach angewidert ab.

Seneca nickte.

»Und du glaubst, er hat Aerin?«

Allmählich fügten sich die Teile zusammen. Während der Suche nach Chelsea hatte Seneca jeden Schritt von Brett hinterfragt. Warum hatte er ausgerechnet das eitle Instagram-Sternchen entführt? Wollte er sich wirklich an allen Mädchen rächen, die ihn abwiesen, oder ging es hier um etwas anderes? Und warum hatte er ihnen Hinweise gegeben, wo sie Chelsea finden könnten? Warum hatte er Chelsea am Ende davonkommen lassen? Brett war nicht die Sorte Krimineller, die Zeugen zurückließen. Ihm war nicht daran gelegen, dass seine Opfer etwas über ihn verrieten. Und Gnade kannte er auch nicht.

»Vielleicht war Chelsea gar nicht das eigentliche

Opfer«, sagte Seneca mit erstickter Stimme. »Vielleicht geht es um Aerin.«

Madison zitterte. »Wir müssen die Polizei rufen. Sofort.«

Seneca sah in die Hotellobby. Vielleicht sollten sie auch die Hotelleitung informieren. Vielleicht gab es ja eine Überwachungskamera an der Auffahrt, die aufgezeichnet hatte, wie Aerin in Bretts Auto gestiegen war. Sie konnte aber niemanden vom Personal entdecken. Sie checkte erneut ihr Handy, weil sie Thomas' Rückruf kaum erwarten konnte. Als sie wieder aufsah, entdeckte sie den weißen Ford an der Ecke zum Sea Breeze Drive. Selbst aus der Ferne konnte sie Thomas' ängstlichen, verwirrten Gesichtsausdruck erkennen. Er hatte also da angerufen. Seine Großmutter lag nicht im Krankenhaus. Der Arzt hatte ihn nicht gebeten, nach Hause zu kommen.

Das war Brett gewesen.

Aber irgendwas stimmte nicht mit dem Auto. Dicker schwarzer Rauch quoll aus dem Auspuffrohr und verdunkelte alles dahinter. Seneca hatte keine Ahnung von Automechanik, aber das sah nicht gut aus. Die Ampel sprang auf Grün und Thomas trat aufs Gas. Rauchwolken stiegen auf. Dann gab es ein seltsames Klacken. Und auf einmal stand der ganze Wagen in Flammen.

»Oh mein Gott!« Seneca hastete durch die großen Schiebetüren.

Draußen roch es nach verbranntem Benzin. Flammen schlugen aus dem Autodach. Die meisten Leute rannten weg, ein paar Mutige aber eilten zur Unglücksstelle hin. Seneca schlug sich die Hand vor den Mund, als sie den Bordstein erreichte. Die Fahrertür hatte sich geöffnet, Thomas war herausgerollt und lag zusammengekauert am Boden.

»Thomas!«, schrie Seneca, aber er rührte sich nicht. Die Angst durchfuhr sie wie ein Schwerthieb. Wie konnte das passieren? Wie konnte ein Auto einfach so explodieren?

Zwei Feuerwehrleute sprinteten auf Thomas' leblosen Körper zu. »Zurück! Zurück!«, schrien sie Seneca, Maddox und Madison an – die beiden waren ihr inzwischen gefolgt. Seneca biss sich in die Faust.

Ein Polizist leitete den Verkehr bereits auf eine Nebenstraße um. Die Feuerwehr löschte den Wagen mit Schaum. Krankenwagen-Sirenen heulten. Links von Seneca murmelten die Gaffer. »Hat irgendjemand gesehen, wie das passiert ist?«, fragte eine Frau.

»Der ist einfach so in die Luft geflogen«, erzählte jemand. »Ich bin halb gestorben vor Schreck!«

»Ich hab mal gehört, diese Baureihe macht nur Probleme«, raunte ein Dritter. Seneca wurde langsam schwindelig von dem Rauch. Lag der Fehler etwa bei Thomas' Auto? Aber Thomas war doch ein so gewissenhafter Typ, er würde bestimmt keine wichtige Inspektion vergessen und einfach weiterfahren, bis sein Wagen explodierte. Sie packte blankes Entsetzen. Sie fasste Maddox am Arm: »Ich glaube nicht, dass das ein Unfall war.«

Maddox und Madison nickten stumm. *Da waren es*

nur noch drei, dachte Seneca entsetzt. Natürlich hatte es Brett auf Thomas abgesehen, denn der hatte als Ex-Polizist mehr Möglichkeiten, ihm auf die Schliche zu kommen. Außerdem war Thomas mit Aerin zusammen. Seneca hatte nicht vergessen, wie Brett Aerin damals in Dexby angehimmelt hatte. Er mochte sie. Wahrscheinlich sogar sehr.

Also wollte er Thomas aus dem Weg schaffen, um Aerin für sich allein zu haben. Und er wollte, dass die beiden niemals gefunden würden.

»Jetzt ist es ganz sicher ein Fall für die Polizei.« Madison entdeckte einen weiteren Polizisten, breitschultrig und mit Silberblick, der den Verkehr lenken sollte. Sie machte zwei wackelige Schritte auf ihn zu, aber dann surrte Senecas Telefon. Als Seneca auf die Nummer sah, stockte ihr der Atem. Unfassbar. Es war dieselbe Nummer wie der Absender der Nachricht. *Er* rief an.

»Halt mal, Madison.« Sie packte ihre Freundin am Arm. »Bleib hier.«

Madison sah sie verdutzt an. Maddox wollte protestieren, aber dann zeigte Seneca ihnen das Display. »Genau diese Nummer hat mir die Nachricht geschickt.«

Madison blinzelte. Maddox' Lippen öffneten sich einen Spalt. Das Telefon surrte weiter.

»Nimm ab«, drängte Maddox endlich.

Ihr Herz klopfte wie wild, als sie das grüne Symbol antippte und den Anruf laut stellte. »Lange nichts voneinander gehört, liebe Freunde«, säuselte eine wohlbekannte, schauerliche Stimme in den Lärm der Sirenen.

Brett.

2

Brett Grady – ein Name, an den er sich inzwischen gewöhnt hatte – hielt das Lenkrad mit beiden Händen, ganz vorbildlich auf zehn vor zwei. Das Handy hatte er zwischen Ohr und Schulter geklemmt. Als er sich vor Jahren das Fahren beigebracht hatte, war ihm genau dieser Spruch in den Sinn gekommen: »zehn vor zwei«, ohne dass er zu sagen wusste, wer ihm die korrekte Lenkradhaltung beigebracht hätte. Sein Vater vielleicht, auf der Gokart-Bahn? Oder hatte er das aus dem Fernsehen? Er war jedenfalls stolz darauf, die Verkehrsregeln stets hypergenau zu befolgen. Nie fuhr er zu schnell, nie wechselte er unüberlegt die Spur, immer blieb er unterm Radar der Polizei. Er war heute schon an drei Streifenwagen vorbeigekommen, aber keiner hatte ihn angehalten. Warum auch? Er benahm sich vorbildlich. Jeder, der Aerins schlaffen Körper auf dem Rücksitz liegen sah, würde glauben, dass sie seine Freundin war und sich ausruhte.

Die Vorstellung amüsierte ihn, also beschloss er, ihr noch ein paar Augenblicke nachzuhängen, bis Seneca Frazier endlich durchblickte. Ja, wenn ihn die Polizei anhielt, würde man die beiden für ein Paar auf einer langen Autofahrt halten. *Sie ist mein größter Schatz,* würde Brett dem Polizisten sagen und mit einem süßen Lächeln auf die bewusstlose Gestalt hinter sich deuten. *Wir wissen immer, was der andere sagen will. Im Restaurant bestellen wir füreinander. Wir haben uns ein bisschen gezofft, über die Musik im Radio. Aber nur aus Spaß, und jetzt ist sie erschöpft.* Und es war tatsächlich so, dass er alles über Aerin wusste. Zum Beispiel konnte sie »Call Me Maybe« nicht hören, weil sie das an ihre ermordete Schwester erinnerte. Und wenn sie anhalten würden, um Pizza zu essen, würde sie eine Margherita mit wenig Käse wollen.

Er müsste also nicht einmal so tun, als ob.

»Bist du noch dran?«, fragte er Seneca. Er hörte nämlich nichts. Aber das überraschte ihn nicht. Es verschlug Seneca wohl die Sprache, dass er sie einfach anrief.

Es knisterte, dann war Seneca wieder am Apparat. »Ja-a. Wo … wo bist du? Geht es Aerin gut? Thomas' Auto ist explodiert. Das warst du, oder?«

»So viele Fragen auf einmal.« Brett sah Seneca förmlich vor sich, mit ihren Locken und dem entschlossenen Blick. Sie bildete sich wohl ein, sie könnte ihn in eine Falle locken, ihn aufs Glatteis führen. Lächerlich! Sie kannten sich inzwischen so gut – sie sollte eigentlich wissen, dass er nie einen Fehler machte.

Er wusste schon von Thomas' Autounfall. Mit einer App auf seinem Handy konnte er den Polizeifunk verfolgen und hatte die Meldung gehört. Offenbar hatte Thomas überlebt und war in ein Krankenhaus gebracht worden. Das war nicht das, was er erhofft hatte, aber vielleicht würde es die anderen trotzdem abschrecken. Er rümpfte die Nase, als er an den muskulösen, hirnlosen Eindringling dachte, der Aerin anlächelte, der sie berührte und küsste … und dessen Zärtlichkeiten Aerin auch noch erwiderte. Außerdem war *Brett* die Nummer fünf in ihrem kleinen Detektivteam. Thomas Grove war als Ermittler überhaupt nicht zu gebrauchen.

»Aerin geht es super«, meinte er gut gelaunt und warf einen Blick auf die Rückbank.

Sie war zusammengesunken, mit unnatürlich abgeknicktem Kopf, und im Mundwinkel klebte Speichel. Der Rock war schön weit nach oben gerutscht. »Wir haben viel Spaß zusammen.«

»Dann gib sie uns mal«, verlangte eine andere Stimme.

Brett grinste. Das war Maddox. Er sah den Typen förmlich vor sich, wie er neben Seneca stand, ganz der muskelzuckende Sportler, auf eine unauffällige Art gut aussehend. Der harsche Ton verletzte ihn ein wenig – schließlich war Maddox mal sein Kumpel gewesen, mit dem er *Resident Evil 7* spielen und extrem gut chillen konnte. Er dachte mit einer Mischung aus Zuneigung und Bedauern, wie Maddox über seine Witze gelacht hatte. »Aerin ist im Moment etwas unpässlich«, erklärte er. »Aber es geht ihr gut. Pfadfinderehrenwort.«

»Wohin bringst du sie?«, wollte Seneca wissen.

»Das ist mein Geheimnis.« Er wechselte sachte auf

die Überholspur und bemerkte einen weiteren Polizeiwagen, der hinter einer Überführung lauerte. *Nur ein smarter Typ auf einem Ausflug. Ein Pärchen, das mal rausfährt. Dum-di-dum.* »Aber wenn ihr mir helft, helfe ich euch.«

»Warum sollten wir irgendetwas für dich tun?«, meldete sich eine dritte Stimme. Das war Madison, die süße, lustige Schwester von Maddox. Interessant. Dann waren sie also alle beisammen. Bis auf den einen, den er loswerden musste.

»Weil wir alte Freunde sind«, säuselte er. »Stimmt das nicht?«

Schweigen. Brett hielt das Lenkrad gepackt, dann löste er den Griff etwas. Er hatte das halb im Spaß und halb im Ernst gemeint. Er vermisste seine Leute. Es tat ihm weh, dass sie alle zusammen waren und als Team ermittelten, von dem er ausgeschlossen war.

»Schau mal bei OF rein, Seneca«, sagte er. »Ich habe euch einen Fall geschickt, der mich beschäftigt. Ich bin aber nicht weit gekommen. Jetzt seid ihr dran.«

Er dachte an den Link, den er ihr vor ein paar Minuten bei einem Tankstopp geschickt hatte. *Neunjähriger aus Catskill vermisst.* Das war erst zwei Monate her, trotzdem gab es zu dem Jungen schon einen Thread auf *Offene Fälle.* Es war abscheulich, wie antriebslos und faul die Polizei war. Wenn es mal ein bisschen schwieriger wurde, gaben sie gleich auf. Schalteten die denn nie ihren Kopf ein? Zählte denn Gerechtigkeit gar nichts mehr?

Sein Telefon brummte. Brett warf einen Blick aufs

Display und zuckte zusammen. Er fuhr rechts ran – mit dem Telefon am Steuer würde er nicht erwischt werden! Die von ihm hochgeladene Software meldete blinkend eine Nachricht. *Benutzer ist bereit zum Verbinden. Jetzt verbinden?*

Brett klickte »Ja« an und eine Karte von Avignon, New Jersey öffnete sich. Er hatte das Programm aus dem Darknet hochgeladen und auf Senecas Handy übertragen, als er in ihre Pension in Avignon eingebrochen war. Da Senecas und sein Smartphone nun länger als drei Minuten verbunden gewesen waren, hatte sich die Software aktiviert. Sie berechnete Senecas GPS-Koordinaten und ließ ihn jeden ihrer Schritte verfolgen. Das war Bretts doppelter Boden: Er wollte sichergehen, dass seine Marionetten auch immer genau das taten, was er wollte.

»Ich kapier das nicht«, sagte Seneca, nachdem sie den Offene-Fälle-Eintrag offenbar zu Ende gelesen hatte. Es ging darin um den neunjährigen Damien Dover, einen zurückhaltenden, musikalischen Jungen, der vor zwei Monaten aus seiner Heimatstadt in New York verschwunden war. »Hast du dieses Kind etwa auch entführt?«

Brett verzog missmutig das Gesicht und fuhr wieder auf die Straße. »Du weißt, dass ich so etwas nie tun würde.«

»Warum willst du, dass wir der Sache nachgehen? Das ist doch Zeitverschwendung.«

»Da wird ein Kind vermisst, Seneca. So was ist schrecklich. Willst du nicht helfen?«

»Warum machst *du* das nicht?«, erwiderte Seneca. »Du bist doch der Experte.«

»Danke fürs Kompliment«, meinte Brett lächelnd. »Wie gesagt, ich habe mir das angeschaut. Aber dann hatte ich was anderes zu tun. Und jetzt gebe ich den Fall an euch weiter.«

»Woher sollen wir wissen, dass der Junge noch lebt?«, fragte Maddox.

Brett fuhr an einem Schild für einen Hofverkauf vorbei, auf dem eine grinsende Aubergine zu sehen war. »Ich weiß es nicht. Aber ich hoffe es. Ihr werdet ihn für mich finden.«

»Nein. Werden wir nicht.« Seneca klang wütend.

»So lautet der Deal. Ihr löst diesen Fall und dafür bekommt ihr Aerin zurück. Aber keine Polizei. Wenn ich rauskriege, dass ihr die Polizei einschaltet, seht ihr Aerin nie wieder. Und ich verlange ein tägliches Update. Wenn ich nichts von euch höre oder den Eindruck habe, dass ihr euch nicht genug bemüht …« Er brach ab. Sollten sie sich die Konsequenzen selber ausmalen.

»Wer sagt uns denn, dass du Aerin noch nichts getan hast?«, warf Madison ein.

»Genau«, pflichtete Seneca ihr bei. »Wir wollen mit Aerin sprechen. Wir wollen wissen, ob es ihr gut geht.«

Brett wurde rot bis an die Haarwurzeln. *He, Leute, ich bin's doch. Euer alter Kumpel. Ich habe dich aus einem brennenden Haus gerettet, Seneca! Glaubst du, ich könnte meinem Schatz etwas antun?*

Natürlich war es vollkommen abwegig, dass sie so

dachten. Schließlich hatte er eben Thomas' Auto in die Luft gejagt. Trotzdem hatte er gehofft, sie würden ihn besser kennen und ihn nicht behandeln wie einen unzurechnungsfähigen Irren aus der Verbrecherkartei.

Er sah zu Aerin, auf ihren reglosen, schlafenden Körper. Sie wirkte ganz friedlich, die Angst war aus ihrem Gesicht gewichen. Sie war böse gewesen, sie hatte ihn furchtbar geärgert und enttäuscht – genau wie viele andere Frauen, die er kennengelernt hatte. Aber er liebte sie und die Liebe wog stärker als der Hass.

»Ich habe sie gerade genau im Blick«, sprach er ins Telefon. »Es geht ihr gut.«

»Beweise es«, forderte Seneca. »Schick uns ein Foto.«

»Keine Chance. Ihr müsst mir schon vertrauen. Macht euch auf die Suche. Die Zeit läuft.«

»Was soll das heißen?«, hakte Seneca nach. »Gibst du uns ein Zeitlimit?«

»Mal sehen. Heute ist Freitag.« Ein Sattelzug rauschte an ihm vorbei. »Ich gebe euch drei Tage, um diese Sache zu knacken. Also bis Montag.«

»Drei Tage?« Seneca klang entsetzt. »Du willst, dass wir einen ungelösten Fall in drei Tagen klären?«

»Hey, ihr seid doch Experten. Ich glaube an euch. Und jetzt hopp! Kommt in die Gänge!«

Er beendete das Gespräch und warf das Telefon auf den Beifahrersitz. Aerin seufzte. Er sah über den Rückspiegel nach hinten. Sie schlief immer noch. Sie ahnte nichts. Er versuchte sich vorzustellen, was sie sagen würde, wenn sie aufwachte. Wahrscheinlich nicht: *Oh, wie schön. Wir machen einen Ausflug, nur wir beide!* Sondern eher: *Seneca wird mich finden. Und dann wirst du das hier bitter bereuen.*

Und was würde Brett darauf erwidern? Seine Freundlichkeit wäre mit einem Mal dahin. Er würde wieder das Mädchen in ihr sehen, das sich für einen anderen entschieden hatte. *Tut mir leid, aber da liegst du falsch*, würde er ihr sagen. *Seneca und die anderen suchen nicht einmal nach dir. Ich habe sie mit einem anderen Fall beauftragt.*

3

»Unfassbar.« Maddox Wright sah zu, wie Seneca dieses Wort endlos wiederholte und dabei einen riesigen Blumenstrauß umrundete. »Unfassbar. Einfach unfassbar.«

Sie standen in einem Blumenladen im Krankenhaus von Avignon – ein helles sandfarbenes Gebäude mit lauter Plakaten von lächelnden gesunden Menschen und mit einem Klavierspieler, der in der Eingangshalle leichte Klassik herunterklimperte. Thomas war mit dem Krankenwagen hergebracht worden. Als sie am Empfang nach ihm gefragt hatten, hieß es, er werde noch behandelt und sie könnten ihn nicht sehen. Da das Wartezimmer vollkommen überfüllt war, hatten sie sich in diesen kühlen Raum voller Blumen zurückgezogen, in dem es roch wie in einer Bestattungshalle. Sie blickten einander hilflos an und versuchten zu verarbeiten, was da eben geschehen war.

In Maddox' Kopf spulte sich die Explosion von Thomas' Auto ab wie in einer Endlosschleife. Er sah, wie das Auto sich näherte, wie immer mehr Rauch aus dem Auspuff quoll und am Ende Flammen emporschlugen.

Die Unterhaltung mit Brett saß Maddox immer noch in den Knochen. Das Ganze war so persönlich geworden. Aber persönlich war die Sache ohnehin, denn die Kellys waren Bekannte seiner Eltern. Es entsetzte ihn, dass ein und dasselbe Monster Aerins Schwester und Senecas Mutter ermordet hatte und sie alle auch noch dazu gebracht hatte, sich mit ihm anzufreunden.

Und jetzt hatte Brett also Aerin. Sie war Maddox ans Herz gewachsen, seit sie sich in diesem Jahr erneut begegnet waren. Er versuchte sich vorzustellen, was sie wohl gerade durchmachte, empfand aber nur panische, lähmende Leere. Es tat zu sehr weh, darüber nachzudenken. Außerdem fühlte er sich schuldig. Vielleicht hätte er etwas tun können, um das zu verhindern. Warum hatte niemand draußen bei ihr gestanden, um dafür zu sorgen, dass ihr nichts passierte? Eine Sekunde hatten sie nicht aufgepasst und schon war die Katastrophe eingetreten. Ab jetzt würde er Madison und Seneca niemals aus den Augen lassen.

In einem Brief, den Brett der Gruppe vor ein paar Tagen geschickt hatte, schrieb er, er habe sich mit Aerins Schwester in New York auf einen Drink verabredet. Vielleicht hatte sie seine Annäherungsversuche abgeblockt, und ihre Ablehnung hatte ihn dazu gebracht, sie zu töten. Hatte er deshalb auch Aerin entführt? Es war offensichtlich, dass er sich heillos in sie verknallt hatte, so wie er sich in Dexby benommen hatte. Aber da hatte Maddox ihn noch für einen ganz harmlosen Typen gehalten. Ja, er hatte Brett sogar bemitleidet für sein mangelndes Glück bei Frauen! Und jetzt hatte Brett sie offenbar während der vergangenen Woche durch Avignon verfolgt und Aerin zusammen mit Thomas gesehen. Und dann war wohl dieselbe irre Alarmglocke losgegangen wie bei der Sache mit Helena. Vielleicht bestrafte er Aerin dafür, dass sie ihn nicht wollte.

Würde er sie töten?

In dem Blumenladen war es so kalt, dass Maddox auf der Stelle joggte, um seinen Kreislauf in Bewegung zu bringen. Kaum zu glauben, dass er noch vor ein paar Stunden gedacht hatte, dass dieser Irrsinn vorbei wäre ... oder zumindest eine Weile aussetzte. Ein paar Minuten hatte er angenommen, dass er nach Dexby zurückkehren würde, um sich auf sein erstes Jahr an der University of Oregon vorzubereiten. Er sollte dort als Läufer an den Ausscheidungswettkämpfen für die Olympischen Spiele teilnehmen. Im Kopf war er schon alles durchgegangen: Er wollte sich bei Abercrombie neue »College«-Boxershorts besorgen und ein Fahrtspiel-Training rund um Dexby absolvieren. Er hatte halb damit gerechnet, dass sie nach Avignon zurückkommen würden, um die Suche wieder aufzunehmen. Aber Brett hatte alles bis ins kleinste Detail geplant, er hatte die Fäden in der Hand – wie sollten sie ihn je aufspüren?

Er war ein solcher Idiot. Solange Brett da draußen herumlief, würde es nie vorbei sein. Jetzt, da Aerin verschwunden war, musste er natürlich hierbleiben. Alle drei hatten sie die Heimreise verschoben, nach dem

Telefongespräch mit Brett. Seneca hatte Knall auf Fall ihren Helikopter-Dad angerufen und ins Handy geschnaubt: »Ich bin neunzehn, ich kann tun und lassen, was ich will. Ich komme noch nicht nach Hause. Ich melde mich bald.« Ende.

»Und, was herausgefunden?«, fragte Seneca und deutete auf Aerins iPad, das Madison tippend und wischend bearbeitete.

»Ich bin immer noch nicht drin«, murmelte Madison zwischen zwei zittrigen Atemzügen. Sie lehnte an einer Kiste mit gekühlten Rosen. Die Dame an der Theke glotzte sie ausdruckslos an, als wäre es ganz normal, dass verängstigte Menschen ohne Kaufabsicht ihren Laden in Beschlag nahmen.

Seneca, Maddox und Madison hatten hin und her überlegt, wie sie an einen Hinweis gelangen könnten, wohin die beiden wohl gefahren waren. Aerin einfach anzurufen oder ihr eine Nachricht zu schicken, war ausgeschlossen – sicher hatte Brett ihr Telefon inzwischen an sich genommen. Aber vielleicht hatte Aerin in den ersten Sekunden nach dem Einsteigen einen Notruf abgegeben?

Aerin hatte ein iPhone, also waren ihre Nachrichten und Fotos wahrscheinlich an das vergessene iPad gekoppelt, das nun auf Madisons Schoß lag. Als Madison endlich Aerins Passwort einfiel – sie hatte ein oder zwei Mal Aerins Handy benutzt, und Aerin hatte ihr den Code verraten –, fand sie aber keine Fotos, die innerhalb der vergangenen Stunde aus der Cloud geladen worden wären. Und Aerin hatte nicht autorisiert, dass ihre Nachrichten auf dem iPad erschienen. Nur wenn Madison auch noch ihr iTunes-Passwort herausbekäme, würden die Nachrichten auf das Gerät geladen.

»Ich versuche es mal bei dieser Viola. Die angebliche Schwester von Brett.« Seneca tippte etwas in ihr Handy. »Vielleicht hat sie eine Ahnung, wohin Brett verschwunden sein kann.« Maddox sah zu, wie sie eine Mail verfasste, mit der Adresse, die ihnen die Maklerin gegeben hatte. »Wenn wir nur eine Telefonnummer von ihr hätten.« Sie gab Violas Mailadresse in die Google-Suche ein, was aber keine Ergebnisse lieferte.

»Vielleicht könnten wir uns in Avignon erkundigen, ob jemand diesen Typen namens Gabriel kannte«, schlug Maddox vor. »Könnte ja sein, dass er irgendwo noch ein Strandhaus hat.«

»Aber die Leute glauben doch, dass Gabriel bei einem Autounfall ums Leben gekommen ist.« Madison sah nicht von ihrem Telefon auf.

»Das ist ja wohl eine Lüge.« Seneca schob das Handy zurück in ihre Tasche, nachdem sie die Nachricht an Viola abgeschickt hatte. »Es sei denn, Brett hat uns aus dem Grab kontaktiert.«

Sie seufzte, und Maddox merkte, wie sich ihr Gesicht vor Schmerz verzerrte. Wie musste es sich anfühlen, Bretts Stimme zu hören? Er war der Mörder ihrer Mutter! Er konnte es sich nicht im Ansatz vorstellen. Er öffnete den Mund, wollte irgendetwas sagen, um sie zu trösten. Aber er fand keine Worte.

Da juchzte Madison auf. »Ich hab's. Aerins Passwort heißt *CapnCrunch*.«

»Wie bist du denn darauf gekommen?«, fragte Seneca.

»Sie hat dasselbe Passwort für diesen Secondhand-Fashion-Store verwendet, den wir vor ein paar Tagen entdeckt haben.« Das iPad klingelte: Aerins Nachrichten waren angekommen.

»Und?«, erkundigte sich Seneca ungeduldig. »Ist was dabei?«

Madison blies die Backen auf, dann ließ sie die Luft ausströmen. »Nein. Nicht mal ein Entwurf.«

»Mist.« Maddox fasste nach seinem Fuß und dehnte erst den linken und dann den rechten Oberschenkel. Er tat gut, sich ein bisschen zu bewegen, deshalb beugte er sich gleich noch vornüber, um seine Zehen zu berühren. Seine Rückenmuskeln entspannten sich.

»Was machst du da?« Seneca starrte ihn entgeistert an.

»Ich war seit Tagen nicht laufen«, entschuldigte sich Maddox, immer noch in Dehnhaltung. »Ich kriege langsam einen Koller.«

»Aber hier, vor fünfundvierzig Minuten hat sie ihrer Mutter geschrieben«, unterbrach Madison. Sie stand inzwischen in einer Ecke des Ladens, an dem lauter Luftballons mit Besserungswünschen an der Decke hingen. »Wir haben vor etwa einer Stunde bemerkt, dass sie verschwunden ist, richtig?«

Maddox richtete sich verstört auf. Kaum zu glauben, dass in sechzig Minuten so viel geschehen konnte.

Madison tippte auf das Display. »Hier steht: *Ich auch, bis bald*. Und ihre Mutter antwortet: *Viel Spaß in LA!*«

Madison runzelte die Stirn. »Wollte Aerin nicht zurück nach Dexby?«

Seneca wirkte ähnlich verwirrt. »Ja, das ergibt keinen Sinn.«

»Aerin erwidert ihrer Mutter darauf nichts mehr«, fuhr Madison fort. Sie scrollte durch die vorangegangenen Nachrichten. »Und LA haben die beiden vorher nie erwähnt.« Sie spielte mit ihrem Armband. »Hat Aerin eine Reise geplant, von der wir nichts wussten?«

Seneca schüttelte den Kopf. »Ich glaube nicht, dass Aerin nach LA wollte. Vielleicht hat Brett Aerins Mail-Account gehackt und von einem Trip nach LA erzählt. Er war es, der Aerins Mutter darauf gebracht hat.«

Madison riss die Augen auf. »Er wollte nicht, dass Aerins Mutter ausflippt und sich Sorgen macht, wo sie steckt, und deshalb hat er diese Geschichte erfunden. Dann war ihre Entführung also geplant?«

»Auf jeden Fall.« Seneca tippte geistesabwesend an einen Micky-Maus-Luftballon, dann atmete sie hörbar aus. »Könnte es nicht sein, dass uns Brett deshalb bis Mittwoch Zeit gegeben hat? Er hat ihrer Mutter über Aerins Account geschrieben, dass sie dann wieder zurück sein wird.«

»Wenn wir den Fall bis Mittwoch lösen, bekommen wir Aerin zurück, und alles ist gut.« Madison versuchte, die Dinge im Reden zu ordnen. »Aber wenn sie nicht wieder auftaucht, wird ihre Mutter sich Sorgen machen und die Polizei informieren. Bis dahin sind Brett und Aerin aber schon über alle Berge, und wir müssen gestehen, dass wir die ganze Zeit wussten, dass

Aerin verschwunden war, und nichts unternommen haben …«

Maddox blickte niedergeschlagen in die Eingangshalle des Krankenhauses. Ein Elternpaar mit ihrem neugeborenen Kind war auf dem Weg nach draußen. Der Pianist spielte jetzt die *Star Wars*-Melodie. Ärzte in OP-Kleidung liefen mit Kaffeebechern vorbei. Das Leben ging einfach weiter, während Aerin irgendwo gefangen war. Das Leben war unberechenbar und grausam.

Diese Sache stieg ihm über den Kopf. Brett war *irre*. Das letzte Mal hatten sie die Polizei auch nicht sofort informiert, und dann hatte Brett alles so gedreht, wie es ihm passte, und war am Ende entkommen. Wenn sie nur einfach die Profis einschalten könnten! Schließlich hatten sie einen Beweis: das Überwachungsfoto aus dem Hotel. Die Forensiker der Polizei verfügten über ausgefeilte Techniken, die weit über ihre kümmerlichen Mittel hinausgingen. Und Thomas konnte ihnen auch nicht mehr helfen. Die Polizei würde vielleicht Fingerabdrücke oder DNA-Spuren finden. Außerdem könnten sie den Autounfall von »Gabriel« noch einmal untersuchen. Maddox mochte die Detektivarbeit – sie verschaffte ihm immer wieder Adrenalinkicks, und er war immer begeistert, wenn sich die Puzzleteile zusammenfügten. Aber das hier war gefährlich, es war sogar gesetzwidrig. Immerhin waren sie minderjährig. Dieser Fall überstieg ihre Möglichkeiten.

Es gab noch einen Grund, warum Maddox die Polizei einschalten wollte. Und dieser Grund stand zitternd zwischen lauter Blumensträußen, in einem luftigen Kleid und ausgelatschten Vans, mit diesem supersüßen, supernachdenklichen Gesicht. Seneca Frazier war das Mädchen seiner Träume. Und zwar buchstäblich: Sobald er einschlief, schwebte Seneca herbei. Ein Traum war heißer als der andere. Er hatte den Eindruck, das sie ihn in- und auswendig kannte. Er war Teil ihres kleinen Ermittlerteams, aber darüber hinaus wusste sie auch von seinen verschrobenen und schüchternen Seiten. In der Schule kannten ihn alle nur als fanatischen Sportler. Mit allem anderen hielt er sorgsam hinterm Berg. Und er wiederum kannte Seneca sehr gut. Er wollte sie unbedingt noch besser kennenlernen.

Vor gut einer Stunde hatte er endlich den Mut aufgebracht, sie zu küssen. Es war der Hammer, absolut unglaublich, aber es reichte ihm nicht. Ein Kuss von mickrigen elf Sekunden (ja, er hatte im Geiste die Zeit gestoppt …), das war ungefähr so, wie wenn er nach einem ewig langen Lauf ein kleines Tütchen Energy Gel schluckte. Jetzt war es also passiert, und deshalb scheute er davor zurück, sich wieder in Gefahr zu begeben. Wenn Brett Aerin entführte und Thomas beinahe tötete, dann könnte einer von ihnen das nächste Opfer sein. Und wenn er Seneca etwas antat? Oder seiner Schwester? Oder ihm? Nein, da wollte er lieber die Cops rufen, sich irgendwo verstecken und den ganzen Irrsinn anderen überlassen.

Aber das ging natürlich nicht. Sie hatten keine Wahl.

Wieder einmal mussten sie es selbst in die Hand nehmen.

»Dann kümmern wir uns jetzt um den anderen Fall? Den Jungen, diesen Damien?«

Seneca kniff sich ins Nasenbein. »Dieser Junge tut mir unendlich leid. Wirklich. Aber ich glaube nicht, dass wir dafür Zeit haben.«

Maddox geriet in Panik. »Aber *müssen* wir uns nicht darum kümmern?«

»Genau das will Brett doch. Wir sollen herumrennen wie die aufgescheuchten Hühner, während er etwas Schreckliches ausheckt, von dem wir nichts ahnen.« Seneca sah von Maddox zu Madison. »Denkt mal drüber nach. Aerins Entführung war sorgfältig geplant, so viel steht fest. Und wann hat Brett das alles vorbereitet? Wie hat er es geschafft, dass wir nichts gemerkt haben? Das ist alles geschehen, während wir auf der Suche nach Chelsea waren. Wir waren ganz auf diesen Fall konzentriert, und Brett hat sich währenddessen einen Ort gesucht, an den er Aerin bringen will, und er hat sich ein Auto besorgt, das genauso aussieht wie das von Thomas. Er hat sich eine Inszenierung für seinen eigenen Tod ausgedacht und Aerin die ganze Zeit nicht aus den Augen gelassen. Wenn wir uns jetzt mit diesem Damien beschäftigen, tappen wir noch mal in dieselbe Falle. Wer weiß, was Brett als Nächstes vorhat.«

Maddox trat von einem Bein aufs andere. Er wurde den Gedanken nicht los, dass Brett sich einen nach dem anderen aus ihrer Runde vornehmen würde. Vielleicht hatte Seneca recht. Aber es schien ihm gefährlich, Bretts Anweisungen einfach so zu ignorieren. »Er hat gesagt, wenn wir Damien nicht finden, wird er Aerin etwas antun. Können wir nicht nach dem Jungen *und* nach Aerin suchen?«

Seneca verzog das Gesicht. »Ich halte nichts davon, unsere Kräfte aufzuteilen.«

»Aber Brett hat uns doch eine Möglichkeit geboten, Aerin zurückzubekommen. Sollten wir nicht wenigstens versuchen, den Jungen ausfindig zu machen?«

Seneca schnaubte. »Seit wann hält Brett ein Versprechen?«

Maddox schaute in sein Handy. Auf dem Display hatte er den OF-Thread zu dem verschwundenen Jungen. Damien Dover, ein stiller, introvertierter Neunjähriger und Harry-Potter-Fan, war an einem Donnerstagnachmittag vor zwei Monaten nicht von der Schule nach Hause gekommen. Im Laufe der Befragungen hatten Bewohner der Stadt ausgesagt, dass auch Damiens Klavierlehrerin, eine Miss Sadie Sage, verschwunden sei. Die Polizei hatte Bilder von einer Überwachungskamera am Busbahnhof, auf denen Sadie und Damien in der Nacht nach seinem Verschwinden zu sehen waren. Die beiden waren also zusammen … und wer weiß wohin unterwegs.

Es wurde eine Vermisstenmeldung herausgegeben, auf die aber keinerlei Hinweise eintrafen. Nach nur einem Monat hielten die Ermittler eine Pressekonferenz ab und erklärten, sie kämen in dem Fall nicht weiter. »Seltsam«, kommentierte Maddox laut. Warum gab die Polizei so früh auf?

Er sah zur Doppeltür der Notaufnahme. Was machten die Ärzte da drinnen mit Thomas? Würde er durchkommen? Wer von ihnen war als Nächster dran? Er wandte sich wieder an Seneca. »Ich glaube, wir müssen uns um beides kümmern. Brett hat doch verlangt, wir sollen ihn auf dem Laufenden halten. Was, wenn er ausrastet, weil wir keine Infos für ihn haben? Kann sein, dass er blufft, aber wir können doch nicht Aerins Leben aufs Spiel setzen.«

Seneca sog die Unterlippe ein und starrte auf einen riesigen Strauß aus rosa-violetten Blumen. Nach einer Weile stieß sie einen tiefen Seufzer aus. »Du hast recht. Ich kann es nur nicht ertragen, dass Brett wieder mal das Ruder in der Hand hält.«

»So geht es mir auch.« Maddox war erleichtert, dass sie Einsicht zeigte. Wenn es um Brett ging, reagierte sie oft irrational, sie hatte dann einen Tunnelblick und vergaß alles und jeden in ihrer Umgebung. Er verstand diese Besessenheit nur zu gut. Er würde auch durchdrehen, wenn er es mit einem Wahnsinnigen zu tun hätte, der seine Familie zerstört hätte. Er sah es als seine Aufgabe an, Seneca wieder auf den Boden zu holen und ihr die größeren Zusammenhänge klarzumachen.

»Entschuldigen Sie?«

Maddox wandte sich um. Ein großer rotblonder Arzt in blauen OP-Klamotten war durch die Halle auf sie zugekommen. »Sie sind wegen Thomas Grove hier, oder?«

»Ja.« Seneca richtete sich auf. »Wie geht es ihm?«

Der Arzt presste die Lippen zusammen. »Er hat

Schürfwunden, einen gebrochenen Arm und Prellungen im Gesicht. Außerdem hat er Verbrennungen zweiten Grades, eine Rauchvergiftung und womöglich eine Gehirnerschütterung. Aber wenn das MRT ohne Befund ist, ist er in ein paar Tagen wieder auf den Beinen.«

Maddox schluckte. Ein paar Tage? Aber es hätte natürlich noch viel schlimmer kommen können. »Können wir zu ihm?«, erkundigte er sich.

»Wir haben ihn ruhiggestellt. Am besten schläft er erst einmal.« Der Arzt lächelte freundlich. »Rufen Sie doch morgen einmal hier an. Dann ist Ihr Freund sicher wieder bei klarem Bewusstsein.«

»Danke«, sagte Seneca erleichtert. Alle schüttelten ihm die Hand. Der Mann machte auf den Hacken kehrt und eilte zurück in die Notaufnahme. Maddox war ein Stein vom Herzen gefallen, und doch war er furchtbar unruhig. Wie sollten sie die Sache angehen? Wo sollten sie nach Damien suchen? Dann dachte er an Brett und Aerin. Wohin waren die beiden unterwegs? Welches Programm schnurrte da wieder in Bretts Hirn ab? Wenn sie doch nur mit jemandem sprechen könnten, der den echten Brett kannte und nicht eine seiner vielen Rollen, wie den sympathischen Surferdude. Er starrte auf den Namen des Krankenhauses an der Gebäudefront, bis ihm die Buchstaben vor den Augen verschwammen. Doch dann hatte er auf einmal eine Idee. Er streckte sich.

»Wartet mal.« Er wies in die Eingangshalle, auf den Empfangsschalter hinter dem Klavier. Der Mann am

Piano spielte jetzt »Piano Man«, was sonst. »Chelsea ist auch in diesem Krankenhaus. Wir sollten mit ihr reden. Sie war stundenlang mit Brett eingesperrt. Vielleicht hat er ihr irgendeinen Hinweis gegeben, wer er wirklich ist oder wohin er will oder … irgendwas halt.«

Senecas Augen blitzten auf. »Gute Idee, du hast vollkommen recht.« Sie nahm seine Hand und drückte sie. »Du bist genial.«

»Danke.« Sein Magen spielte verrückt, als hinge er im Kletterparcours von *American Ninja Warrior.* Er wollte Seneca an sich drücken. Nur eine Minute. Um herauszufinden, wie es mit ihnen weiterging. Um ihr in unbeholfenen Worten zu sagen, dass er sie beschützen wollte und dass es ihm wichtiger als alles andere war, dass ihr nichts geschah.

Jetzt aber mussten sie erst einmal zurück ins Krankenhaus und Fragen stellen. Maddox war nicht wohl bei dem Gedanken, Chelsea wiederzutreffen. Noch vor Kurzem war sie in einem Haus gefangen gewesen, in Bretts Gewalt, bestimmt außer sich vor Angst. Genauso erging es Aerin jetzt, dachte Maddox schaudernd.

Gerade deshalb mussten sie sich erkundigen, in welcher Verfassung Chelsea war und wie sie es lebend da herausgeschafft hatte.

4

Als Aerin Kelly aufwachte, fühlte es sich an, als würde ihre Zunge ungefähr eine Tonne wiegen. Sie hatte einen ekelhaften Geschmack im Mund, nach Metall oder Gummireifen, und ihr Hals war verdreht, als habe sie die Nacht auf einem Felsblock verbracht.

Sie blinzelte mehrmals und konnte sich nicht orientieren. Wie spät war es? Wo war sie? Das Fenster bedeckte ein schwerer Vorhang, der nur am Rand einen schmalen grauen Lichtstreifen hereinließ. Darunter ratterte eine große, klobige Klimaanlage. Im Zimmer lag Teppichboden, die Wände waren in einem stumpfen Weiß gestrichen. Und es roch penetrant nach Pfefferminze. Irgendwo hatte es doch auch so gerochen, das war gar nicht so lange her. Aber wo nur? Irgendwo drinnen. Richtig. In einem Auto. Einem frisch gereinigten, nach Minze riechenden Auto. Es hatte sich furchtbar falsch angefühlt.

Und dann erinnerte sie sich.

Es traf sie wie ein Hammerschlag auf den Hinterkopf. *Die Auffahrt zum Hotel. Ich werfe mein Gepäck in den Kofferraum. Setze mich in diesen minzigen Polstergeruch. Und dann ist da … Brett.*

Sie sah ihre Umgebung jetzt etwas deutlicher und bemerkte eine dunkle Gestalt mit Baseballkappe neben der Tür. Ihr Herz stockte. Sie schob sich hoch, gegen das Kopfteil des Bettes. Sie erstickte vor Angst. Sie wollte losbrüllen, aber der Schrei kam nur gedämpft heraus. Als sie sich an den Mund fassen wollte, merkte sie, dass ihre Handgelenke mit Kabelbinder zusammengebunden waren. Vor ihren Lippen pappte eine dicke Schicht festes Klebeband.

Sie jaulte auf und mühte sich vergeblich, es abzureißen. Brett stürzte sich auf sie und drückte ihre Handgelenke an das Kopfteil.

»Na, na.« Oh Gott, diese vor Sarkasmus triefende Stimme. »Wenn du brav bist, nehme ich das Klebeband ab. Wenn du aber schreist, muss ich es dranlassen und dich außerdem ans Bett fesseln. Das möchtest du doch nicht, oder?«

Aerin schlug das Herz bis zum Hals. Noch nie hatte sie so große Angst und so starken Ekel empfunden. Hier war er also. Der Mann, der sie in ihren Träumen verfolgte, seit sie herausgefunden hatte, dass er ihre Schwester getötet hatte. Der Mann, der sich in ihr Leben geschlichen und sich mit ihr angefreundet hatte, der mit ihr geflirtet hatte und sie beinahe geküsst hatte, bis sie dann endlich erkannt hatte, wer er wirklich war.

Es machte sie ganz krank, dass sie am Hotel einfach so in das Auto gestiegen war. Aber sie hatte natürlich gedacht, er sei Thomas. Der weiße Ford sah genau gleich aus, und hinter den getönten Scheiben hatte

Bretts Profil, noch dazu mit Baseballkappe, sie nicht stutzig gemacht. Als sie den Irrtum bemerkte, war es zu spät. Sie fragte sich, ob das schon immer Bretts Absicht gewesen war. Vielleicht hatte er sie deshalb alle nach Avignon gelockt. Die Entführung von Chelsea war nur ein Ablenkungsmanöver gewesen, ein Spielchen. Denn eigentlich wollte er Aerin. Könnte das wirklich so sein? Er war verschossen gewesen, ja, und er hatte erschüttert gewirkt, als sie ihn abgewiesen hatte. War es nicht so, dass er es gerade auf die Mädchen abgesehen hatte, die ihn nicht wollten?

»Versprichst du, dass du nicht kreischst?«, fragte Brett grausig gelassen. Aerin nickte panisch.

»Bist du sicher?«, hakte Brett nach. Aerin nickte wieder.

Brett zog das Klebeband langsam von Aerins Mund. Sie hustete. »Wo sind wir? Welcher Tag ist heute? Weiß jemand, dass wir hier sind?« Sie dachte an Seneca und die anderen im Hotel. Thomas würde ihnen sagen, dass Aerin nicht aufgetaucht war. Sie würden sie finden. Sie mussten sie finden. Ihre Freunde waren erstklassige Ermittler, sie lösten jeden Fall.

Brett schnaubte. »Wohl kaum.« Selbst in dem Dämmerlicht konnte Aerin ihn grinsen sehen. »Wie schön, deine Stimme zu hören, Aerin. Ich habe dich vermisst. Hast du mich auch vermisst?«

Aerin unterdrückte ein freudloses Lachen. War er jetzt komplett irre?

Brett fuhr mit einem Finger über Aerins Wade. Es fühlte sich an wie Schleifpapier, wie eine Million Nadeln. Sie wollte ihn schlagen, aber mit den zusammengebundenen Händen war sie wehrlos. So musste sie hilflos zuschauen, wie seine Finger eine Acht über ihre Haut zogen.

Aerin stiegen Tränen in die Augen. Brett hatte kein Recht, sie anzufassen.

Sie spürte, wie seine Finger zum Knie wanderten. Mit der anderen Hand berührte er ihre Wange. Hatte er das auch mit Helena gemacht? Sie stellte sich vor, wie Brett sich über ihre Schwester beugte, kurz bevor sie sterben musste. Wie er ihr über die Wange streichelte und widerliches Zeug redete, von wegen, wie schön das doch alles sei und dass sie immer Freunde bleiben würden. Am liebsten hätte sie gekotzt.

Er würde sie töten. So würde die Sache hier zu Ende gehen.

»Sag, dass du mich auch vermisst hast«, bat Brett und umfasste ihr Kinn.

Aerin zuckte zusammen. Helenas Mörder wollte, dass sie zärtlich mit ihm redete? Im Ernst? »Nein«, sagte sie und schüttelte den Kopf.

Bretts Finger umklammerten ihr Kinn. »Wie?« Seine Stimme klang jetzt hart.

Sie starrte ihn wütend an. »Das sage ich nicht.«

Er drückte die Finger zusammen. Aerin wurde von Schmerz und Entsetzen gepackt, ihr entfuhr ein wilder Schrei. Brett drehte gewaltsam ihren Kopf, und sie war gezwungen, ihm ins Gesicht zu blicken. In dem wenigen Licht, das es durch die Vorhänge schaffte, sah sie das Seelenlose in seinen Augen.

»Hast. Du. Mich. Vermisst.« Er flüsterte, ganz ernst und ruhig.

Aerin spürte, wie ihr Kinn zitterte. »Ja-a. Gut. Ich habe dich vermisst«, stieß sie hervor. Schamerfüllt.

Brett ließ von ihr ab und drückte sie zurück ins Kissen. Aerin kugelte sich zusammen. Ihr Hals war zugeschnürt, ihr Kinn schmerzte.

Sie stellte sich erneut vor, was Seneca und die anderen machten. Waren sie immer noch im Hotel? Hatten sie inzwischen herausbekommen, was passiert war? Natürlich würde Seneca sie finden. Seneca gab niemals auf.

Es blieb nur eine Frage offen: Würden sie rechtzeitig kommen?

5

Schweigend liefen die drei noch einmal durch die Eingangshalle, umrundeten das Klavier und begaben sich zur Auskunft. Mit jedem Schritt wurde Seneca nervöser. Sie musste die ganze Zeit an Aerin denken, die nun in den Händen von Brett war. Tat er ihr weh? Hatte sie Angst? Sie hoffte so sehr, dass Chelsea ihnen einen Hinweis geben könnte, der sie vielleicht auf eine Spur brachte. Chelsea war fast eine Woche mit dem Wahnsinnigen allein gewesen. Sie musste etwas wissen.

Und wenn nicht, dann konnte ihnen vielleicht Viola etwas sagen. Sie sah noch einmal nach ihren Mails, weil sie auf eine Antwort hoffte. Aber sie hatte keine neuen Nachrichten.

Hinter dem Schalter begrüßte sie ein älterer Herr mit abstehenden grauen Haaren. »In die Psychiatrie dürfen jeweils nur zwei Besucher«, antwortete er auf ihre Bitte. »Eine Person müsste dann hier unten warten.«

»Ich gehe«, bot Seneca an. Keinesfalls würde sie in den nächsten dreißig Minuten Däumchen drehen. Sie wollte die Infos über Brett aus erster Hand bekommen.

»Ich warte gerne«, meinte Madison erleichtert. »Krankenhäuser machen mir Gänsehaut.«

Maddox und Seneca tauschten einen Blick. »Dann fällt das Los wohl auf uns«, folgerte Maddox.

Die psychiatrische Abteilung lag im vierten Stock. Seneca drückte den Fahrstuhlknopf und wartete. Die Türen schoben sich auf, sie traten in die Kabine. Als die Türen sich wieder geschlossen hatten, wandten sie sich genau im selben Moment einander zu.

»Hey.« Maddox musterte sie mit einem schiefen Lächeln. Er war nervös.

Senecas Kinn zuckte. »Hey.«

»Alles klar?«

Sie holte tief Luft. »Nein.«

Maddox legte den Arm um sie und zog sie an sich. Und obwohl sie in diesem irren Chaos steckte, war da ein leises Flattern in Senecas Brust. Sie sah ihm in die Augen. Ja, sie wollte ihn. Sehr sogar. Sie wollte diesen Albtraum ganz kurz vergessen … aber ihr Hirn ließ es nicht zu.

Sie trat zurück.

»Seneca?«, sagte Maddox.

»Es tut mir leid«, stieß sie hervor. Maddox wirkte beschämt und sie lenkte sofort ein. »Nein, ich meine ja nicht, dass wir nicht … du weißt schon. Es ist nur …« Sie blies sich den Pony aus dem Gesicht. Sie fand es schrecklich, wie gehemmt sie klang. »Lass uns erst mal sehen, was wir bei Chelsea erreichen, und dann geht es von da weiter. Okay?«

Maddox hob die Hände, als wollte er sagen: *Bitte nicht schießen!* »Ich habe dich nur umarmt.«

Seneca spürte einen Fitz Verärgerung. Maddox klang

so beleidigt. Sie wollte das jetzt nicht diskutieren. »Wir sollten diese Situation ernst nehmen, findest du nicht? Wir dürfen uns nicht ablenken lassen.«

Maddox sah auf die Etagenzahlen. »Wer sagt denn, dass ich das mit Aerin nicht ernst nehme?«

»Nein, das meinte ich nicht. Ich wollte nur …«

Da klingelte der Aufzug und beendete ihr Gespräch, obwohl Seneca immer noch nicht gesagt hatte, was sie eigentlich dachte. An der Anmeldung saß eine Frau mit müden Augen, in einem erbsenfarbenen Kasack. Seneca drückte die Schultern durch und ging auf die Theke zu. »Guten Tag. Wir möchten zu Chelsea Dawson.«

»Ihr Name?«

Seneca nannte ihre Namen. Die Frau tippte etwas in den Computer und runzelte die Stirn. »Tut mir leid, aber sie stehen nicht auf der Besucherliste.«

Seneca rümpfte die Nase. »Ich glaube, Miss Dawson würde uns gerne sehen. Können Sie nicht mal fragen?«

»Wenn Sie nicht auf der Liste stehen, kann ich nichts machen.«

Maddox trat von einem Bein aufs andere. Seneca holte tief Luft und beugte sich über die Theke, um der Empfangsdame in die Augen zu sehen. »Hören Sie mal«, sagte sie mit leiser Stimme. »Miss Dawson wurde entführt und wir haben sie gerettet. Ich gehe hier nicht weg, bis Sie gefragt haben, okay? Dann müssen Sie mich schon nach draußen zerren.«

Der Erbsenkasack wirkte erst erschrocken, dann genervt. Seneca ließ den Augenkontakt nicht abbrechen. Ihr Herz hämmerte ihr in der Brust.

Dann endlich griff die Frau nach dem Telefon. Es stand auf der Kippe, ob sie eine Pflegekraft oder den Sicherheitsdienst rufen würde. Doch dann hörte Seneca sie sagen: »Doktor Lowenstein? Hier sind zwei Besucher für … « Den Rest sprach sie so gedämpft, dass Seneca nichts mehr mitbekam.

Seneca richtete sich auf, wandte sich um und traf Maddox' Blick. Er war entsetzt. »Du sorgst noch dafür, dass wir hier hochkant rausgeschmissen werden«, flüsterte er. Dennoch schien er beeindruckt.

Seneca zuckte die Achseln. »Nicht unbedingt.«

Die Frau warf das Telefon auf den Tisch und musterte die beiden abfällig. »Chelsea hat einem Gespräch zugestimmt. Die Bedingung ist aber, dass es nicht zu lange dauert. Es kommt gleich jemand.«

»Danke«, erwiderte Seneca. Sie warf Maddox einen zufriedenen Blick zu, dann machte sie einen Schritt auf ihn zu, nahm seine Hand und drückte sie. Und auch seine Hand legte sich fest um ihre. Und sofort war alle Anspannung zwischen ihnen verschwunden.

Eine Schwester in einem grauen Kasack – gab es denn keine fröhlicheren Farben für die Psychiatrie? – holte Seneca und Maddox ab und begleitete sie durch eine verschlossene Tür. Sie kamen an einem verlassenen Aufenthaltsraum vorbei, in dem Tische, Bücherregale, ein Fernseher und ein Wasserspender standen, dann an einem kleinen Fenster zur Medikamentenausgabe. Dahinter folgte eine endlose Kette von Patientenzimmern. Seneca unterdrückte den Drang, einen Blick durch die Türen zu werfen – sie war noch nie in einer psychiatrischen Abteilung gewesen und hatte keine Scheu vor den Patienten. Nein, sie war eher neugierig. Was unterschied eigentlich Menschen, die krank genug waren, um stationär behandelt zu werden, von den »Normalen« draußen? Manchmal hatte sie Angst, selbst in Behandlung zu müssen. Besonders in den vergangenen Monaten, während der Suche nach Brett.

Die Pflegerin öffnete eine Tür mit der Nummer 16 und betrat ein neutrales Zweibettzimmer mit einem großen Fenster. Auf einem Beistelltisch stand ein Krug Wasser.

»Hier ist dein Besuch, Chelsea«, sagte sie und kehrte in den Flur zurück.

Chelsea Dawson saß aufrecht im Bett, in Destroyed Jeans und weißem T-Shirt. Ihre Augen waren seltsam verschleiert und ihre Mundwinkel hingen bekümmert herab. Sie hatte die Hände im Schoß und zupfte unablässig an unsichtbaren Fäden ihrer Jeans. Ihre hellblonden Haare hatten einen fettigen Ansatz. Das war nicht mehr das hübsche, aufgekratzte It-Girl mit einer Million Instagram-Fans, absolut nicht. Seneca brach es das Herz. Daran war Brett schuld. Noch ein Leben, das er zerstört hatte.

»Hey«, sagte Seneca freundlich und trat näher. »Wie geht es dir?«

Chelsea sah langsam von Seneca zu Maddox. »Ihr seid das.« Ihre Stimme klang hauchzart und unsicher. »Ihr habt mich gefunden.«

Seneca nickte. »Wir haben dich gesucht. Wir haben uns Sorgen gemacht.«

»Ja?« Chelsea befingerte den Saum ihrer Jeans. »Ich dachte, ich bin allen egal. Zumindest bin ich *jetzt* allen egal, so viel steht fest.«

In den Medien stand Chelsea als Betrügerin, Lügnerin und Narzisstin da. Brett hatte es so eingerichtet, dass alle dachten, sie habe die Entführung in Szene gesetzt, um ein Internet-Promi zu werden.

»Uns bist du auch jetzt nicht egal«, versicherte ihr Seneca. »Behandeln die dich gut hier?«

»Ganz okay.«

»War deine Familie schon da?«

Chelsea senkte den Blick. »Mit meiner Familie … ist das im Moment etwas schwierig«, bemerkte sie achselzuckend.

Seneca wartete auf eine Erklärung, aber es kam keine. War es schwierig, weil auch ihre Familie glaubte, dass die Entführung eine Lüge war? Warum hörten sie sich nicht an, was Chelsea zu sagen hatte? Seneca hätte ausrasten können: Brett hatte Chelseas Verschwinden absolut wasserdicht geplant. Er hatte eine Person ausgewählt, die sowieso schon als selbstverliebt und gedankenlos galt, sodass ihr die merkwürdige Entführung kein Mensch abnahm. Wie entwürdigend musste es sein, wenn niemand einem glaubte. Wie niederschmetternd.

Die Pflegerin steckte noch einmal den Kopf zur Tür herein. »Zehn Minuten, mehr nicht.«

Seneca blinzelte. Nur zehn Minuten? Sie hatte gehofft, die Befragung irgendwie einleiten zu können, die Stimmung zu lockern und Chelsea nicht gleich mit ihren Fragen zu überfallen. Doch nun hatte sie keine andere Wahl. Sie stellte sich an Chelseas Bett. »Tut mir leid, aber wir haben da noch ein paar Fragen. Kannst du mit uns darüber sprechen, was passiert ist?«

Chelsea blinzelte. »Seid ihr von der Polizei? Die haben mich nämlich schon befragt.« Sie zog ein Gesicht, als wollte sie sagen: *Hat eh nichts genutzt.*

»Nein. Wir ermitteln zwar, aber privat. Wir möchten dir helfen. Und wir glauben, dass du uns helfen kannst.«

Chelsea musterte die Bettwäsche. Auf dem stumm geschalteten Fernseher in der Ecke lief eine Werbung für Dunkin' Donuts. »Die Therapeuten hier meinen, ich soll das aus dem Kopf kriegen. Ich wurde nicht entführt. Das ist alles nur eingebildet.«

Maddox schnaubte. »Du weißt, dass das nicht wahr ist.«

Chelsea sah ängstlich zur Tür. »Aber wahrscheinlich komme ich hier nur raus, wenn ich sage, dass ich nie entführt wurde. Die wollen, dass ich einsehe, wie krankhaft ichbezogen ich angeblich bin. Ich soll zugeben, dass ich mir das alles ausgedacht habe, um Aufmerksamkeit zu bekommen. Vielleicht ist es besser, wenn ich da mitspiele.«

Von dem grellen Deckenlicht bekam Seneca langsam Kopfschmerzen. Die arme Chelsea steckte in einem Albtraum fest. Alle in ihrer Umgebung und auch die Ärzte versuchten ihr einzureden, dass es Brett nicht gab.

»Ich bin zwar kein Arzt«, meinte Seneca ernst, »aber

diese Entführung war keine Einbildung. Wenn du uns hilfst, finden wir vielleicht den Mann, der dir das angetan hat. Und dann bekommst du eine richtige Therapie statt diesen Scheiß hier.«

Chelsea biss sich auf die Unterlippe. Seneca sah ihrem Gesicht an, wie hin- und hergerissen sie war. Irgendwo auf dem Flur hörte man ein Klingeln. Vor der Tür liefen die Pfleger vorbei. Irgendwann holte Chelsea tief Luft. »Also gut. Was wollt ihr wissen?«

Seneca seufzte erleichtert auf. »Also, zuerst einmal will ich dir sagen, dass wir Gabriel auch kennen.«

Chelsea klimperte wie in Zeitlupe mit den Lidern.

»Wie das?«

Seneca und Maddox sahen einander an. Ja, wie eigentlich. Maddox wippte leicht nach vorn. »Das ist eine lange Geschichte. Er hat uns allen Schmerz zugefügt. Er hat die Schwester unserer Freundin umgebracht.«

»Und er hat meine Mutter getötet«, fügte Seneca stockend hinzu.

Chelsea riss die Augen auf. »Im Ernst?«

Seneca nickte. Sie sah, wie Chelseas Finger sich im Bettzeug verkrallten. Auf ihren Handrücken traten blaue Adern hervor.

»Bist du sicher, dass du darüber reden kannst?«

»Doch, schon«, erwiderte Chelsea, ließ aber den Stoff nicht los.

»Dieser Gabriel hat unsere Freundin Aerin entführt«, erklärte Seneca langsam. Sie prüfte Chelseas Reaktion. Vielleicht brach sie bei dieser Nachricht erneut in Panik aus. Aber Chelsea starrte sie nur an, mit zusammengekniffenem Mund und großen Augen. Es war, als könnte sie sich endlich im Recht fühlen, weil das Verbrechen sich wiederholte. Denn dann war sie ja doch nicht verrückt und es gab dieses Monster Gabriel wirklich.

»Wir können aber nicht zur Polizei gehen, sonst tötet er sie«, fuhr Seneca fort. »Bisher haben wir überhaupt keinen Hinweis, wo wir ihn finden können. Also haben wir gedacht, du könntest uns vielleicht helfen. Alles, was du noch darüber weißt, was da in dem Haus geschehen ist, würde uns weiterbringen. Vielleicht hat er irgendwas gesagt oder sich auffällig verhalten. Hatte er seltsame Angewohnheiten, hat er nach irgendeinem Muster gehandelt?«

Chelsea unterbrach sie. »Halt mal. Ist Gabriel nicht tot?«

Maddox und Seneca tauschten erneut Blicke. Wie sollten sie ihr das erklären? Würde Chelsea dann nicht ausrasten? Es war alles so unberechenbar.

»Er hat seinen Tod nur inszeniert«, platzte Seneca schließlich heraus. »Er hat eine Person in sein Auto gesetzt, die ihm sehr ähnelte.«

Chelsea konnte wieder nur blinzeln. »Dann ist er immer noch da draußen?« Ihr Kinn zitterte. »Und wenn er hier ins Krankenhaus kommt? Wenn er mir etwas antut, weil ich mit der Polizei geredet habe?«

»Das wird er nicht«, versicherte Maddox. »Das verhindern wir.«

»Niemals«, fiel Seneca ein. »Versprochen.«

Chelsea starrte aus dem Fenster. »Dann sieht er jetzt ganz anders aus? Und wenn er schon ganz in der Nähe ist, und wir merken es nur nicht? Vielleicht arbeitet er ja als Pfleger in diesem Krankenhaus!«

»Das tut er nicht«, beteuerte Seneca, obwohl Chelsea da nicht so danebenlag. Könnte es nicht sein, dass Brett sich wieder vor aller Augen unsichtbar machte? Wie sollten sie ihn davon abhalten, sich hier einzuschleichen und Chelsea etwas anzutun? Aber eigentlich war Brett ja im Moment mit Aerin beschäftigt. Es wäre dumm von ihm, seinem Opfer gegenüberzutreten. Außerdem gab es hier Überwachungskameras und Sicherheitsleute. Die Ärzte könnten Brett sofort mit einer Spritze lahmlegen, wenn sie ihn in die Finger bekämen.

Andererseits glaubte hier ja niemand, dass es Brett wirklich gab!

Sobald sich Chelsea ein wenig beruhigt hatte, tat Seneca einen tiefen Atemzug. »Denk mal an die Zeit, bevor dich Gabriel entführt hat. Wie lange kanntest du ihn? Hat er dir mal was erzählt, von seiner Familie oder woher er kommt?«

Chelsea fixierte ein Whiteboard an der gegenüberliegenden Zimmerwand. Auf der Tafel stand nur ganz oben das Datum, mehr nicht. Sie brauchte eine Weile, bis sie antwortete. »Wir kannten uns zwei Jahre, bevor … bevor das passiert ist.« Sie senkte den Blick. Sie wirkte beschämt und verängstigt zugleich. »Ich habe ihn immer nur im Sommer gesehen, wenn ich mit meiner Familie Urlaub gemacht habe. Ich weiß gar nicht, ob er das ganze Jahr in diesem Apartmentkomplex gewohnt hat.«

Seneca klopfte sich auf die Unterlippe. »Hat er mal Familie erwähnt? Eine Schwester vielleicht?«

Chelseas Blick hellte sich auf, sie schnippte mit dem Finger. »Ja! Er meinte irgendwann, seine Schwester hätte ihm Monopoly beigebracht. Außerdem hat er ein paarmal erwähnt, dass sie sich gut verstehen.«

»Hat er seine Schwester besucht? Weißt du, wo sie wohnt?«

Chelsea schüttelte den Kopf. »Ich glaube nicht, dass er mal bei ihr war. Zumindest hat er mir nichts davon erzählt. Aber sie haben manchmal telefoniert.«

»Übers Handy?«

»Nein, übers Festnetz. Ich fand es superkomisch, dass er noch einen Hausanschluss hatte. Wer benutzt denn so was heute noch? Aber er meinte, in seinem Apartment wäre der Empfang nicht so gut.«

Seneca erinnerte sich, wie sie einen Nachmittag in »Gabriels« schicker Surferbude verbracht hatten. Er war zur Arbeit gegangen und hatte sie die Wohnung nutzen lassen. Seneca war immer noch entsetzt, wie sie so viele Stunden in Bretts Zuhause hatten verbringen können, ohne die geringste Ahnung, wer hier eigentlich wohnte. Sie erinnerte sich nicht, in dem Apartment schlechten Handyempfang gehabt zu haben, aber vielleicht nutzte Brett einen anderen Anbieter.

»Erinnerst du dich, worüber sie geredet haben?«, fragte sie.

»Keine Chance. Er hat sich im Schlafzimmer eingeschlossen, wenn er mit ihr telefoniert hat.« Chelsea stutzte. »Eigentlich seltsam. Ich habe mich immer gefragt, warum er das gemacht hat.«

Maddox verschränkte die Arme vor der Brust. »Hatte Gabriel ungewöhnliche Hobbys oder Interessen?«

»Mir fällt dazu nur ein, dass er gerne surfen ging. Dabei konnte er es gar nicht besonders gut. Nicht so wie Jeff und die anderen. Ich fand das immer komisch. Die Wellen haben ihn ständig umgehauen. Aber es gibt ja manche Leute, die Spaß an Dingen haben, die sie nicht können, stimmt's?«

»Gut möglich. Ich spiele total gerne Minigolf, bin aber eine absolute Niete«, stimmte Maddox zu. »Ihr habt euch also gut verstanden, ja?«

»Doch.« Chelsea zog den Kopf ein. »Ganz schön blöd von mir, was?«

»Überhaupt nicht«, versicherte Seneca. »Gabriel ist ein Meister darin, andere glauben zu lassen, was für eine vertrauensvolle Person er doch ist. Uns hat er auch reingelegt.« Dann erkundigte sie sich: »Was habt ihr denn so gemacht?«

Chelsea zuckte die Achseln. »Rumgehangen. Wir sind oft zu diesem Laden gegangen, in dem man sein eigenes Frozen Yogurt zubereiten kann. Und noch in einen anderen Laden, in dem man Keramiksachen anmalen konnte. Ich habe ihm einen Kaffeebecher bemalt.« Sie wandte beschämt den Blick ab. »Er hat mir immer zugehört, bei all meinen Problemen. Vielleicht zu sehr.« Sie lachte nervös auf. »Ich habe ihm alles

Mögliche erzählt. Mich über meinen Freund beklagt, über die Schule oder meine Familie. Und er war einfach immer da und hat alles … aufgesogen.«

Seneca umklammerte die Lehnen des orangefarbenen Plastikstuhls, der neben Chelseas Bett stand. Als Brett ihnen in Dexby bei den Ermittlungen zu Helenas Ermordung geholfen hatte, war er auch immer für alle Probleme offen gewesen. Als sie ihm von ihrer Mutter erzählt hatte, hatte er aufmerksam zugehört, sie nie unterbrochen und ihren Schmerz wie ein dicker Schwamm in sich aufgenommen. Damals hatte sie ja keine Ahnung, dass er jeden Fetzen ihrer traurigen Erinnerungen sammelte und sich wahrscheinlich dachte: *Ha. Das war ich. Ich habe ihr all das angetan. Ich kann alles.*

»Und ihr habt euch meistens in Avignon aufgehalten?«, fragte Seneca. »Ihr wart in keiner anderen Küstenstadt oder irgendwo landeinwärts oder in einem anderen Strandhaus?«

»Nirgendwo«, bestätigte Chelsea. »Die meiste Zeit saßen wir auf der Terrasse seines Apartments. Wir waren kaum woanders.«

Seneca kannte diese Terrasse. Sie hatte auch dort gesessen, mit Maddox. Und zwar gegenüber von Brett alias Gabriel. Aber sie hatten ihn nicht erkannt. »Und wie war es dann, nachdem er dich entführt hatte? Hat sich sein Verhalten da geändert?«

Aus dem Flur kam ein Klingeln, wie von einem Wecker. Chelsea warf einen Blick zur Tür, dann sah sie wieder zu Seneca. Ihr Gesichtsausdruck war traurig und ernst. »Er hat sich um hundertachtzig Grad gedreht.« Sie zitterte. »Er war ein komplett anderer Mensch, nur mit demselben Gesicht. Er hatte alles unter Kontrolle. Eiskalt. Es war grauenhaft.«

Seneca tauschte einen wissenden Blick mit Maddox. Genau das tat Brett immer wieder. Erst erschlich er sich das Vertrauen, dann schnappte er zu und offenbarte sein wahres Ich. Anschließend verschwand er und fing irgendwo anders von vorne an.

Seneca beugte sich nach vorn. »Hat er gesagt, warum er dich entführt hat?«

»Das habe ich ihn immer wieder gefragt. Ich wollte wissen, ob ich mich falsch verhalten hatte. Aber er hat immer nur diese Instagram-Geschichte vorgeschoben.« Sie lachte reuevoll. »Er wollte, dass ich mich hübsch mache und neue Fotos mache, damit ich meinen Followern zeige, wie toll ich aussehe.«

Seneca hörte zähneknirschend zu. Natürlich wollte er das. Es gehörte schließlich zu seinem Plan. Alle sollten denken, dass Chelsea ihre Entführung inszeniert hatte.

Chelsea wickelte eine Haarsträhne um ihren Finger. »Eins muss ich aber zugeben. Er hat mich nicht wirklich schlimm behandelt. Ich hatte etwas zu essen und immer saubere Klamotten. Und dann hat er immer so Sachen gesagt wie: *Freust du dich denn nicht über das hübsche neue Kleid? Ich habe dir extra dein Lieblingsshampoo gekauft.* Es sollte wohl so eine Art Luxus-Entführung werden.«

»Er wollte, dass du ihn magst, obwohl du sein Opfer

warst«, folgerte Seneca laut. »Vielleicht wollte er, dass du dankbar bist. Als würde er dir einen Gefallen tun.«

Maddox schnaubte verächtlich. »Toller Gefallen.«

»Da war noch etwas Seltsames. Einmal hat er den Fernseher angemacht, und in den Nachrichten ging es darum, dass Gabriel Wilton in meinem Entführungsfall als Verdächtiger galt. Ich habe ihm das direkt ins Gesicht gesagt, von wegen: *Jetzt haben sie dich*. Aber er war vollkommen ruhig. Es schien ihn überhaupt nicht nervös zu machen. Und da ist mir klar geworden, dass er so was wahrscheinlich nicht zum ersten Mal gemacht hat. Er war total gelassen und vollkommen überzeugt, dass sie ihn niemals kriegen würden.« Chelsea sah unsicher auf. »Klingt das nachvollziehbar?«

»Absolut«, sagte Seneca. Ihr lief ein Schauder über den Rücken. Brett war sich immer in allem absolut sicher, hundertprozentig.

»Erinnerst du dich an noch etwas, was Gabriel im Laufe dieser Woche getan hat?«, fragte Maddox.

Chelsea schüttelte den Kopf. »Nein, da ist nichts. Tut mir leid.«

»Eins noch«, meinte Maddox. »Hat Gabriel mal die Namen Damien Dover oder Sadie Sage erwähnt?«

Chelsea dachte kurz nach. »Nein, die Namen kommen mir nicht bekannt vor.«

Da ging die Tür auf und die Pflegerin von vorher deutete auf eine Uhr an der Wand. »Die Zeit ist um. Miss Dawson braucht jetzt Ruhe.«

Seneca wandte sich noch einmal an Chelsea. Sie tat ihr leid. Es kam ihr mies vor, dass sie den ganzen Dreck bei ihr abgeladen hatten und sie nun so verwirrt alleinließen. Seneca bildete sich ein, noch mehr dunkle Ringe unter Chelseas Augen zu zählen. Selbst ihre Schultern wirkten eingefallen. Seneca hatte keine Ahnung, welche Medikamente die Ärzte ihr verabreichten, aber die Unterhaltung hatte Chelsea sichtlich zugesetzt und ihr neue Ängste eingepflanzt.

Seneca strich sich die verschwitzten Hände am Kleid ab. »Danke. Das hat uns wirklich geholfen. Und mach dir keine Sorgen, ja? Wir werden ihn finden. Wir werden dafür sorgen, dass alle die wahre Geschichte kennen. Und dass er dir nie wieder etwas antun kann.«

Chelsea sah aus, als würde sie gleich in Tränen ausbrechen.

Seneca entdeckte Stift und Papier auf dem Tischchen neben dem Bett und schrieb dort ihre Handynummer und Mailadresse auf. »Wenn du reden möchtest, dann ruf an oder schreib mir. Aber wirklich. Wir wissen, was du durchmachst. Ich möchte, dass du dich nicht alleingelassen fühlst.«

»Danke.« Chelsea lächelte schwach und drückte den Block an sich. »Kann sein, dass ich mich melde.«

Sie traten leise aus dem Zimmer, dann liefen sie dem Ausgang zu. Sobald sie wieder allein im Aufzug standen, atmete Seneca erst einmal tief aus. Ihre Verzweiflung war durch den Besuch noch angewachsen. »Die Arme.«

»Wirklich.« Maddox fuhr sich mit den Händen über den Hinterkopf.

Die Türen schlossen sich und die Kabine setzte sich

in Gang. »Es kommt mir seltsam vor, dass Brett sie so gut umsorgt haben soll. Geht ein Entführer so mit seinem Opfer um?«, meinte Seneca zwischen der dritten und zweiten Etage.

»Vielleicht ja. Wenn Liebe im Spiel ist.« Bei dem Wort »Liebe« wurde Maddox rot. Seneca sah zur Seite und fragte sich, ob Brett Aerin liebte.

Im Erdgeschoss angekommen, sahen sie Madison auf einer Bank neben dem Eingang sitzen, vertieft in ihr Handy. Sie sprang auf, als Seneca und Maddox näher kamen. »Also, Chelsea hat bestätigt, dass Brett eine Schwester hat«, verkündete Seneca. »Aber wir haben nichts wirklich Neues über ihn erfahren.«

»Das ist doch schon mal was«, entgegnete Madison. »Diese Viola gibt es also wirklich. Vielleicht weiß sie etwas.«

»Oder sie stecken unter einer Decke«, vermutete Seneca und berichtete, dass Brett laut Chelsea hinter verschlossenen Türen mit seiner Schwester telefoniert hatte. »Wir müssen sie unbedingt erreichen.« Sie tippte eine weitere Nachricht an Viola: *Ich weiß, wir kennen uns nicht, und ich entschuldige mich für die vielen Mails. Aber wir müssen dringend mit dir reden. Es geht um deinen Bruder. Es ist sehr wichtig.*

Ihr Smartphone verschickte die Mail mit einem rauschenden Zisch. »Ich wünschte, wir könnten sie irgendwie anders erreichen als mit dieser beliebigen Mailadresse«, seufzte sie. »Ich nehme mal an, die ganzen Nachrichten landen im Spam.«

Madison ließ ihr Kaugummi knallen. »Wenn wir an

Bretts Telefondaten gelangen könnten, dann könnten wir alle Nummern durchgehen und Viola ausfindig machen.«

Maddox zog die Augenbrauen hoch. »Chelsea hat mitbekommen, wie Brett über die Festnetzverbindung in seinem Apartment mit Viola gesprochen hat. Kennen wir vielleicht jemanden bei der Telefonfirma?«

»Ich versuche es über unsere Kanäle bei OF«, meinte Seneca. Auf der Site waren alle möglichen Kriminalfalljunkies versammelt. Die selbst ernannten Ermittler arbeiteten oftmals im juristischen oder medizinischen Bereich oder als Privatdetektive. »Ich glaube, RedBird94 hat Zugang zu Telefondaten.«

»Praktisch«, meinte Maddox.

Seneca fühlte sich etwas besser. Sie hatte immer noch Bretts Stimme im Ohr – höhnisch, spottend, überheblich. Aber wenn alles so lief, wie sie wollte, hätte er bald keinen Grund mehr, sich überlegen zu fühlen. Sie würde ihn finden. Und vielleicht – ganz vielleicht – würde es bald endgültig vorbei sein.

6

»Das war's, Maddox. Ich steige nie wieder zu dir ins Auto«, schimpfte Madison, als der Jeep am nächsten Morgen auf einem Parkplatz in Catskill im Staat New York zum Stehen kam. »Seid wann fährst du wie ein Freak?« Sie setzte die Füße auf den Asphalt. »Ich hab echt gedacht, diesen Fiat machst du einfach platt.«

»Der fuhr im Schneckentempo«, rechtfertigte sich Maddox, »auf der Überholspur! Wer macht so was?«

Er war heute total daneben. Das lag daran, dass er so lange nicht laufen war. Er war niedergeschlagen und durcheinander, und es kam ihm vor, als würden seine Beine ihn nervös umspringen – wie ein Hund, der endlich vor die Tür will. Doch es hatte sich nicht richtig angefühlt, morgens erst einmal joggen zu gehen. Rennen war eine lebensbejahende Tätigkeit: Man machte große, ausholende Schritte, pumpte Luft in die Lungen und brachte das Herz auf Hochtouren. Es kam ihm vor, als würde er die eingesperrte, traumatisierte Aerin damit verspotten. Außerdem befürchtete er, Seneca würde ein Lauftraining ebenfalls unangemessen finden. Es sähe aus, als würde er die Dinge nicht ernst nehmen.

Aber jetzt knirschte er unfreiwillig mit den Zähnen und konnte nicht aufhören, mit den Fingernägeln über seine Cargo-Shorts zu kratzen. Vielleicht hätte er doch lieber ein paar Kilometer rennen sollen. Laufen war eben sein Antidepressivum.

Er öffnete die Autotür. Die Luft war knackig frisch, als habe der Herbst schon begonnen. Um sie herum erhoben sich grüne Berge und alle hundert Meter sah man einen Hinweis auf einen Wanderweg. Doch leider erinnerten Maddox erdige und waldige Orte wie dieser an Camp Spruce Creek, wo er im Alter von neun bis zwölf jeden Sommer im Pfadfinderlager gewesen war. Ein traumatisches Erlebnis. In den Wänden der Holzhütten wühlten nachts die Nager, ins Essen streute angeblich jemand Fingernägel, und einmal war er bei einem Ausflug verloren gegangen und dann eine Stunde lang durch den Wald geirrt: Jedes Astknacken und jeder Schatten hatten ihn erschreckt; er hatte wahnsinnige Angst gehabt, da nie wieder herauszufinden.

Senecas Telefon piepte. Sie stürzte sich darauf, doch ihr hoffnungsvoller Blick wich einer enttäuschten Miene. »Das war wohl nicht Viola?«, fragte Maddox.

»Nein«, erwiderte Seneca. »Und auch nicht RedBird. Aber falls jemand Interesse an einem Barnes-and-Noble-Rabatt hat, kann ich gerne aushelfen.«

»RedBird wird sich schon noch melden«, versicherte Maddox.

In dem Zimmer, das sich alle drei im Reeds Hotel Avignon geteilt hatten, war Seneca gestern Abend noch einmal durchgegangen, welche Hinweise sie bisher zu Brett hatten – und auf nicht viel gekommen. Wie konnte sich ein Mensch einfach in Luft auflösen? Irgendwo musste es doch eine Spur geben.

Madison und Maddox dagegen hatten zu Damien Dover recherchiert und eine Menge gefunden. Sie konnten ein ganzes Profil und einen Zeitplan zu Damiens Verschwinden erstellen. Durch sein Google-Stalking hatte Maddox herausgefunden, dass die Familie des Jungen einen Mountainbike- und Kajakverleih namens Catskills Adventure betrieb, mit Seilgarten und einer Seilrutsche, die Maddox stark an die Anlage erinnerte, von der er beinahe mal gestürzt wäre – in Camp Spruce Creek.

Und jetzt waren sie also hergefahren. Über dreihundert Kilometer Richtung Norden. Sie hatten den Staat gewechselt und suchten nach einem vermissten Jungen statt nach Aerin.

Der Parkplatz vor Catskills Adventure war fast leer, aber sie öffneten um acht Uhr morgens, also waren die Dovers wahrscheinlich schon da und bereiteten sich auf die Samstagstouristen vor. Maddox besah sich den riesigen Holzspielplatz samt Wasserrinne zum Goldschürfen und Retro-Eiswagen. Hatte Sadie Damien hier heimlich beobachtet und darauf gelauert, ihn im passenden Moment zu entführen?

»Das mit diesem Jungen geht mir echt nah«, hatte Maddox gestern Abend zu Seneca gesagt, als sie zusammen auf dem Doppelbett gelegen hatten – jedoch mehrere Handbreit voneinander entfernt, wie zwei einsame Inseln. Er traute sich nicht, näher zu kommen – es sei denn, sie würde sagen, es wäre okay. Er zeigte Seneca ein Foto von Damien. »Ich war auch so spiddelig mit neun. Und so eine Haartolle hatte ich auch. Er ist verrückt nach Lego und spielt gerne *Civilization*, das fand ich auch immer super! Wetten, unsere Süßigkeiten-Vergleiche würden ihm auch gefallen?« Das Spiel hatten sie beim Chatten als Insiderwitz betrieben: Seneca verglich Menschen mit Süßigkeiten-Sorten, was Maddox ganz hinreißend fand.

Über Senecas Gesicht huschte ein Lächeln. »Maddox, wir gehen dem nach, okay? Du musst mir nicht alles Mögliche über diesen Damien erzählen, um mich auf deine Seite zu ziehen.«

»Ich möchte ja nur, dass du dir das genauer anschaust. Vielleicht bekommen wir durch Damien Hinweise darauf, wie Brett eigentlich tickt. Die Suche nach Chelsea war doch auch als Ablenkung geplant, aber am Ende haben wir sie tatsächlich befreit. Vielleicht bekommen wir ja Damien *und* Aerin zurück. Dann retten wir zwei Menschen.«

»Ich weiß. Aber es frustriert mich, nach Bretts Pfeife zu tanzen.« Sie legte Maddox ihre Hand auf die Schulter. »Wir ziehen das zusammen durch, ist doch klar.«

Jetzt standen sie also vor dem einzigen Gebäude des Freizeitparks. Auf einem Schild stand der Name *Catskill Adventure* und darunter die Aufforderung: *Erlebe dein Abenteuer!*

»Dann mal los«, meinte Seneca.

Sie gingen auf den Eingang zu. Maddox bemerkte

ein Mädchen mit pink gefärbten Haaren und einer Militärjacke, die auf einem kleinen Hügel zwischen zwei Tannen saß. Auf ihrem Schoß hatte sie einen großen Campingrucksack. Ihre Wanderschuhe wurden mit Duct Tape zusammengehalten. Er erkannte sie von den Fotos im Web wieder, obwohl sie dort braune Haare hatte.

Er stieß Madison an. »Ist das nicht Damiens Schwester Freya?«

Madison blieb stehen und musterte das Mädchen. »Ja, ich glaube schon.«

Drinnen verwirbelten Deckenventilatoren die Holzfeuerluft. Aus Lautsprechern tönte eine Poppunk-Hymne à la *X Games*, auf Tafeln waren die verschiedenen Angebote und Preise aufgelistet. Hinter der Theke entdeckte Maddox einen Mann mit Crocodile-Dundee-Hut und einem roten T-Shirt mit der Aufschrift *Catskills Adventure*. Er hatte dieselben buschigen Augenbrauen und dasselbe zimtfarbene Zottelhaar wie der Mann in dem Videoclip, den Maddox im Netz entdeckt hatte: Darin bat er Damiens Entführer, ihm seinen Sohn zurückzugeben.

»Kann ich helfen?«, fragte Mr Dover und sah die drei mit einem müden Lächeln an.

»Ähm. Hallo.« Maddox trat auf ihn zu. »Wir gehören zu einer Gruppe von Ermittlern, die sich in einem Internetforum über ungelöste Kriminalfälle austauscht und nach Hinweisen sucht, die der Polizei womöglich entgangen sind. Sie sind Mr Dover, oder? Wir haben von Ihrem Sohn gehört. Wir möchten Ihnen helfen.«

Die Lippen des Mannes zuckten. Er sah zur Snackbar. Aus der Küche dahinter tauchte eine Frau auf, die Maddox als Damiens Mutter erkannte. Ihr Catskills-Adventure-T-Shirt spannte sich über einem üppigen Bauch. Strähnen ihrer angegrauten Haare hatten sich aus dem Pferdeschwanz gelöst.

»Die drei kommen wegen Damien«, erklärte ihr Mann einsilbig.

Mrs Dover stand auf einmal stocksteif da. »Nein. Wenn Sie etwas wissen wollen, wenden Sie sich an die Polizei.«

Maddox trat von einem Bein aufs andere. »Aber wir haben gehört, dass die Polizei keine Spur hat.«

Mrs Dover sah hilflos zu ihrem Mann. »Ich habe doch gesagt, du sollst solche Leute hier fernhalten, Harry.«

Mr Dover hob abwehrend die Hände. »Ich habe niemanden hergebeten!«

Maddox bemerkte einen hellen Punkt am Fenster. Dort stand das Mädchen mit den pinken Haaren und sah zu.

»Bitte gehen Sie.« Mrs Dovers Stimme zitterte, als sie sich an die Gruppe wandte. *»Bitte.«* Sie wies zur Tür. Genau in diesem Moment kam eine gut gelaunte Familie herein, die aussah, als hätte sie eben einen Outdoor-Laden leer gekauft. Sie starrten Maddox und die Dovers erschrocken an, als wären sie Zeugen eines Überfalls.

Maddox verließ das Gebäude. Die Sonne fiel grell auf den Gehweg. Ein Schwall mistgetränkten Mulchgeruchs stieg ihm in die Nase. Das hier war kein guter Start. Vielleicht hatte Seneca recht – vielleicht sollten sie sich lieber auf Brett konzentrieren. Und zwar *nur* auf Brett.

Aber dann sah er einen pinkfarbenen Blitz zwischen den Bäumen verschwinden. Freya. »Halt mal!«, rief er. Das Mädchen wandte sich nicht um. »Warte!« Er lief ihr hinterher und deutete den anderen, ihm zu folgen. »Das ist Damiens Schwester! Kommt!«

Seine Sneaker glitschten über den nebelfeuchten Weg. Zwischen den Baumwipfeln verdunkelte sich die Welt. Maddox schauderte wegen des plötzlichen Temperaturabfalls. Freyas Haarschopf tauchte auf einer kleinen Erhöhung auf, aber sobald es Maddox und die anderen über den Hügel geschafft hatten, war sie verschwunden. Er blieb stehen und sah sich um: Wo war sie nur geblieben? Im Wald war es vollkommen still. Als sich rechts von ihm ein Schatten bewegte, zuckte er zusammen. Blätter raschelten. Seneca zog den Kopf ein. Sie sah beunruhigt aus.

»Im Film kommen genau in solchen Momenten die Aliens und fallen über einen her«, flüsterte Madison.

Wie aufs Stichwort trat Freya hinter einem Baum hervor. »Ihr sollt verschwinden, kapiert?«, schrie sie.

»Alles okay«, wollte Maddox sie beschwichtigen. Dabei pochte ihm das Herz in den Ohren. »Wir wollen doch nur mit dir reden. Wir wollen euch helfen, wegen der Sache mit deinem Bruder.«

Freya starrte die drei wütend an. Ihre Nasenflügel waren aufgebläht wie bei einem wilden Tier. Wortlos trat sie zurück auf den Pfad und flitzte nach links. Sie folgten ihr. Der Weg führte auf eine Lichtung, auf der ein großes Zelt stand. Davor brannte ein Lagerfeuer und an einer Wäscheleine hingen verrostete Blechdosen und Glocken.

Freya bemerkte, wie Maddox das Arrangement bestaunte. »Damit halte ich die Bären ab.«

Madison quiekte erschrocken auf, Maddox aber ließ sich nichts anmerken. »Warum wollt ihr nicht, dass wir euch helfen?«

Freya machte eine geringschätzige Handbewegung. »Die Polizei hat auch gemeint, sie würde uns helfen. Und was war? Sie haben rein gar nichts gefunden.« Ihr Gesicht verhärtete sich. »Haut einfach ab.«

Das Mädchen wollte schon ins Zelt kriechen, da rief Seneca: »Warte.«

Freya wandte sich um.

»Ich weiß, wie sich das anfühlt, wenn man so im Stich gelassen wird. Als meine Mutter ermordet wurde, hat sich die Polizei ähnlich bescheuert verhalten. Sie haben Beweise verschlampt, sind nicht den richtigen Hinweisen gefolgt und haben sich übel verzettelt. Der Mörder wurde nie gefasst.« Seneca hielt kurz inne, um ihre Worte sacken zu lassen. Freyas Mund zuckte, aber ihr Blick war immer noch abwehrend. »Wir sind von *Offene Fälle*. Das ist eine Website, auf der sich Menschen versammeln, die Kriminalfälle lösen, bei denen die Polizei aufgegeben hat. Und wir finden etwas. Immer.«

Freya musterte die drei von oben bis unten. Ziemlich lange. Dann meinte sie seufzend: »Na gut. Also?«

Seneca verlagerte ihr Gewicht auf das andere Bein. »Du willst tatsächlich reden, ja?«

»Ihr wollt tatsächlich helfen, ja?«, äffte Freya sie nach.

»Erzähl uns, was mit deinem Bruder passiert ist, dann überlegen wir, was wir tun können.«

Freya kroch aus dem Zelt und deutete den dreien, sich auf die um das Feuer verteilten Holzblöcke zu setzen. »Damien ist von einem Tag auf den anderen verschwunden«, berichtete sie tonlos. Es hörte sich an, als hätte sie das schon tausendmal erzählt. »Die glauben, dass es unsere Klavierlehrerin war. Aber wenn ihr so tolle Experten seid, wisst ihr das sicher längst.«

»Stimmt«, bestätigte Maddox leise. »Sie heißt Sadie Sage.«

Freya rümpfte die Nase. »Klingt wie ein Tarnname. Hätte mich stutzig machen müssen.«

»Kanntest du sie?«, fragte Seneca.

»Oh ja. Ich hatte auch Unterricht bei ihr. Ich hätte es ahnen müssen.«

Maddox neigte angefixt den Kopf. »Warum?«

»Na ja. Sie war komisch. Fand Halloween toll. Und zwar so, dass sie es das ganze Jahr gefeiert hat. Sie hat in dieser Schule ein paar Orte weiter unterrichtet, und alle Zimmer da waren ganz normale Unterrichtsräume, halt so mit Instrumenten drin. Aber sie hat ihren Raum ausgeschmückt, total irre. Man musste dann seinen Beethoven einem Monster-Wasserspeier und einem Skelett mit Hexenhut vorspielen. Sie hatte lauter seltsames Zeug da, leere Vogelkäfige und auf dem Fensterbrett aufgereihte Puppenschuhe und altes OP-Besteck.«

Madison riss die Augen auf. »Was denn für OP-Besteck?«

»Nichts richtig Schlimmes. Das lag alles hinter Glas und es war nichts Scharfes dabei. Aber seltsam war es schon. Als die Polizei eine Verbindung zog, weil Sadie zur selben Zeit wie Damien verschwunden war, dachte ich erst: *Na klar, sie verdächtigen sie, weil sie eine abgedrehte Gothic-Braut ist. Das sind voreingenommene, engstirnige alte Leute.*«

»Aber sie hatten recht?«, vermutete Maddox.

Freya hob einen Tannzapfen auf, pickte ein paar Schuppen ab und warf ihn dann ins Gebüsch. »Die Polizei meinte, Kindesentführer locken ihre Opfer mit Dingen, die sie toll finden. Denen sie nicht widerstehen können. Und dann ist es mir eingefallen.« Ihr Gesicht verhärtete sich, als wollte sie nicht weiterreden.

»Was ist dir eingefallen?«, fragte Maddox.

Im Gestrüpp raschelte etwas, ein Vogel stieß einen einsamen Schrei aus. »Sadie hat immer gesagt, sie würde mit ihren Schülern nach Orlando fahren, in so einen Themenpark«, erzählte Freya. »Damien wollte unbedingt da hin. Er hat lauter YouTube-Videos über die Universal Studios angeschaut. Er hat unsere Eltern angebettelt, dorthin zu fahren, aber denen war das zu teuer. Vielleicht hat Sadie ihn damit rumgekriegt. Vielleicht hat sie ihn mit Karten für das Universal Orlando Resort überrascht.«

Seneca runzelte die Stirn. »Glaubst du denn, er

wäre einfach mit ihr mitgegangen? Ohne etwas zu sagen?«

»Wahrscheinlich. Sonst wäre er noch hier, oder?« Freya sah aus, als würde sie im nächsten Moment in Tränen ausbrechen oder einem von ihnen eine reinhauen.

Maddox neigte den Kopf. »Was glaubst du, warum hat Sadie ihn entführt? Hatte er Streit mit euren Eltern? Vielleicht ist das Sadies Motivation – sie dachte, wenn sie Damien wegholt, rettet sie ihn aus einer schlimmen Situation.«

Freya verdrehte die Augen. »Du klingst wie ein Bulle.«

Maddox zuckte zusammen und befürchtete kurz, Thomas könnte auf ihn abgefärbt haben. Dabei fiel ihm ein, dass er so schnell wie möglich im Krankenhaus anrufen wollte, um zu fragen, ob Thomas aufgewacht war.

»Ich glaube nicht, dass sie ihn vor irgendwas retten wollte«, meinte Freya. »Sie hat ihn aus einem anderen Grund entführt.«

»Und was könnte das für ein Grund sein?«, hakte Seneca nach.

Freya presste die Lippen zusammen. »Sie mochte Kinder, sehr sogar. Vielleicht hat sie selber welche gewollt. Und meinen Bruder hat sie besonders gern gehabt. Ich habe manchmal beobachtet, wie sie ihn so schwärmerisch angeschaut hat. Als könnte sie nicht glauben, dass es ihn wirklich gibt.«

Madison sah aus, als fände sie das äußerst bedenklich.

»Nicht so, das war nicht krank«, fügte Freya schnell hinzu. »Ich hatte nicht den Eindruck, dass sie eine von den Lehrerinnen ist, die ihre Schüler verführt. Nein, das war eher so auf der emotionalen Schiene. Schwer zu erklären.«

Es entstand eine lange Pause. Irgendwo über den Baumwipfeln hörte Maddox ein Flugzeug. Der Wind drehte sich und er konnte Senecas Kokos-Shampoo riechen.

»Also hat sie ihn nicht mit nach Orlando genommen?«, fragte Seneca.

»Nee. Die beiden sind in einen Bus nach New York gestiegen. Vielleicht sind sie mit einem weiteren Bus nach Orlando gefahren, aber das Busunternehmen hatte dazu keine Daten. Vielleicht hat diese Wahnsinnige eine falsche Identität benutzt oder ein Auto gestohlen. Bevor die Bullen beschlossen haben, dass die Suche sich nicht lohnt, sind sie Tausende Überwachungsvideos von Universal, Disney und Six Flags durchgegangen. Die haben sich wirklich jeden Park vorgenommen. Aber es ist nichts dabei herausgekommen.«

»Vielleicht sind sie irgendwo in New York?«, vermutete Maddox.

Freya rümpfte die Nase. »Hoffentlich nicht. Damien hasst Großstädte.«

»In New York kann man sich schlecht verstecken«, meinte Seneca. »Da sind überall Überwachungskameras und Polizisten. Ich nehme an, sie sind an einem verlasseneren Ort.«

»Oder er ist tot.« Freya klang gespielt gleichgültig.

»Das glaube ich nicht«, meinte Maddox.

Seneca sah auf. Sie schüttelte ganz leicht den Kopf. *Nein!*

Aber schon trat Freya mit einem Ausdruck wilder Hoffnung auf ihn zu. »Ach ja? Und woher willst du das wissen?«

Maddox schluckte. Das hätte er nicht sagen dürfen. Brett hatte ihnen nichts Handfestes geliefert. »Also … ich meine ja nur, wenn man nach dem bisherigen Täterprofil geht, ist sie doch nicht der Typ, der tötet …«, stammelte er. »Wir nehmen an, dass sie ihn irgendwohin gebracht und ihm nichts angetan hat.«

Freyas verbitterte Miene war wieder da. »Na klar. Du bist ja ein toller Experte.«

Seneca trommelte auf ihren Knien. »Im Polizeibericht steht, dass sie keine Lösegeldforderung gestellt hat.«

Freya schüttelte den Kopf. »Sie hat sich nicht bei uns gemeldet.«

»Und haben die irgendetwas über Sadie herausgefunden, dem wir weiter nachgehen könnten?«, erkundigte sich Maddox. »Hatte sie Freunde oder Bekannte, die wir befragen könnten? Oder gibt es in der Stadt Leute, die sie gut kannten?«

»Die Polizei hat meinen Eltern gesagt, dass sie keine Freunde hatte.«

»Ist sie nie angerufen worden während der Klavierstunden?«, bohrte Maddox weiter. »Hast du sie nie mit anderen zusammen gesehen?«

»Ich kann nicht mal mit Sicherheit sagen, ob sie

überhaupt ein Telefon hatte«, meinte Freya spöttisch. »Kapiert ihr jetzt, warum die Bullen den Fall aufgegeben haben? Es gibt einfach null Hinweise.«

Maddox biss die Zähne zusammen. »Da muss es doch etwas geben. Menschen lösen sich nicht einfach in Luft auf. Diese Sadie muss eine Vergangenheit haben. Irgendwo muss sie doch Familie oder Freunde haben. Dem müsste die Polizei nachgehen.«

»Nichts.« Freya grinste, als käme sie gleich zur Pointe eines grandiosen Witzes. »Sadies Daten lassen sich drei Jahre zurückverfolgen. Da ist sie hergezogen. Und davor gab es sie ganz einfach nicht.«

Alle schwiegen. Als Maddox aufsah, starrte Seneca ihn an und dachte wahrscheinlich dasselbe wie er: dass sich das genauso anhörte wie bei jemand anderem, mit dem sie zu tun hatten.

Sie stellten Freya noch ein paar Fragen. Wie Sadie Sage denn so gewesen wäre als Klavierlehrerin – *na, eben so eine irre Klavierlehrerin, was denn sonst*. Ob sie auch Stunden bei sich zu Hause gab – *nein, ich habe keinen blassen Schimmer, wo sie gewohnt hat. Die Polizei aber schon. Angeblich haben sie da alles durchsucht, aber die Wohnung war leer*. Irgendwann stand Maddox auf und streckte die Arme nach oben. »Danke, dass du mit uns geredet hast.«

Freya schnaubte. »Gebracht hat es nichts.«

Senecas Blick blieb an dem Zelt hängen. »Schläfst du da drin?«

Freya zuckte mit den Achseln und vermied jeden Augenkontakt. »Kann sein.«

»Und warum nicht zu Hause?«

Sie zog die Nase hoch. »Das geht euch nichts an.« Und damit kroch sie in ihr Zelt und zog den Reißverschluss zu. Schneller, wütender Punkrock wummerte durch den Stoff. Dann steckte sie doch noch einmal den Kopf heraus. »Das mit deiner Mutter tut mir leid.«

Auf dem Rückweg zum Auto trat Maddox in eine Pfütze, wodurch seine Schuhe ganz durchweichten.

»Sie erinnert mich an Aerin, als wir sie das erste Mal trafen«, sagte Seneca nach einer Weile. »Wisst ihr noch, wie aggressiv sie war? Und so verschlossen. Hätte mich nicht überrascht, wenn sie auch in einem Zelt im Wald gewohnt hätte.«

»Und was ist mit dieser Sadie Sage?«, flüsterte Madison. »Eine Klavierlehrerin, deren Vorgeschichte sich nur drei Jahre zurückverfolgen lässt? Sie hat offenbar ihre Identität gewechselt. Aber warum?«

»Sie ist wie eine weibliche Version von Brett«, murmelte Seneca, während sie auf den Beifahrersitz kletterte. »Sie tritt nur phasenweise in Erscheinung. Und ist allen anderen zig Schritte voraus. Sie hat einen Plan. Aber den kennen wir nicht. Genauso wenig, wie wir wissen, was Brett vorhat.«

Madison riss die Augen auf. »Vielleicht ist *sie* ja Bretts Schwester Viola?«

Maddox verzog den Mund. »In den Zeugenaussagen wird sie meist auf Mitte vierzig geschätzt. Wir wissen zwar nicht, wie alt Brett genau ist, aber älter als fünfundzwanzig ist er sicher nicht. Dann wären die beiden zwanzig Jahre auseinander.«

»Ganz ausschließen sollten wir es nicht«, meinte Seneca enttäuscht und aufgeregt zugleich. »Daran habe ich noch gar nicht gedacht, Madison.«

»Wer auch immer sie ist – wir werden sie finden«, beharrte Maddox. Sein Magen zog sich zusammen. »Bretts Plan mit Aerin tritt nämlich bald ins Finale.«

7

Aerin hatte eine furchtbar unruhige Nacht hinter sich, und morgens tat ihr alles weh: der Magen, der Rücken, sogar ihre Augäpfel. Sie sehnte sich nach einer Paracetamol, fand es aber entwürdigend, Brett danach zu fragen. In den Stunden vor Morgengrauen hatte sie mit gefesselten Arm- und Fußgelenken auf dem Bett gelegen, die Augen vor Angst weit aufgerissen. Sie zwang ihr Hirn, an etwas anderes zu denken als daran, ob sie es je lebend hier rausschaffen würde.

Sie stellte sich vor, wie sie Thomas küsste, doch dann wurden die Tagträume zu schmerzhaft. Sie dachte an Essen, denn sie hatte jede Nahrung verweigert, die Brett ihr angeboten hatte. Lieber wollte sie verhungern, als diesem Ungeheuer das Vergnügen zu gönnen, sie zu töten. Sie stellte sich vor, was ihre Mutter wohl gerade machte. Wie sie ihre Runde durch die Scoops-Eisläden machte und nach dem Rechten sah. Und dann zum Yoga in den Dexby Bikram ging. Mittags würde sie ein Kochbox-Menü zubereiten. Wieso ahnte ihre Mutter nicht, dass sie in der Gewalt eines Wahnsinnigen war? Gab es nicht eine Art Mutter-Alarmsystem, das sich meldete, sobald ein Kind in

Gefahr war? Hatte Helena ähnliche Gedanken gehabt, bevor Brett sie tötete?

Das Einzige, was sie einigermaßen besänftigte, war eine Halluzination, die sie kurz vor Sonnenaufgang hatte. Sie sah Helena als flimmernde Luftgestalt vor der Tür stehen. Ihre Schwester hatte die blonden Haare kurz geschnitten, und sie trug den weißen Mantel mit Pelzkragen, den sie auch angehabt hatte, als Aerin sie zum letzten Mal gesehen hatte. Helena kam mit einem sanften Lächeln auf sie zu, sie war wie durchsichtig, erhaben und ruhig. *Alles wird gut*, sagte sie. *Versprochen. Du musst nur entkommen.*

Aber wie?, fragte Aerin. Doch da war Helena zerplatzt wie eine Seifenblase.

Als es heller wurde, sah sie sich das Zimmer genauer an. An der gegenüberliegenden Wand stand eine kleine Kommode. Vielleicht könnte sie die umwerfen und durch das Fenster schleudern? Aber wahrscheinlich hatte sie dafür nicht genug Kraft, außerdem bräuchte sie beide Hände. Brett hatte ihr die Kabelbinder bisher nur ein einziges Mal abgenommen, als sie auf die Toilette musste. Und dabei hatte er sie bewacht wie ein Gefängniswärter.

Sie schob sich vom Bett, kroch zum Fenster und hob den schweren Vorhang. Das Fenster war vernagelt. Keine Chance, da rauszukommen. Aerin legte das Ohr an die Scheibe und horchte nach Hinweisen – nach Schritten, Zuggeräuschen oder sonst etwas, das verraten könnte, wo sie sich befand. Plötzlich war da ein lautes Rumpeln. Sie erschrak. Das musste irgendein Baufahrzeug sein. Es piepte im Rückwärtsgang. Hielt an, piepte weiter.

Aber dieses Geräusch würde ihr nicht hier raushelfen. Aerin robbte zurück zum Bett und ließ sich erschöpft auf die Matratze fallen. Sie musste es über das Bad probieren – Brett hatte ihr erlaubt, die Tür zu schließen, und sie hatte knapp unter der Decke ein kleines Fenster entdeckt, das Licht und frische Luft hereinließ. Gab es da etwas, worauf sie steigen könnte, um an das Fenster zu kommen und hinauszuklettern?

Auf einmal ging die Tür auf. Aerin spürte die Angst im ganzen Körper.

»Wach auf, Schlafmütze.« Teller klapperten. Brett stellte das Frühstück auf den Nachttisch. »Ich habe dir einen Eiersandwich gemacht. Der ist sicher genauso lecker wie der, den wir vom Zimmerservice bekommen haben, nach der Party in New York. Erinnerst du dich noch, wie schlecht dir war?«

Aerin drückte den Kopf in das verschwitzte Kissen. Sie spürte ein quälendes Unbehagen. Nach Bretts Party im Ritz-Carlton hatte sie einen schrecklichen Kater gehabt und den Eiersandwich praktisch mit einem Bissen vertilgt. Trotzdem: *Tu nicht so, als würdest du mich kennen*, dachte sie voller Wut.

Aber Brett redete einfach weiter. »Waren ja alle ziemlich hinüber an dem Morgen.« Er kicherte verhalten. »Aber ich werde diese Party immer in Erinnerung behalten. Das war der beste Abend meines Lebens.«

Aerin wandte sich ab. Sie ahnte schon, worauf er

hinauswollte. Sie hatten sich an dem Abend beinahe geküsst. Genau das wollte er ihr ins Gedächtnis rufen.

Die Matratzenfedern quietschten, als Brett sich neben sie setzte. Er nahm ihr die Fesseln ab und berührte ihre Haut. »Alles okay?«

Seine Hand strich über ihre Wade. Sie wurde von Ekel gepackt, ihr krümmte sich der Magen. Aber sie blieb regungslos. Wenn sie reagierte, dann hieß das, dass seine Berührung ihr etwas ausmachte. Sie wollte ihm aber signalisieren, dass sie absolut nichts für ihn empfand.

»Verstehe schon. Du brauchst nichts zu sagen.« Brett nahm seine Finger weg und lehnte sich zurück. »Aber iss was. Wenn du etwas isst, erzähle ich dir, worüber Seneca und ich uns gestern unterhalten haben.«

Aerin hielt den Atem an. Gut. Seneca wusste es also. Das hob ihre Stimmung etwas. Aber warum sprach Brett direkt mit ihr? Ziemlich dumm von ihm.

Aber nein. Sie würde nicht nachfragen. Sie würde nicht nach seinen Regeln spielen.

»Mach dir aber keine Hoffnungen«, fuhr Brett in schelmischem Tonfall fort. »Seneca weiß, dass du bei mir bist, aber ich habe ihr gesagt, wenn sie die Bullen einschaltet, wird sie es bereuen.«

Aerins Nasenflügel zuckten. *Nur nicht bewegen. Ich lass mich von ihm nicht provozieren.*

Dann tätschelte er die Matratze. »Und, findest du das Bett bequem? Ich habe extra für dich einen erstklassigen Matratzentopper besorgt. Genau auf diesem Modell ist deine Schwester gestorben.«

Es fühlte sich an, als habe er sie mit einem Schürhaken durchbohrt. Unabsichtlich fuhr Aerins Kopf hoch und sie starrte ihn mit weit aufgerissenen Augen an. Er hielt ihrem Blick stand und lächelte amüsiert. Ihr schlug das Herz bis zum Hals. Dieser Wahnsinnige könnte sie einfach so töten. Er wusste alles über sie. Er kannte ihre Schwächen und ihre Geheimnisse. Ihre einzige Chance war also, sich zu verwandeln. Sie musste zu einer Person werden, die er nicht durchschaute. Aber das war gar nicht so einfach.

Von dem Mandelbuttergeruch, der im Zimmer hing, wurde Aerin ganz schummerig. Sie richtete sich auf. Sie wollte ihren Fluchtplan jetzt sofort in Angriff nehmen. »Ich will duschen.«

Brett kniff die Augen zusammen. »Jetzt auf einmal möchtest du unter die Dusche?«

»Ja.«

Er musterte sie von oben bis unten. »Du bist sauber genug. Seit du das letzte Mal geduscht hast, sind keine vierundzwanzig Stunden vergangen.«

In seinem Gesicht stand ein leises Lächeln und Aerin schauderte. Bluffte er, oder wusste er tatsächlich, wann sie gestern geduscht hatte? Dass er sie derart überwachte, nahm ihr den Wind aus den Segeln. Sie musste sämtliche Kräfte aufbringen, um nicht einzuknicken.

»Ich. Will. Duschen«, beharrte sie.

»Na schön.« Brett hob kapitulierend die Hände. »Du hast zehn Minuten.«

Aerin schoss ins Bad und machte die Tür hinter sich

zu. Blöderweise ließ sie sich nicht abschließen. Sie suchte den Raum nach einer Überwachungskamera ab, konnte aber keine entdecken.

Sie stellte die Dusche an, um ihr Rumoren zu übertönen. Dann begutachtete sie das kleine Fenster unter der Decke. Es ließ sich anscheinend öffnen, indem man einen schmalen Metallhebel im Rahmen betätigte. Mit der Toilettenbürste versuchte sie, den Hebel hochzudrücken, und tatsächlich ließ er sich bewegen, und das Fenster öffnete sich einen winzigen Spalt. Sie hätte jubeln können vor Freude. Wenn sie es nach da oben schaffte, könnte sie das Fenster noch weiter aufstoßen und nach draußen kriechen.

Aber wie sollte sie da hochklettern? Das Zimmer füllte sich mit Dampf. Aerin öffnete den Schrank unter dem Waschbecken. Doch da waren nur Frischluftspray und eine Packung Toilettenpapier. Aerin stellte die Packung unter das Fenster und versuchte, darauf zu stehen, aber die Rollen hielten ihr Gewicht nicht, und außerdem lag das Fenster immer noch zu hoch.

Mist. *Mist.* Aerin packte den Waschbeckenrand und besah ihr vor Panik verzerrtes Spiegelbild. Dann bemerkte sie etwas auf der Ablage. Ein kurzes braunes Haar. Nicht ihres, so viel war klar. Also vielleicht Bretts?

Sie starrte das Haar an und ihr dämmerte, dass es irgendwie nützlich werden könnte. Wenn sie dies alles überlebte. Ein Haar bedeutete DNA. Sie zog alle Schubladen auf, weil sie nach einem Behältnis suchte. Und ganz unten fand sie tatsächlich eine Kontaktlinsendose. Sie wusch sie aus, trocknete sie ab, legte das Haar hinein und verstaute die Dose in ihrer Hosentasche.

Da klopfte es an der Tür. »Die zehn Minuten sind um!«, rief Brett von draußen.

Aerin erstarrte. Das konnte nicht stimmen. Es waren maximal drei Minuten vergangen. Sie schob gerade das Klopapier zurück in den Schrank, als Brett hereinplatzte. Die laufende Dusche und der geöffnete Schrank schienen ihn zu verwirren. Da schoss sein Blick zu dem kleinen Fenster. Offenbar war ihm sofort klar, was sie vorhatte.

Aerin verlor allen Mut. »Ich …« Sie suchte nach einer Entschuldigung, aber was konnte sie schon sagen?

Bretts Blick verengte sich. Sie spürte, wie ihn heftiger Zorn packte. Sie drehte sich zur Dusche, um das Wasser abzustellen, da stürzte er sich auch schon auf sie und riss sie auf den Fliesenboden. Aerin schrie, aber Brett legte ihr eine Hand auf den Mund und drückte ihr brutal den Hals zu.

»Glaubst du wirklich, du bist klüger als ich?« Speicheltropfen landeten auf ihrer Wange und vermischten sich mit dem wirbelnden Dampf. »Du solltest mir auf den Knien danken, dass ich so freundlich zu dir bin, höflich mit dir spreche und dir zu essen gebe und dich nicht sofort töte. Du glaubst, du kennst mich, ja? Du kennst mich nicht.« Er schlug mehrmals knapp neben ihrem Kopf mit der Faust auf den Boden. »Du weißt nicht, wozu ich fähig bin. Soll ich dir sagen, wo dein armseliger kleiner Freund gerade ist? Im Krankenhaus.«

Aerins Herz stockte. »Wie? Warum?«

»Dafür habe ich gesorgt. Ich kann so was. Das solltest du inzwischen wissen. Also benimm dich gefälligst, sonst wird das hier eine ganz böse Angelegenheit.«

Aerin kniff die Augen zu. »Es tut mir leid«, sagte sie mit gesenkter Stimme. Sie konnte das Putzmittel auf den Bodenfliesen riechen. Aus dem halb offenen Fenster kam eine leichte Brise, die ihre Haut kühlte.

»Was war das?«

»Es … es tut mir leid!«

Brett riss sie hoch, zerrte sie ins Schlafzimmer, warf sie zurück aufs Bett und befestigte neue Kabelbinder um ihre Hand- und Fußgelenke. Dann machte er auf den Hacken kehrt, warf Kaffee und Toast auf den schmuddeligen Boden und verließ, die Tür knallend, das Zimmer.

Aerin sank schluchzend auf die Matratze. *Thomas*, dachte sie voller Angst. Was hatte Brett ihm angetan? Würde er überleben? Hatte Brett ihn ihretwegen angegriffen?

Wut überfiel sie, dann heftige Verzweiflung, dann demütigender Schmerz. Sie tastete ihren Hals ab – er fühlte sich wund an. Wahrscheinlich würde sie bald blaue Flecken haben.

Aber in einem hatte Brett immerhin recht: Er hatte sie *nicht* getötet. Vielleicht sollte sie ihm dafür Dankbarkeit zeigen? Sie musste ihn so lange davon abhalten wie möglich. Nur so konnte sie hier entkommen, so wie Helena es ihr geraten hatte. Was da eben passiert war, durfte nicht noch einmal geschehen.

Aerin schloss die Augen, denn auf einmal erkannte sie einen Ausweg. Es war keine Lösung, die ihr besonders gefiel, aber wahrscheinlich kam sie nur so lebend davon.

8

»Die nächste dann links.« Seneca zeigte auf einen Abzweig, dem sie näher kamen. Maddox riss das Steuerrad des Jeeps herum, dass die Reifen über die Schotterstraße schlitterten. Vor ihnen stand, einsam an einem Parkplatz, ein niedriges braunes Gebäude. Das Einzige, das darauf hindeutete, dass sie den richtigen Ort angefahren hatten, waren mehrere Polizeiwagen mit der verwitterten Aufschrift *Catskills Police Department*, die in einer Reihe dahinter parkten.

Maddox zog den Zündschlüssel, aber niemand machte Anstalten, den Wagen zu verlassen. Sie beugten sich über Maddox' Smartphone und sprachen mit Thomas. »Lass dich nicht zu früh entlassen«, riet Seneca. »Du solltest noch das MRT abwarten.«

»Aber ich will hier raus.« Thomas' Stimme klang schwerfällig und schläfrig. »Ich muss euch helfen, Aerin zu finden. Das darf doch alles nicht wahr sein.«

»Wir sind dran«, versicherte ihm Madison. »Wir werden sie finden. Und du musst jetzt erst mal auf die Beine kommen.«

Sie legten auf und blieben noch eine Weile schweigend sitzen. Es war ihnen schwergefallen, Thomas anzurufen und ihm alles zu erzählen. Aber sie durften es ihm doch nicht verheimlichen. Seneca hatte dennoch ein schlechtes Gewissen. Welche furchtbaren Gedanken Thomas jetzt wohl quälten? Hatte er Angst? Wenn Brett ihn ein Mal zu töten versucht hatte, könnte er es auch ein zweites Mal versuchen. Erst recht, da Thomas nun verletzlich und schwach war.

Also mussten sie Brett finden, und zwar schnell. Und das hieß, dass sie auch Damien finden mussten. Maddox hatte recht: Sie hatten keine andere Wahl, als Bretts Befehle zu befolgen. Seit dem Gespräch mit Freya war Seneca ganz drin in dem Fall. Die Geschichte über Damiens Verschwinden ging ihr nahe, sie hatte unendliches Mitleid mit dem Jungen und seiner Familie und eine unendliche Wut auf die Polizei, die einfach aufgegeben hatte. Könnte diese Sadie wirklich Viola sein? Es war zumindest eine interessante Vermutung. Aber warum sollte Brett sie auf ein Verbrechen ansetzen, das seine Schwester begangen hatte? Wohin sollte das führen? Was waren das für Brotkrumen, die er ihnen hinwarf?

Seneca straffte die Schultern und öffnete die Jeeptür. Schweigend liefen die drei über den Schotter zum Eingang der Polizeiwache. Im Vorraum roch es nach Holzfeuer, und überhaupt sah es aus wie in einer Jagdhütte: Die Wände waren mit Holz verkleidet, an der Decke sah man freiliegende Balken. In einer Ecke blubberte ein uralter Wasserautomat. Ein kleiner Tischventilator wehte in die Richtung eines leeren Stuhls am Empfangstisch.

»Hallo?«, rief Seneca.

Eine Tür zu den hinteren Räumen öffnete sich und eine kräftige Frau trat heraus. Auf ihrem T-Shirt waren zwei böse blickende Wölfe aufgedruckt. Die Frau sah nicht von ihrem Handy auf. Unter ihrem Arm klemmte eine Zweiliterflasche Cola, und sie summte eine Melodie, die entfernt an Taylor Swifts »Look What You Made Me Do« erinnerte. Als sie dann doch aufsah und die kleine Gruppe entdeckte, zuckte sie zusammen und runzelte die Stirn. »Ja?«

Maddox trat nervös vor. »Ja, guten Tag. Mein Name ist Thomas Grove und ich komme von der Polizeistelle in Dexby, Connecticut. Ich habe hier in der Gegend Familie. Könnte ich eventuell mit dem wachhabenden Officer sprechen?«

»Das bin ich.« Die Frau tippte mit ihrem langen Fingernagel an ein Schild auf dem Tisch. Seneca war es bisher gar nicht aufgefallen, aber darauf stand: *Officer Lorna Gregg*.

»Oh, das trifft sich ja gut«, erwiderte Maddox prompt. »Wäre es möglich, dass ich Einsicht in den Fall Damien Dover bekomme? Befragungen, Spurensicherung und so was?«

Officer Gregg drehte den Verschluss ihrer Colaflasche auf. Es zischte unheimlich. »Kann ich einen Ausweis sehen? Du siehst nicht aus wie ein Polizist. Du siehst wie ein Kind aus.«

Maddox versuchte, keine Reaktion zu zeigen, aber die Röte stieg ihm ins Gesicht. Er durchwühlte seine Hosentaschen und tat so, als suche er nach seiner

Polizeimarke. »Sie können gern in Dexby anrufen, die Kollegen dort werden bestätigen …«

»Hör auf damit«, unterbrach ihn Officer Gregg barsch. Aus ihrem Gesicht war jede Freundlichkeit gewichen. »Du weißt schon, dass es eine Straftat ist, sich als Polizist auszugeben, oder?«

Maddox hörte auf, seine Taschen zu durchsuchen. Seneca schluckte. »Wir möchten doch nur helfen«, schaltete sie sich ein. »Können Sie uns nicht wenigstens sagen, wo Sadie Sage gewohnt hat?« Im Netz hatten sie nur herausgefunden, dass die Klavierlehrerin irgendwo in Catskill zur Miete gewohnt hatte. Sie hatten sämtliche Wohnungsmakler angerufen, aber niemand hatte eine Sadie Sage in den Akten. Nur eine Musikschulkollegin namens Dahlia Quinn hatte ihnen einen Hinweis gegeben: Sadie hatte ihr gegenüber geäußert, ihr Zuhause sei »individuell«. Sie wäre die erste Person, die jemals dort gewohnt hätte. So konnte sie dem Ort ihren eigenen Stempel verleihen, hatte die Musiklehrerin vermutet. War es also eine nagelneue Wohnung? Oder irgendeine Immobilie, die niemand sonst wollte?

Die Polizeibeamtin schüttelte den Kopf. »Solche Informationen kann ich nicht rausgeben. Die Ermittlungen sind noch nicht abgeschlossen.«

Senecas Ärger wuchs. »Ach ja? Wir haben gehört, dem Fall würde nicht weiter nachgegangen. Ich dachte, Sie könnten jede Unterstützung gebrauchen.«

Officer Gregg sah sie entnervt an, dann blätterte sie energisch in den Papieren auf ihrem Schreibtisch.

»Kinder, ich rate euch, die Stadt zu verlassen. Und du« – sie warf Maddox einen wütenden Blick zu – »gibst dich nie wieder als Polizist aus, klar? Du kannst froh sein, dass ich dich nicht verhafte.«

Maddox murmelte etwas Unverständliches und wandte sich zum Gehen, aber Seneca war noch nicht fertig. »Warum bemüht sich die Polizei nicht, diesen Jungen zu finden? Warum sitzen Sie hier an Ihrem Schreibtisch und süffeln Cola und machen sich nicht einmal die Mühe, Ihre Polizeiuniform zu tragen?«

Officer Greggs Augen funkelten vor Zorn.

»*Seneca*«, flüsterte Maddox warnend.

Aber jetzt war Seneca einmal warmgelaufen und konnte nicht so schnell aufhören. Damien verdiente es, dass hier sorgfältiger und energischer ermittelt wurde. Seine Familie verdiente es. Ja, vielleicht vermischte sie die Geschichte des Jungen mit ihren eigenen Erlebnissen – auch damals war nichts geschehen, um den Mörder ihrer Mutter zu finden –, aber eine Ungerechtigkeit blieb nun einmal eine Ungerechtigkeit. »Wie viele Kriminalfälle haben Sie denn hier sonst noch zu klären?« Sie deutete auf die Berglandschaft hinter dem Fenster. »Warum haben Sie keine Verstärkung aus dem Umkreis angefordert? Warum geben Sie dieser Kindesentführung nicht die oberste Priorität? Sie erscheint nur als kleiner Kommentar auf einer Website. Dabei geht es um einen vermissten Jungen. Ein Kind! Hier wird das Leben einer Familie zerstört.«

Seneca spürte, wie Maddox' Fingernägel sich in ihren Arm bohrten. Also gut, vielleicht war sie etwas überreizt, aber dieser Ignorantin musste doch klargemacht werden, was auf dem Spiel stand.

Officer Gregg erhob sich. Ihre Hand wanderte zur Hüfte: Unter ihrem T-Shirt war ein Halfter mit einer schwarzen Handfeuerwaffe. »Beamtenbeleidigung ist ebenfalls eine Straftat, das solltest du wissen.«

Seneca zuckte zusammen, gab aber nicht klein bei. »Wir möchten uns nur ihre Wohnung anschauen. Wir brauchen nur zehn Minuten.«

Die Polizistin wies zur Tür. »Raus. Sofort.«

»Aber –«

»Raus, oder ihr bekommt doch noch eine Strafanzeige. Wollt ihr das? Und wenn ich mitbekomme, dass ihr da rumschnüffelt, verhafte ich euch wegen Hausfriedensbruch.«

Seneca blickte ihr fest in die Augen. Das Telefon auf dem Schreibtisch klingelte. Officer Gregg beachtete es nicht, sondern musterte weiter ihre drei Besucher. Ihre Hand lag noch immer auf dem Halfter. In Senecas Hals bildete sich ein Kloß. Diese Frau würden sie nicht umstimmen, so viel war klar. »Na schön«, brummte sie und drehte ab.

»Und was machen wir jetzt?«, meinte Maddox, während er den Jeep entriegelte. Seneca linste durch das verdreckte Fenster der Polizeiwache. Officer Gregg hatte das Telefon inzwischen abgenommen, und jetzt legte sie die Füße auf den Tisch und lachte, als gingen sie die Sorgen der Welt nichts an. Als sie den Hörer ans andere Ohr nahm, fiel Seneca ihr eigenes Telefon ein. Sie zog es aus der Tasche. Zum fünfzehnten Mal an diesem Morgen checkte sie das Display. »Immer noch nichts von Viola«, murmelte sie verbittert. »Vielleicht ist sie wirklich Sadie.«

»Und hat RedBird sich gemeldet?«, fragte Maddox.

»Ich habe ihr über OF eine Nachricht geschickt, aber da kommt nichts.« Es gab keine einzige Fährte, nirgends.

Sie stiegen in den Jeep und blieben eine Weile schweigend sitzen. Maddox fing an, die Arme zu dehnen und die Hüfte zu drehen, und atmete dabei lautstark durch die Nase aus. »Kannst du mal damit aufhören?«, schimpfte Seneca.

»Entschuldige.« Maddox ließ die Arme fallen. »Aber ich habe einen Energiestau. Das macht mich total kribbelig.«

»Wir könnten durch den Ort fahren und die Leute fragen, ob sie irgendwas wissen«, schlug Madison vom Rücksitz vor. »Außerdem muss das Haus doch hier irgendwo in der Gegend sein. Vielleicht stoßen wir zufällig darauf. Es ist doch bestimmt mit Absperrband umgeben. Von der Polizei.«

»Was Besseres fällt mir auch nicht ein«, meinte Maddox und startete den Motor.

Sie fuhren über die Autobahn in den kleinen Ort. Auch eine Sadie Sage musste irgendwo einkaufen, also parkten sie an einem kleinen Supermarkt namens *Wink's* und hielten allen – vom Kassierer über die Frau an der Wursttheke bis zu einem etwas zerrütteten Teenager vor der Ladentür – ein Foto der Musiklehrerin unter die Nase. Die Leute zeigten zwar Anteilnahme, gaben aber wenig Auskunft. »Oh ja, der arme Junge«, sagte eine ältere Dame, die gerade ihre Einkäufe einpackte. »Ich habe diese Sadie mal gesehen, aber ich weiß nicht viel über sie.«

»Ich habe wirklich keine Ahnung, wo sie gewohnt haben könnte«, antwortete ihnen der Mann in der Apotheke. Offenbar hatte Sadie hier rezeptfreie Medikamente gekauft, aber nie Verschreibungen vorgelegt, für die eine Adresse oder Telefonnummer erforderlich gewesen wäre. »Sie hat nie viel geredet. Sehr verschlossen, die Dame.«

Sie fanden das Gebäude, in dem Sadie Klavierunterricht gab. In dem Bürohaus waren auch Arztpraxen und eine Reinigung untergebracht, außerdem stand im Hof ein Springbrunnen, dessen gefliestes Becken mit Penny-Stücken übersät war. Die Tür zu der Musikschule war verschlossen, und es war niemand zu entdecken, der sie hätte hereinlassen können. Seneca hätte so gern den Unterrichtsraum angeschaut, den Freya ihnen beschrieben hatte, denn er schien ja einiges über Sadies Persönlichkeit zu verraten und würde ihnen sicher einen Hinweis liefern. Da hörten sie ein *Psst* und wandten sich um. Eine sehnige Hippie-Frau steckte den Kopf aus der Tür zu einem Yoga-Raum und musterte die drei von oben bis unten, als wüsste sie genau, was sie vorhatten.

»Wir waren da schon drin«, flüsterte die Frau und sah sich verstohlen um, ob auch niemand zuhörte. »In dem Raum ist nichts mehr, gar nichts.« Sie riss die Augen auf. »Und ich habe ihr die ganzen drei Jahre auf dem Parkplatz *namaste* gewünscht. Ich konnte ja nicht ahnen …«

Die drei stiegen wieder in den Jeep. Sie hatten einfach null Anhaltspunkte. Seneca schaute wieder einmal auf ihr Handy. Und wer hätte es gedacht? Immer noch keine Nachricht von RedBird oder Viola.

»Tut mir echt leid, Leute, aber ich habe wahnsinnigen Hunger«, gestand Madison, als sie kurz darauf an einem Hotdog-Stand vorbeifuhren. »Können wir mal anhalten?«

Seneca wollte eigentlich weiter, aber auch ihr knurrte der Magen. Maddox machte kehrt und fuhr zurück zu dem Imbiss. Nachdem sie geparkt hatten, stellte Madison sich in die Schlange, Seneca setzte sich auf eine Bank und blickte stur in die Berge. Als Maddox sie vorsichtig an der Schulter berührte, fuhr sie zusammen.

»Was du da Freya erzählt hast … dass die Polizei die Ermittlungen zum Mord an deiner Mutter vermurkst hat … Ich wusste nicht, dass es so schlimm war.«

Seneca spürte, wie sie rot wurde. »Ja. Doch.«

»Möchtest du darüber reden?«

Auf dem Schotterparkplatz ließ ein Kind einen Drachen steigen. Oder versuchte es zumindest. Es gab wenig Wind, daher rannte der Junge die meiste Zeit im Kreis und zerrte den Windvogel hinter sich her. Ein Teil von Seneca wollte Maddox erzählen, was sie durchgemacht hatte. Ihm sagen, dass es nahezu kriminell gewesen war, dass die Polizei null Beweise am Tatort gesichert hatte, und wie hilflos und verloren sie sich deswegen fühlte.

Aber es fiel ihr schwer. In ihrem Kopf hatte sie eine Mauer errichtet zwischen den wirren und furchtbaren Gedanken rund um den Tod ihrer Mutter und ihrem halbnormalen, halbfunktionierenden Ich. Wenn sie jetzt Einzelheiten ausgrub, würde diese Mauer einstürzen. Und dahinter lagen finstere Dinge. Etwa, dass sie ihrer Mutter im Leichenschauhaus die Kette vom Hals genommen hatte. Dass sie manchmal abends im Bett lag und so lange wie möglich die Luft anhielt, um herauszufinden, was ihre Mutter empfunden haben mochte, bevor sie starb. Und dann gab es da diese verkorksten Gedanken, als der Fall Helena Kelly durch die Medien ging und alles andere verdrängte und den Tod ihrer Mutter ganz zuunterst landen ließ. Dieses befriedigende Gefühl – vielleicht war es auch Erleichterung –, als Helenas Fall nicht gelöst werden konnte. Es war nicht so, dass sie Helena ein grausames Ende wünschte. Es war ihr egoistischer Wunsch, dass es da draußen jemanden gab, der genauso verzweifelt war wie sie. Hatten andere Menschen, die ähnliche Tragödien erlebten, auch solche Gedanken? Oder tickte nur sie so?

Schritte knirschten über den Kies und rissen sie aus ihren Gedanken. Madison kam mit drei Hotdogs und Getränken in einem Pappträger auf sie zu. »Ich habe Neuigkeiten«, verkündete sie mit singender Stimme. »Sadies Haus ist in der Frontage Road, Nummer 101. Das sind nur etwa drei Kilometer von hier, aber es geht über einen Waldweg, der nicht ausgezeichnet ist.«

Seneca blinzelte. »Wie hast du das denn so schnell herausgefunden?«

»Ich habe mit dem Hotdog-Verkäufer geflirtet. Und als ich ihn nach Sadie gefragt habe, konnte er mir die Adresse nennen. Er kommt nämlich von hier. Aber hört mal, er hat mir noch was erzählt: Das Haus war komplett leer geräumt, als die Polizei es durchsuchen wollte. Da war nicht ein Möbelstück mehr. Sadie muss alle Spuren beseitigt haben, bevor sie weggegangen ist.«

»Aha.« Seneca zog die Stirn kraus.

»Warum sollte sie das tun?«, fragte Maddox und griff sich einen Hotdog.

»Vielleicht, damit die Polizei keine Hinweise auf ihre Identität bekommt«, murmelte Seneca. »Damit keine Fingerabdrücke oder DNA-Spuren übrig bleiben.«

»Und wo ist das ganze Zeugs hin? Hat sie einen Container bestellt? Oder einen Umzugswagen?«, überlegte Maddox. »Es muss doch jemanden geben, der ihr geholfen hat.«

»Vielleicht hat sie jemanden bestochen.« Madison ließ sich neben die beiden auf die Bank plumpsen. »Man weiß ja nie.«

»Und niemand hat gesehen, wie sie die Möbel nach draußen gestellt oder in einen Lieferwagen geladen hat?«, fragte Seneca. »Gibt es keinen Zeugen?«

»Das könnten wir alles in den Polizeiakten nachlesen.« Maddox nahm einen solchen Riesenbissen von seinem Hot Dog, dass fast die Hälfte davon in seinem

Mund verschwand. »Vielleicht kann Thomas da was deichseln?«

Seneca dachte kurz nach und schüttelte dann den Kopf. »Thomas fragen wir nur, wenn wir gar nicht mehr weiterwissen.« Thomas wäre böse mit ihr, wenn er wüsste, was sie da redete, doch sie fand, er sollte jetzt erst mal gesund werden.

Da rumpelte wie aufs Stichwort ein großer Umzugswagen die Straße entlang. Seneca sah ihm nach. Der Motor brummte und seine gewaltigen Ausmaße verursachten einen Luftzug. Bei Seneca machte es klick. »Bestimmt hat Sadie ihre Sachen irgendwo entsorgt. Sie würde doch bei einer Entführung nicht ihren ganzen Hausstand mitschleppen.«

»Stimmt«, sagte Madison und wischte sich Senf von der Wange.

»Sollen wir uns das Haus anschauen?«, fragte Maddox und stand auf.

»Auf jeden Fall«, sagte Seneca.

Madison warf ihre Serviette in den Müll und winkte einem dicklichen Mann mit Baseballkappe zu, der gerade den nächsten Kunden bediente. »Danke noch mal!«, trällerte sie. »Tschüss dann!«

Die Fahrt zu Sadies ehemaligem Zuhause dauerte nicht einmal fünf Minuten, da sahen sie schon einen schwarzen Briefkasten mit der Aufschrift *101* am Straßenrand. Ein hübsches kleines, quadratisches Haus schmiegte sich in die Hügellandschaft. In der Einfahrt stand kein Auto, drinnen leuchtete nicht eine Lampe, stattdessen war überall gelbes Polizeiband verteilt: Es hing in den Bäumen, es lag auf dem Gras, sogar ein Laternenpfahl war damit umwickelt. Das musste es sein.

Sie parkten am Straßenrand und betraten zögernd das Grundstück. Maddox linste durchs vordere Fenster. »Der Hotdog-Typ hat nicht gelogen. Da drinnen sieht man nur Spinnweben.«

Seneca drehte am Türknauf, aber das Haus war verschlossen. Sie untersuchte die Bretter der Veranda nach einem Schlüsselversteck, fand aber nichts. Dann wandte sie sich um und sog den Blick ein: ein 360°-Panorama aus Bäumen, Bergen und Wolken. Es war nicht ein Auto vorbeigekommen, seit sie angehalten hatten. Vielleicht gab es wirklich keine Zeugen, die mitbekommen hatten, wie Sadie ihre Sachen gepackt hatte. Wer wollte schon an einem so verlassenen Ort leben? Jemand, der keinen Kontakt zu anderen Menschen wünschte. Jemand, der von vorn anfangen wollte. Fragte sich nur, wonach. Seneca konnte sich keinen Reim darauf machen.

Sie verließ die Veranda und umrundete das Haus, wobei sie mit ihrer Taschenlampe in jedes Fenster leuchtete. Auf dem Rasen baumelte zwischen zwei Pfosten eine alte Wäscheleine. Der ehemalige Garten war von Unkraut überwuchert. Ein paar Schritte vom Haus entfernt verhakte sich plötzlich Senecas Fuß. Sie stolperte über irgendetwas, fand wieder ins Gleichgewicht und sah auf den Boden. Da waren keine Wurzeln oder Steine im Weg, nur wuchs das Gras an einer Stelle leicht vertieft. Sie trat vorsichtig mit der Fußspitze darauf, der Boden darunter fühlte sich hohl und fest an. Seneca kniete sich hin und riss ein paar Grasbüschel aus. Darunter erschien: Holz! Sie kratzte noch mehr Gras weg und legte den Eingang zu einem Sturmkeller frei.

»Was hast du da entdeckt?« Maddox kniete sich neben sie.

Seneca rieb sich den Dreck von den Fingern. »Ich glaube, das ist ein Sturmversteck. Vielleicht führt es zu einem Keller. Meine Großmutter hatte auch so eine Falltür im Garten.«

Sie grub weiter, entdeckte einen halb verrotteten Griff und zog daran. Es quietschte gewaltig, Wurzeln wurden aus dem Boden gerissen, aber widerstrebend öffnete sich die Klappe so weit, dass sie den Blick auf eine Reihe schmaler schwarzer Stufen freigab.

»Halt das mal«, sagte sie zu Maddox und machte sich daran, durch den kleinen Spalt zu krabbeln.

»Bist du sicher?« Maddox hielt zwar gehorsam die Klappe hoch, in seinem Gesicht aber stand blankes Entsetzen. »Wer weiß, was da unten ist …«

Seneca starrte in den schwarzen Abgrund. Sie war sich ziemlich sicher, dass die Polizei diesen Gang nicht entdeckt hatte. *Vielleicht liegt hier die Antwort.*

»Was auch immer da unten ist, sollte besser aufpassen«, verkündete sie. »Ich gehe jetzt da rein.«

9

Maddox machten Horrorfilme nichts aus. Er konnte sich anschauen, wie Psychopathen mit Kettensägen unschuldigen Teenagern hinterherjagten oder wie ein sphärisches Geistermädchen Menschen übers Telefon traumatisierte. Als er jetzt aber zusehen musste, wie seine Freundin die klassische Horrorfilmszene abspielte und drauf und dran war, einen dunklen und feuchten unterirdischen Gang zu betreten, wollte er sich dafür schlagen, dass er immer seelenruhig Popcorn gemampft hatte, wenn der Axtmörder zuschlug.

Er kroch Seneca nach und leuchtete ihr mit seiner Taschenlampe den Weg aus.

»Maddox!«, zischte Madison über ihm. »Lass mich hier nicht allein!«

»Dauert nur eine Sekunde«, versprach er seiner Schwester. »Halt du da oben Wache, ja?«

»Bitte nicht!«, quiekte Madison, machte aber keine Anstalten, den beiden zu folgen.

Der Lichtkegel der Taschenlampe strich über Spinnweben, bröckelnde Ziegelsteine und Staubhaufen. In einer Ecke stand ein alter Boiler. Das Licht tanzte an der Wand entlang und beleuchtete dunkle Spritzer …

»Ist das Blut?«, rief Maddox und richtete seine Taschenlampe darauf.

Seneca trat näher heran. »Das ist nur Dreck. Beruhige dich.«

Maddox schauderte. Es roch schrecklich hier unten, als wäre ein Abwasserrohr geplatzt. Man bekam kaum Luft. Als sein Gesicht ein klebriges Spinnennetz streifte, schrie er auf und fuchtelte wie wild mit den Armen. Besorgt sah er sich nach dem schmalen Lichtstreifen über der Treppe um. Und wenn diese Sadie Sage noch hier war und sie gleich einsperrte? Vielleicht war das eine Falle und Brett war hier?

»Also gut«, flüsterte er. »Hier ist nichts.«

»Warte. Sieh mal.«

Ihr Lichtkegel leuchtete auf eine Tür. Seneca drehte am Knauf, und die Tür öffnete sich zu weiteren morsch aussehenden Stufen, die offenbar ins Haus führten. Seneca stieg gleich hoch, gefolgt von Maddox. Wenigstens waren sie nun wieder über dem Erdboden, auch wenn sie sich gerade in ein Haus begaben, dessen Zutritt ihnen strengstens verboten war.

Im Erdgeschoss roch es so modrig wie in der allerschäbigsten Duschkabine seines traumatischen Ferienlagers. Es drang ein wenig Licht in die Räume, und das Dämmerlicht offenbarte eine genauso beeindruckende wie ekelerregende Schicht aus Staub und Schmutz, die über allem lag. Außer der Einbauküche war kein einziges Möbelstück übrig geblieben. Nirgendwo in den Küchenschubladen fand sich ein vergessenes Utensil. Seneca leuchtete die Fußleisten entlang und suchte nach irgendeinem Hinweis, doch Maddox war sich ziemlich sicher, dass das hier eine Sackgasse war.

Seneca lehnte sich gegen die Anrichte und sah ihn an. »Denken wir mal nach. Sadie Sage will aus irgendeinem Grund diesen Damien haben. Sie fasst den Plan, ihn zu kidnappen. Sie hat einen Ort, an den sie den Jungen bringen kann. Einen sicheren Ort. Irgendetwas Abgeschiedenes. Sie legt ein Zeitfenster fest, in dem sie den Jungen entführen will. Und kurz bevor sie zuschnappt, packt sie ihr ganzes Zeug zusammen und bringt es woanders hin. Oder wirft es weg.« Sie ließ den Blick nochmals durch den Raum schweifen. »Ich weiß ja nicht, was hier alles war, bevor sie weg ist, aber wenn es hier so ähnlich aussah wie in ihrem Unterrichtsraum, mit lauter abgedrehtem Kram, kann ich mir nicht vorstellen, dass sie alles ordentlich zusammenpacken konnte. Ich nehme an, sie hat die Sachen in Kisten geworfen und so schnell wie möglich weggeschafft.«

Maddox kniff die Augen zusammen. Er ahnte, worauf Seneca hinauswollte. »Du meinst, sie hat vielleicht etwas vergessen?« Er deutete auf das leere Zimmer. »Ich weiß ja nicht. Für mich sieht das nach einem profimäßigen Auszug aus. Außerdem hätte die Polizei es schon gefunden.«

Seneca biss sich auf die Unterlippe. »So schnell gebe ich nicht auf.« Sie lief noch einmal durch alle Räume, öffnete sämtliche Wandschränke, sah hinter Heizungsverkleidungen und fasste in jede Ritze. »Wenn man jahrelang irgendwo lebt, sammelt man eine Menge an und vergisst auch einiges. Mein Vater hat ewig gebraucht, bis er den Kleiderschrank meiner Mutter ausräumen konnte. Und dann hat er einfach alles in Kisten gestopft, um es hinter sich zu bringen. Ein paar Tage später habe ich noch mal nachgeschaut.« Sie hielt kurz inne und linste hinter den ausgeschalteten Kühlschrank. »Es sah aus, als wäre alles weg, aber eine Schublade hatte er vergessen. Sie klemmte, daher dachte er wahrscheinlich, dass sie leer war. Aber ich habe sie aufbekommen.«

Maddox bekam eine Gänsehaut. »Und … war da was drin?«, fragte er vorsichtig.

»Alte Fotos. Dinge, die wir längst vergessen hatten.« Sie kroch auf allen vieren und fasste hinter eine kleine Tür, die zu einer niedrigen Abstellkammer führte. Sie hielt den Atem an. Als sie den Arm wieder hervorzog, hatte sie einen Umschlag in der Hand. Maddox war baff. Es war, als hätte sie einen Zaubertrick vollführt.

»Siehst du?«, flüsterte Seneca, als könnte sie es selbst nicht ganz glauben. »Das klemmte dahinter. Ich sag doch: Irgendwas wird immer vergessen.«

Maddox trat näher. Der Umschlag war vergilbt und voller Schmutz und Spinnweben. Seneca wollte ihn aufreißen, doch Maddox hielt ihre Hand fest. »Das können wir draußen im Licht besser sehen.«

Das war ein Vorwand, er wollte einfach nur raus. Zum Glück willigte Seneca ein. Die beiden verließen das Haus über die Eingangstür. Madison kam ihnen erleichtert entgegengelaufen. »Wir haben was!«, triumphierte Seneca und wedelte mit dem Umschlag.

Sie legten ihren Fund auf einen Baumstumpf und Seneca öffnete den Verschluss. Ein Knacken ließ Maddox aufhorchen. Er richtete sich kerzengerade auf und horchte in die sonnenbesprenkelten Bäume hinein. Wurden sie beobachtet? Er erinnerte sich an die Warnung von Officer Gregg: Sie wollte die drei verhaften, wenn sie sich hier am Haus herumtrieben. Sie war definitiv die Sorte Mensch, die ihre Drohungen wahr machte.

»Aha«, meinte Seneca verdutzt, als sie sich den Inhalt des Umschlags besah.

Auf dem Baumstumpf lagen zwei Dinge: ein Fahrkartenheft für eine Fähre, die *Tallyho Island Ferry*, von dem die Hälfte bereits verbraucht war, und ein Foto von einem Jungen und einem Mädchen, die vielleicht neun und zwölf Jahre alt waren. Die beiden hatten dunkelbraune Haare, sie lachten breit und hielten eine Eiswaffel in den Händen. Die Farbe war verblichen und die Ränder des Bildes wellten sich.

»Ist das Damien?«, fragte Madison und zeigte auf den Jungen.

Seneca verzog den Mund. »Sieht ein bisschen aus wie er. Aber dann auch wieder nicht. Und dieser Umschlag ist so schmuddelig und vergilbt, der muss seit Jahren da gelegen haben. Das Foto ist sicher alt.«

Maddox sah genauer hin. Kinn und Nase der Kinder ähnelten sich. Waren die beiden Geschwister oder Cousin und Cousine? Sie standen auf einem Gehweg, der nach Vorstadt aussah; die Gegend war aber nicht auszumachen. Es waren keine besonderen Gebäude,

Straßennamen oder Briefkästen zu sehen. Die Kinder trugen kurze Hosen und T-Shirts, also war es wahrscheinlich Sommer. Oder aber sie wohnten in einer warmen Region.

Madison tippte auf die Fährtickets. »Hat jemand schon mal von Tallyho Island gehört?«

»Nö«, meinte Seneca. Sie gab den Namen in die Google-Suche, dann las sie laut vor, was sie auf Wikipedia entdeckt hatte. »*Tallyho Island ist eine entlegene kleine Gemeinde, die mit einer Fähre von dem New Yorker Stadtteil Staten Island aus zu erreichen ist. Die Insel hat vierhundert Einwohner, zieht mit ihrer reizvollen Dünen- und Parklandschaft aber viele Tagesausflügler an.*«

Madison ließ die übrig gebliebenen Fahrkarten über den Daumen schnippen. »Das gehört sicher Sadie. Hier hat doch niemand sonst gewohnt. Ein paar Tickets sind abgerissen. Sie muss also ein paar Mal nach Tallyho Island gefahren sein.« Madison war ganz aufgekratzt. »Vielleicht hat sie Damien auf diese Insel gebracht?«

»Dann hat sich die Spur von Sadie und Damien ab New York City verloren, weil sie eine Fähre bestiegen haben«, folgerte Madison nachdenklich. »Auf den meisten Fähren muss man sich immer noch nicht ausweisen.«

»Dann steht ja fest, was unser nächstes Ziel ist.« Maddox legte den Arm um Seneca und sie ließ es zu. Sie lehnte sich sogar an ihn. Endlich wussten sie, wie es weiterging.

Sie stiegen ins Auto, in dem es stickig geworden

war, nachdem sie so viel Zeit darin verbracht hatten. Seneca schnallte sich seufzend an. »Tut mir leid, dass ich die Stimmung verderben muss, aber wir müssen da jemanden auf dem Laufenden halten.«

»Ach du Scheiße«, murmelte Maddox. *Brett.*

Aber Madison richtete sich erwartungsvoll auf. »Halt mal. Wir rufen ihn an, oder?« Seneca nickte. Madison grinste verschwörerisch. »Ich glaube, ich weiß, wie wir ihn orten können. Habe heute Morgen was darüber gelesen.«

Seneca wirkte schockiert. »Warum hast du uns das nicht früher gesagt?«

»Ich kann nichts versprechen«, warnte Madison, als Maddox den Wagen vom Haus weglenkte. »Aber wenn ihr lange genug mit ihm sprecht, kann ich vielleicht was deichseln.«

10

Wenn Brett schätzen müsste, wie viele Kilometer er an diesem Tag schon in dem schmalen Flur vor Aerins Zimmer auf und ab gelaufen war, käme er auf mindestens zehn Kilometer. Wenn er nicht gerade mit ihr redete oder im Internet hing, ging er auf und ab und grübelte, was er tun sollte. Er versuchte sich zu beruhigen. Einerseits hatte er dieses perverse Gefallen daran, Aerin zu berühren, andererseits war er verletzt und verärgert, weil sie seine Berührungen verabscheute. Er empfand Schuld und Scham, weil er ihr wehtat, und er empfand Stolz, weil er ihr komplett überlegen war.

An oberen Ende des Flures stand: *Ich mag es, Aerin wehzutun*. Am unteren Ende stand: *Ich darf Aerin nicht wehtun*. Wieder oben: *Ich liebe Aerin*. Und unten: *Ich hasse Aerin*. Immer und immer wieder, Stunde um Stunde, trabte er hin und her – zwischendurch machte er ihr etwas zu essen oder telefonierte mit Seneca oder sah nach, ob Aerin schlief, oder ging einfach ins Zimmer und berührte sie mit einem merkwürdigen Gemisch aus Freude und Abscheu.

Da es furchtbar heiß war, öffnete er das Fenster in seinem Zimmer. Dann sah er nach ihr. Aerin schlief wieder. Ihr goldenes Haar lag wie aufgefächert auf dem Kissen. Sie rührte sich nicht mal, als die Tür knarrend aufging. Er sah ihr eine Weile schwer atmend zu, dann schloss er die Tür wieder. Er hatte sich im Griff. So gern er auch neben ihr gelegen hätte: Die Vorstellung war ihm lieber als die Realität. Irgendwann würde er neben ihr liegen. Und sie würde es mögen. Sie würde sich daran gewöhnen. In seiner Fantasie würde der Tag kommen, wenn sie wirklich zusammen wären. Wenn sie verstanden hatte, was sie über ihn wissen musste. Wenn ihr klar geworden war, dass er es war, den sie lieben musste.

Vielleicht würde dieser Tag auch erst kommen, wenn sie tot war, und er könnte sich nur noch an ihre Leiche schmiegen. Schon erstaunlich, dachte Brett, zu welchen Wendungen sein Hirn fähig war.

In der Hosentasche brummte sein Handy. Er zog es heraus, sah aufs Display und grinste. Seneca rief an.

»Hallo, Schatz«, gurrte er. »Und, was gibt es?«

Als wenn er es nicht schon wüsste. Er hatte mitverfolgt, wie der Punkt auf dem GPS-Gerät nach Catskill gewandert war – zuerst zum Haus von Damiens Eltern, dann zur Polizeiwache und zum Schluss in den Wald. Sie hatten das Haus also gefunden.

»Wir haben alte Fährtickets bei Sadie Sage gefunden«, berichtete Seneca knapp.

Brett zog eine Augenbraue hoch. *Nicht schlecht.* »Bravo«, sagte er.

»Die Fähre geht nach Tallyho Island, das liegt vor Staten Island. Wir sind auf dem Weg dorthin.«

»Wohin noch mal?«, fragte Brett.

»Nach Tallyho Island«, wiederholte Seneca. »Hast du davon schon mal gehört?«

Bretts Blick fiel auf das offene Fenster in seinem Zimmer. Die Vorhänge flatterten im leichten Wind. Sein Herz stockte. Was dachte er sich eigentlich? Genauso gut könnte er ein Leuchtschild anbringen mit der Aufschrift: »Fluchtweg«. Sie hatte schon einmal versucht zu entkommen. Sie würde es erneut wagen.

Er stand auf und schloss das Fenster. Nicht zu glauben, dass er einen so elementaren Fehler beging. Die erste Regel bei einer Entführung lautete ja wohl, dass man dem Gefangenen jede Fluchtmöglichkeit versperrte.

»Tallyho Island?«, bellte er, als ihm klar wurde, dass man auf eine Antwort wartete. »Hört sich an wie ausgedacht. Wie ein Ritter, der in den Kampf zieht. *Tallyho!*« Niemand lachte. Er begutachtete immer noch das Fenster. Er musste auf jeden Fall an allen Fenstern Schlösser anbringen. Wieso war er nicht vorher darauf gekommen?

Da erschien eine Warnung auf seinem Bildschirm – dieses Mal von einer Sicherheitssoftware, die er kürzlich installiert hatte: *Jemand versucht, Ihren Standort zu ermitteln. Beenden Sie das Gespräch und führen Sie innerhalb von dreißig Sekunden einen Neustart durch.*

Wütend packte Brett sein Handy. *Unfassbar.* »Glaubt ihr wirklich, das geht so einfach?«, schnaubte er.

»Was?« Seneca klang verdutzt.

»Glaubt ihr, ihr könnt mich einfach so über eure

Telefone finden? Wenn du einen Tipp dazu möchtest, wo ich bin, Seneca, dann hättest du einfach fragen sollen. Du wirst staunen. Du kennst diesen Ort. Du warst schon einmal hier.«

»Halt mal. Ich soll da gewesen sein? Allein? Was meinst du damit?«

Brett beendete das Gespräch und warf das Telefon auf den Tisch. Er war verwirrt. Und das nicht, weil sie versucht hatten, ihn zu orten. Er wäre beleidigt gewesen, wenn sie sich diese Mühe nicht gemacht hätten. Nein, es war etwas anderes, was ihn ganz hibbelig machte. Etwas Unvorhergesehenes, das plötzlich aufgeblitzt war und ihm ins Gesicht lachte. Die Fenster. Wie hatte er nur vergessen können, die Fenster abzusperren?

Oh Mann, schimpfte eine innere Stimme mit ihm. *Könnte es sein, dass der gefühllose, eiskalt berechnende Brett Grady aus der Bahn geworfen wird? – Niemals! Lächerlich*, antwortete er und schüttelte jede Unsicherheit ab. Er hatte alles unter Kontrolle. Alles lief zu seiner Zufriedenheit. Seneca und die anderen taten genau das, was er wollte. Er stand über allem. Er hatte die Fäden in der Hand.

11

»Scheiße«, flüsterte Seneca und schlug mit der Faust auf die Rückenlehne ein. »Scheiße, Scheiße.«

Madisons Telefon war über ein USB-Kabel mit ihrem verbunden: Über eine App konnte man den Mobilfunkmast orten, der dem Gesprächspartner am nächsten war. Dazu musste die Verbindung aber länger als zwei Minuten gehalten werden. Seneca hatte versucht, das Gespräch in die Länge zu ziehen, und tatsächlich hatte sich der Balken der Statusanzeige langsam, aber sicher gefüllt.

Aber dann war Brett dahintergekommen. Konnten sie ihn denn nicht ein Mal austricksen? Würden sie ihm ewig unterlegen sein?

Seneca spielte wütend mit dem Verschluss ihrer Getränkedose, die sie noch vom Hotdog-Stand hatte. Sie bog die Klammer hin und her, immer wieder. Sie waren so nah dran gewesen. Der letzte Satz von Brett schwirrte ihr durch den Kopf. *Du kennst diesen Ort. Du warst schon einmal hier.*

»Was soll das heißen, von wegen, ich weiß, wo Brett ist?«, murmelte sie eher zu sich selbst als zu den anderen. »Ist er wieder in Avignon? Hat er Aerin nach

Dexby gebracht?« Aber Brett hatte speziell sie gemeint: *Du* warst hier. Also hatte es etwas mit ihr zu tun. Vielleicht Annapolis? Dort war immer noch ihr Zuhause. Oder die University of Maryland? Sie hatte ein Semester an der Uni verbracht, bis ihre Beschäftigung mit *Offene Fälle* dem Studium in die Quere gekommen war.

»Vielleicht wollte er dich nur irre machen.« Madison steckte sich ein frisches Kaugummi in den Mund. »Kann sein, dass es gar nichts zu bedeuten hat.«

»Und wenn doch? Soll ich jetzt alle Orte abklappern, an denen ich mich jemals aufgehalten habe?«

»Ich finde, Madison hat recht«, meinte Maddox, während er den Blinker setzte. »Das lenkt uns zu sehr ab. Wir dürfen uns jetzt nicht verrückt machen lassen.«

»Wer sagt denn, dass ich mich verrückt machen lasse?«

Seneca zog so heftig an dem Verschluss, dass er abriss und ihr in den Finger schnitt. Ein Tropfen Blut trat heraus. Sie steckte den Finger in den Mund und sog daran. Ihr Blut schmeckte nach Metall, irgendwie abstoßend. Eine schmale Blutspur zog sich über ihr Handgelenk.

»Alles okay?«, erkundigte sich Maddox besorgt. Er beugte sich hinüber und öffnete das Handschuhfach. »Ich glaube, da ist Pflaster drin …«

»Schon gut«, unterbrach ihn Seneca so barsch, dass sie beide erschraken. Sie wandte sich ab und starrte aus dem Fenster. Sie wusste selbst, dass sie unbedacht und überreizt reagierte, aber sie konnte nicht anders.

Maddox fuhr auf die Autobahn nach New York City,

dann folgte er den Brücken bis nach Staten Island. Laut der Website fuhr die Fähre nach Tallyho Island von einem Hafen im Süden ab. Dort angekommen waren sie von Familien umgeben, die an Picknicktischen ein verfrühtes Abendessen einnahmen. Eine zerfledderte Flagge vom Staat New York schlug gegen einen Metallmast. Die Fähre schaukelte auf dem Wasser, bereit zur Abfahrt. Seneca lutschte weiter an ihrem Finger, inzwischen wohl eher aus Nervosität.

Sie stiegen aus dem Auto. Madison rannte zu den Toiletten, Maddox setzte sich auf eine Bank. Er lächelte Seneca an und klopfte auf den Platz neben sich. Sie nahm zögernd Platz und betrachtete die Glitzersteinchen im Asphalt. Wieso hatte sie nur das Gefühl, jetzt gleich zurechtgewiesen zu werden?

»Es tut mir leid, okay?«, brummte sie. »Es tut mir leid, dass ich mich irre machen lasse.«

»Das habe ich nicht gesagt.«

Sie legte die Hände in den Schoß. Ihr Daumen war noch gerötet, aber er hatte aufgehört zu bluten. »Er sitzt mir die ganze Zeit im Hirn. Und es ist so, dass ich Angst habe, wahnsinnig zu werden, wenn ich ihn nicht endlich zu fassen kriege.«

Maddox seufzte. Fast gleichzeitig wandten sie einander ihre Gesichter zu. Er streckte den Arm aus, zog sie an sich und küsste sie auf die Schläfe. Seneca versteifte sich. Sie wusste, dass er sie nur trösten wollte, aber sie fühlte sich eingeengt und … schuldig.

Sie wich zurück, zog den Kopf ein. »Maddox, ich finde, wir sollten …«

Maddox wandte sich ab. »Ich wollte ja gar nicht …« Er ließ die Hände sinken.

Seneca verschränkte die Arme vor der Brust. Ihre Wangen glühten. Was war nur los mit ihr? Er wollte doch nur, dass es ihr ein bisschen besser ging. Sie mochte Maddox, sehr sogar. Aber zugleich fragte sie sich, ob sie dieses Wohlgefühl, einen Freund zu haben, überhaupt verdiente. Sie mussten Brett kriegen. Sie mussten Aerin retten. Sie konnte an nichts anderes denken. Dass Maddox aber sehr wohl an etwas anderes denken konnte, gab ihr das Gefühl, engstirnig und hartherzig zu sein.

Sie sah zu ihm hoch. »Wir müssen das absolut ernst nehmen. Wir müssen da dranbleiben. Und nicht …«

Maddox funkelte sie an. »Ist ja gut, Seneca! Wieso unterstellst du andauernd, ich wäre nicht ernst genug bei der Sache? Aerin ist auch meine Freundin. Aber wenn ich jede Sekunde daran denke, wie schlimm alles ist, drehe ich durch.« Er atmete durch die Nase aus. »Man muss auch mal lockerlassen.«

»Lockerlassen.« Seneca wurde wieder ärgerlich. »Tut mir leid, wenn dir das alles zu viel wird.«

»Das meine ich ja gar nicht.« Er ließ die Schultern sinken und legte die Handballen vor die Augen. »Ich kann meine Gefühle für dich nicht einfach abschalten. Ich wollte das schon so lange, und ich weiß, dass das jetzt überhaupt nicht passt … aber es ist trotzdem da, verstehst du? Ich finde das schwer.« Er sah zu Seneca. Sie wollte etwas antworten, aber stattdessen starrte sie weiter auf ihre Knie. »Ich möchte für dich da sein. Das alles ist schrecklich und zugleich superanstrengend, und ich merke, wie es dich mitnimmt. Ich wollte dir irgendwie helfen, da habe ich es mit einem Kuss versucht. Aber wenn das nicht klappt, kann ich dich vielleicht anders ablenken. Wie wäre es, wenn du mal mit mir redest? Mir erzählst, was in dir vorgeht? Ich weiß, dass das alles furchtbar für dich ist. Ich würde nur gerne erfahren, wie furchtbar.«

Am Himmel über ihr schwebte eine dicke Wolke, die aussah wie ein Krokodil mit offenem Maul. Seneca nahm sie nicht aus dem Blick. Wie sollte sie Maddox erklären, dass sie sich gar nicht besser fühlen wollte? Dass sie diesen Schmerz und diese Wut unbedingt empfinden wollte, sich allen Gefühlen stellen wollte – egal, wie entsetzlich sie waren. Denn eben diese Entsetzlichkeit spornte sie an und verlieh ihr den Mut zum Weitermachen.

Sie spürte, dass von Maddox eine Wärme ausging. Seine Sehnsucht nach ihr war greifbar, sie war wie die Blätter einer Pflanze, die sich ins Sonnenlicht winden. Aber ihre Trauer und Wut und Verzweiflung zurrten sie fest, wie ein Stauschlauch verhinderten sie, dass Blut in Bereiche floss, die zwischenmenschlichen Gefühlen gewidmet waren. Sie wusste wohl, dass sie eisig und ungerecht und besessen war. Aber sie konnte nicht anders.

Vom Wasser her kam ein Hupen. Die blau-weiße Fähre hatte angelegt und wippte auf den Wellen. Madison hatte am Automaten Karten für eine Rundfahrt geholt und kam damit auf die beiden zu. Seneca sah zu Maddox. »Wir reden später darüber, ja?«

»Okay, okay«, sagte er und lächelte unbefriedigt.

Seneca stand auf und stellte sich in die Schlange, gefolgt von Maddox und Madison. Hinter ihnen sammelten sich die Reisenden. Der Fahrkartenkontrolleur ließ die Leute nacheinander auf die Fähre, und Seneca musste noch einmal an Bretts Worte denken: *Du warst schon einmal hier.*

Sie besah das vor ihnen aufragende Schiff. Tallyho Island konnte er nicht meinen. Dort war sie noch nie gewesen.

»Zum ersten Mal hier?«

Der Mann vor ihr lächelte sie freundlich an. Er trug ein Black-Dog-T-Shirt von Martha's Vineyard, hatte ein Fernglas umgehängt und einen Sonnenbrand auf der Nase.

»Ja, das erste Mal«, half Madison aus.

»Hoffe, es gefällt euch.« Er zeigte auf das Telefon in Maddox' Hand. »Das wird auf der Insel nicht funktionieren.« Er wies aufs Meer. »Mobilfunksignale kommen da nicht an. Ist eine Ruhezone. Selbst wenn man Netz hat – was aber sehr unwahrscheinlich ist –, kann man weder anrufen noch angerufen werden. Nach draußen gelangen nur Notrufe.« Er lachte und rund um seine Augen kräuselten sich die Falten. »Ich persönlich finde das ja herrlich, aber ihr jungen Leute werdet sicher nervös ohne euer Insta-Snap oder wie das heißt.«

Seneca sah die anderen beiden entsetzt und neugierig zugleich an. Vielleicht würden sie auf dieser Insel tatsächlich etwas finden. *Man kann weder anrufen noch angerufen werden.* Hörte sich an wie ein schwarzes Loch. Ein Fleck, wie abgeschnitten vom Rest der Welt.

Der perfekte Ort für die schlimmsten Verbrechen.

12

Aerin war vollkommen am Rande vor Angst und Verzweiflung. Weil sie zu stolz gewesen war, Bretts Essen anzurühren, krümmte sich ihr Magen. Und Durst hatte sie auch, denn Brett erlaubte ihr nicht, in das anliegende Bad zu gehen, um sich ein Glas Wasser zu holen. Ihre Kehle fühlte sich wie Schleifpapier an. Ihre Lider waren unendlich schwer, aber wenn ihr die Augen zufielen, sah sie Brett mit irrem Blick über ihr lauern – bereit, sie zu töten.

Ich komme hier raus, sagte sie sich. *Ich habe einen Plan.* Einen Plan, der sie unendliche Überwindung kostete, mit dem sie aber möglichst lange überleben würde. So lange, bis Seneca sie finden würde. Bis sie nach Hause könnte. Bis sie zu Thomas ins Krankenhaus gehen und ihn allein durch ihren festen Willen am Leben halten würde. Sie hatte sich nicht getraut, Brett zu fragen, was genau er Thomas angetan hatte. Ihre Gedanken kreisten in die abwegigsten Richtungen.

Da ging die Tür auf und Brett kam herein. »Hier«, sagte er steif und stellte ein Tablett auf dem Nachttisch ab. Er sah ihr nicht in die Augen, als er die Kabelbinder durchschnitt. »Fünf Minuten.«

»Danke«, sagte Aerin, griff sich einen Löffel und tauchte ihn in die Schüssel mit Nudelsuppe. Das war Teil ihrer neuen Taktik: Ab jetzt würde sie das Essen nicht mehr verweigern. Sie brauchte Kraft, wenn sie ihm im entscheidenden Moment entgegentreten müsste. Sie aß hastig und gierig, aber als sie ihm einen Blick zuwarf, zeigte Brett keinerlei Reaktion. Seit ihrem stümperhaften Fluchtversuch gab er sich sehr distanziert. Der neue Brett machte ihr sogar noch mehr Angst als der fürsorgliche, tätschelnde Brett. Vielleicht war er noch verärgert wegen ihres Fluchtversuchs? Er schien außerdem nicht richtig bei der Sache. Was, wenn er genug von ihr hatte? Wusste er womöglich von der Haarprobe in ihrer Hosentasche? Was, wenn er sie tötete?

Sie durfte das nicht geschehen lassen.

»Brett?«, sagte sie und ließ den Löffel in die Schüssel fallen.

Brett sah sie entnervt an. Er hatte die Hände in den Taschen vergraben, sein Mund war zugekniffen.

»Kann ich dich so nennen?«, fragte Aerin. »Ich kenne ja deinen richtigen Namen nicht.« Sie legte die Beine um, damit sie ihn anschauen konnte. Als sie ihn anlächelte, blinzelte er ungläubig. Er schien verwirrt und misstrauisch.

»Brett ist gut«, brummte er.

Aerin schlürfte weiter. Die Nudelsuppe schmeckte köstlich. In ihrem alten Leben hatte sie sich über die Mitschüler lustig gemacht, die zu Mittag so einen Plastikbecher Nudelsuppe in die Mikrowelle schoben. Ein

Mädchen wie sie ging in eine Sushi-Bar, was sonst. »Ich habe mich gefragt, wie du meiner Mutter weismachen konntest, dass ich nach Los Angeles fahre. Das warst doch du, oder? Ich kann mir nicht denken, wo sie das sonst herhaben soll.«

Bretts Augen wanderten hin und her, als würde er darüber nachdenken, ob sie ihm eine Falle stellte. »Ich habe dein Mailkonto gehackt. Und habe ihr als Aerin eine Nachricht geschickt.«

»Wow. Nicht schlecht.«

Brett musterte ihr Gesicht. Aerin konnte merken, dass er sich über das Kompliment freuen wollte, aber nicht ganz wusste, woran er war.

Sie schob sich noch einen Löffel Suppe in den Mund. »Warum ausgerechnet LA?«

Brett sah zum Fenster. »Keine Ahnung. Ist weit genug weg.«

Aerin streckte ihre langen Beine aus. Brett bemühte sich, nicht hinzuschauen, doch dann gab er nach und fraß sie fast auf mit seinem Blick. »Du kennst mich doch nicht so gut, wie du vielleicht denkst. Ich hasse LA. Weißt du auch, warum?«

Er brauchte einen Moment, bis er antwortete: »Warum?«

»Als ich klein war, hat mein Vater uns mal mitgenommen auf eine Geschäftsreise. Wir waren in einem Hotel am Hollywood Boulevard, und davor stand dieser Typ im Spiderman-Kostüm, der mich jedes Mal blöd angequatscht hat, wenn ich vor die Tür trat. Außerdem sind wir ständig im Verkehr stecken geblieben. Alles ringsum sah schrecklich hässlich aus und es hat so komisch gerochen.«

Brett zeigte keine Regung, war aber voll da. »Wohin hätte ich dich denn deiner Meinung nach schicken sollen?«

Aerin merkte, wie ihr Verstand die Szene von oben betrachtete. *Du hältst hier Small Talk mit deinem Kidnapper!*, kreischte eine Stimme in ihrem Kopf. *Tickst du noch ganz richtig?*

»Na ja, das ist schon länger her, aber Helena und ich waren mal mit unseren Eltern auf Mallorca«, erzählte Aerin. Sie ignorierte die Stimme im Kopf. »Ich war vielleicht sieben oder acht. Es war superschön. Das wäre mein Traumziel.«

»Und was hat dir da so gefallen?«, erkundigte sich Brett und setzte sich auf den Bettrand. *Ha, ich krieg dich*, dachte Aerin. Zugleich hatte sie schreckliche Angst. Brett war so nah. Er könnte sie einfach packen und ihr den Hals zudrücken. Seine Finger in die immer noch schmerzenden Würgemale bohren.

Sie zwang sich, ruhig zu bleiben. Trank einen Schluck Wasser. »Das Ferienhaus war so schön offen und immer wehte ein sanfter Wind. Wir hatten diesen wahnsinnigen Pool, mit Blick auf das Meer. Und es roch so gut. Kein Vergleich mit den Stränden hier. Am Ende der zwei Wochen wollte ich überhaupt nicht mehr weg.« Sie rückte ein winziges Stückchen näher. »Warst du schon mal in Spanien?«

»Ich war nirgendwo. Ich bin als Kind nicht verreist.«

»Nein? Warum nicht?«

Brett hob die Schultern. »Das ist eine lange Geschichte.«

Aerin beobachtete, wie er auf der Unterlippe kaute. Er fühlte sich offenbar nicht wohl in seiner Haut. Das war nicht ihre Absicht gewesen, also wechselte sie die Zielrichtung. »Du hattest aber dieses Strandhaus in Avignon, bevor du uns ins Dexby besucht hast. Also magst du das Meer.«

»Stimmt. Ich habe das Haus gekauft, nachdem ich volljährig war. Und dann bin ich fast jeden Sommer hingefahren.«

»Und was hast du im Winter gemacht?«

»Na ja. Kannst du dir doch denken.« Er hob den Blick. Sein Gesicht drückte wieder Selbstvertrauen, ja Überheblichkeit aus. »Dies und das.«

»Sag schon. Hast du auf einem Kreuzfahrtschiff angeheuert? Warst du Ski fahren in Aspen?« *Hast du Leute entführt? Frauen getötet?*

»Warum erzählst du mir nicht noch ein bisschen über diesen Mallorca-Urlaub, der dir so gefallen hat?« Er legte den Kopf auf die Seite, seine Lippen umspielte ein spöttisches Lächeln. »Hast du da einen süßen Spanier geküsst?«

»Ich war *sieben*«, erinnerte ihn Aerin. »Da habe ich mich nicht für Jungs interessiert. Aber selbst wenn, diese dunklen Spanier sind eh nicht mein Typ.«

Jetzt schien Brett aufzuhorchen. »Und warum ist diese Insel dann dein Traumort?«

Aerin wandte den Blick ab. Auf einmal konnte sie nicht anders, als ehrlich zu sein. Niemand hatte sie bisher danach gefragt. Sie hatte noch nie mit jemandem über Mallorca gesprochen, selbst mit Thomas nicht. »Es ist so anders da«, gab sie zu. »Und ich kenne da niemanden. Es fühlt sich an, als könnte ich da alles sein. Und meine Probleme zu Hause lassen.« Sie schluckte, denn sie erinnerte sich an etwas. »Vor einem Jahr habe ich die Kreditkarte meiner Mutter geklaut und einen Flug nach Mallorca gebucht. One way. Ich wollte raus aus Dexby. Unbedingt.«

»Warum?«

Aerin zog die Knie an und bewegte die schmerzenden Handgelenke. Es waren mindestens fünf Minuten vergangen, aber sie würde Brett garantiert nicht daran erinnern, ihr neue Fesseln anzulegen. »Meine Mutter hat rumgenervt, weil ich angeblich nicht genug Kurse belegt hatte. *Wie soll das denn mit dem College weitergehen?* Und es war Helenas Geburtstag, aber das hat echt niemand erwähnt. Mein Vater war sauer, weil ich ihn und seine neue Freundin nicht besuchen wollte. Sie ist nur ein paar Jahre älter als ich, was ich ekelhaft finde.« Sie zuckte die Achseln. »Es war eben alles total scheiße. Und da wollte ich abhauen. Typische Reaktion von mir.«

»Und bist du geflogen?«

Aerin schloss die Augen. »Nein. Ich habe Schiss bekommen. Hab mich stattdessen in meinem Zimmer verschanzt. Mit niemandem geredet. Und eine Flasche Erdbeersekt getrunken. Allein.«

»Warum bist du geblieben?«

Aerin presste die Lippen aufeinander. Sie wusste,

warum. Weil sie ihren Eltern das nicht antun wollte. Dass noch eine Tochter verschwand. Die beiden nahmen sie die meiste Zeit gar nicht wahr, sie waren nie für sie da, wenn sie sie brauchte. Aber Aerin hatte miterlebt, wie ihre Eltern an Helenas Verschwinden kaputtgingen. Niemals könnte sie ihnen diesen Schmerz zufügen.

Brett senkte den Blick, sein Gesicht wirkte nachdenklich. »Ich kenne das. Man will sich einfach nur verstecken. Ich habe auch solche Phasen.«

Aerin durchzuckte ein seltsames Gefühl. Seine Stimme klang so ungewohnt, so schwach und klein und … menschlich. Sie fragte sich, ob sie da wirklich Brett vor sich hatte.

Da ging im Flur ein Fiepen los. Bretts Kopf fuhr herum und er stand auf. Er beugte sich über sie und befestigte neue Kabelbinder an ihren Händen. Doch er tat es wie widerwillig, als wollte er sich gar dafür entschuldigen. Und er machte sie ein kleines bisschen weniger eng.

»War schön, mit dir zu reden«, sagte er, als er das Tablett ergriff. »Ich sag doch, ich bin ein guter Typ. Du musst mich nur kennenlernen.«

»Ja.« Aerin brachte ein Lächeln zustande.

Erst als er verschwunden war, konnte sie den angestauten Widerwillen loswerden. Sie ließ sich aufs Bett fallen. Sie wusste nicht, ob sie lachen, heulen oder etwas zertrümmern wollte. *Zumindest hat er dir nicht wehgetan*, sagte sie sich. *Und er hat dich kaum berührt.*

Mission erfüllt.

13

Tallyho Island sah aus wie eine Mischung aus abgeschiedenem Inselparadies und apokalyptischer Zombie-Ödnis. Auf den ersten Blick fand Maddox die Landschaft ziemlich beeindruckend: wogendes Schilf, Dünen, endloses Wasser, ein riesiger Himmel. Aber wo waren die Menschen? Die anderen Passagiere stiegen von der Fähre und wurden vom Dunst verschluckt, verschwanden wie Gespenster. Maddox vermutete, dass es Telefonmasten, Stromleitungen und Straßenschilder geben musste – Dinge, die eine Zivilisation erkennen ließen –, aber es war zu nebelig, um irgendetwas zu erkennen. Der kleine Ticketschalter am Anlegerparkplatz war verwaist. Es war unheimlich. Maddox hätte es kaum gewundert, wenn ein humpelnder Zombie herausgestürzt gekommen wäre, sabbernd und irre und mit einer seltsamen Inselseuche infiziert.

»Wahnsinn«, meinte er zu den anderen. »Kaum verlässt man New York, landet man auf einem anderen Planeten.«

Erstaunlicherweise trat dann doch ein Mensch aus dem Ticketschalter. Ein älterer Mann in kurzärmligem Hemd, seine Baseballkappe von den Mets tief in die

Stirn gezogen. Seneca ging auf ihn zu. »Entschuldigen Sie, aber haben Sie diese Frau hier gesehen?« Sie hielt ihr Smartphone hoch und zeigte ihm das Foto von Sadie Sage, dass die drei inzwischen auswendig kannten.

Der Mann zog die Brauen zusammen. »Das kann ich nicht genau sagen. Im Sommer kommen und gehen hier so viele Leute.«

Maddox hätte beinahe laut losgelacht. Im Ernst? Er blickte in die menschenleere Umgebung. *Wo verstecken die sich denn?*

»Aber das sind alles Touristen, oder?«, hakte Seneca nach. »Die kommen nur ein oder zwei Tage. Ich habe nachgelesen, dass es hier auf der Insel gar keine Hotels gibt, stimmt's?«

»Stimmt.« Der Kartenverkäufer nickte. »Waren schon ein paar Hotelketten hier, die bauen wollten. Aber wir bleiben lieber unter uns.«

»Ist in den vergangenen zwei Monaten jemand auf die Insel gezogen?«, erkundigte sich Seneca.

Der Mann dachte darüber nach, dann nickte er. »Ja, das ist richtig. Vor etwa einem Monat ist hier lauter Kram von der Fähre geladen worden. Möbel und Kisten.«

Maddox war auf einmal hellwach. Vielleicht hatte Sadie Sage also tatsächlich ihre Sachen mitgenommen? »Wem gehörten die Möbel?«

»Einer Frau. Seit Langem die erste Person, die hergezogen ist.« Er sah sich noch einmal das Foto an. »Das könnte sie sein … aber ich bin mir nicht sicher. Sie bleibt allein. Seit sie da ist, habe ich sie nicht ein Mal gesehen.«

»War jemand bei ihr?« fragte Seneca. »Vielleicht ein Junge?«

Der Mann kaute auf der Unterlippe. »Kann sein, dass sie ein Kind dabeihatte. Ich habe nicht so genau darauf geachtet.«

Maddox' Nackenhaare stellten sich auf. Er tauschte einen vielsagenden Blick mit Seneca: Waren die neuen Inselbewohner Sadie und Damien?

Der Mann sah sie scharf an. »Gibt es Ärger? Wir sind eine friedliebende Gemeinschaft. Wir wollen unsere Ruhe.«

»Nein, nichts in der Art«, versicherte ihm Seneca. Dann zog sie die anderen in Richtung der einzigen sichtbaren Straße. »Vielen Dank für Ihre Hilfe!«, rief sie im Weggehen.

Als sie in sicherem Abstand zu dem Kartenverkäufer waren, flüsterte Madison: »Diese neue Inselbewohnerin, das muss Sadie sein, oder?«

»Wir finden heraus, wo sie wohnt«, meinte Seneca.

Maddox grinste. »Ich weiß auch schon, wie. Aber dazu müssen wir erst mal Menschen begegnen.«

Sie gingen weiter die Straße entlang. Maddox musste zugeben, dass es guttat, endlich mal wieder die Beine zu bewegen, nachdem sie stundenlang im Auto gefangen gewesen waren. Er begann zu joggen, hob die Knie und vergrößerte seine Schritte. Luft strömte in seine Lungen. Sein Herz lachte. Morgen früh würde er auf jeden Fall laufen gehen.

Ab und an ragten Häuser aus dem Nebel auf – ziemlich verfallene Bauten, die aussahen, als hätten Wind und Wetter ihnen arg zugesetzt. Große, gespenstische Vögel kreisten wie Flugsaurier über dem Meer. Schwere graue Wolken verdeckten die Sonne. Aber dann tauchte doch eine kleine Ladenstraße auf. Maddox lief darauf zu. Es gab einen kleinen Supermarkt, eine Eisdiele, ein Angelgeschäft und einen altmodischen Handarbeitsladen.

»Aha«, machte Maddox, als er durch das Fenster der Eisdiele eine hübsche Blondine erblickte. »Ich erledige das.«

Die Türglocke bimmelte, als er hereintrat. In dem kleinen Laden roch es nach Vanille, Waffeln und diesem schrecklichen Potpourri-Duft, den seine Mutter so mochte. Das Mädchen hinter der Theke trug eine pinkfarbene Schürze mit dem Firmenlogo und einen Hut, der geformt war wie ein Softeiswirbel. Sie lächelte Maddox interessiert an. Also drehte er den Charme auf.

»Hey«, sagte er, schlenderte auf sie zu und zeigte sein »Ich bin ein schnuckeliger Topläufer«-Grinsen. »Hübscher Hut.«

»Oh je.« Sie griff sich beschämt an den Kopf. »Ein grausiges Teil. Aber ich muss den tragen.«

»Nein, der ist wirklich hübsch.« Maddox warf einen Blick nach draußen. Die anderen beobachteten ihn neugierig – vor allem Seneca. »Ich bin hier auf einem Tagesausflug. Diese Insel ist ja echt der Hammer. Wohnst du hier?«

Das Mädchen schüttelte den Kopf. »Bloß nicht! Ich pendle von Staten Island. Ich würde eingehen, wenn ich hier leben müsste.« Sie verdrehte die Augen.

»Verstehe. Ich habe erst nicht geglaubt, dass man hier nicht mal Handy-Empfang hat. Bis ich dann von der Fähre gestiegen bin. Ist schon der Wahnsinn.« Maddox lächelte sie mitleidsvoll an. Sie kicherte. Er streckte seine Hand aus. »Ich heiße übrigens Maddox.«

»Amberly.«

»Amberly«, wiederholte Maddox. »Schöner Name.«

Sie kicherte wieder. Er hatte fast vergessen, wie leicht Flirten war. Er sah kurz über die Schulter: Seneca stand auf dem Bürgersteig und trat von einem Bein aufs andere. Maddox hatte nicht direkt die Absicht, sie eifersüchtig zu machen, aber dann wiederum fand er es auch nicht schlecht, wenn sie mal sah, wie gut er bei anderen Mädchen ankam. Und ja, dieser blöde Streit beim Warten auf die Fähre nagte noch an ihm. Das Timing war denkbar schlecht gewesen, klar. Aber konnten sie denn nicht einfach zusammen sein *und* diesen Fall lösen? Wieso warf sie ihm immer wieder vor, die Sache nicht ernst genug zu nehmen? Nur weil er nicht ständig in Alarmstimmung war, hieß das doch nicht, dass er sich nicht um Aerin sorgte. Jedenfalls bewahrte er einen kühleren Kopf als Seneca. Sie benahm sich in letzter Zeit total impulsiv und unberechenbar. Wenn sie nur mit ihm reden würde, könnte er vielleicht kapieren, was mit ihr los war. Aber sie tat genau das Gegenteil: Sie hielt ihn auf Abstand.

Er beugte sich noch einmal über die Theke und sah

zu Amberly. »Weißt du, ob auf dieser Insel Kinder wohnen?«

Amberly wusch gerade in einer kleinen Metallspüle einen Eislöffel ab. »Es gab hier mal eine Familie, ja. Aber die sind weggezogen. Hier kommt aber regelmäßig eine Mutter mit ihrem Baby vorbei.«

»Ich habe da eher an einen neunjährigen Jungen gedacht. Ich habe gehört, dass eine Frau mit ihrem Kind hergezogen ist.«

Amberly betrachtete eine Weile den Deckenventilator. »Ach ja, kann sein. Ich habe ihn aber nur ein Mal gesehen.« Sie machte ein ernstes Gesicht. »Er muss furchtbar einsam sein.«

»Wohnt er am Wasser? Ein Haus am Strand ist doch nicht das Schlechteste.«

»Nein. Ich glaube, sie wohnen in der Tweed Lane. Auch okay. Mitten im Wald halt.«

Treffer. »Weißt du, in welchem Haus?«

Amberly wischte sich die Hände an der Schürze ab. »Die Straße ist nicht besonders lang. Aber nein, die Nummer weiß ich nicht.«

Maddox sah auf sein Handy und seufzte. »Oh. Ich habe da so eine Wanderung gebucht, die geht in zwei Minuten los.« Er verdrehte die Augen. »Aber vielleicht sehen wir uns noch mal?« Er tippte an die Glasscheibe vor den Eisbehältern. »Reservierst du mir eine Kugel Mint Chip?«

Amberly zwinkerte. »Na klar.«

Maddox trat mit stolzgeschwellter Brust aus der Eisdiele. Madison wartete auf dem Bürgersteig und sah mürrisch in ihr Handy. »Wo ist Seneca?«, fragte er. Auf einmal hatte er Angst, sie könnte sein Flirten falsch verstanden haben. Es war doch klar, dass er seinen Charme nur hatte spielen lassen, um an Infos zu kommen, oder?

»Da hinten.« Maddox deutete auf den Parkplatz. Seneca unterhielt sich mit einem älteren Paar, das einen Einkaufswagen zum Auto schob. Er sah, wie sie sich bei ihnen bedankte und dann auf ihre Freunde zusteuerte.

»Die neue Frau ist in ein rotes Haus in der Tweed Lane gezogen«, berichtete Seneca. »Ist keinen Kilometer von hier.«

»He, du stiehlst mir die Show! Das habe ich auch eben herausgefunden.« *Bis auf das nicht unwichtige Detail, dass es ein rotes Haus ist*, dachte er beleidigt.

Seneca bedachte Maddox mit einem mitleidigen Blick. »Das war jetzt keine so schwere Aufgabe, Maddox. Diese Frau ist der erste Mensch seit Jahren, der auf die Insel gezogen ist. Natürlich wissen hier alle, wer sie ist.« Sie kniff ihm leicht in den Arm. »Und noch was: Versuche nicht, mich eifersüchtig zu machen, indem du mit Eishut-Mädchen flirtest, ja? Du solltest inzwischen wissen, dass ich auf so was nicht reinfalle.«

»Erwischt«, gab Maddox zu. Er war froh, dass sie so locker reagierte. Er stieß sie sanft in die Hüfte. »Und genau deswegen finde ich dich so cool.«

Die Tweed Lane hatte ein schiefes Straßenschild und war von dichtem dunklen Wald umgeben. Das erste

Haus war ein kleiner, abgewrackter Hof mit einer heulenden Hundemeute und einem VW-Bulli in der Einfahrt. Vor dem zweiten Haus, einem Kolonialbau, saß ein älteres Ehepaar auf Adirondack-Gartenstühlen. Die beiden winkten Maddox zu, und er war kurz versucht, sie nach der alleinerziehenden Mutter in ihrer Straße zu fragen – dann aber wollte er lieber keine Aufmerksamkeit auf ihre kleine Gruppe lenken, falls es gleich zu einer prekären Situation kommen würde.

»Seht mal da«, flüsterte Madison.

Sie deutete auf eine hübsch ordentliche Kiesauffahrt. Durch die Bäume erkannte man ein kleines, gepflegtes Nurdachhaus. Es stand kein Auto in der Einfahrt, aber in einem Fenster brannte Licht.

Sie schlichen näher heran. Ihre Schritte kamen ihnen so laut vor, als würden Bomben explodieren. Beim kleinsten Knacken drehte sich Maddox schon der Magen um. Er schob sich in die Nähe eines Fensters und lauschte. Würde ein Kind, das in einem Haus gefangen war, nicht irgendwelche Geräusche machen?

Auf einmal huschte eine Gestalt am oberen Fenster vorbei. Maddox stockte das Herz. Das war ein Kind. Der Junge sah so aus, als wäre er ungefähr in Damiens Alter.

»Ist er das?«, flüsterte Maddox.

Die Gestalt verschwand aus dem Blickfeld. Seneca beobachtete weiter das Fenster. Madison hielt den Atem an. Sie lauerten darauf, dass Damien noch einmal auftauchen würde. Maddox konnte sein Herz in den Ohren pulsieren hören. Er hatte nicht damit gerechnet, dass sie so schnell ans Ziel kommen würden. Was sollten sie tun, wenn es tatsächlich der Junge war? Ohne Funksignal konnten sie Brett nicht anrufen. Sie könnten höchstens einen Notruf tätigen, aber das war doch sicher gegen Bretts Anordnung. Sie hatten nicht abgesprochen, was geschehen sollte, wenn sie das Entführungsopfer tatsächlich fänden.

Und dann hörten sie ein Geräusch – ganz nah, gleich hinter Maddox' Kopf. Ein kurzes, metallisches Klicken. Bevor Maddox sich noch umdrehen und nachschauen konnte, spürte er, wie sich ein kalter, harter Gegenstand gegen seinen Schädel drückte. Er zuckte zusammen und seine Pupillen wanderten nach rechts. Er sah ein leuchtendes Büschel roter Haare. Den Lauf eines Gewehres. Zornig blickende Augen.

»Keine Bewegung, ihr Schweine«, befahl eine Stimme. Maddox tat keinen Mucks.

14

Seneca ließ die Waffe nicht aus den Augen. Die Frau, die das Gewehr hielt, war hochgewachsen, mit spitzem Kinn, und obwohl sie rote Haare hatte, war es doch möglich, dass Sadie Sage vor ihnen stand. Sie hielt das Gewehr mit einer Gelassenheit, die man nur durch Übung erlangte. Ihre Nasenflügel bebten. Wie aufs Stichwort fegte ein Windstoß durch die Bäume. Zweige flogen herunter, von denen einer knapp Senecas Kopf verfehlte.

»Verschwindet von meinem Grundstück!«, donnerte die Frau. »Oder ich schieße! Das meine ich ernst!«

»Beruhigen Sie sich!« Maddox' Stimme klang fest. »Wir wissen, was Sie getan haben. Sie werden gesucht. Besprechen wir das doch bitte in Ruhe, dann kommt niemand zu Schaden.«

Die Frau war furchtbar wütend. »Ich bespreche hier gar nichts.«

Sie hob das Gewehr. Seneca wurde schwarz vor Augen. Die Situation war ausweglos. Sadie Sage war eine Psychopathin. Natürlich würde sich diese Frau nicht beruhigen. Natürlich würde sie jeden erschießen, der ihr in die Quere kam.

Seneca warf einen Blick in den Wald hinterm Haus. Vielleicht sollten sie einfach wegrennen. Vielleicht könnten sie die Ladenzeile erreichen, ein Telefon suchen und die Polizei rufen. Und wenn Sadie ihnen hinterherjagte? Wenn sie Damien etwas antat?

War das Bretts Absicht? Vielleicht wusste er von Anfang an, wie wahnsinnig und skrupellos diese Sadie war. Vielleicht hatte er die drei nur hierhergeführt, damit diese Frau sie tötete.

»Denken Sie an seine Familie«, sagte Maddox. Er sah Sadie fest in die Augen. »Stellen Sie sich vor, welche Angst der Junge haben muss. Er will doch nur zurück zu seiner Mutter.«

Die Frau wedelte leicht mit der Waffe. »Ich bin seine Mutter. Ich bin ihre Familie. Hat Gerald euch etwas anderes gesagt? Was hat er euch für einen Blödsinn erzählt?« Sie richtete das Gewehr direkt auf Maddox. »Ich erschieße dich, bevor ich zulasse, dass ihr sie mir wegnehmt. Das schwöre ich.«

Sie? Seneca blinzelte. Irgendwas stimmte hier nicht.

Auf einmal öffnete sich die Terrassentür und ein kleiner Kopf guckte heraus. »Mom?« Das Gesicht des Jungen wurde kreideweiß. »Mom? Was machst du da?«

»Geh weg!« Die Frau ließ die drei nicht aus dem Blick. »Geh wieder rein, Marcus!«

Marcus? Seneca sah sich den Jungen genauer an. Er war etwa neun, aber er trug keine Brille, und seine Haare waren lockig und nicht so angeklatscht glatt wie auf den Fotos von Damien. Sie konnte nicht die geringste Ähnlichkeit zu Damien feststellen.

Während sie diesen Marcus anstarrte, tauchten weitere Kinder auf. Ein Mädchen, das vielleicht sieben sein mochte, hielt ein hellblondes Kleinkind in T-Shirt und Windel an der Hand. Beide Kinder verfolgten mit weit aufgerissenen, tränenerfüllten Augen, was sich da im Garten abspielte.

Seneca sah von den Kindern zu der Frau. Sie wusste, dass die anderen die Situation ebenso registrierten – Madison schnappte nach Luft, und Maddox trat einen Schritt zurück. Plötzlich rannte der Junge durch die Schiebetür nach draußen und warf seine Arme um die Hüften der Frau. Sie schluchzte laut auf, das Gewehr fiel klappernd zu Boden. Madison hob die Waffe auf, hielt sie ein paar angstvolle Sekunden in der Hand und schleuderte sie dann auf die Einfahrt, außer Reichweite.

»Gut«, sagte sie und blickte in die Runde. »Und jetzt kommen wir mal runter.«

Aber die Frau hörte gar nicht zu. Sie und ihr Sohn weinten tausend Tränen. Die anderen Kinder kamen hinzu und hielten sich wimmernd an der Frau fest. Sie klammerten sich regelrecht an sie, wobei sich ihre kleinen Fingernägel in ihren Rücken bohrten. »Ich will nicht zurück, Mom«, jammerte der große Junge.

»Ich weiß, mein Schatz«, murmelte die Frau. »Ich weiß das. Und ich sorge dafür, dass das nicht passiert. Versprochen. Du weißt doch, was ich euch versprochen habe.«

Seneca verkrampfte sich das Herz. Kein entführtes Kind würde sich seiner Entführerin derart um den

Hals werfen. Hier war kein Damien. Das passte alles nicht.

»Oh …«, flüsterte Maddox, dem ihr Irrtum auch klar war. Der Kloß in Senecas Hals wurde immer größer. Sie waren hier in einer üblen Geschichte gelandet, aber diese Tragödie hatte nichts mit einer Entführung zu tun.

Sie standen hilflos daneben, während sich die Frau und die Kinder langsam beruhigten. Es wäre grausam gewesen, einfach abzuhauen. Aber genauso schrecklich fühlte es sich an, dazubleiben. Seneca wünschte, sie könnte sich in Luft auflösen und so tun, als wäre das alles nie passiert. Irgendwann hob die Frau den Kopf und sah die drei flehentlich an. »Und? Was wollt ihr nun tun?«

Seneca schloss die Augen. »Es tut mir unendlich leid. Wir suchen nach einer Frau, die ein Kind entführt hat. *Ein* Kind. Aus New York. Wir haben Sie für die Entführerin gehalten.«

»Ich habe kein Kind entführt«, beteuerte die Frau. Die drei Kinder starrten aus großen, angstvollen Augen zu ihnen herüber. »Falls Gerald euch das erzählt hat, lügt er.«

»Wir kennen Gerald nicht einmal. Ganz sicher nicht«, erklärte Maddox. »Das hier ist eine schreckliche Verwechslung. Gerald weiß nicht, dass Sie hier sind. Versprochen.«

»Und wir werden keiner Menschenseele verraten, dass Sie hier wohnen«, fiel Madison ein.

Die Frau musterte sie argwöhnisch. Immer noch

hielt sie schützend die Arme um ihre Kinder. Diese Kinder waren ihr Ein und Alles, so viel war klar. »Ehrlich nicht?«, fragte sie dann.

»Ehrlich nicht«, versicherte Seneca.

»Wir haben schon verstanden«, sagte Maddox leise. »Sie beschützen diese Kinder. Gerald hat sicher tausendmal versprochen, dass er sich ändert, und dann ging es doch immer wieder von vorne los.«

Die blutunterlaufenen Augen der Frau waren voller Wut und Scham. Sie bestätigte nicht, was Maddox da eben gesagt hatte, aber sie widersprach auch nicht.

»Manche Menschen ändern sich nie.« Maddox' Stimme zitterte jetzt. »Sie sind und bleiben böse, sie tun grausame Dinge. Sie mussten da weg.« Er blickte sich um. »Hier sind Sie sicher. Niemand wird Ihnen etwas tun.«

Seneca beobachtete Maddox beim Reden und war stolz, dass er so klug und bedächtig klang. Die Frau musste hart schlucken. Sie brachte kein Wort mehr heraus, nahm ihre Kinder an der Hand und schob sie durch die Schiebetür ins Haus. »Verschwindet von hier. Wenn ich euch in zwei Minuten noch sehe, rufe ich die Polizei.«

Sie rannten über die Auffahrt zur Straße. Und dann brach Seneca auf einmal zusammen und ließ endlich die Tränen laufen, die sie die ganze Zeit zurückgehalten hatte. Maddox nahm sie in die Arme und drückte sie fest an sich, dann kam auch Madison dazu. Noch nie hatte sie sich dem Tod so nahe gefühlt wie eben – nicht einmal bei ihren Konfrontationen mit Brett, und das wollte etwas heißen. Lange brachte keiner der drei ein Wort heraus.

Vielleicht war diese Sache wirklich eine Spur zu hart, so wie Maddox es schon angedeutet hatte. Und dann waren sie auch noch einer falschen Fährte gefolgt. Statt auf Sadie Sage waren sie auf eine traurige und verängstigte Frau gestoßen, die sich mit ihren Kindern vor einem gewalttätigen Vater in Sicherheit gebracht hatte.

Nach einer Weile räusperte sich Maddox. Er sah auf die Uhr.

»Wenn wir nicht am Strand übernachten wollen, müssen wir jetzt los. Die letzte Fähre geht in einer halben Stunde.«

Die Glocke läutete schon, als sie den Anleger erreichten. Sie rannten den Landungssteg hoch, dann legte das Schiff auch schon ab. An Bord zappelte Seneca nervös herum und wusste nicht wohin mit ihrer überschüssigen Energie. Sie hatten einen ganzen Nachmittag auf dieser Insel verplempert. Jetzt waren es nur noch wenige Tage, bis sie Ergebnisse liefern mussten, und sie waren keinen Schritt weitergekommen. Jedes Mal, wenn sie glaubten, etwas erreicht zu haben, verschob sich das Ziel, und sie waren wieder meilenweit davon entfernt.

Seneca checkte ihr Handy nach einer Antwort von Viola – doch dann erinnerte sie sich, dass sie ja gar keinen Empfang hatte. Wie konnte man das hier bloß aushalten? Dann holte sie das alte Fahrkartenheft heraus, das sie bei Sadie Sage gefunden hatten. Sie betrachtete den abgegriffenen Block. Sollte das wirklich ein Hinweis sein? Vielleicht hatte Sadie nur ab und zu einen Ausflug auf die Insel unternommen. Vielleicht fuhr sie gerne raus, um Wale zu beobachten.

Das Boot schaukelte auf und ab, während es sich von der Küste wegbewegte. Die Wolken über ihren Köpfen wurden noch dunkler und drohten eindeutig mit Regen. Seneca ließ die Fahrkarten wie ein Daumenkino über den Finger schnippen. »Wo hast du die denn her?«, fragte eine Stimme über ihr. »Vom Flohmarkt?«

Der Kontrolleur blieb vor ihren Sitzen stehen. Es war der Fahrkartenverkäufer, mit dem sie schon auf dem Parkplatz gesprochen hatten. Er erkannte die drei wieder und lächelte. »Warum?«, fragte Seneca.

Der Mann deutete auf den kleinen Block. »Solche Fahrkarten benutzen wir schon seit 2005 nicht mehr. Heutzutage ist alles digital.« Er sah sich das Heftchen wehmütig an. »Damals, das waren noch ruhige Zeiten, da war hier auf der Insel so gut wie nichts los. In den vergangenen sieben, acht Jahren ist es immer trubeliger geworden.« Dann wandte er sich an die nächsten Fahrgäste, ein Touristenpärchen mit Bauchtaschen, das sich in einer fremden Sprache unterhielt.

Seneca sah zu Maddox. »Das heißt also, Sadie muss vor 2005 mit diesen Tickets gefahren sein.«

»Ja.« Maddox verzog das Gesicht. »Vor zig Millionen Jahren. Ich mag mir gar nicht ausmalen, wie es hier ausgesehen hat, bevor es *trubelig* wurde.«

Die Fähre schaukelte und ächzte und in Senecas

Kopf schoben sich die Puzzleteile aneinander. Warum besuchte Sadie eine Insel, auf der es gar keine touristischen Angebote gab? Kannte sie hier jemanden? Oder hatte sie selbst einmal hier gewohnt, vor Jahren? Wie sollten sie das je herausfinden? Damals war sie noch nicht Sadie Sage gewesen, sondern eine andere Person.

Dann kam ihr eine Idee. Sie sah die anderen an. »Sadie hat dieses Kartenheft vor fünfzehn Jahren benutzt, noch bevor sie die Identität gewechselt hat. Wir haben noch gar nicht darüber nachgedacht, *warum* sie die Identität gewechselt hat. Vielleicht sollten wir dem mal nachgehen.«

Madison strich sich die Haare zu einem Pferdeschwanz zusammen. »Seinen Namen kann man aus allen möglichen Gründen ändern. Wetten, die Frau, der wir eben begegnet sind, hat auch ihren Namen geändert, damit sie diesem Gerald entkommt?«

»Ja, aber hör mal.« Seneca hielt sich an der Reling fest, da eine besonders ungestüme Welle gegen das Boot schlug. »Eine geschlagene Frau wird doch nicht zum Kidnapper. Sadie ist wie Brett. Ist es nicht wahrscheinlicher, dass sie ihre Identität gewechselt hat, weil sie etwas Schlimmes getan hat?«

Maddox nickte. »Würde ich auch meinen, ja.«

»Dann gehen wir also davon aus, dass sie in ihrem vergangenen Leben Verbrechen begangen hat. Vielleicht hat sie sich deswegen hier auf der Insel aufgehalten.«

»Okay …«

Die Gischt nässte Senecas Wange. Bibbernd zog sie

die Ärmel ihres Hoodies über die Hände. Ihr schwirrte durch den Kopf, was Maddox zu der Frau gesagt hatte: *Gerald hat sicher tausendmal versprochen, dass er sich ändert, und dann ging es doch immer wieder von vorne los.* Dieser Satz erinnerte sie an etwas. Und auf einmal fiel ihr ein, wo sie etwas Ähnliches gehört hatte: Im Krankenhaus hatte Chelsea ihnen erzählt, dass Brett ziemlich gelassen reagiert hatte, als es in den Nachrichten hieß, Gabriel Wilton würde als Verdächtiger gehandelt. *Und da ist mir klar geworden, dass er so was wahrscheinlich nicht zum ersten Mal gemacht hat,* hatte Chelsea gemeint.

Wenn die Grenze einmal überschritten ist, verliert man womöglich jeden Skrupel. Und wenn Sadie Sage auch eine Wiederholungstäterin war? Seneca bekam eine Gänsehaut. »Vielleicht ist Damien nicht das erste Opfer von Sadie.«

Maddox blinzelte. »Glaubst du?«

»Es könnte passen. Vielleicht hat sie deswegen vor ein paar Jahren ihren Namen geändert. Und es erklärt auch, warum sie mit Damien so spurlos verschwinden konnte. Sie weiß, wie so was geht. Sie hat das schon mal gemacht.«

»Aber wie steht das mit Tallyho Island in Verbindung?«, fragte Madison. »Was hat sie hier gewollt? Wie passt das alles zusammen?«

Maddox zog die Stirn kraus. »Vielleicht hat sie ein Kind von hier entführt? Das Mädchen in der Eisdiele meinte, früher hätte es noch eine Familie auf der Insel gegeben …«

Seneca nickte ernst. »Passt.«

Aber Maddox zuckte nur die Achseln. »Das ist alles interessant, aber bei der Suche nach Sadie bringt es uns nicht weiter.«

»Wer weiß.« Seneca sah auf das dunkle, wogende Wasser. »Ein weiterer Entführungsfall könnte uns Hinweise darauf geben, wie Sadie vorgeht. Warum hat sie zum Beispiel diese Tickets aufbewahrt? Vielleicht behält sie Erinnerungsstücke an ihre Verbrechen. Dazu könnte auch das alte Foto von den beiden Kindern gehören.«

Noch nie hatte sich Seneca so über ein Empfangssignal gefreut wie jetzt, da sie sich der Küste näherten. Schnell überprüfte sie, ob Viola geschrieben hatte – nein, und auch von RedBird war noch nichts gekommen. Dann tippte sie *Kindesentführung, Tallyho Island* in die Google-Suche ein. Die Seite lud und ein Treffer fiel ihr sofort ins Auge.

Sie schrie schwach auf. »Hier. 2002 wurde ein Junge von der Insel entführt.«

Maddox beugte sich über das Handy-Display. »Der neunjährige Jackson Jones verschwand am 5. Juni 2002 aus seinem elterlichen Zuhause auf Tallyho Island, New York«, las er.

Seneca zuckte. »Halt mal. *Jackson*?«

Maddox sah sie verdutzt an. »Was ist so besonders an diesem Namen?«

Die Passagiere drängten Seneca, den Landungssteg hinunterzulaufen, aber ihre Beine fühlten sich an wie Blei. Ihr Herz pochte, im Kopf ging alles durcheinander.

Sie holte Luft. »Erinnert ihr euch an diese Hütte in Jersey? Wir dachten, Brett würde Chelsea darin gefangen halten. Aerin und Thomas sind hingefahren, aber dann war es eine Sackgasse.«

»Ja …« Maddox kniff die Augen zusammen.

»Aerin hat in der Hütte einen Papierkranich gefunden. Und auf dessen Unterseite stand: Jackson.«

»Und? Was sagt uns das?« Madison fand das alles ziemlich gespenstisch.

»Ich weiß nicht«, sagte Seneca leise. Mit zitternden Händen startete sie erneut eine Google-Suche. *Jackson Jones*, tippte sie, und dazu: *entführter Junge, Tallyho Island, 2002.*

Nun tauchten noch andere Ergebnisse auf. Seneca klickte den ersten Treffer an. Jackson Jones war neun Jahre alt, als er verschwand. Bis dahin hatte er nur auf Tallyho Island gelebt. Eine Frau namens Elizabeth Ivy stand im Verdacht, ihn entführt zu haben. Sie war seine Klavierlehrerin. Jackson war aufs Festland übergesetzt, wo er bei ihr Unterricht hatte, und dann nie zurückgekommen.

Klavier. Wie bei Damien. Und der Junge sah Damien sehr ähnlich. Auf dem Foto im Netz hatte er die gleichen braunen Haare, das gleiche unauffällige Gesicht, eine Harry-Potter-Nickelbrille und ein verschmitztes, aber zurückhaltendes Lächeln. Eigentlich sah dieser Jackson aus wie der Junge auf dem Foto, das sie in Sadies leerem Haus gefunden hatten. Irgendwie wie Damien, irgendwie aber auch nicht.

Mit zitternden Händen deutete Madison auf eine

Zeile am Ende des Artikels: »Schaut euch mal den zweiten Vornamen von Jackson an.«

Seneca sah auf ihr Display. Und eine halbe Sekunde bevor ihre Augen den Namen registrierten, wusste sie schon, wie er lauten würde. Das Foto aus Sadies Haus brannte sich in ihr Hirn. Sie sah diesen unscheinbaren Jungen mit seinem Allerweltslächeln und stellte sich das Gesicht um mehrere Jahre gealtert vor. Und einen Gedankengang weiter stand die Antwort klar vor ihr.

Brett.

Sie schnappte sich ihr Handy und wählte die verschlüsselte Nummer ganz oben auf ihrer Anrufliste.

»In Wirklichkeit heißt du Jackson Brett Jones«, flüsterte Seneca, als Brett abnahm. »Sadie Sage hat auch dich entführt.«

15

Brett hatte mit dem Anruf gerechnet – nachdem Seneca das mit Tallyho Island rausgekriegt hatte, ergab sich der Rest von selbst. Sie war ein kluges Mädchen. Und im Internet fand man alle nötigen Hintergrundinfos.

Trotzdem war es hart, wie sie ihm seine Vergangenheit so vor den Kopf knallte. Er wollte, dass die anderen wussten, wer er wirklich war – das war Teil seines Plans. Er wollte, dass sie es nach und nach herausfanden, anstatt dass er es alles auf einmal auskotzen musste. Aber es beunruhigte ihn auch. Solange er sich erinnern konnte, hatte er seine Identität und seine Lebensgeschichte selbst in der Hand gehabt. Noch nie hatte er die Wahrheit auf den Tisch legen müssen.

»Stimmt«, sagte er nach einer kurzen Pause. »Ich bin Jackson Brett Jones. Du kriegst eine Eins plus, Seneca. Und ein goldenes Sternchen.«

»Du bist auf Tallyho Island aufgewachsen. Du kanntest Sadie Sage. Sie hat dir Klavierstunden gegeben. Und dann hat sie dich entführt. Deshalb willst du auch, dass wir Damiens Fall lösen. Seine Kidnapperin ist deine Kidnapperin.«

»Nur hat sie sich damals nicht Sadie genannt«, murmelte Brett. »Sondern Elizabeth Ivy. Habt ihr den Bericht nicht gelesen?«

»Was ist mit dem Papierkranich aus der Hütte in Jersey?«, warf Maddox ein. »Auf der Unterseite stand *Jackson*. Hat sie dich dort gefangen gehalten?«

Brett lachte. »Aber nein. Ich habe den Kranich da platziert, einfach als kleinen Insider-Witz. Helena habe ich auch einen geschenkt.« Er gluckste vor sich hin. »Wisst ihr noch? Auf dem stand *Hi*.« Er hörte, wie Seneca den Atem anhielt. »Ich meinte damit wirklich nur *Hi* wie *Hallo*, aber ihr habt alle gedacht, es stünde für Harris Ingram. Gar nicht so dumm. Ich habe euch in dem Glauben gelassen. Konnte mir ja nur recht sein, dass Harris verhaftet wird.«

»Aber du hast diesen Jackson-Kranich absichtlich dorthin gelegt«, sagte Seneca. »Du wolltest, dass wir uns den Namen merken.«

Brett lehnte den Kopf an die Wand. »Klar. Wir sind Freunde, oder? Freunde erzählen sich Dinge aus ihrem Leben.«

Es entstand eine lange Pause. Brett war klar, dass die drei erst mal verdauen mussten, was er gesagt hatte. Denn wenn man das alles an sich ranließ, war die ganze Geschichte doch absolut irre. Er war stolz, dass er das Geheimnis so lange für sich behalten hatte. Und er war auch irgendwie stolz, dass die drei darauf gekommen waren.

»Sadie hatte noch ein Foto von dir in ihrem Haus«, berichtete Seneca. »Es lag bei den Fährtickets.«

»Aha«, kommentierte Brett ausdruckslos, obwohl er eine Gänsehaut bekam, wenn er daran dachte, dass sie ein Foto von ihm aufbewahrt hatte. Wann hatte sie das Foto überhaupt gemacht? Er erinnerte sich nicht, eine Kamera gesehen zu haben. Aber er hatte allerhand verdrängt, was während dieser Zeit geschehen war …

»Wie lange hat sie dich gefangen gehalten?«, fragte Maddox nach einer Pause.

»Sechs Jahre.« Ihn schauderte, als er die Zahl aussprach. Er hatte noch niemandem davon erzählt. »Ab neun, bis ich fünfzehn war und sie endlich überwältigen konnte.«

»Gott«, murmelte Maddox. Ihm brach die Stimme weg. »Das ist … übel.«

»Na ja.« Brett lief den Flur auf und ab. »Nicht alle werden auf dem Ponyhof groß.«

»Aber so was verdient niemand. Wie konnte das geschehen? Erinnerst du dich? Wenn mir so etwas passiert wäre, hätte ich das alles aus meinem Gedächtnis gestrichen.«

Die Erinnerungen umkreisten Brett wie Fliegen ein verdorbenes Stück Fleisch. Eigentlich wollte er den dreien nicht mehr als nötig erzählen, aber Maddox reagierte irgendwie cool. Man könnte fast meinen, die Sache ginge ihm nahe. »Wir waren wie Freunde. Sie hat mir Klavierstunden gegeben, entweder auf der Insel oder in ihrer Wohnung auf dem Festland. Meine Eltern fanden sie prima. Ich bin nicht zur Schule gegangen, sondern wurde zu Hause unterrichtet. Deshalb hatte ich nicht so viel Umgang mit anderen Menschen und da waren sie glücklich über diesen Kontakt. Und dann hat sie eines Nachmittags gesagt, sie würde mich zu einem Harry-Potter-Fantreffen in der Stadt mitnehmen. Ich war vollkommen fasziniert von diesen Büchern. Aber unterwegs hat sie mich dann bearbeitet. Sie sagte, meine Eltern würden mich nicht mehr haben wollen. Sie hätten vor, mich in eine Pflegefamilie zu geben.« Er schluckte. »Ich war total geschockt. Und sie machte weiter. Sie behauptete, meine Eltern würden mich als schreckliche Last empfinden. Wenn ich nicht mit ihr wegginge, würde ich in ein Heim gesteckt.«

»So was geht doch gar nicht«, bemerkte Seneca.

Brett atmete lautstark durch die Nase aus. »Ich war neun Jahre alt. Woher sollte ich das wissen? Ich war zu ihr ins Auto gestiegen. Und das war das Ende meines Lebens.«

»Wohin seid ihr gefahren?«, fragte Maddox.

Brett sah aus dem Fenster. Durch den Baum im Vorgarten flitzten die Eichhörnchen. Sie jagten einander, als wären sie auf Paarung aus. »Zu einem Haus am Meer. Ich durfte nicht raus. Nie. Das heißt, manchmal hat sie mich in den Schuppen hinter dem Haus gesperrt.« Die Worte kamen in einem Schwall heraus, wie Blut. »Das erste Mal hat sie mich eingeschlossen, nachdem ich schon ein paar Monate bei ihr war. Ich habe versucht zu fliehen. Ich bin durch die Haustür entkommen, als sie gerade den Müll wegbrachte. Zwei Häuser weiter stand ein Auto in der Einfahrt. Ich habe an die Tür gehämmert, und dann hat diese Frau aufgemacht, mit einem kleinen Mädchen im Schlepptau. Ich habe ihr erzählt, was los ist. Ich habe geheult wie irre und konnte keinen zusammenhängenden Satz herausbringen. Ich dachte, sie würde auf der Stelle die Polizei rufen, aber ratet mal, was sie getan hat?«

»Was?«, fragte Seneca atemlos.

Brett lachte bitter. »Sie hat mich nach Hause gebracht. Elizabeth hatte offenbar mit ihr gesprochen. Sie hat die freundliche Nachbarin gespielt und ihr erzählt, sie hätte einen verhaltensauffälligen Sohn – mich. Elizabeth packte mich und zog mich ins Haus. Sie sei ihr ja so dankbar, dass sie mich zurückgebracht habe, sagte sie der Frau. Die beiden umarmten sich, tauschten nette Worte, und ich stand da und dachte: Das kann doch nicht wahr sein. Und sobald die Frau weg war, hat mich Elizabeth in den Schuppen gezerrt. Und tagelang dort eingesperrt, nur mit Wasser. Habt ihr eine Ahnung, wie kaputt einen so was macht?«

»Gott«, murmelte Maddox.

»Warum hast du nicht um Hilfe gerufen?«, fragte Seneca.

»Ich sah keinen Sinn darin. Elizabeth hatte allen erzählt, ich wäre gestört. Die Leute hätten eh nur gedacht, ich hätte einen Anfall.«

»Und warum hat diese Nachbarin dich oder Elizabeth nicht wiedererkannt, aus den Nachrichten?«, wunderte sich Seneca.

Brett schnaubte. »Elizabeth hatte sich die Haare gefärbt und ein paar Kilo abgenommen. Und ich …« Er brach ab. Er hatte sich diese Frage unendlich oft gestellt. »Sie hat mir den Kopf rasiert. Und ich war dünner. Ich finde, ich sah nicht wirklich anders aus, aber die Leute sehen eben nur, was sie sehen wollen. Diese Frau wollte in dem Glauben leben, dass Elizabeth eine gute Mutter war. Sie wollte sich nicht vorstellen, dass in dem hübschen kleinen Badeort etwas Schlimmes vor sich gehen könnte.«

Er atmete schwer, sein Kopf war wie leer, sein Herz raste. Allein durch die Erzählung landete er wieder in diesem Schuppen, hockte dort zitternd vor Angst und flehte diese Wahnsinnige an, ihn rauszulassen. Dass er nun mit den dreien darüber redete, war zwar verstörend, aber es fühlte sich richtig an. Es gab viele Teile in seiner Geschichte, viele einzelne, wütende Racheaktionen – doch sie verschmolzen nun zu einem perfekten Finale. Sie mussten das alles wissen, damit das Spiel weitergehen konnte.

»Und wie bist du dann schließlich entkommen?«, fragte Maddox.

Brett blinzelte, fasste sich und ließ ein paar Sekunden ehrfürchtige Stille verstreichen. Wenn er mal davon absah, dass er hier die grausamsten Momente seines Lebens hochwürgte, war die ganze Szene doch ziemlich beeindruckend. Sie machten sich null Sorgen um Aerin. Sie waren ganz auf ihn konzentriert. Man hatte den Eindruck, als läge ihnen wieder etwas an ihm. Wie aufmerksam sie ihm zuhörten! Sie wollten ihn aufsaugen wie ein süßes Getränk, sie brauchten immer mehr, und das verlieh ihm Kraft.

Er holte Luft. »Das war Jahre später. Ich musste erst stark genug sein, um sie zu überwältigen.«

»Aber warum bist du denn *nach* deiner Flucht nicht zur Polizei gegangen?«, fragte Seneca. »Nirgendwo steht etwas dazu, dass du entkommen bist. Nur, dass du spurlos verschwunden bist.«

»Als ich da endlich raus war, bin ich zurück nach Hause, auf die Insel. Und habe erfahren, dass meine Eltern beide tot sind. Ich konnte mich nicht von ihnen verabschieden. Was sollten die Cops denn mit meiner Geschichte anfangen? Wie sollten sie mir helfen?«

»Und was ist mit deiner Schwester?«, fragte Seneca. »Wo war sie, als das alles passiert ist?«

»Wer?«

»Viola«, sagte Seneca. »Wir wissen, dass du eine Schwester hast, Brett. Wo war sie?«

Brett spürte, wie sich Bruchstücke aus Vergangenheit und Gegenwart ungut vermischten. Ihn schauderte. »Lassen wir Viola da raus.«

Seneca raunte etwas Unverständliches, weil ihr diese Antwort offenbar missfiel, riss sich aber schnell wieder zusammen. »Du hättest bei der Polizei aussagen müssen. Mit deinen Informationen hätten sie Elizabeth vielleicht zu fassen bekommen. Es sei denn, du wolltest nicht, dass die Polizei sie findet. Ist es das? Wolltest du sie selbst kriegen?«

Brett verdrehte die Augen. Fand Seneca ihre Schlussfolgerungen wirklich so weltbewegend? »Als ich das mit Damien gehört habe, als ich erfahren habe, dass die Entführerin eine abgedrehte Klavierlehrerin ist, und ein Foto von ihr gesehen habe, da wusste ich: Da ist sie wieder. Ja, klar. Ich habe darauf gelauert, dass sie noch einmal zuschlägt. Die ganze Zeit habe ich mir gewünscht, sie in die Finger zu kriegen.«

»Aber Brett, siehst du denn nicht, wie irrsinnig das Ganze ist? Du selbst hast dieses Entführungstrauma hinter dir und nun tust du Aerin dasselbe an. Wir helfen dir auch, wenn du sie freigibst. Versprochen. Diese Frau gehört hinter Gitter.«

Brett stockte das Herz, als er hörte, wie einfühlsam sein alter Kumpel redete. Er sollte ihnen Aerin geben, einfach so? Könnte er darauf vertrauen, dass sie ihm halfen, auch ohne Drohmittel?

Er kniff die Augen zu. Nein. Der Plan war ein anderer. »Wir haben eine Vereinbarung. Ihr seid auf Tallyho Island in einer Sackgasse gelandet. Ihr habt eines ihrer früheren Opfer gefunden – mich. Aber damit wissen wir immer noch nicht, wo sie *jetzt* ist. Also macht euch auf die Suche, bevor es zu spät ist.«

Seneca protestierte: »Aber Brett …«

»Kein Aber!« Wut überfiel ihn. »Ihr habt nicht mehr viel Zeit. Aerins Familie wird sich bald auf die Suche nach ihr machen. Ihr müsst Elizabeth oder Sadie oder wie immer sie jetzt auch heißt, finden, sonst seht ihr Aerin nie wieder. Wir sind hier ganz schnell weg, wir steigen einfach ins Flugzeug. Dann sieht sie ihre Familie nie wieder. Vielleicht stecke ich sie auch einfach in Brand, so wie ihren Freund. Wenn ihr mich verarschen wollt, dann nur los. Aber wenn es euch ernst sein sollte, habt ihr nur noch bis Montagabend.«

Er beendete das Gespräch und sank zu Boden. Er versuchte, die wütenden Dämonen zurückzuhalten, die sich aus den verschlossenen Ecken seines Hirns drängten. Dann wandte er den Kopf und merkte, dass er die Tür zu Aerins Zimmer offen gelassen hatte. Aerin saß aufrecht im Bett, mit offenem Mund, die zitternden Hände im Schoß.

Sie hatte alles mit angehört.

16

Aerin war wie gelähmt. Wenn Brett sie jetzt anfassen würde, würde sie zu Staub zerfallen, da war sie sicher. Nur noch ihre Knochen würden übrig bleiben.

Vielleicht stecke ich sie auch einfach in Brand, so wie ihren Freund.

Was war mit Thomas geschehen? Hatte er Brandwunden? Schwebte er in Lebensgefahr? Wie sah er jetzt aus? Und was stand Aerin bevor? Das alles war der blanke Horror, und Aerin verbot sich, diese Gedanken weiter zu verfolgen. Sie hasste Brett so abgrundtief. Sie wollte schreiend wegrennen. *Dann war es das jetzt mit dem Nettsein*, dachte sie. Aber sie ahnte, dass ihn das nur dazu bringen würde, seine Drohungen wahr zu machen. Nur Mitgefühl könnte seinen Zorn bändigen. Nicht, dass sie besonderes Mitgefühl für ihn empfand. Nein, die Welt war nicht gerecht, und es kam vor, dass Unschuldige zu Opfern wurden. Und dennoch verwandelten sie sich nicht in Monster.

Brett sah sie an und der Ärger in seinem Gesicht wich stummer Verwirrung. *Denk nach*, drängte eine Stimme in Aerins Kopf. *Was würde jemand, der ihn mag, in dieser Situation sagen? Was will er von dir?* Sie versuchte sich zu erinnern, was man zu ihr gesagt hatte, als Helena verschwunden war. Nur wenige Menschen fanden die richtigen Worte. Meistens wurde sie gedrängt, über ihre Gefühle zu sprechen, oder sie hörte Plattitüden wie: *Helenas Schicksal liegt in Gottes Händen.* Oder, der Hammer: *Einem Menschen wird nur so viel zugemutet, wie er ertragen kann.*

»Das ist alles furchtbar«, sagte sie irgendwann und hoffte, es klang nicht so geheuchelt, wie sie es empfand.

Brett wandte schnell den Blick ab. Er biss die Zähne zusammen, verlor dann aber doch die Fassung. Er ließ sich am Türrahmen hinabgleiten, bis er auf dem Boden hockte.

»Und sie hat dich wirklich in einen Schuppen gesperrt?«

Er zog eine Schulter hoch.

»Komm schon«, ermunterte ihn Aerin. »Du kannst es mir ruhig erzählen.«

Er sah sie schräg von der Seite an. »Ich weiß, dass du eigentlich nicht nett zu mir sein möchtest. Ich weiß, dass du gehört hast, was ich mit deinem Typen gemacht habe.«

Aerin packten Wut und Entsetzen. Ja, was hatte er mit ihrem *Typen* gemacht. Sie wollte ihm die Augen auskratzen. Den Schädel einschlagen. Er hatte Thomas *in Brand gesteckt?* Was sollte das heißen?

Sie brachte den letzten Fetzen Selbstbeherrschung auf, um ein freundliches, mitfühlendes Lächeln aufzusetzen und seine Bemerkung zu übergehen. Denn er wollte ihr Mitgefühl, das spürte sie ganz genau. Er wollte mit ihr über alles reden. »Und in dem Haus wart ihr ganz allein, nur du und sie?«, fragte sie.

»Nein, nicht ganz.«

Aerin zog eine Augenbraue hoch und wartete, ob er noch etwas hinzufügen wollte. Was er aber nicht tat. »Und deine Entführerin hieß Elizabeth, ja?«, fuhr sie fort.

»So habe ich sie genannt, ja.«

»War sie immer nur grausam zu dir?«

Brett strich mit den Füßen über den Boden und malte Muster in den Teppich. Aber dann sah er auf. Er blickte ihr in die Augen. Sein Gesichtsausdruck erschreckte sie. Er wirkte so jung, fast jünger als sie – und komplett verloren.

»Nein, manchmal war sie wie eine … Mutter.« Er brachte das Wort kaum heraus. »Sie wusste, dass ich schlimme Angst hatte, und dann hat sie mir Schlaflieder vorgesungen, auch als ich schon viel zu alt dafür war. Und wir haben zusammen gelesen. Mathe hat sie auch mit mir geübt. Sie war klug. Und wenn sie mal gute Laune hatte, durfte ich fernsehen. Keine Nachrichten, sonst hätte ich noch meine Suchmeldung gesehen. Sie wollte mich ja unbedingt glauben lassen, dass allen scheißegal war, wohin ich verschwunden war. Wir haben dann Zeichentrickfilme geguckt. Und Naturfilme.«

»Hört sich gar nicht so schlecht an. Ich sehe mir auch gerne Naturdokus an, wenn ich gestresst bin.«

Brett stieß ein trauriges Lachen aus. »Sie hat mich

geschlagen. Mich bedroht. Mich beschimpft und niedergemacht. Und dann dieser Schuppen. Wenn sie mich in den Schuppen sperrte, verlor ich jedes Zeitgefühl. Wenn ich dann endlich wieder draußen war, kam ich mir vor wie ein Vampir. Die Sonne war viel zu grell. Und ich brachte kein Wort mehr heraus. Schlafen konnte ich auch nicht, dafür war ich zu verstört.«

Aerin spürte ein Ziehen in der Brust. »Und du bist nicht zur Polizei gegangen, weil du dich selbst irgendwann rächen wolltest?«

Bretts Augen waren pechschwarz, er wirkte wie gehetzt. »Ich wollte meine Eltern sehen, aber als ich zu Hause ankam, waren sie beide gestorben.« Er presste die Lippen zusammen. »Und dann … ich weiß nicht. Ich habe vieles von dem geglaubt, was mir Elizabeth erzählt hat. Dass ich nutzlos und schlecht bin. Ich dachte, wenn ich zur Polizei gehe, bekomme ich nur Ärger.«

»Aber warum denn?«

»Keine Ahnung. Ich war komplett durch.« Brett umklammerte seine Knie. »Ich hatte Angst davor, das öffentlich zu machen. Ich war Elizabeth entkommen, und ich war mir sicher, dass sie furchtbar wütend war. Ich wusste, sie würde mich töten, wenn sie mich noch einmal in die Finger bekäme.«

Aerin kaute heftig an ihrer Unterlippe. Seltsam: Genauso ging es ihr mit Brett. Doch wie er nun hier auf dem Teppich hockte, wirkte er friedfertig und harmlos und beinahe – sympathisch. Aerin schluckte. Sie wunderte sich, wie sie so viel Einfühlung für jemanden aufbringen konnte, den sie doch so abgrundtief hasste. *Wir sind eben alle nur Menschen*, dachte sie. Verletzbar und ängstlich. Sogar halb Wahnsinnige stecken voller Angst.

Aerin stand mühsam auf und schob sich zur Tür. Sie legte ihre Hand auf seine. »Das alles tut mir schrecklich leid. Ich weiß, wie schwer es ist, einfach weiterzumachen.«

Brett schien zu zögern. Sie war ein großes Risiko damit eingegangen, das Bett zu verlassen. Aber dann ließ er den Kopf fallen. Atmete tief ein und aus. »Ja, klar«, brummte er.

»Nein, im Ernst!« Sie zeigte auf sich. »Glaubst du, ich konnte einfach weitermachen wie zuvor, nachdem ich meine Schwester verloren hatte? Undenkbar! Dieser Schmerz geht nicht mehr weg. Ich habe einfach die Pausentaste gedrückt in meinem Leben, weil ich dachte, dass ich es nicht verdiene, glücklich zu sein, wenn sie doch … du weißt schon.« Sie musterte ihn. Es war mehr als absurd, dass sie so mit dem Menschen sprach, der ihre Schwester umgebracht hatte! Aber sie hatte das Gefühl, dass sie eine Verbindung zu ihm aufbauen musste. Und dass davon ihr Überleben abhing. »Ich weiß, wie das ist, wenn man in der Vergangenheit gefangen ist.«

»Ja, kann sein.« Brett zog die Schultern hoch. »Vergessen ist extrem schwer.«

»Das ist es.«

Sie schwiegen. Vorsichtig warf sie einen Blick in den Flur. Sie sah zwei Türen und das Geländer einer

Treppe, die ins Erdgeschoss führte. Sie waren in einem Haus. Einem ziemlich schicken Haus, mit Fußleisten aus Holz und einer Glasmalerei im Treppenfenster. Dieses Haus stand nicht in der Einöde, das sagte ihr ein eindeutiges Bauchgefühl. Diese Treppen führten zu einer Haustür und hinter dieser Haustür war das Leben.

Aber sie rannte nicht los. Sie blieb neben Brett hocken. Sie musste erst sein Vertrauen gewinnen. Wenn sie das geschafft hatte, würde er vielleicht unvorsichtiger. Sie musste ihre Flucht planen. Und das nächste Mal musste sie gelingen.

Die Klimaanlage surrte. Hinter dem Glasmalfenster huschten Schatten vorbei. Aerin dachte darüber nach, was sie Brett eben erzählt hatte. Ihr war nie bewusst gewesen, wie sehr sie auf der Stelle getreten hatte, seit Helena verschwunden war. Aber so war es. Dabei war es doch vollkommen sinnlos, oder? Würde Helena wollen, dass sie in dieser Schleife feststeckte? Würde ihre Schwester sich nicht wünschen, dass sie weitermachte, dass sie ihr Leben lebte und versuchte, glücklich zu sein?

Sie sah zu Brett und wünschte, sie könnte mit ihm darüber reden. Er war doch das beste Beispiel dafür, dass das Festhängen an der Vergangenheit absolut nichts Gutes bewirkte. Könnte er nicht versuchen, endlich loszulassen? Könnte er sich nicht bemühen, sich zu ändern? Sie ahnte, dass er so etwas nicht hören wollte. Es ging jetzt darum, ihn in seinem Ego zu bestärken. Nicht darum, die Wahrheit auszusprechen.

»Ich verstehe so gut, dass du dich rächen willst«, sagte sie. »Diese Irre gehört weggesperrt, für immer. Sie darf nicht frei herumlaufen. Sonst tut sie es immer wieder.«

Brett nickte. »Ja, da hast du recht.«

Dabei ahnte er nicht, dass Aerin den Satz gerne fortgesetzt hätte. In ihrem Kopf surrte es weiter, klar und bestimmt: Sie gehört für immer weggesperrt … *genauso wie du*.

17

Nachdem sie die Fähre verlassen hatten, ergatterten die drei noch eine Sitzecke in einem Diner am Hafen. Es war kurz nach sechs, das Lokal war voll besetzt, und es roch gewaltig nach Frittierfett. Seneca starrte auf die fleckige Speisekarte, die ihnen die Kellnerin, kaum dass sie saßen, gereicht hatte. Aber die Wörter verschwammen vor ihren Augen und wollten keinen Sinn ergeben. In ihr baute sich ein unerträglicher Druck auf. Sie war kurz vor dem Explodieren.

»Das ist alles der absolute Wahnsinn«, sagte Madison ins Telefon, als die Bedienung ihnen gerade die Getränke brachte. Sie sprachen mit Thomas im Krankenhaus, weil sie ihn unbedingt auf dem Laufenden halten wollten. »Er hat eine echt finstere Kindheit hinter sich. Im wahrsten Sinne des Wortes.«

»Das erklärt vieles.« Thomas klang immer noch erschöpft, aber schon besser als beim letzten Mal. »An der Polizeischule ging es auch viel um die psychische Verfassung von Mördern und Entführern. Die meisten haben eine total verkorkste Vergangenheit.«

Madison spielte mit ihrem Strohhalmpapier. »Verkorkst klingt noch harmlos. Ein Neunjähriger, den man seinen Eltern entreißt und in einen dunklen Schuppen sperrt. Hört sich an wie ein Horrorfilm.«

»Man hat fast Mitleid mit dem Kerl.« Maddox gab Zucker in seinen Kaffee. »Jetzt ehrlich, ich würde diese Elizabeth wahrscheinlich auch umbringen wollen.«

Seneca schrie innerlich auf. Mitleid? Für Brett? Sie konnte nicht fassen, was die anderen da sagten. Es war, als hätten sie eine Gehirnwäsche hinter sich.

»Elizabeth Ivy. Sadie Sage. Da steckt doch ein Muster dahinter, oder?«, überlegte Madison. »Kommt das in einem Lied vor oder sind das Figuren aus der Sesamstraße?«

»Hoffentlich nicht«, sagte Maddox. »Eine solche Dämonin, und dann tarnt sie sich mit den Namen von niedlichen Sesamstraßen-Figuren?« Ihn schauderte. »Ihre Opfer müssen einen Albtraum durchgemacht haben.«

Es reichte. Seneca knallte ihr Glas so heftig auf den Tisch, dass das Wasser herausspritzte. Alle sahen erschrocken auf. »Aha. Wir haben jetzt alle Mitleid mit Brett, ja?«

Maddox schüttelte den Kopf. »Ich habe nur an diese Sadie gedacht. Was sie Brett angetan hat, macht sie vielleicht auch mit Damien.«

»Ja, aber er tut dir leid.« Senecas Stimme zitterte. »Gib doch ruhig zu, dass du Mitgefühl für ihn empfindest. Deswegen hast du auch gesagt, dass wir ihm helfen, Sadie zu finden, selbst wenn wir Aerin zurückhaben. Du willst ihm tatsächlich helfen.«

Maddox hob die Hände. »Ich habe das nur gesagt,

weil ich dachte, ich könnte Brett dadurch aus der Reserve locken. Und weil ich gehofft habe, dass er erkennt, was er da macht, und uns Aerin zurückgibt. Das heißt nicht, dass ich Brett irgendwie mag. Ich versuche nur, diese neue Seite an ihm einzuordnen.«

Seneca sah rot. »Es gibt da keine neue Seite an Brett, und es gibt keinen Grund, seine Gefühlslage zu bequatschen! Er ist immer noch der Mörder von Aerins Schwester und meiner Mutter, und er hält unsere Freundin gefangen!« Sie kniff die Augen zusammen. »Als Nächstes sagst du mir noch, wir lassen Brett laufen, was? Weil der Arme so viel Schlimmes durchgemacht hat!«

»Seneca, das ist –«

Seneca winkte ab. »Was Brett uns erzählt, kann null Komma null relativieren, wer er ist und was er getan hat. Wenn du damit nicht zurechtkommst, müssen wir noch mal unsere Prioritäten klären.«

Madison fasste sie am Arm. »Halt mal. Du weißt, wie sehr ich Aerin zurückhaben will. Das ist das Ziel. Aber darüber haben wir gar nicht gesprochen. Wir wissen, wie schrecklich Brett ist. Wir bereden nur die Lage, okay? Wir versuchen, sein Verhalten zu analysieren.«

Die Kellnerin tauchte wieder auf, um ihre Bestellung aufzunehmen. Seneca war es auf einmal viel zu eng in der klebrigen Sitzecke. Sie stand auf, schob sich an Madison vorbei und lief zur Tür. »Ich habe keinen Hunger mehr.«

Der Himmel draußen war trübe. Auf der gegenüberliegenden Straßenseite war eine Freifläche, auf der einige wilde Truthühner scharrten und kollerten. Seneca lief über den Parkplatz zu einem verlassenen Spielplatz und setzte sich auf eine der Schaukeln. Sie wusste ja, dass sie eigentlich froh sein sollte, dass sie endlich mehr über Brett herausgefunden hatten. Dass sie wussten, wie er tickte. Und sie war nicht herzlos, seine Geschichte fand sie ja auch traurig.

Aber genau das ärgerte sie. Sie sträubte sich dagegen, dass es für Bretts Taten eine Erklärung geben sollte. Sie wäre besser damit zurechtgekommen, wenn Brett ihnen die Entführung von Damien einfach als Aufgabe gegeben hätte, aus reiner Willkür – und nicht, weil sie mit seiner eigenen tragischen Vergangenheit in Verbindung stand. Sie wollte nichts für Brett empfinden außer blankem Hass. Sie wollte Rache. Sie wollte ihn sich nicht als verängstigten kleinen Jungen vorstellen, so wie Damien, in der Gewalt einer Wahnsinnigen. Brett hatte Unaussprechliches verbrochen und nur darauf wollte sie sich konzentrieren. Klar, er konnte seine Taten auf seine grausame Kindheit schieben … aber es gab viele Menschen, die Grausames erlebt hatten und deshalb nicht gleich zu Mördern wurden. Wieso begriff Maddox das nicht? Fand er sich etwa besonders objektiv?

Sie hörte das Klingeln der Diner-Tür und sah hinüber. Madison kam angelaufen und ließ sich auf die Schaukel neben ihr plumpsen.

»Falls du dich gefragt hast, was mit Thomas ist: Sein MRT war unauffällig. Er hat keine Gehirnerschütterung. Und die Verbrennungen sind auch nicht so ernst. In ein paar Tagen kann er wahrscheinlich raus.«

Seneca packte die rostigen Schaukelketten. Sie hatte ganz vergessen, dass Thomas noch am Telefon gewesen war und ihren Wutanfall mit angehört hatte. »Bist du auch gekommen, um mir zu sagen, dass ich Maddox unrecht getan habe?«

Madison schaukelte jetzt höher, ihr offener Schnürsenkel flatterte. Die Schaukel quietschte hässlich. »Nein. Er versteht das. Er weiß, was dich umtreibt.«

»Tut er das wirklich?«

Madison sah ihr fest in die Augen. »Ob du es glaubst oder nicht, Seneca, aber Maddox und Brett sind keineswegs beste Kumpel. Er weiß schon noch, dass dieser Typ ein Psychopath ist.«

Seneca schluckte. *Ich will aber, dass er genauso wütend ist wie ich*, dachte sie bei sich. *Ich möchte, dass ihr alle genau das fühlt, was ich fühle.*

»Aber was nützt das alles?«, sagte Madison. »Ich bin gerade ziemlich gefrustet.«

Seneca musterte sie erstaunt. Madison war frustriert? Sie wirkte immer so geradeaus und mit sich im Reinen. »Was meinst du damit?«

Madison bohrte die Fußspitze in den Mulch, um die Schaukel anzuhalten. »Es klingt total dumm. Aber ich habe den Mädels aus meinem Team gesagt, dass ich was Wichtiges zu erledigen habe und deshalb nicht am Sommertraining teilnehmen kann. Und jetzt kriege ich hier Nachrichten à la *Du hängst dich nicht genug rein. Vielleicht bist du als Teamleaderin doch nicht geeignet.*« Sie rollte mit den Augen. »Ich weiß, das ist absolut nicht vergleichbar mit dem, was du durchmachst, aber es nervt trotzdem.«

»Na klar tut es das.« Seneca atmete aus. Ein Flugzeug zog quer über den Himmel. Sie sah ihm nach, bis es hinter einer Autobahnüberführung verschwand. Ihr war nicht bewusst gewesen, dass sie alle etwas aufgaben, um hier zu sein. Sie bekam ein schlechtes Gewissen, denn sie war die ganze Woche mit Madison zusammen gewesen und hatte auf ihre Hilfe gezählt, ohne sie richtig zu kennen, wie sich jetzt herausstellte. Daran sollte sie etwas ändern.

Vielleicht musste sie umdenken. Es brachte nichts, wenn sie mit den anderen herumzankte. Genau das wollte Brett wahrscheinlich: dass sie uneins wurden, die einen durchaus Mitleid empfanden, während andere – also sie – nur noch wütender wurden. Auf jeden Fall drohten sie durch diese Streiterei ihr Ziel aus den Augen zu verlieren.

Aber diesen Gefallen würde sie Brett nicht tun. Sie hatten nicht mehr viel Zeit.

Sie richtete sich auf. »Dann müssen wir dafür sorgen, dass sich dein Einsatz hier richtig lohnt. Stell dir mal vor, wie diese Cheerleader-Bräute glotzen werden, wenn es heißt, dass du einen ungeklärten Mordfall gelöst hast – und Aerin gerettet hast.«

Madison warf ihren Pferdeschwanz über die Schulter. »Dann bin ich das Wonderwoman des gesamten Teams.«

»Absolut.« Seneca umklammerte die Schaukelketten. »Ich finde übrigens interessant, dass Brett meinte, wir sollten Viola da raushalten. Vielleicht hat sie wirklich nichts damit zu tun – zumindest nicht, was Sadie angeht.«

»Ja, kann gut sein.«

»Wenn wir sie nur erreichen könnten. Vielleicht will Brett auch, dass sie außen vor bleibt, weil sie weiß, wo er sich versteckt.«

»Und hat RedBird sich gemeldet?«

Seneca holte zum millionsten Mal ihr Handy hervor und rechnete schon mit demselben Ergebnis wie immer, aber dann entdeckte sie tatsächlich ein PDF von RedBird in ihrer Inbox. Sie juchzte vor Freude. In der Datei waren alle Telefonate aufgelistet, die vom Anschluss in Brett-alias-Gabriels Apartment in Avignon während des vergangenen Monats getätigt worden waren.

»Wow«, machte Seneca und zeigte Madison das geöffnete PDF. Sie starrte mit weit aufgerissenen Augen auf die Liste.

»Hm. Das scheinen alles irgendwelche Hotlines zu sein.« Madison deutete auf lange Reihen mit 1800-Nummern. Sie rief die erste Nummer in der Liste an, und als sich jemand meldete, brach sie in Gelächter aus. »Das ist eine Psycho-Hotline!«

»Und ich bin bei der Wettervorhersage für Alaska gelandet«, verkündete Seneca verdutzt.

Sie riefen bei einem Baumarkt und bei der Bahnauskunft an, und außerdem bei mehreren Hotlines, die nicht mehr erreichbar oder am Wochenende nicht besetzt waren. »Vielleicht arbeitet Viola ja in einem Call-Center?«, fragte sich Seneca. »Und Brett ruft da an, um sie zu sprechen?«

»Wenn man bei einer 1800-Nummer anruft, meldet sich doch immer ein anderer.«

»Habt ihr die Truthähne da drüben gesehen?«

Seneca sah auf. Maddox stand neben ihnen, die Hände in den Taschen. Sie wandte den Blick ab. Ihr Wutausbruch in dem Diner kam ihr jetzt furchtbar blöd vor. Sie überging den Zwischenfall aber lieber, anstatt Erklärungsversuche zu starten. »Wir haben jetzt die Anrufliste für Bretts Telefonanschluss aus dem Apartment.« Sie zeigte ihm das PDF. »Eine von den Nummern muss zu Viola gehören. Wahrscheinlich arbeitet sie für eine Service-Hotline.«

»Lass mal sehen«, meinte Maddox. Seine Hand streifte Senecas Arm, als er sich über das Display beugte, doch er zog sie schnell weg. Er war vorsichtig. Er befürchtete wohl, sie könnte jeden Moment wieder hochgehen.

Maddox wählte die nächste Nummer auf der Liste. »Hallo? Könnte ich bitte mit Viola Jones sprechen?« Er wartete einen Moment mit hochgezogenen Brauen, dann legte er auf. »Da gibt es keine Viola.«

Sie gingen die Liste mit dieser Frage durch, aber nirgendwo arbeitete eine Viola Jones. Frustriert wählte Seneca eine weitere kostenfreie Nummer. Als sie die Frauenstimme am anderen Ende hörte, stockte ihr Herz. »*Guten Tag. Vielen Dank für Ihren Anruf bei Addams und Stern LCC in Annapolis, Maryland.*«

Das Telefon fiel ihr aus der Hand und landete im Spielplatzmulch. »Was ist?«, fragte Maddox und riss den Kopf hoch. »Wer ist da dran?«

Seneca konnte kaum schlucken. »Meine Mutter.«

Sie hob ihr Smartphone vom Boden auf. Ihre Mutter sprach weiter: *»Drücken Sie die Eins für weitere Auskünfte, drücken Sie die Zwei, falls Sie mit unserem Anwalt Christopher Addams verbunden werden möchten …«* Sie war bei der Kanzlei gelandet, in der Collette als Assistentin gearbeitet hatte. Wieso wusste sie nicht, dass ihre Mutter weiter auf dem Anrufbeantworter zu hören war? Noch bizarrer fand sie, dass die Kanzlei die Ansage nicht geändert hatte! Und woher wusste Brett davon?

Sie war wie benommen. Sie legte den Kopf zwischen die Knie und holte tief Luft. Brett hatte anscheinend damit gerechnet, dass sie an die Telefonliste gelangen könnten. Und das hier war wieder eine seiner *Fuck-you*-Nummern, mit der er ihnen demonstrierte, wie viel Macht er hatte. Fragen bestürmten sie. Warum? Warum? Warum hatte Brett sich ausgerechnet ihre Mutter ausgesucht? Dass sie ihm im Starbucks nicht genug Aufmerksamkeit geschenkt hatte, reichte doch als Erklärung nicht aus. Da musste noch mehr mit reinspielen. Aber was? Würde sie das je herausbekommen?

Ohne genau zu wissen, wie sie dorthin gelangt war, fand sie sich in Maddox' Armen wieder. Er hielt sie fest, strich ihr übers Haar und versicherte ihr immer wieder, dass alles gut würde. Er hatte ihr das Telefon abgenommen und aufgelegt. Noch einmal drückte er sie, dann hielt er sie auf Armlänge von sich und sah sie mit festem, fast strengem Blick an. »Er ist grundböse, Seneca. Lass ihn nicht gewinnen.«

Seneca nickte und rang nach Atem. Brett wollte sie fertigmachen. Aber sie musste ihre Wut als Ansporn nehmen, sie musste Viola finden und endlich an Brett rankommen.

Seneca, Madison und Maddox wählten weitere Servicenummern und erkundigten sich nach Viola Jones. *Nein, tut mir leid. Nein, kennen wir nicht.* Als dann aber jemand bei der Hotline einer Firma für Bio-Hundefutter sagte: »Eine Viola *Jones* haben wir hier nicht«, kam Seneca ins Stutzen. Vielleicht gab es da eine Viola mit einem anderen Nachnamen?

»Wir haben immer angenommen, Viola hätte denselben Nachnamen wie Brett«, sagte sie zu den anderen. »Aber vielleicht hat sich der ja geändert. Vielleicht hat sie geheiratet.«

»Jedenfalls ist dieser Hundefutter-Lieferant die einzige Firma, bei der es eine Viola gibt«, meinte Madison, die sich in der Liste von unten nach oben vorgearbeitet hatte. Sie gab die Nummer bei Google ein und stieß auf *Frieda's*, einen Anbieter für organisches Heimtierfutter. Die Firma saß in Brooklyn, und als Madison auf den »Mitarbeiter«-Button klickte, tauchte tatsächlich eine Viola auf. Viola Nevins war Leiterin des Kundenservice und betrieb einen Newsletter namens *Dog Blog.*

Seneca kaute auf ihrer Unterlippe. »Könnte sie das sein?«

»Probieren wir's. Etwas anderes bleibt uns eh nicht übrig«, meinte Maddox.

»Aber es ist Samstag. Da ist es unwahrscheinlich, dass wir sie erreichen, oder?«

Maddox zuckte mit den Schultern. »Vielleicht haben wir ja auch mal Glück.«

Sie riefen nochmals bei der 1800-Nummer an. Eine männliche Stimme meldete sich mit einem Singsang: »Einen tierisch schönen Tag, was kann ich für Sie tun?« Seneca verdrehte die Augen und fragte nach einer Viola Nevins und tatsächlich wurde sie in eine Warteschleife mit musikalischer Untermalung (»Who Let the Dogs Out?«) gesteckt. Auf einmal war sie furchtbar nervös. Würde sie gleich mit Bretts Schwester sprechen? Und wenn die genauso irre war wie er?

»Hallo?«, meldete sich eine Stimme. »Sie sprechen mit Viola. Wie kann ich Ihnen helfen?«

»Äh …« Seneca konnte nicht fassen, dass sie Viola am Apparat hatte. Sie schluckte einen dicken Kloß hinunter. »Hier ist Seneca Frazier. Ich habe dir eine E-Mail geschickt. Wir kennen deinen Bruder Brett. Jackson Brett Jones.«

Es entstand eine unangenehme Pause. »Ich habe gerade echt viel zu tun.«

Seneca spürte ein Kribbeln am ganzen Körper. Das war die richtige Viola und sie würde sie nicht vom Haken lassen. »Bitte, hör dir das an. Brett hat etwas Furchtbares getan. Es geht um eine Entführung. Wir brauchen deine Hilfe.«

Wieder langes Schweigen. »Was hat er getan?«, fragte Viola leise.

Seneca sah fragend zu Madison: Konnten sie dieser

Viola trauen? »Das sagen wir dir, wenn du mit uns redest. Du kennst ihn besser als jeder andere. Wir können in deine Gegend kommen. Wir kommen überall hin. Bitte.«

Am anderen Ende hörte man Telefonklingeln und Gemurmel. Seneca starrte auf das Unkraut zwischen den Gehwegplatten. Einer der Truthähne in der Häuserlücke kollerte jetzt besonders böse. Bitte, flehte sie in Gedanken. Bitte lass hier einmal etwas gut gehen.

Dann endlich seufzte Viola. »Also gut. Morgen an der Grand Central Station, unter der Uhr, um drei. Aber nur zur Information: Jackson ist nicht mein Bruder. Wir sind überhaupt nicht verwandt.«

18

Am Sonntagnachmittag um Punkt drei stand Maddox ziemlich aufgeregt unter der riesigen Uhr im Grand Central. Er hörte tausend Schritte durch die Halle trippeln, er hörte die Ansagen über Lautsprecher und das Geplapper der Leute, die zu ihren Zügen eilten. Er war schon unzählige Male in diesem Bahnhof gewesen. Vom Grand Central fuhr die Metro North nach Dexby. Sogar seinen ersten Kuss hatte er hier bekommen, in einem der Gänge, von Esme Richards aus seinem Crossteam.

Aber nun würde er den Grand Central nie wieder mit seinem ersten Kuss in Verbindung bringen. Sondern damit, dass er hier die »Schwester« eines Mörders traf.

Er drehte den Kopf in alle Richtungen, auf der Suche nach Viola Nevins – dabei wusste er ja gar nicht, wie sie aussah. Es nutzte auch nichts, nach einer Frau Ausschau zu halten, die Ähnlichkeit mit Brett hatte, denn Viola hatte rätselhafterweise behauptet, Brett und sie seien nicht verwandt.

Wer war sie?

Seneca stand neben ihm und duftete herrlich nach

Kaffee. Sie zupfte an dem Pflaster um ihren Finger. Maddox lächelte sie an und sie lächelte zurück. Zumindest lächelte sie wieder. Sein beleidigtes Ich wollte ihr sagen, wie verletzt er war, weil sie ihm vorgeworfen hatte, dass er sich auf die Seite des Feindes schlug – oder welchen Unsinn sie sich da auch immer zurechtgelegt hatte. Aber er hielt lieber den Mund. Er war die Stimmungsschwankungen leid: Eben war Seneca noch gut gelaunt und lustig, dann wieder supergestresst. Im letzteren Fall ließ sie alles an ihm aus. Er schwieg auch, weil er fürchtete, sie könnte ihm wieder vorhalten, er würde die Ermittlungen nicht ernst nehmen.

»Bist du Seneca?«

Die drei wandten sich um. Ein paar Schritte von ihnen entfernt stand eine Frau Ende zwanzig. Ihre Augen wirkten müde. Sie trug einen schwarzen Blazer und Jeans – ein Outfit, das Maddox' Mutter zu einem Elternabend in der Schule angezogen hätte. Sie hatte kinnlanges braunes Haar, hohe Wangenknochen und keinerlei Ähnlichkeit mit Brett. Aber irgendetwas an ihr kam Maddox bekannt vor und ließ sein Hirn rattern.

Seneca trat vor. »Viola?«

Viola nickte, dann sah sie sich in der Bahnhofshalle um. »Am besten gehen wir irgendwo hin, wo wir unter uns sind.«

Sie blickte ausgerechnet in den Gang, in dem Maddox den Mut aufgebracht hatte, Esme zu küssen. Dann lief sie zu einem trashigen, kaum besuchten Souvenirladen voller Glupschis, Schneekugeln und T-Shirts mit bekloppten Sprüchen. Sie marschierte an Gummifiguren und mit Freiheitsstatuen bedruckten Socken vorbei und blieb vor einem Regal mit Selbsthilfe-Ratgeberbüchern stehen. Sie begrüßte alle mit Handschlag, dann verschränkte sie die Arme wie einen Schutzpanzer vor der Brust.

»Danke, dass du gekommen bist«, sagte Seneca. »Ich will gleich heraus damit: Jackson hat unsere Freundin entführt. Ihr Name ist Aerin, Aerin Kelly. Wir stehen in Kontakt mit ihm, und er will uns Aerin nur geben, wenn wir die Frau finden, die *ihn* einst entführt hat und aktuell ein weiteres Kind gefangen hält.«

Einen langen Moment konnte Viola sie nur ungläubig anstarren. »Nein. Das würde er nie tun. Er entführt doch niemanden.«

»Er hat schon viel Schlimmeres getan«, murmelte Madison.

»Nein. *Nein.*« Violas Gesicht wurde immer röter. Sie sah auf die Uhr, sie sah auf ihr Handy und wirkte auf einmal hilflos und verzweifelt. »Ihr habt also mit ihm gesprochen? Vielleicht könnte ich noch einmal mit ihm reden. Das muss ein Missverständnis sein. So was macht er nicht.«

Maddox öffnete den Mund, um alles zu erklären, aber Seneca war schneller. »Er hat uns das Versprechen abgenommen, dich aus der Sache rauszulassen. Wenn du ihn jetzt anrufst, rastet er aus, weil wir uns nicht an seine Forderungen halten.«

Viola blinzelte. »Seine Forderungen?«, schnaubte sie wütend. Sie sah die drei an. »Wollt ihr mich verarschen? Er würde so etwas nie, nie tun. Er ist ein guter Mensch.«

»Und warum dann dieses geheime Treffen?« Seneca stemmte die Hände in die Hüften. »Warum wolltest du zuerst überhaupt nicht mit uns sprechen? Du musst doch wissen, dass irgendetwas mit ihm nicht stimmt, oder?«

Viola schüttelte den Kopf. »Ich wollte nicht mit euch über ihn reden, weil das, was Jackson passiert ist, nur ihn was angeht.«

»Meinst du die Entführung?«, fragte Maddox und kniff die Augen zusammen. »Warum?«

»Das versteht ihr nicht.« Viola schob ihre Handtasche ein Stück höher und machte einen Schritt Richtung Bahnhofshalle. »Ich hätte nicht herkommen sollen.«

»Warte!« Seneca fasste sie sacht am Arm. »Viola. Bitte. Hör dir an, was wir zu sagen haben.«

Viola wandte sich unwirsch um. In ihrem Gesicht konnten sie ablesen, wie verletzt und misstrauisch sie war. *Sie hat keine Ahnung, wer Brett eigentlich ist*, dachte Maddox. Er fragte sich, wie sich Brett wohl in ihrem Beisein verhielt. Wie ein lieber Kerl offenbar. Ein unschuldiges Opfer. Genau wie der harmlose, nette Typ, den sie in Dexby kennengelernt hatten. Jemand, der keiner Fliege etwas zuleide tun konnte.

Seneca räusperte sich. »Wir ermitteln hier, um ein Leben zu retten. Als du sagtest, Jackson sei gar nicht dein Bruder – was meintest du damit? Wir dachten, ihr wärt aus einer Familie.«

Viola wandte den Blick ab. »Das ist kompliziert.«

»Wart ihr mal gute Freunde? Bist du auch auf Tallyho Island aufgewachsen?«

»Nein. Ich komme aus New Jersey.« Viola starrte auf einen Kühlschrank mit Wasser und Limo. Die Schultern hatte sie fast bis zu den Ohren hochgezogen.

»Wo habt ihr euch kennengelernt?«, erkundigte sich Madison. »Vor seiner Entführung? Oder danach?«

Violas Unterkiefer zuckte. Und auf einmal wusste Maddox wieder, warum sie ihm bekannt vorkam. Ihr Gesicht erinnerte ihn an das Mädchen von dem Foto, das sie in Sadies Haus gefunden hatten. Er hatte seitdem viel über dieses Foto nachgedacht und überlegt, wer dieses Mädchen wohl sein könnte. Etwa Viola? Aber das würde bedeuten …

Senecas Augen blitzten auf, weil sie gerade eben dieselbe Eingebung hatte. »Könnte es sein, dass du *mit* Jackson bei dieser Frau gefangen warst?«

Viola senkte den Blick. Ihr Gesicht wurde von Emotionen überschwemmt. Heilige Scheiße, dachte Maddox. Sie hatten recht.

»Ich war elf«, sagte Viola leise und stockend. »Diese Frau – Jackson kannte sie als Elizabeth, ich nur als Heather Peony – war meine Mathenachhilfelehrerin. Ich habe sie einmal die Woche getroffen. Sie war supernett. Hat mir Freundschaftsarmbänder geknüpft. Und mir Brüche so erklärt, dass ich es endlich verstanden habe. In dem Herbst ist sie auf mich zugekommen, als ich gerade im Park in der Nachbarschaft Fahrrad fuhr. Sie sagte, sie hätte kleine Welpen zu Hause, ob ich mir die nicht anschauen wolle.« Viola schüttelte reuevoll den Kopf. »Uralter Trick. Aber sie war ja keine Unbekannte für mich, von wegen: Geh niemals mit einem Fremden mit ...«

»Und sie hat dich dann in das Haus gebracht, in dem sie auch Jackson festhielt?«, fragte Seneca.

Viola nickte. »Er ist vielleicht drei Monate nach mir gekommen. Als sie das Haus verließ, um sich ihn zu holen, hat sie mich so lange in einem dunklen, verschlossen Raum mit Essen und Wasser zurückgelassen. Ich hatte schreckliche Angst. Ich dachte, ich komme da nie wieder raus.«

»Jackson meinte, das Haus stand am Meer?«, erkundigte sich Maddox.

»Ja, das habe ich nach unserer Flucht auch entdeckt. Sie hat uns ja nie rausgelassen. Höchstens in den Schuppen gesperrt, wenn wir ihr nicht gehorchten.«

Maddox drehte sich der Magen um.

»Ich war froh, dass Jackson kam«, gab Viola zu. »Wir haben uns gegenseitig getröstet. Nach und nach wurden wir wirklich wie Bruder und Schwester. Wir hatten ja nur uns.«

Alle schwiegen. Maddox' Blick traf auf eine gruselige Gestalt an der Straßenecke – ein Mann von der Straßenreinigung glotzte mit hohlen, ausdruckslosen Augen zu ihnen herüber. Maddox bekam schon Beklemmungen. Aber dann wandte der Mann den Blick ab und kehrte weiter den Gehweg.

»Wie war das, über Jahre so zu leben?«, fragte Madison leise.

Ein Schatten fiel über Violas Gesicht. »Ich … ich kann darüber nicht reden. Ich habe schon so viele Therapien hinter mir, aber manches kann ich einfach nicht an mich heranlassen.«

»Ging es nur grausam zu?«, fragte Maddox.

»Nicht immer. Das vergesse ich oft. Manchmal fühlte es sich fast normal an. Wir haben zusammen gegessen, ferngesehen und sie hat uns unterrichtet. Aber wenn es schlecht lief, war es wirklich schlimm. Eine absolut irrsinnige Situation.« Sie drehte nervös an einer Haarsträhne.

»Kannst du uns sagen, wie ihr entkommen seid?«, bat Seneca. »Und kannst du uns auch sagen, warum du über Jacksons Teil der Geschichte keine Auskunft geben willst?«

Viola rang die Hände.

»Bitte«, drängte Seneca. »Es wäre uns eine große Hilfe.«

Viola holte tief Luft. »Wir haben das Schloss an der Hintertür geknackt, als sie gerade schlief. Dann ist sie aufgewacht, als wir gerade rauswollten. Aber wir haben es geschafft, sie irgendwie zu überwältigen. Wir sind ausgebrochen und weggerannt. Eigentlich wollten wir sofort zur Polizei. An der nächsten Straßenecke blieb ich stehen und fragte jemanden, wo die nächste Wache wäre. Ich zog an Jacksons Arm und wollte ihn mitschleifen, aber er wich zurück. Er sagte, er wolle nicht zur Polizei. Er bat mich, niemandem zu erzählen, dass auch er entführt wurde.«

»Oh.« Seneca rieb sich das Kinn. »Warum?«

»Ich weiß es nicht. Er hat auch später, als wir wieder in Kontakt waren, nichts dazu gesagt. Ich bin jedenfalls sofort zur Polizei und habe dort berichtet, was geschehen war. Jackson habe ich nicht erwähnt. Die Polizei ist dann zu dem Haus, in dem wir gefangen gehalten wurden, aber Elizabeth war schon weg – ihr muss klar gewesen sein, was wir vorhatten. Ich rechnete damit, dass man Spuren finden würde, die zeigten, dass auch Jackson dort gewesen war. Kleider, DNA oder so. Aber Elizabeth hatte das Haus klinisch sauber hinterlassen.«

»Wie hat sie das so schnell geschafft?«, wunderte sich Maddox.

»War wahrscheinlich gar nicht so schwer. Wir durften nur wenige Räume betreten. Und sie hat uns ständig putzen lassen, wir mussten alles abwischen und die Waschbecken schrubben. Wir haben unsere eigenen Spuren beseitigt.« Viola hielt die Hände zusammengepresst. »Die Polizei hat mich immer wieder danach ausgefragt, was genau passiert ist. Sie haben sogar einen Jungen erwähnt, der in derselben Gegend verschwunden war, von Tallyho eben – sie haben sich bestimmt gefragt, ob die beiden Fälle in Verbindung stehen. Aber ich habe mein Versprechen gehalten und nichts von Jackson gesagt. Das war das wenigste, was ich für ihn tun konnte.«

»Und dann haben dich deine Eltern geholt?«, erkundigte sich Seneca.

Viola lächelte schwach. »Sie konnten nicht glauben, dass ich noch lebte. Niemand konnte das. Es dauerte schrecklich lange, wieder in den Alltag zu finden.« Sie legte ihre zitternde Hand an die Wange. »Wenn man so was erlebt hat, wird das Leben nie wieder normal.«

Maddox nickte. Kaum vorzustellen, was sie da durchgemacht hatte.

»Hast du Interviews gegeben?«, fragte Seneca.

Viola zuckte mit den Schultern. »Das *People Magazine* wollte eine Story mit mir machen, aber meine Eltern fanden das zu heftig. Ich war in ein paar kleineren Zeitungen, aber meine Familie hat die Medien größtenteils ferngehalten.«

Maddox verwirrte diese Auskunft. Wieso hatten sie diese Zeitungsberichte nicht gefunden? Aber ja, sie hatten nach einer Viola mit einem anderen Nachnamen gesucht. Und sie hatten kein entführtes Mädchen im Sinn gehabt.

Viola erzählte weiter. »Später, als ich meinen Mann kennenlernte, haben wir schon noch einmal darüber gesprochen, ob ich mich mit meiner Geschichte nicht an eine Zeitung wenden sollte. Aber ich habe mich dagegen entschieden. Warum soll man die Vergangenheit ausgraben?«

Seneca wechselte ihr Standbein. »Jackson hat erzählt, er ist zu seinen Eltern gegangen, aber die waren schon gestorben.«

»Ja, das stimmt. Er hat mich kurz danach angerufen. Bevor wir uns getrennt haben, habe ich ihm die Telefonnummer meiner Eltern gegeben und ihm angeboten, zu uns zu ziehen, aber er wollte das nicht. Er wollte niemandem zur Last fallen.«

»Ach«, murmelte Maddox. Wollte Brett wirklich aus diesem Grund nicht bei ihnen wohnen, oder hatte er sich da schon zu weit von der Normalität entfernt? Unter dem Dach seiner »Schwester« hätte er jedenfalls keine irren Gewalttaten begehen können. »Weißt du, wo er stattdessen gewohnt hat?«, fragte Maddox.

»Nein. Ich habe mir echt Sorgen gemacht. Ich habe dauernd angerufen, aber die Nummern, die er mir gab, waren oft schon wieder abgemeldet. Dann hat er sich etwa zwei Jahre später wieder bei mir gemeldet. Er sagte, er würde in Arizona leben. Ich habe ihn gefragt, was so los wäre bei ihm, doch er wollte mir nicht darauf antworten. Er wollte immer nur über Elizabeth reden, pausenlos. Ich hatte ein ungutes Gefühl dabei. Ich war schon in Therapie und versuchte gerade, das alles hinter mir zu lassen.« Sie tippte an einen Doppeldeckerbus-Schlüsselanhänger, der an einem der Drehständer hing. »Aber er war wie besessen davon.«

In der Bahnhofshalle wurde eben ein Zug angekündigt, und das ausgerechnet nach Dexby. Maddox wurde ein wenig wehmütig. Er wandte sich wieder an Viola. »Dann klingt es doch gar nicht so abwegig, dass er jemanden entführt und sein Opfer nur ausliefern will, wenn er die Frau bekommt, die ihm sein Leben zunichtegemacht hat, oder?«

Viola sah zu Boden. »Er ist ein guter Mensch. Wirklich.«

Alle schwiegen. Vielleicht war er das. Früher mal.

Seneca räusperte sich. »Du wirst das nicht gerne hören, aber Jackson … er hat auch andere Verbrechen begangen, neben der Entführung unserer Freundin. Er hat meine Mutter ermordet. Und die Schwester meiner Freundin.«

Viola wich alles Blut aus dem Gesicht. »Nein. Das kann nicht wahr sein.«

»Er ist ein Mörder. Ich schwöre.«

Viola hatte die Augen weit aufgerissen. Sie schüttelte langsam den Kopf. »Nein.«

»Viola, er hat uns einen Brief geschrieben.« Seneca sah sie fest an. »Ich kann dir diesen Brief zeigen. Darin gesteht er alles. Mehr oder weniger.«

Viola stand der Mund offen. »Wann … wann soll das gewesen sein?«

»Vor fünf Jahren.«

Viola brauchte einen Moment, um zu antworten. »Aber das ist unmöglich. Wir waren zu der Zeit in Kontakt. Jackson war … es gab da überhaupt keine Anzeichen … Das ist nicht wahr!«

Maddox berührte sie am Arm. »Jackson ist ein hervorragender Schauspieler. Wir haben eine ganze Weile gebraucht, um zu erkennen, wer er wirklich ist.«

»Gibt es Orte, an die er öfter mal zurückkehrt? Besitzt er irgendwo noch ein Haus?«, fragte Seneca.

»Wir müssen unsere Freundin finden«, drängte Seneca. »Wir befürchten, er tut ihr noch etwas an.«

Violas Blick schoss hin und her. »Mir fällt da nichts ein. Er war eigentlich immer woanders. Ich kann mich nicht erinnern, dass er irgendwo mal länger als ein paar Monate war. Außer in diesem Apartment in Avignon.«

»Dorthin ist er sicher nicht zurück«, murmelte Maddox.

Seneca runzelte die Stirn. »Wie konnte er sich diese Strandwohnung überhaupt leisten? Hast du ihm das Geld gegeben?«

»Nein. Aber Jackson hatte immer teure Autos und schöne Dinge. Von seinen Eltern kann er nichts geerbt haben, die hatten wohl nicht viel, hat er mir erzählt. Er meinte, er hätte einen guten Job, irgendwas mit IT, was er von zu Hause aus machen kann.« Sie biss sich auf die Lippe und sah sich nervös um. »Jackson ist klug. Elizabeth hat ihn immer gelobt, wenn sie uns unterrichtet hat. Aber irgendwie hatte ich das Gefühl, dass er lügt. Dass er …« Sie starrte zu Boden. »Dass er das Geld mit etwas Illegalem verdient.«

Maddox dachte an den schicken BMW, mit dem Brett angefahren gekommen war, als sich die Offene-Fälle-Hobbyermittler in Jersey zum ersten Mal getroffen hatten. Außerdem hatte Brett im feinsten Hotel von Dexby übernachtet und später im New Yorker Ritz eine protzige Party geschmissen. Und dabei hatte er nie einen Job erwähnt – bei ihrer ersten Zusammenkunft hatte er ihnen erzählt, er sei der Enkel von Vera Grady, der berühmten Modedesignerin, und zugleich angedeutet, dass sie ihm einen Haufen Geld hinterlassen hatte. Aber das stimmte natürlich nicht.

»Und was ist mit der Entführerin?«, fragte Madison. »Hatte die Polizei überhaupt keinen Hinweis darauf, wohin sie nach eurer Flucht verschwunden ist?«

Viola schüttelte den Kopf. »Sie haben sie nicht gefunden. Dabei haben sie alles durchforstet. Und sämtliche Einwohner der Stadt befragt. Es gab viele, die sie kannten. Sie waren vollkommen entsetzt.«

Seneca blinzelte. »Und niemand konnte sich erinnern, dass auch Brett bei dieser Frau gefangen war? Gab es keinen Nachbarn, der sie zusammen gesehen hatte?«

Viola schüttelte den Kopf. »Wir waren nie vor der Tür. Uns hat niemand gesehen. Sie hatte die Fenster immer fest verschlossen. Jackson hat es einmal nach draußen geschafft, er hat ein paar Häuser weiter an die Tür getrommelt und um Hilfe gebeten, aber die haben ihn einfach zurückgebracht. Und das war's dann. Ich nehme an, das waren Urlauber. Die Polizei hat nur Einheimische befragt.« Da meldete sich ihre Apple Watch und sie warf einen Blick aufs Display. »Oh. Ich muss nach Hause. Mein Hund steckt im Türgitter fest.«

»Warte kurz«, bat Seneca. »Nur noch ein paar Fragen. Wo hat Elizabeth euch festgehalten? Kannst du dich an das Haus erinnern?«

»An der Küste von Jersey, in einem Ort namens Halcyon.«

»Weißt du die Adresse?«

»Ich kenne das Haus nur vom Sehen. Es war ganz in der Nähe vom Meer. War aber nichts Besonderes. Ein ganz normales Haus.«

Seneca fuhr sich mit der Zunge über die Lippen. »Ich weiß, das ist extrem viel verlangt, aber könntest du uns hinführen?«

Viola riss die Augen auf. »Ich glaube nicht, dass –«

»Bitte«, unterbrach Maddox. »In dem Haus finden wir vielleicht einen Hinweis darauf, wo sie Damien festhält.«

Viola schüttelte mechanisch den Kopf. »Aber das alles ist Jahre her. Die Polizei hat doch alles durchsucht. Sie hat keine Spuren zurückgelassen.«

»Man weiß nie«, meinte Madison.

Draußen vor dem Souvenirladen ging ein Polizist mit einem riesigen Schäferhund vorbei. Maddox spürte das Rattern eines Zugs unter seinen Füßen.

Viola wirkte gequält. »Mein Mann wartet zu Hause auf mich. Der Sonntag ist sein einziger freier Tag.«

Seneca nahm ihre Hand. »Bitte. Da ist ein Kind, das gerade durch die Hölle geht, genau wie du damals. Und unsere Freundin wird gefangen gehalten. Wenn du uns hilfst, kannst du zwei Menschen retten – und deine Entführerin endlich hinter Gitter bringen. Jackson braucht Hilfe: Er ist krank. Wir haben nur noch ein paar Tage, um das hier zu Ende zu bringen. Wenn wir es nicht schaffen, wird er Aerin töten.«

Violas große braune Augen blinzelten. Das blassgrüne Licht einer Reklame fiel auf ihr Gesicht. Seneca war es furchtbar unangenehm, sie so anzuflehen. Aber irgendwie spürte sie, dass Viola ein guter Mensch war. Sie würde ihnen bestimmt helfen.

Viola senkte den Kopf, sodass die drei auf ihren gezackten Scheitel sahen. Ihre Schultern hoben und senkten sich. »Ich kann meinen Nachbarn fragen, ob er nach dem Hund schaut. Und dann fahren wir lieber los, bevor ich es mir anders überlege.«

19

Die drei bestiegen den Jeep. Viola holte ihr Auto aus einem Parkhaus nahe dem Grand Central und fuhr lieber allein. Sie blieb in Sichtweite und wies ihnen den Weg.

Die Fahrt war zermürbend. Der Verkehr in New York war wie immer chaotisch, und sie brauchten ewig, um durch den Tunnel zu kommen. Die Sonne ging schon unter, womit auch der Montag zerronnen war. Sie hatten nur noch den Dienstag. Vierundzwanzig mickrige Stunden.

Seneca wünschte, Viola säße mit ihnen im Auto, dann hätte sie sie nach Details ausquetschen können – wann und wo hatte sie Brett in den letzten Jahren getroffen? Würden ihre Angaben zu den Morden an Helena und Senecas Mutter passen? Aber vielleicht war es besser, sie nicht so zu bedrängen. Sie hatten Glück, dass Viola sich überhaupt bereit erklärt hatte, sie zu dem Ort zu bringen, an dem sie so lange gefangen gewesen war.

»Sadie Sage, Elizabeth Ivy, Heather Peony«, murmelte Madison. »Lauter Pflanzennamen. Klingt fast wie aus einem Märchenbuch. Hat das was zu bedeuten?« Sie startete eine Google-Suche auf ihrem Smartphone. Seneca sah ihr über die Schulter, als die Ergebnisse auftauchten. Bei den ersten Treffern ging es um Babynamen. Sadie Sage war eine Klamottenmarke und eine Elizabeth Ivy bot Baby- und Hochzeitsfotos an. Zwischen den drei Namen schien es aber keine Verbindung zu geben.

Sie nahmen die Ausfahrt nach Halcyon und schlängelten sich durch typisch amerikanische Straßen, die in der Abendsonne glühten. Ein Schild wies auf einen Holzstegpfad hin, ein anderer auf einen Leuchtturm. In einer Laube an einem kleinen Platz spielte eine Brass Band. Seneca fühlte ein Ziehen in der Brust. Der Ort erschien ihr viel zu heimelig für die schrecklichen Dinge, die Viola und Brett hier erlebt hatten.

Violas Toyota bog in eine Straße namens Philadelphia Street und Maddox folgte ihr. Sie passierten zwei Stoppschilder, dann verlangsamte Viola die Geschwindigkeit. Hatten sie das Haus nun bald erreicht? Mit aufleuchtenden Bremslichtern blieb der Toyota abrupt stehen. Auch Maddox trat auf die Bremse. Seneca sah aus dem Autofenster. Die meisten Häuser waren adrett, mit gepflegtem Rasen, hübschen Vordächern und supersauberen Veranden. An der Ecke protzte ein besonders schönes weißes Haus mit einer Hollywood-Schaukel auf der Veranda und Türmchen auf dem Dach. Vor einem hellblau gestrichenen Haus weiter hinten stand eine kleine Windmühle. Nur ein niedriges Wochenendhaus, das verloren zwischen zwei prächtigen Holzvillen stand, fiel aus dem Rahmen.

Der rote Anstrich der Bretterfassade war verblichen, der oberste Fenstergiebel vermodert. Das einzige Lebenszeichen war ein großes, gut erhaltenes Windspiel, das am Verandabalken hing. Es schepperte bei jedem Windstoß. Im Vorgarten stand ein großer Baum, dem man ein Rechteck in die Rinde gebrannt hatte. Seneca betrachtete den Stamm und irgendwo in ihrem Hirn flackerte eine Erinnerung auf.

Aber kurz darauf sah sie zu Viola, die auf dem Gehweg stand und die Hände in den Taschen vergraben hatte. Sie starrte das Haus mit leeren Augen an. Dann zeigte sie auf einen Bulldozer und einen Frontlader, die ein paar Häuser weiter auf einem leeren Grundstück abgestellt waren, und meinte: »Die sollten das hier als Nächstes abreißen.«

Seneca sah die breite Straße entlang. Zwei Ecken weiter erkannte sie eine Absperrung, die den Strandweg für Fahrzeuge blockierte, dahinter schimmerte das Meer in der Dämmerung. Der Ort erschien ihr unwirklich. Die Risse im Bürgersteig und das Licht, das aus den Fenstern auf die Straße fiel, kamen ihr seltsam bekannt vor.

»Können wir reingehen?«, erkundigte sich Madison bei Viola.

Viola hob die Schultern. »Jetzt sind wir ja den ganzen Weg hergefahren. Aber wenn ich es nicht ertrage, gehe ich, okay?«

Seneca stieg die Eingangsstufen hinauf. Die Verandadielen knarrten unter ihrem Gewicht. Als sie nach dem Türknauf griff, ließ sich der problemlos drehen.

Drinnen waren die Wände mit Graffiti besprüht, der Boden war übersät mit Müll. Seneca wich vor dem Gestank zurück und hielt eine Hand vor die Nase. Anscheinend war das verlassene Haus ein Partytreff für die Jugendlichen aus dem Ort.

Viola besah sich die beiden vorderen Zimmer, die durch das Abendlicht nur noch schwach beleuchtet wurden. Sie deutete auf eine Ecke in der Küche. »Da stand der Tisch, an dem sie uns auch unterrichtet hat.« Dann zeigte sie in einen leeren Raum, in dem wahrscheinlich einmal ein Sofa und Sessel gestanden hatten. »Da durften wir nicht rein. Eigentlich war hier mal eine Tür. Die meisten Zimmer kenne ich gar nicht. Sie hat uns nur in die Küche, ins Bad und in eins der Schlafzimmer gelassen.« Ihr Gesichtsausdruck veränderte sich, als sie eine Treppe hinunterschaute, die in einen dunklen, faulig riechenden Keller führte. Seneca sah unten nach, aber er war vollkommen leer, bis auf ein paar Bierflaschen und Zigarettenstummel. »Da hat sie mich eingesperrt, während sie weg war, um Jackson zu kidnappen.«

»Wirklich?«, fragte Seneca. »Jackson hat uns erzählt, ihn hätte sie in den Schuppen gesperrt.«

Viola wandte den Blick ab. »Ja, das war ihre Spezialstrafe für ihn«, erwiderte sie mit so dunkler Stimme, dass es Seneca schauderte.

Seneca, Maddox und Madison durchsuchten die Küchenschubladen und den Spiegelschrank im Bad, sie schauten unter alle Waschbecken und öffneten sogar die Waschmaschine. Dann tasteten sie sich ins obere

Stockwerk vor, wo sie drei leere Zimmer erwarteten. Doch nirgendwo fand sich eine Nachricht und auch die Kratzer in den Holzdielen ergaben keine Botschaft.

Viola trat von einem Bein aufs andere. »Seltsam, diesen Ort bei Licht zu sehen. Sie hatte immer die Rollläden geschlossen, damit uns bloß niemand sah. Und damit wir niemanden sahen.«

Seneca betrachtete das Geländer. Ihr war unheimlich bei dem Gedanken, dass auch Brett es einmal angefasst hatte. Sie hatte gehofft, irgendetwas von ihm wäre dageblieben – ein Geruch, eine veränderte Raumtemperatur, irgendeine Stimmung. Aber es war nur ein verfallenes, vermülltes Haus, mehr nicht.

In der Küche traf sie wieder auf Viola, die in den Garten schaute. »Er ist weg«, murmelte sie wie in Trance.

»Wer ist weg?«

»Der Schuppen. Siehst du das Rechteck im Gras? Dort stand er.«

Seneca konnte nur eine gepflasterte Fläche erkennen. Kaum zu glauben, dass an einem so gewöhnlichen Ort etwas so Furchtbares geschehen sein sollte.

Viola sah wieder zu ihr. »Hier gibt es nichts, oder? Nichts, womit ihr etwas anfangen könntet?«

Seneca schüttelte den Kopf. »Im Grunde nicht. Tut mir leid, dass wir dich hergeschleppt haben.«

Viola fuhr mit dem Finger über die Küchenarbeitsplatte und zog eine Linie durch den Staub. »Ich träume fast jede Nacht von diesem Haus. Ich träume, dass ich hier gefangen bin und nie wieder entkomme. Aber wenn ich es mir jetzt so anschaue, verliert es irgendwie an Schrecken. Es ist nur ein Haus. Und ich lebe weiter.«

»Du bist stark.«

Viola schniefte. »Ja. Manchmal.«

Seneca knibbelte an einem losen Laminatstreifen an einer der Schubladen. Ihr spukte eine Frage im Kopf herum. »Kannst du mir sonst noch was über Jackson erzählen?«

Viola legte die Handflächen auf die Theke. »Er ist nachts zu mir ins Bett gekrochen, hat mich in den Arm genommen. Irgendwann hat Elizabeth herausgefunden, wie sehr wir aneinander hingen. Sie hat einen Vorhang zwischen uns aufgespannt. Und sie hat mir Sachen erzählt, damit ich ihn abstoßend finde – dass er mich anglotzt, wenn ich dusche, und dass er sich gerade noch zurückhält, weil ich so was wie seine Schwester bin. Aber ich habe ihr nicht geglaubt. Sie wollte uns auseinanderbringen.«

Violas Worte machten Seneca unendlich traurig. »Was glaubst du, warum bist du einigermaßen heil da herausgekommen und er nicht?«

Viola zuckte die Achseln. »Vielleicht, weil ich eine Familie hatte, zu der ich zurückkehren konnte.«

Nachdem Maddox und Madison das ganze Haus durchsucht hatten, betraten sie die knarrende Veranda. Seneca untersuchte gerade einen Riss in einem der Kellerfenster und hörte ihre Schritte.

»Ich sage nicht, dass ich Mitleid mit dem Typen habe, weil ich jetzt an dem Ort bin, an dem er gefangen gehalten wurde. Aber irgendwie ist es schon so«, meinte Maddox zu Seneca. »Trotzdem, ich verstehe deinen Standpunkt. Mitgefühl für einen Mörder, nee, das passt nicht.«

Seneca seufzte. »Vielleicht hatte ich unrecht.« Sie berichtete, was Viola über Brett erzählt hatte – wie sehr die beiden aneinander gehangen hatten und dass er wahrscheinlich auf Abwege geraten war, weil er keine Familie hatte, zu der er zurückkehren konnte. »Warum ist er nicht mit zu Viola gegangen? Es hätte ihm sicher geholfen, bei einer Familie zu leben. Mit Menschen, die sich um ihn kümmern.«

»Bestimmt«, bestätigte Maddox. »Familie ist superwichtig.« Er warf einen bedeutungsvollen Blick in Richtung Madison, die eben den Briefkasten öffnete. Natürlich war nichts darin.

Das einzige Geräusch war jetzt der melodische Klingklang des Windspiels. Bei Seneca rief es eine blasse Erinnerung wach, eine Wehmut nach Sommer. Doch dann wurde sie abgelenkt, weil sie plötzlich Stimmen hörte. Sie zuckte zusammen, aber es waren nur zwei Kinder, die auf dem Baugrundstück spielten. Sie benutzten den Erdhaufen als Rutsche.

Da fiel ihr etwas ein. Sie griff in ihre Umhängetasche und holte das gefaltete blasse Foto heraus, das sie in Sadie Sages – oder Elizabeth Ivys oder Heather Peonys – Abstellkammer in Catskill gefunden hatte.

»Viola?«, rief sie. Viola stand am Straßenrand und schloss eben ihr Auto auf. Seneca lief auf sie zu. »Hier. Das kannst du haben.«

Viola öffnete die Autotür, damit die Innenbeleuchtung das Bild beschien. Sie betrachtete es eine Weile und machte ein verwundertes Gesicht. »Wer sind diese Kinder?«

»Sind das nicht du und Jackson? Wir haben es gefunden, als wir Elizabeth' Haus in New York durchsucht haben.«

Viola reichte ihr das Foto. »Das bin nicht ich. Und Jackson ist da auch nicht drauf.«

Seneca besah sich die Aufnahme noch einmal genauer. Viola hatte recht. Das Mädchen hatte grüne Augen, Viola dagegen braune. Außerdem hatte es ein Muttermal am Kinn, das bei Viola fehlte.

Viola musterte das Bild noch einmal, dann wandte sie sich ab. »Ich muss los«, sagte sie leise. »Ich war schon viel zu lange hier. Aber gebt mir Bescheid, ja?« Sie wirkte ernstlich besorgt. »Wenn ihr Jackson findet? Und was mit eurer Freundin ist?«

»Klar«, versicherte Seneca.

Die Verabschiedung war etwas holprig, denn Seneca wusste nicht, ob sie Viola die Hand geben oder sie umarmen sollte, und entschied sich dann, ihr einfach zuzuwinken. Viola stieg ins Auto und steckte noch einmal den Kopf aus dem Fenster. Ihr Blick ging hin und her, als müsste sie sich zum Reden zwingen. »Sie hat mich übrigens nicht Viola genannt. Sondern Julia.«

»Julia?«, wiederholte Seneca. »Warum?«

Viola zuckte mit den Achseln. »Sie meinte, der Name gefällt ihr. Und zu Jackson sagte sie Alex.« Mit einem traurigen Lächeln setzte sie den Wagen in Gang.

Die drei sahen einander erstaunt an. »Warum hat sie ihnen andere Namen gegeben?«, flüsterte Seneca.

Maddox schien verwirrt. »Weil sie verrückt ist?«

Sie verharrten einige Momente. Der Wind strich Seneca durchs Haar. Das Haus ächzte und Madison verzog das Gesicht. »Kann sein, dass es nur mir so geht, aber wollen wir vielleicht mal weg hier?«, schlug sie vor. »Wir könnten ja zum Strand. Das Haus ist mir unheimlich.«

»Klar«, meinte Seneca abwesend, und die drei bewegten sich Richtung Meer. Ein schmaler Pfad und ein Holzsteg führten durch die Dünen und bald standen sie im Sand. Am Strand war mehr los, als Seneca gedacht hätte: Paare genossen die letzten Sonnenstrahlen, ein verbissener Typ lief mit einem Metalldetektor umher, und eine Gruppe Teenager jagte am Wasser entlang. Seneca atmete den herben, salzigen Geruch ein und entspannte sich. Immer wenn sie am Meer war, beruhigte sie sich – auch wenn ihr tausend Fragen durch den Kopf schwirrten.

Sie rätselte darüber, was Viola zum Abschied gesagt hatte, und besah sich im Dämmerlicht noch einmal eingehend das Foto. Zwei Kinder, ein Junge und ein Mädchen, die zusammen auf einem Bürgersteig stehen. Und lächeln. Sie wirken glücklich. Das hätte ihr gleich seltsam vorkommen müssen, denn Brett und Viola hätten doch niemals Elizabeth angelacht. Wer waren diese Kinder? Welche Beziehung hatten sie zu der Entführerin?

Maddox lief ein Stück am Strand entlang. Madison

kletterte auf einen verlassenen Bademeister-Posten. Seneca blieb stehen. Auf eine Eingebung hin holte sie ihr Handy heraus und suchte nach *Viola Andrews*, wie sie mit Mädchennamen hieß. Und tatsächlich tauchten Berichte über ihr Verschwinden auf, und dass sie nach Jahren wieder aufgetaucht war. Die Angaben passten zu dem, was Viola ihnen erzählt hatte. Sie hatte sich in der Umgebung ihres Zuhauses aufgehalten, als sie auf einmal verschwunden war. Anders als bei Damien, bei dem seine Klavierlehrerin Sadie Sage gleichzeitig abgetaucht war, hatte damals aber niemand einen Zusammenhang zu Violas Nachhilfelehrerin Heather gezogen, die zur selben Zeit die Stadt verlassen hatte. Erst nachdem Viola entkommen konnte und berichtete, wer sie entführt hatte, konnte die Polizei eine Handvoll Informationen zu Heather Peony alias Sadie sammeln. Die Bilder der gesuchten Entführerin waren körnig und verschwommen, aber man konnte die scharf gezogene Nase und das spitze Kinn von Elizabeth Ivy und Sadie Sage erkennen.

Seneca starrte lange auf diese Nase. Das kleine Mädchen auf dem Foto aus Catskill hatte genau so eine Nase. Und als sie noch mal hinschaute, entdeckte sie bei dem Jungen Sadies hohe und ausdrucksstarke Augenbrauen. Die Nase und die Brauen – das waren eigentlich die einzigen hervorstechenden Merkmale der beiden Kinder, die ansonsten total normal und unscheinbar wirkten. So unscheinbar wie Brett. Vielleicht hatte Seneca den Jungen deshalb zuerst für Brett gehalten.

Allmählich formte sich ein schockierender Gedanke ein. Könnte das wahr sein?

Familie ist superwichtig, hatte Maddox vorhin gemeint. Und dann fiel ihr noch ein, was Freya über Sadie gesagt hatte, als sie zusammen im Wald gesessen hatten: *Sie mochte Kinder, sehr sogar. Vielleicht hat sie selber welche gewollt.*

»Maddox, Madison!«, rief Seneca. Die beiden wandten sich erschrocken zu ihr um und kamen angelaufen. Wahrscheinlich sahen sie Seneca an, wie schockiert sie war.

Sie zeigte den beiden das Bild der Kinder und das Fahndungsfoto von Sadie, wies auf die gemeinsamen Merkmale hin, dieselben Gesichtszüge. »Der Junge und das Mädchen auf diesem Bild«, sagte sie stockend, gepresst. »Sind das vielleicht … die Kinder der Entführerin?«

20

»Wie bitte?« Maddox sah Seneca erschrocken an.

Seneca umklammerte das Foto so fest, dass die Ränder eingedrückt wurden. Nicht weit von ihnen schlug eine Welle an den Strand. Auf der Promenade fuhr ein Auto vorbei, aus dem lauter Hip-Hop dröhnte. Ein Vogel – oder vielleicht auch eine Fledermaus – schwirrte über ihre Köpfe hinweg. Maddox zuckte zusammen.

»Sind das womöglich die echten Kinder von dieser Elizabeth-Sadie-Heather oder wie auch immer sie heißt?«, wiederholte Seneca. »Sie sehen ihr ähnlich.«

»Mal sehen, ob es dazu einen Eintrag gibt.« Madisons Finger flogen über ihr Handydisplay.

»Die beiden heißen wahrscheinlich Julia und Alex«, sagte Seneca.

Maddox sah sie überrascht an. »Das sind die Namen, die Elizabeth Viola und Brett gegeben hat?«

»Ist nur so ein Gedanke.«

Maddox betrachtete den aufsteigenden Mond über dem Meer. Könnte Senecas Vermutung stimmen?

Madison ließ sich in den Sand sinken. »Also, ich finde hier nichts dazu, ob Sadie Sage oder Elizabeth Ivy Kinder hatte, aber dazu gibt es wahrscheinlich einfach keinen Eintrag im Geburtsregister. Elizabeth hatte ja sicher einen anderen Namen, als sie die Kinder bekommen hat.«

»Such weiter«, bat Seneca. Sie hielt das Foto hoch. »Vielleicht können wir eine Rückwärtssuche zu dem Bild starten. Vielleicht findet man es auf Facebook oder so.«

Sie luden das Foto bei TinEye hoch, erhielten aber keine Treffer. »Das überrascht mich nicht«, meinte Madison. »Die Aufnahme ist bestimmt über fünfzehn Jahre alt. Da wurden noch nicht massenweise Familienfotos geschossen, so wie heute. Hatten Handys damals überhaupt schon Kameras?«

Der Wind blies Seneca die Haare ins Gesicht, aber sie schien es gar nicht zu merken. »Okay. Nehmen wir an, Sadie Sage hat zwei Kinder. Die wahrscheinlich Julia und Alex heißen. Wenn dieses Foto vor gut fünfzehn Jahren aufgenommen wurde, sind diese Kinder jetzt vielleicht Mitte zwanzig. Könnte es nicht sein, dass die beiden wissen, wo Sadie sich versteckt?«

»Schon möglich«, sagte Maddox, der darüber noch nicht nachgedacht hatte. »Aber wie sollen wir die beiden finden? Sie könnten uns sicher eine Menge erzählen.«

»Nur mit den Vornamen kommen wir nicht weiter«, brummte Seneca. Sie hockte sich hin und rieb sich die Schläfen. »Was hat das alles zu bedeuten?«

Alle drei starrten in ihre Handys, während die Sonne am Horizont versank. Sie gingen verschiedene soziale Medien, Chats und Newskanäle durch, wussten aber nicht so richtig, wonach sie suchen sollten. Julia und Alex würden wohl kaum in einer Talkshow ihr Herz ausschütten und berichten, wie es sich mit einer irren Entführerin als Mutter lebte. Weil ihre Namen sehr gewöhnlich waren, gab es auch keine eindeutigen Treffer für Catskill oder den Norden Jerseys, wo Heather nach Violas Angaben gelebt hatte, als sie Brett Klavierstunden gegeben hatte.

Sie kamen nicht weiter. Also trotteten sie zurück zur Straße und versuchten es bei Thomas im Krankenhaus. Er war noch wach, also erzählte Seneca ihm alles, was sie herausgefunden hatten. »Eins habt ihr nicht berücksichtigt«, gab Thomas anschließend zu bedenken. »Julia und Alex sind heute über zwanzig, aber als Brett und Viola gekidnappt wurden, waren sie doch noch Kinder. Wo sollen sie währenddessen geblieben sein?«

»Vielleicht beim Vater?«, vermutete Madison. »Vielleicht hatten sich die Eltern getrennt?«

»Könnte sein«, meine Thomas. »Viele Kidnapper sind Väter oder Mütter, die daran verzweifeln, dass die Kinder dem anderen Elternteil zugesprochen wurden. Also schnappen sie sich die Kinder und hauen ab.«

Seneca kniff die Augen zusammen. »Aber warum hat Sadie dann nicht die eigenen Kinder entführt? Sondern Kinder, die ihren eigenen ähnelten?«

»Vielleicht gab es ein Kontaktverbot?«, meinte Madison.

Thomas schnaubte. »Das wäre ihr bestimmt egal gewesen. Personen in ihrer Verfassung halten sich nicht an so was.«

Seneca blieb neben einem übervollen Mülleimer stehen. »Vielleicht denken wir in die falsche Richtung. Es ergibt keinen Sinn, dass Sadie fremde Kinder entführt statt ihre eigenen. Und das nicht nur ein Mal, sondern mindestens zwei Mal. Wenn sie Brett und Viola Alex und Julia genannt hat, spricht sie Damien dann auch mit Alex an? Was hat das zu bedeuten? Warum macht ein Mensch so etwas?«

Alle schwiegen. Maddox blickte abwesend zu den Sternen auf, die nach und nach am Himmel auftauchten. Madison atmete tief ein. »Vielleicht ist ihren Kindern etwas Schreckliches passiert? Und es gab keine Scheidung, sondern einen schlimmen Unfall?«

Maddox lief ein Schauer über den Rücken. »Ich habe eben dasselbe gedacht.«

Thomas räusperte sich. »Nehmen wir an, die Kinder hatten einen Unfall ... und sind gestorben. Und Elizabeth kann sich dieses Unglück nicht verzeihen, obwohl sie womöglich gar keinen Einfluss darauf hatte. Wenn sie ein Kind sieht, das ihren eigenen ähnelt, wird sie von Gefühlen überwältigt. Es geht mit ihr durch. Sie will diese Kinder haben, ganz gleich, wer sie sind, um wiedergutzumachen, dass sie die eigenen verloren hat. Es ist wie eine Krankheit. Sie entführt ähnlich aussehende Kinder. Immer wieder.«

»Und nennt sie Alex und Julia«, fügte Seneca hinzu. »Sie spielt Familie. Gibt ihnen zu essen, unterrichtet sie, bewacht sie dabei aber streng. Und bestraft sie hart, wenn sie aus der Reihe tanzen. Oder zu fliehen versuchen.«

Madison starrte auf ihr Handy, wusste aber nicht so richtig, wonach sie googeln sollte.

»Such mal nach *tödlicher Unfall, Kinder*«, schlug Seneca vor. »Oder nach einem Doppelmord? Wenn wir da einen Treffer bekommen, erfahren wir vielleicht Sadies echten Namen. Das wäre natürlich super.«

»Es muss vor 2002 passiert sein.« Thomas' Stimme kam wieder nur knisternd an. »Denn da wurde Brett entführt. Und das Unglück wird ja ihr Verhalten erst ausgelöst haben.«

»Und Brett war da neun, ja?«, fragte Seneca, den Blick aufs Display gerichtet. »Viola war elf. Damien ist auch neun. Vielleicht hat das Alter der Entführungsopfer etwas zu bedeuten. Vielleicht waren ihre Kinder so alt, als es passierte.«

Sie starteten mehrere Suchen. Die ersten Ergebnisse in Maddox' Google-Liste waren tödliche Unfälle, bei denen halbwüchsige Kinder die Schusswaffen ihrer Eltern in die Hände bekommen hatten. Und es gab einen tragischen Zwischenfall mit einem Pitbull, der einen Elfjährigen getötet hatte. Maddox scrollte und scrollte, fand aber nichts, was passte. Nach einer Dreiviertelstunde brach bei ihnen die Erschöpfung durch. Thomas hatte auflegen müssen, weil ein Arzt in sein Zimmer gekommen war. »Ich glaube, das ist eine Sackgasse«, meinte Maddox. »Vielleicht gefallen Sadie die Namen Julia und Alex einfach. Und die Kinder auf diesem Bild sind einfach … irgendwer.«

Seneca stöhnte. »Nein, nein, nein. Ich habe das Gefühl, dass wir ganz nah dran sind.«

Sie waren wieder am Auto angelangt – vor dem Haus, in dem Brett sechs lange Jahre lang gefangen gewesen war. Auf einmal ging im Haus gegenüber ein Licht an. Maddox wandte sich um. Im Fenster zur Straße huschten zwei Menschen vorbei. Konnten sie Maddox und die anderen sehen? Wahrscheinlich machten die drei einen ziemlich bescheuerten Eindruck, wie sie da vor dem verfallenen Haus standen und in ihre Smartphones glotzten. Dennoch öffnete Maddox einen weiteren Tab und überlegte, mit welchen Suchbegriffen er es dieses Mal probieren sollte. Er hatte schon *getötete Kinder, tragische Autounfälle, im Meer ertrunken* und *vom Hai angegriffen* eingetippt – lauter Schicksalsschläge, die eine Mutter in den Wahnsinn treiben könnten. Was gab es da noch?

Er sah genervt auf. Das Fenster im Haus gegenüber war wieder dunkel, aber das Paar hatte eine Kerze angezündet, die brennend auf der Fensterbank stand. Maddox sah ihre orangefarbene Flamme flackern. Dann ging in der oberen Etage ein Licht an und die beiden bewegten sich durch ein Schlafzimmer. Dachten sie noch daran, dass unten die Kerze brannte? Er hatte gleich die Warnungen seiner übervorsichtigen Mutter im Ohr. Sie tickte immer aus, wenn jemand eine Kerze unbeaufsichtigt brennen ließ. *Da kann man ja gleich das Haus anzünden*, schimpfte sie dann.

Feuer. Seine Finger flogen über die Tasten. Er tippte eine neue Suche ein, in der er seine vorherigen Begriffe mit »Brand« kombinierte. »Ach du Scheiße«, flüsterte er, als sich die Ergebnisse aufbauten. Man musste nur ein, zwei Wörter ändern und schon entstand ein völlig neues Bild.

Er zeigte Seneca, was er gefunden hatte: *Familie identifiziert neunjährigen Jungen und elfjähriges Mädchen als Opfer eines verheerenden Hausbrands im friedlichen Küstenstädtchen Lorelei in New Jersey.* Der Bericht stammte aus dem Jahr 2001.

»Unfassbar«, hauchte Seneca.

Die Seite brauchte eine Weile, um zu laden. Maddox überflog den Text und mit jedem Wort schlug sein Herz schneller. Candace Lord, alleinerziehende Mutter, die elfjährige Julia und der neunjährige Alex waren im Urlaub, als ihr Ferienhaus Feuer fing. Candace war auf der Terrasse, die Kinder schliefen. Als die Feuerwehr eintraf, war das Haus schon bis auf den Grund abgebrannt. Die Kinder überlebten das Unglück nicht. Brandursache war wahrscheinlich eine fehlerhafte Elektrik.

In dem Bericht ging es um die Schule der Kinder, die irgendwo mitten in New Jersey lag, und es wurde erwähnt, dass der Vater, ein Richard Quigley – Candace hatte ihren Namen bei der Heirat nicht geändert –, ein halbes Jahr zuvor an einem Herzinfarkt verstorben war. Candace' Eltern Dawn und William wohnten in einer Stadt namens West Prune, die etwa eine Stunde Autofahrt vom Ferienort entfernt war. Es folgten Hinweise zur Beerdigungsfeier und drei Fotos. Zwei davon waren die neuesten Schulfotos von Alex und Julia Quigley, und nach einem kurzen Vergleich mit dem alten Foto in Senecas Hand war klar, dass es dieselben Kinder waren. Das dritte Foto zeigte eine Frau mit verquollenen Augen. Maddox sah genauer hin und ihn durchfuhr ein Schaudern. Ihre Augenbrauen und ihre Nase ließen keinen Zweifel zu.

»Sadie«, flüsterte er.

»Hat sie das Unglück in den Wahnsinn getrieben?«, mutmaßte Madison. »Und hat sie deshalb das Bedürfnis, fremde Kinder zu entführen und einzusperren? Ihre Kinder konnte sie nicht retten, und ihr verqueres Hirn denkt jetzt, sie kann es wiedergutmachen, indem sie die Kinder festhält und nicht aus den Augen lässt.«

»Sie kann nicht akzeptieren, dass ihre Kinder tot sind«, meinte Seneca. »Und deshalb sucht sie sich Kinder, die wie Alex und Julia aussehen. Sie will ihre alte Familie nachstellen. Und sie hat sogar Kinder ausgewählt, die ähnliche Interessen wie sie haben – Brett und Viola spielten Klavier, genau wie Alex und Julia und auch Damien.«

»Deshalb hat sie Klavierunterricht und Mathenachhilfe gegeben«, fügte Maddox hinzu. »So ist sie an die Kinder rangekommen. Und sie hat immer mal wieder die Orte gewechselt, damit sie das perfekte Paar findet. Ein Junge und ein Mädchen, die sie an Alex und Julia erinnern.«

»Sie folgt einem Muster, genau wie Brett«, flüsterte Seneca.

Die drei ließen die neuen Erkenntnisse einen Moment auf sich wirken. Ein Eiswagen rumpelte vorbei, aus dessen Lautsprechern ein schmalziger Song plätscherte. Maddox sah die beiden an. In seinem Gesicht stand blankes Entsetzen. »Aber eins haben wir noch nicht bedacht.«

»Was denn?« Madison blinzelte nervös und ihre Stimme war ganz rau vor Angst.

»Wenn sie ihre Familie nachstellen will, muss sie sich einen Alex *und* eine Julia suchen. Brett war Alex, Viola war Julia. Aber bei der neuesten Entführung gibt es bisher nur einen Alex.«

Seneca wurde kreidebleich. »Stimmt.«

Madison nickte. Und das war auch gut so, denn Maddox wusste nicht, ob er es laut aussprechen wollte: Es war gut möglich, dass nicht nur der Junge in der Gewalt dieser armen Irren war. Es gab möglicherweise auch ein entführtes Mädchen.

21

Brett blickte aus dem Fenster in den dunkler werdenden Abend. Er hörte vorbeifahrende Autos und einzelne Stimmen. Die meisten Stimmen kannte er. Er kannte jeden Zentimeter dieser Straße. Jedes Blumenbeet, jeden Strauch. Er kannte sämtliche Nachbarn – er wusste, wer nett war und wer weniger nett, wer neugierig und wer gleichgültig. Und er merkte es, wenn fremde Menschen die Straße betraten.

Sein Handy klingelte und er sah aufs Display. Seneca schon wieder. War sie nicht eine absolute Musterschülerin?

»Ja?«, meldete er sich gedehnt. Beim Blick auf das GPS begann sein Magen zu revoltieren: Es war eindeutig, wo sie sich befand. Aber das durfte ihn nicht aus der Bahn werfen. Sie würde alles herausfinden, jedes Steinchen umdrehen. Das gehörte zum Plan. Er musste das akzeptieren.

Aber es fiel ihm verdammt schwer.

»Elizabeth Ivys richtiger Name lautet Candace Lord.« Seneca sprach gehetzt. »Sie hatte zwei Kinder im Alter von elf und neun Jahren, die bei einem Hausbrand ums Leben gekommen sind. Sie hat dann angefangen, Kinder zu entführen, die ihren Kindern ähnlich sahen.«

Brett nickte. »Ja. Stimmt.«

Es entstand eine Pause. »Wie meinst du das: *stimmt*?«

»Ich wusste das alles.«

Er sah förmlich, wie Seneca die Kinnlade runterklappte. »Warum hast du uns nichts davon gesagt?«

»Ich wollte euch einen Tag Zeit geben und gucken, ob ihr es selbst herausfinden könnt. Was ihr ja auch getan habt. Bravo.«

»Aber dadurch haben wir einen ganzen Tag verloren! Wir könnten schon viel weiter sein!«

Die Wände in dem Haus waren schlampig verputzt, hier und da klebten Klumpen oder ganze Wirbel. Brett fuhr abwesend über die Ränder. Es war nicht seine Absicht, dass die drei sich in Fleißarbeit verzettelten. Seneca mochte ruhig denken, es handle sich um ein Spiel, dabei war das alles Teil seiner Strategie. Er wusste, wie eine Spurensuche funktionierte. Wenn er sie mit allem fütterte, was er wusste, würden sie nicht nach neuen Hinweisen suchen und keine eigenen Schlussfolgerungen ziehen. Sie würden nur seiner Fährte folgen und wahrscheinlich genau da stecken bleiben, wo auch er stecken geblieben war. Wenn sie dadurch einen Tag verloren, sollte es eben so sein. Der frische Blick auf die Dinge war es jedenfalls wert. Am Ende bekäme er die Frau, die ihn entführt hatte, und das war alles, was er wollte.

Und dann war da noch das Aerin-Problem. Brett sog die Luft ein. Noch hier im Flur konnte er das Duschgel riechen, das sie benutzt hatte. Er war sich nicht sicher, ob er sie laufen lassen wollte. Wenn er das tat, würde er sie nie wiedersehen.

»Hat Elizabeth dir erzählt, dass ihre Kinder gestorben sind?«, wollte Maddox wissen.

Brett trat vom Fenster weg und begann den Flur abzuschreiten. Der Teppich war schon durchgescheuert, so oft war er hier im Kreis gelaufen. »Nicht ausdrücklich, nein. Aber ich konnte es mir denken. Nachdem ich entkommen bin, habe ich ihren wahren Namen herausgefunden und erfahren, was damals passiert ist. Ich bin sogar zu ihren Eltern gefahren, um Klarheit zu bekommen.«

»Und was haben die gesagt?«, fragte Madison.

Brett ließ sich an der Wand vor Aerins Zimmer hinabgleiten und erinnerte sich, wie er vor Jahren zu den Lords gegangen war. An dem Tag war es extrem heiß und trocken gewesen. Er hatte schwitzend vor ihrer Haustür gestanden und ihm war speiübel gewesen.

»Ich habe an ihre Tür geklopft. Sie wohnten in diesem riesigen Haus. Ich habe ihnen nicht gesagt, wer ich bin. Sie hätten mir ohnehin nicht geglaubt. Es hieß, ein Mädchen sei entführt worden, aber von einer gewissen Elizabeth Ivy, nicht von ihrer Tochter. Ich sagte, ich würde Zeitschriften-Abos verkaufen. Ich hatte einen Katalog und Formulare.«

»Und wie waren sie so?«, fragte Maddox.

Wenn Brett die Augen schloss, sah er immer noch die verhärmten Gesichter der beiden, das unattraktive graue Haar der Frau und den Schmerbauch des Vaters.

In dem Haus roch es nach Potpourri. Eine Katze wand sich um seine Beine, deren kurze Haare an seiner Hose haften blieben. Am liebsten hätte er die Katze durchs Zimmer geschleudert, dass sie laut aufjaulte. Am liebsten hätte er die auf dem Klavier aufgereihten Bilder von der kleinen Candace an der Wand zerschlagen. Am liebsten wäre er auf den Couchtisch gesprungen und hätte diesen Leuten ins Gesicht geschrien, wer ihre Tochter eigentlich war. Aber damals war er zu schwach. Der Zorn steckte noch in ihm fest, und er wusste nicht, wie er ihn sich zunutze machen könnte. Und so hatte er auf dem Sofa gesessen, am angebotenen Kaffee genippt und geschwiegen, die falschen Zeitschriften auf dem Schoß.

»Sie haben mich hereingebeten«, sagte er. »Ich habe meine Zeitschriftenshow abgespult. Habe versucht, ein Gespräch anzufangen. Ich habe die beiden gefragt, ob sie Haustiere haben. Und Kinder. Sie erwähnten eine Tochter.« Er hatte ein Stechen im Hals bei dem Gedanken an den gewaltigen Hass, den er empfunden hatte, als sie das Wort *Tochter* so zärtlich und liebevoll ausgesprochen hatten. »Ich habe sie gefragt, wo die Tochter ist. Aber die haben zugemacht. Wollten einfach mit nichts rausrücken.« Eigentlich hatte er zugemacht. Er hatte dieses Haus betreten, als wäre es ein Haus wie jedes andere, mit Möbeln und Teppichen und einem Lufterfrischer und einer röchelnden Kaffeemaschine in der Küche. Als er sich aufs Sofa setzte, fiel ihm ein gedrucktes Aquarellbild von einer Eule auf, das an der Wand hing. Er schaute ein zweites Mal hin. Genau dieses Bild hatte auch bei ihnen gehangen – in seinem Zuhause, aus dem Candace ihn weggerissen hatte. Undenkbar, dass sich sein Leben früher schon irgendwie mit ihrem gekreuzt hatte, aber da hing sie, diese blöde Eule auf ihrem Ast, mit weit aufgerissenen Augen. Er hatte über dieses Eulenbild nachgedacht und über die anderen Dinge, die seine Eltern besessen hatten: ihre Sofas, ihre Decken, ihre Bücher – Dinge, die ein Zuhause ausmachen. Was war mit diesen Sachen geschehen? Er hatte es nicht nachgeprüft. Seine Kehle war auf einmal wie zugeschnürt, sein Herz schlug viel zu schnell.

Aber das sagte er Seneca, Maddox und Madison natürlich nicht. Sie hatten keine Ahnung, dass er den Kopf verlor, wenn es um Candace ging. Und er würde es ihnen ganz sicher nicht unter die Nase binden.

»Glaubst du, die Eltern wissen, was ihre Tochter tut?«, fragte Seneca ungläubig.

»Ich hatte den Eindruck, dass sie Candace eine ganze Weile nicht gesehen haben.«

»Und sie haben die Kinder und das Feuer nicht erwähnt?«

Brett schnaubte. *So weit sind wir nicht gekommen.* »Sie haben mich dann ziemlich schnell rausgeworfen. Der Vater war genervt. Er meinte, sie hätten kein Geld für irgendwelche Abos – aber das war komplett gelogen, denn das Haus sah superschick aus. Ende. Ich habe nichts über sie herausgefunden. Ich habe dann noch in der Nachbarschaft rumgefragt, aber niemand wusste etwas.« Brett stand auf. Seine Beine fühlten sich ganz steif an, seine Nerven lagen blank. »Na dann. Wir sind jetzt alle auf demselben Stand. Dass ihr Viola da mit reingezogen habt, übergehe ich einfach. Aber das ist reine Gnade. Ihr habt gegen meine Anordnung gehandelt.«

Seneca hielt den Atem an. »Woher weißt du, dass wir mit Viola gesprochen haben?«

Brett ging nicht darauf ein. »Wenn das noch mal passiert, ist es aus mit freundlich. Verstanden?«

Er beendete das Gespräch und ließ das Handy gelangweilt über den Teppich gleiten, bis es an die gegenüberliegende Wand stieß.

Er drückte seine Handballen an die Augen. Bilder von dem beengten dunklen Haus, in dem er so lange gefangen war, tanzten durch seinen Kopf. Er konnte förmlich spüren, wie der finstere Schatten dieses Ortes über ihm lauerte, und nun, da Viola in der Sache drinsteckte, kamen auch die Erinnerungen an sie mit Gewalt hoch – warme, zärtliche Gefühle, durchbrochen von Angst und Panik. Und dann dieser Schuppen. Er roch den Moder, er spürte, wie unsichtbare Krabbeltiere an ihm hochkrochen, er hörte sein eigenes leises, ununterbrochenes Schluchzen. Er wusste nie, ob sie ihn wieder herauslassen würde. Jedes Mal, wenn sie ihn in diesen Schuppen steckte, hatte er Angst, dass sie ihn dort sterben ließ.

Ja, Elizabeth hatte ihre Kinder bei einem Feuer verloren, und das hatte dieses Gift in ihr freigesetzt. Aber das bedeutete doch nicht, dass sie dieses Gift auf andere Menschen loslassen musste. Wieso musste sie es ausgerechnet auf ihn loslassen?

Brett fragte sich manchmal, wer er wohl wäre, wenn er an diesem Tag nicht mit Elizabeth mitgegangen wäre. Wenn es doch nur einen Riss im Raum-Zeit-Kontinuum gegeben hätte. Wenn er krank geworden wäre. Oder wenn er ganz mit dem Klavierspielen aufgehört hätte. Dann hätte sie ihn nicht gekriegt, dann hätte sie ihre Lügen nicht vor ihm ausbreiten können.

Und er hätte seine Jugend genossen. Mit Videospielen, Weihnachtsabenden, Vergnügungsparks, Schultheateraufführungen und ersten Freundinnen. Es hätte keine wütenden Beschimpfungen, keine Demütigungen und keine kalten, dunklen Nächte in einem Schuppen gegeben. Er wäre nicht verkorkst und kaputt. Wahrscheinlich hätte er die Highschool abgeschlossen, wäre aufs College gegangen. Dieser andere Jackson hätte jetzt vielleicht einen Job, eine Freundin, ein ganz normales Leben.

Aber das alles war so wenig greifbar wie ein Leben auf dem Saturn. Wie von jetzt auf gleich Helium statt Luft einzuatmen.

Ein leises, bitteres Stöhnen brach aus ihm hervor. Es kam von dem Teil seines Ichs, das noch Scham und Schuld empfinden konnte. Von jenem Ich, das noch von früher übrig war, bevor das alles passiert war. Von dem Ich, das ab und zu aus den Ritzen gekrochen kam und ihn ansah: voller Entsetzen darüber, was aus ihm geworden war. Er betrachtete seine Hände und erkannte sie nicht. *Hilfe!*, schrie eine Stimme in seinem Kopf. *Hilfe! Wer bin ich?*

»Brett?«

Aerin rief ihn aus ihrem Zimmer. Wie in Trance schloss er die Tür auf. Aus dem Raum quoll graues Licht, und er merkte jetzt erst, dass er in absoluter Finsternis auf dem Boden gehockt hatte – genau wie in diesem tiefschwarzen Nichts, das ihn umgab, wenn Elizabeth ihn in den Schuppen einsperrte. Aerin saß im Schneidersitz auf dem Bett und sah ihn mit ihren großen blauen Augen an. Sie sah ihn so freundlich an, dass es fest wehtat.

»Bist du okay?«

Kurzzeitig fiel Brett keine Antwort ein. Wann hatte sich eigentlich zuletzt jemand danach erkundigt, wie es ihm ging? Vor Jahren? Jahrzehnten?

»Komm schon«, sagte sie mit einem unsicheren Lachen. »Wir probieren mal was Neues. Wir erzählen uns all den Mist, anstatt ihn unter den Teppich zu kehren.«

Er war sich nicht sicher, ob er Aerins Freundlichkeit verdiente. Ob er überhaupt irgendetwas verdiente. Er hatte es sich viel einfacher vorgestellt, Elizabeth wieder auszugraben. Er hatte geglaubt, inzwischen wäre er immun gegen Gefühle. Alles wäre viel einfacher ohne sie.

»Nein. Ich bin nicht okay«, gestand er. »Überhaupt nicht.«

22

Am nächsten Tag stand Maddox um sieben Uhr morgens auf dem Motel-Parkplatz, lehnte sich an seinen Jeep und dehnte die Waden. Er war elf Kilometer gelaufen, und obwohl er deswegen um fünf Uhr aufstehen und an einer hässlichen Schnellstraße mit extraschmalem Seitenstreifen entlangjoggen musste, hatte es sich herrlich angefühlt. Wie ein notwendiges Reinigungsritual.

Er entdeckte Seneca auf der anderen Seite des Parkplatzes. Sie trat aus dem Motel, kam zu ihm herüber und reichte ihm wortlos einen Becher Kaffee, den sie wohl am Automaten in der Lobby gezogen hatte. »Danke«, sagte er, nahm einen großen Schluck und gab ihr den Becher zurück. Der Kaffee schmeckte nach Blech, so wie Seneca es gar nicht mochte, aber sie schien es nicht zu merken. Ihre Augen waren blutunterlaufen, ihre Haare umrahmten wild und ungebürstet den Kopf.

Maddox räusperte sich. »Schlecht geschlafen?«

Sie schenkte ihm einen matten Blick. »Du etwa nicht?«

Maddox nickte. »Ich habe nur ein paar Stunden

abgekriegt. Aber das Laufen hat mir den Kopf freigepustet.«

Seneca öffnete den Mund, und es sah aus, als würde sie gleich etwas Spöttisches über seine Sportsucht sagen. Aber dann ließ sie den Kopf hängen. »Ich wünschte, ich hätte auch so was.«

»Du kannst jederzeit mitkommen. Ich mach dann auch langsam, extra für dich.« Er zwinkerte ihr zu und rechnete mit einem schnippischen Kommentar à la: *Wer sagt denn, dass ich langsam bin?* Aber Seneca starrte nur in ihre Kaffeetasse.

Sie sah so traurig aus. Es fühlte sich seltsam an, nicht mehr zu wissen, was man sagen sollte. Er wollte ihr versichern, dass er sie verstand. Er wollte ihr mitteilen, dass auch er voller Angst war – sie hatten nur noch ein paar Stunden Zeit, um Aerin zu finden, und die Sache sah nicht gut aus. Er wollte sie außerdem bitten, mehr mit ihm zu reden, sich zu öffnen. Aber die Worte klemmten ihm im Hals fest. Vor zwei Tagen hatte er sich ihr noch so nahe gefühlt, jetzt waren sie wie Fremde.

Er schob die Hände in die Taschen. »Vielleicht kannst du auf der Fahrt zu den Lords ein wenig schlafen?«, schlug er vor, aber der Blick, mit dem Seneca seine Frage erwiderte, ließ ahnen, dass sie wach bleiben würde.

Er ging ins Motelzimmer und duschte, dann stand auch Madison auf, trank einen Kaffee, und sie brachen auf. Keiner von ihnen sprach viel, als sie in den Jeep kletterten und Maddox den Motor startete. »Wie ist noch mal die Adresse der Lords?«, fragte Maddox.

Seneca las sie ihm vor und Maddox tippte sie in das Navi auf seinem Handy. Die Sonne blendete ihn, als er nach links auf die Schnellstraße abbog. War es nicht Unsinn, dass sie zu diesen Menschen fuhren, bei denen es Brett auch schon probiert hatte? Glaubten sie wirklich, sie würden mehr erreichen als er? Nun gut, es könnte möglich sein, denn Brett war damals sehr jung gewesen und stand noch stark unter dem Eindruck des Erlebten. Trotzdem war Maddox nicht überzeugt.

»Am nächsten Abzweig musst du raus«, wies ihn Madison an, die dem GPS auf Maddox' Handy folgte. Sie fuhren Richtung Westen. In den Berichten über das Feuer in Candace' Ferienhaus war erwähnt worden, dass Candace' Eltern in einem Ort namens West Prune in New Jersey lebten. Tatsächlich stand das Ehepaar im aktuellen Telefonverzeichnis; die beiden waren aber offenbar von ihrem Haus in eine Wohnung umgezogen.

Die Fahrt dauerte ewig und führte durch nicht enden wollendes Weideland. Über lange Strecken begegneten sie nicht einem anderen Fahrzeug – was Maddox wie ein unheimlicher, endzeitlicher Albtraum vorkam. Seneca hob immer wieder die Haare aus dem Nacken und beklagte sich über die hohe Luftfeuchtigkeit. Madison rutschte unruhig auf der Rückbank hin und her und starrte auf die endlosen Felder und die immer gleichen Werbetafeln an der Straße. Maddox fand einfach keinen guten Radiosender und blieb schließlich bei einem Countrysender hängen, obwohl der Sänger furchtbar näselte.

Endlich kamen sie in West Prune an, das vielleicht mal ein hübsches Städtchen abgegeben hatte, nun aber mit verschlossenen Ladenfronten, Billigsupermärkten und einem Dunkin' Donuts aufwartete. An den Straßenecken lungerten zwielichtige Gestalten herum. Seneca zeigte auf ein Haus am Ende der Straße. »Ich glaube, das ist es.«

Das Apartmenthaus mit seiner Backsteinfassade wirkte eher wie ein Gefängnis. Manche Fenster waren mit Brettern vernagelt, aus anderen hingen die tropfenden Schläuche von Klimaanlagen. Auf den Eingangsstufen saß eine Frau mit zerzausten Haaren und murmelte irgendetwas vor sich hin. Aus einem Fenster in einem der oberen Stockwerke tönte ein lauter Streit.

»Wie hübsch«, kommentierte Madison ironisch und legte die Hände vor die Brust.

Maddox rümpfte die Nase. »Hat Brett nicht erzählt, sie würden in einem schicken Haus wohnen? Ich hätte ja gedacht, sie wären in eine ähnlich komfortable Wohnung gezogen.«

Beim Einparken wandte sich Seneca noch einmal an die anderen. »Wir sollten den beiden die Wahrheit sagen – soweit das möglich ist, meine ich. Das Leben eines Kindes ist in Gefahr. Die Zeit wird knapp.«

Maddox kniff seine grünen Augen zusammen. »Sollen wir ihnen sagen, dass ihre Tochter eine Entführerin ist?«

»Ich weiß noch nicht. Wir müssen jedenfalls nachbohren, ob sie eine Ahnung haben, wo Candace steckt und was sie vorhat. Brett meinte ja, sie hätten ihm rein gar nichts gesagt, also verschweigen sie entweder etwas, oder aber sie wissen es wirklich nicht. Ich schlage vor, wir stellen uns als Ermittler vor, die einen ungelösten Fall wieder aufgegriffen haben und Candace dazu befragen wollen.«

»Klingt vernünftig«, meinte Maddox. Die drei stiegen aus und liefen auf das Haus zu.

Die Eingangstür war nicht verschlossen. Sie betraten den Flur, gingen an den Briefkastenreihen entlang und sahen sich die Bewohnerliste an der Wand an: Die Lords wohnten in Wohnung 4G. Da an den Aufzugtüren ein *Außer Betrieb*-Schild hing, erklommen sie die vierte Etage über die Treppen. Es wurde immer heißer und stickiger. Über einen fleckigen Teppichboden gingen sie bis zu Apartment 4G. Drinnen hörte man Stimmen, vielleicht lief das Radio oder der Fernseher. Seneca hielt den Atem an. Maddox fragte sich, was sie dachte. Wie irre, hier in einem Haus zu sein, in dem die Eltern der Frau wohnten, die diese fatale Kettenreaktion in Gang gesetzt hatte. Klar, dass Seneca nachts kein Auge zutun konnte. Das Puzzle vervollständigte sich, aber es ergab alles andere als ein schönes Bild.

Er beugte sich nach vorn und drückte auf den Klingelknopf, aber man hörte nichts. Wahrscheinlich funktionierte die Türklingel nicht. Madison trat vor und klopfte, dann machte sie einen Schritt zurück und straffte die Schultern.

Es geschah nichts.

Als Nächstes klopfte Maddox. Das Radio blubberte

weiter. Er warf einen Blick aus dem Flurfenster, das in den Hof führte. Unten schlich eine schwarze Katze um die Mülleimer herum. Er fand es eher komisch, dass sich jetzt auch noch dieser Unglücksbote zeigte.

Dann hob Madison die Faust. »Hallo?«, rief sie ungeduldig. »Jemand da?« Beim dritten Klopfen hörten sie hinter sich jemanden husten. Eine grauhaarige Frau mit bläulichen Augenringen und einem Netz aus Falten rund um den Mund kam die Treppen herauf. Sie hatte zwei Drogerie-Taschen um die Handgelenke geschlungen. Mit klopfendem Herzen sprang Maddox von der Tür weg.

»Oh!«, quiekte Madison. »Sind Sie … Mrs Lord?«

Die alte Dame blinzelte angestrengt, wie eine Aufziehpuppe kurz vor dem Stillstand. »Ja«, sagte sie mit müder Stimme. Sie starrte die drei verwirrt an, als hätte sie noch nie so viele Leute im Hausflur gesehen.

Seneca atmete tief durch. »Guten Tag. Wir sind Ermittler, die ungelöste Kriminalfälle wieder aufgreifen. Derzeit verfolgen wir eine Spur zu Ihrer Tochter Candace. Wissen Sie vielleicht, wo sie ist? Wir müssen unbedingt mit ihr reden.«

Die Lippen der Frau öffneten sich. Zugleich wich die Farbe aus ihrem Gesicht und an den Schläfen erschienen blaue Adern.

Ein großer, zerknitterter Mann mit großen Händen, buschigen Haaren und einem Bierbauch, der über den Hosenbund seiner Postuniform hing, tauchte am Geländer auf. Er eilte zu Mrs Lord, die sich sofort an ihn klammerte und den Kopf an seiner Brust vergrub.

»Was ist hier los?«, fragte der dicke Riese – offenbar Mr Lord. »Wer sind Sie?« Er deutete auf die Wohnungstür. »Da einzubrechen hat keinen Zweck. Wir haben nichts.«

»Oh, das ist bestimmt nicht unsere Absicht.« Seneca räusperte sich. »Wir haben ein paar Fragen, die Ihre Tochter betreffen.«

Der Mann entspannte sich langsam, glücklich schien er aber nicht. »Was für Fragen?«, erkundigte er sich mit einiger Verzögerung.

»Wir sind Ermittler«, sagte Seneca. »Wir müssen Candace finden.«

Mr Lord zuckte die Achseln und begann, die Tür aufzuschließen. »Wir haben keine Ahnung, wo sie steckt. Seit Jahren nicht.«

Er stolperte in die Wohnung und winkte seiner Frau, ihm zu folgen. Doch die blieb im Flur stehen. »Warte. Ich möchte wissen, worum es geht.«

Mr Lord schien verärgert, aber dann hob er die Schultern, verdrehte die Augen und öffnete die Tür so weit, dass alle eintreten konnten. Maddox warf einen Blick ins Wohnzimmer. Auf einem Ledersofa lag eine graue Katze – zum Glück keine schwarze! –, in der Durchreiche zur Küche hockte eine weiße. Den Essbereich nahm ein Konzertflügel ein. Die Möbel der Lords waren alt, teilweise aber sehr hochwertig aus Leder und Massivholz gefertigt.

»Sie arbeiten bei der Post?«, erkundigte sich Seneca bei Mr Lord und deutete auf seine Uniform.

Mr Lord glotzte Seneca an, als hätte sie drei Köpfe.

»Ja, offensichtlich«, erwiderte er unfreundlich. »Ich wüsste nicht, was das für eine Rolle spielen könnte.«

»Keine.« Seneca lächelte gelassen. »War reine Neugier.«

»Erzählen Sie uns, was Sie über Candace wissen«, bat Mrs Lord ungeduldig. Sie stand noch in der Nähe der Wohnungstür und rang so heftig die Hände, dass die Fingerknöchel hervortraten. »Hat sie etwas verbrochen? Steckt sie in Schwierigkeiten? Wissen Sie, wo sie ist?«

»Eigentlich hatten wir gehofft, dass Sie uns weiterhelfen können«, meinte Maddox. »Wann haben Sie Ihre Tochter zuletzt gesehen?«

»Das haben wir Ihnen doch schon gesagt.« Mr Lord stellte die Einkaufstaschen auf der Küchenanrichte ab, die man vom Wohnzimmer aus sehen konnte. »Das ist über zehn Jahre her.«

»Ist damals etwas passiert? Warum hat Ihre Tochter den Kontakt abgebrochen?«, fragte Seneca.

Mrs Lord blinzelte. »Es gab da … einen Unfall. Sie war außer sich.«

Seneca nickte ernst. »Ein Feuer, nicht wahr? In ihrem Ferienhaus. Ihre beiden Kinder haben es nicht überlebt.«

Mrs Lord wirkte überrascht. »Ja! Woher wissen Sie das?«

»Weil sie uns im Internet nachgestellt haben«, warf Mr Lord verbittert ein. Er bedachte die drei mit einem finsteren, misstrauischen Blick. »So macht man das heute.«

»Wie würden Sie die Verfassung Ihrer Tochter beschreiben, nach diesem Unglück?« Seneca richtete ihre Frage an Mrs Lord.

Die Frau schlug die Augen nieder und blickte auf den mit Katzenhaaren und Schmutz bedeckten Teppich. »Sie hat ihre Kinder verloren. Sie war am Boden zerstört.«

»Das kann ich mir vorstellen«, erwiderte Seneca mitfühlend. »Hat sie sich seltsam benommen? Hat sie irgendetwas getan, das man als alarmierend bezeichnen könnte?«

Mr Lord knallte eine Dosensuppe auf den Tisch. »Das geht Sie nichts an.«

Mrs Lord sah die drei hilflos an. »Kann ich das mit dem Supermarkt erzählen?«

Ihr Mann schüttelte den Kopf. »Das ist *privat*, Dawn.«

Mrs Lords Mundwinkel senkten sich. Maddox dachte daran, dass Brett bei den beiden nichts erreicht hatte – jetzt ahnte er, wie es dazu kommen konnte.

»Bitte«, drängte Seneca. »Wenn Sie uns nur ein bisschen erzählen, ergibt sich da vielleicht eine Verbindung zu den aktuellen Ereignissen. Wir könnten Ihre Tochter ausfindig machen.«

Candace' Mutter hob hoffnungsvoll den Kopf. Das Paar tauschte Blicke, dann wandte Mrs Lord sich wieder an Seneca. Sie schluckte. »Sie hat versucht, zwei Kinder aus der Stadt vom Supermarkt mit nach Hause zu nehmen.« Die Worte kamen gepresst aus ihrem Mund. »Sie hat das nicht wirklich gewollt. Aber eine Zeit lang schien es, als könnte sie nicht …« Sie brach ab und sah schuldbewusst zu Mr Lord, der sein Gesicht mit den Händen bedeckte. »Es war, als wäre ihr nicht bewusst, dass es nicht ihre Kinder waren. Hilft Ihnen das weiter? Was glauben Sie, wo sie jetzt ist? Und was ist das für ein Fall, dem Sie da nachgehen?«

»Und nach dem Vorfall im Supermarkt ist sie gleich verschwunden?«, wollte Seneca wissen und ging auf Mrs Lords Fragen gar nicht ein.

»Ja«, antwortete Mr Lord. »Und seitdem ist sie nicht wieder zurückgekommen.« Ihm brach die Stimme. Maddox wurde mit einem Mal klar, wie arg ihm die ganze Geschichte zusetzte. Er zeigte es nur anders.

In der oberen Wohnung wurde herumgebrüllt. Draußen plärrte eine Auto-Alarmanlage.

Seneca wagte sich weiter nach vorn. »Haben Sie eine Ahnung, wohin Sie gegangen sein könnte? Haben Sie irgendwo Verwandte? Oder hatte sie Freunde außerhalb der Stadt? Gibt es Orte, zu denen sie gerne gefahren ist?«

Mrs Lords Augen wanderten unruhig hin und her. »Mir fällt dazu nichts ein. Wir haben lange nach ihr gesucht. Aber nie war sie da, wo wir sie vermuteten.«

Draußen war es wieder still. *Wieder eine Sackgasse*, dachte Maddox.

Er ließ seinen Blick durch die Wohnung schweifen und stieß auf ein Foto in einem silbernen Rahmen. Darauf waren Candace, ihr Mann und ihre Kinder Alex und Julia zu sehen, die zusammen an einem windgepeitschten Strand standen. Die Kinder wirkten klein – sie waren vielleicht fünf und sieben und zeigten ein Zahnlückengrinsen und Babyspeck. Sie hatten noch keine Ahnung, was ihnen in ein paar Jahren widerfahren sollte. Die ganze Familie war barfuß, die Wellen schlugen ihnen an die nackten Beine. Candace lächelte selig, ihr Mann hatte den Arm um sie gelegt. Das Foto hatte einen Moment reinen Glücks eingefangen. Maddox verstand sehr gut, warum die Lords es aufgestellt hatten. Warum sollte man nicht die guten Zeiten in Erinnerung behalten? Was war falsch daran, dieses Bild anzuschauen und einen Augenblick zu denken, dass alles ganz einfach und schön war?

Dann fiel ihm etwas ein. Er zeigte auf das Foto. »Wo wurde das aufgenommen?«

Mrs Lord sah auf das Bild und ein wehmütiges Lächeln erschien auf ihren Lippen. »Das war an der Lorelei Beach.«

Madison stockte hörbar der Atem. »War da nicht das Feuer?«

»Sie sind jedes Jahr dorthin gefahren. Es war so eine Tradition. Bis zu dem Hausbrand natürlich. Sie ist nie dorthin zurückgekehrt. Wir haben das überprüft, glauben Sie mir.«

Mr Lord blies die Luft aus seinen Wangen. »Nun gut. Sie haben Ihre Fragen gestellt. Bitte gehen Sie jetzt. Lassen Sie uns allein.«

»Einen Moment noch«, bat Seneca. »Candace ist nicht in dieser Wohnung aufgewachsen, oder?«

Mrs Lord schüttelte den Kopf. »Wir hatten ein Haus außerhalb der Stadt.« Sie warf ihrem Mann einen flüchtigen Blick zu. »Aber wir mussten es verkaufen.«

»Haben Sie noch Sachen von ihr? Etwas, das Candace aus ihrer Jugend aufbewahrt hat? Erinnerungen aus der Zeit mit den Kindern?«

Mr Lords Nasenflügel zuckten. Auch Mrs Lord wirkte unentschieden. Seneca holte Luft. »Bitte. Das könnte uns wirklich weiterhelfen. Man weiß nie. Vielleicht geben uns die Sachen einen Hinweis darauf, wohin sie verschwunden ist und wo wir sie suchen können.«

Das einzige Geräusch in der Wohnung war das Ticken einer Uhr. Irgendwann ließ Mrs Lord die Schultern sinken. »Hinten im Flur, auf der linken Seite. Dort ist mein Handarbeitszimmer, aber im Schrank steht ein Karton mit ihren Sachen. Ihr Name steht darauf.«

Sie hörten ihren Mann verärgert brummen, als sie schon über den Flur eilten. Es roch ungelüftet und nach Katzenfell. Maddox konnte nicht mehr für sich behalten, was ihm eben eingefallen war. Er fasste Seneca am Arm: »Und wenn Candace nicht nur Kinder entführt, die aussehen wie ihre, sondern zudem versucht, die Urlaubssituation samt Strandhaus nachzustellen?«

Seneca sah ihn mit großen Augen an. »Denk mal drüber nach«, fuhr Maddox fort. »Brett und Viola wurden in einem Strandhaus festgehalten, das zwar nicht direkt in Lorelei lag, aber doch ganz in der Nähe. Was ist, wenn auch Damien in einem Haus am Meer gefangen ist?«

Seneca stemmte den Arm in die Hüfte. »Aber wie

bezahlt sie das alles? Und sollen wir jetzt alle Strandhäuser in New Jersey checken?«

»Ich weiß nicht, aber …« Maddox spürte, dass jemand hinter ihm stand, und sah auf. Mr Lord lauerte am Ende des Flures. Maddox machte eine entschuldigende Geste. »Wir brauchen nur eine Sekunde, versprochen.«

Sie betraten das Zimmer. An der Wand stand ein Doppelbett, ansonsten waren im ganzen Raum Kisten mit mädchenhaftem Bastelzeug angehäuft. Auf einem Servierwagen mit der Aufschrift »Fotobücher« lagen Papiere und Utensilien zum Einkleben.

Seneca zog die quietschende Schranktür auf und schaute hinein. Im Schrank stapelten sich Schachteln mit verblichenen Etiketten. Doch im obersten Fach entdeckten sie tatsächlich eine Box mit Candace' Namen darauf. Maddox holte sie herunter.

Drinnen lagen ein paar alte T-Shirts und Fotos. Seneca wühlte sich durch blaue Schleifen, die Candace bei Schwimmwettkämpfen bekommen hatte – auch eine Siegerurkunde für den *Größten Kürbis* beim West-Prune-Herbstfest wanderte durch ihre Hände. »Lauter Quatsch«, murmelte sie. Sie kämpfte sich bis zum Boden der Schachtel vor und grub mehrere in Stoff eingebundene Tagebücher aus. Die Buchrücken knackten beim Aufschlagen, das Papier roch alt. Maddox befiel ein schlechtes Gewissen. Es kam ihm doch sehr dreist vor, die alten Tagebücher von jemandem zu lesen. Andererseits …

In den Büchern stand jedoch gar nichts geschrieben.

Stattdessen waren da Zeichnungen von unheimlichen Monster-Mädchen. Eines hatte lange Stirnfransen, eine spitze Nase und schwarze Löcher, wo eigentlich die Augen hätten sein müssen. Ein anderes hatte eine zerfurchte Stirn, wütende Augen und keinen Mund. Das dritte war ab dem Hals ein Skelett, nur das Gesicht war lebendig. Seite für Seite ergab sich ein Reigen finsterer, sprachloser, halb toter Gestalten. Eine Zeichnung war mit einem Datum versehen: Es war fast vierzig Jahre her, dass Candace sie als Teenager angefertigt hatte. Maddox schauderte. Diese Bilder waren gruselig.

Seneca schüttelte sich. »Wahnsinn.«

Madison blätterte noch eine Seite weiter. Wieder war das Mädchen ohne Augen zu sehen. »Ach du Scheiße. Seht mal!« Sie deutete auf einen Schriftzug am unteren Rand. »Da, der Name.«

Maddox beugte sich vor. Die Schrift war klar zu erkennen: Candace hatte das Mädchen *Sadie Sage* getauft.

Seneca blätterte weiter, bis sie ein Bild von dem Mädchen ohne Mund fand. »Ich fasse es nicht«, murmelte sie. Candace hatte ihm den Namen *Heather Peony* gegeben. Das Skelettmädchen hieß *Bethany Rose.*

»Hat sie sich diese Figuren ausgedacht?«, flüsterte Madison.

»Die Namen sind frei erfunden«, meinte Seneca überzeugt, und Maddox stimmte ihr zu. Sie hatten das ganze Internet nach ihnen durchsucht und nichts Vernünftiges gefunden.

Sie blätterten noch weiter, doch die Seiten waren leer. Am Ende flatterten getrocknete Rosenblätter zu Boden. Seneca bückte sich und hob sie auf, während Maddox die Seite aufschlug, aus der sie gefallen waren. Und da entdeckte er die Zeichnung von einem dürren Mädchen mit wilden Haaren, einem wogenden Kleid und hochhackigen Schuhen. Eine Gesichtshälfte sah aus wie von Insekten zerfressen. Angewidert trat Maddox einen Schritt zurück. Die leeren Augen des Mädchens schienen ihn einzusaugen.

»Wahnsinn«, hauchten alle drei hintereinander und blinzelten das Bild an. Mit zitternder Hand deutete Seneca auf den Namen, den Candace der unheimlichen Gestalt gegeben hatte: *Elizabeth Ivy.*

23

Erst nach der steifen und unangenehmen Verabschiedung von den Lords, erst als sie wieder zu dritt im Jeep saßen, wagten sie wieder zu sprechen – oder gar zu atmen. Seneca lächelte Madison begeistert und verwundert zugleich an. »Sieht ganz so aus, als wüssten wir jetzt, woher Candace' Decknamen kommen.«

»Ich habe auch solche Figuren gezeichnet, als ich klein war«, sagte Maddox beim Anschnallen. »Das heißt, nicht genau solche, eher Ninjas, und ich war nicht so der Künstler, aber ihr wisst schon. Ich habe ihnen auch Namen gegeben. Sie waren wie Fantasiefreunde.«

»Ich nehme an, Candace hatte auch solche Fantasiefreunde. Und die hat sie mit ins Erwachsenenalter genommen. Es ist, als hätte sie sich nach dem Tod ihrer Kinder in diese unheimlichen Figuren verwandelt.« Es war ein gutes Gefühl, endlich mal ein Stück weitergekommen zu sein. Sie konnten sich jetzt eher vorstellen, was in Candace vorging. Außerdem wussten sie jetzt mehr als Brett. Aber am Ziel waren sie deswegen noch nicht.

Seneca sah auf die Uhr. Es war fast halb elf. Brett hatte nicht gesagt, wann genau ihre Zeit am Mittwoch auslief, aber sie hatten nur noch ein paar Stunden, bis sie Ergebnisse liefern mussten.

»Und was ist mit diesem Skelettmädchen?« Madison rutschte auf dem Rücksitz nach vorn. »Bethany Rose? Glaubt ihr, Candace hat diesen Namen schon einmal verwendet?«

»Vielleicht nennt sie sich jetzt gerade so«, vermutete Seneca.

Maddox war eben auf die Hauptstraße abgebogen: Auf einem Parkplatz fand gerade ein riesiger Flohmarkt statt. »Vielleicht können wir sie über diesen Namen aufspüren. Vielleich gibt es einen Eintrag bei der Zulassungsstelle …«

»Bethany Rose«, wiederholte Madison beim Eintippen in ihr Handy. »Es gibt eine in Albuquerque. Und eine ganze Menge in England.« Sie sah verdutzt auf. »Könnte es sein …?«

»Niemals hat sie Damien den ganzen Weg nach England gebracht«, widersprach Seneca. »Ich frage mal bei MizMaizie nach.« Sie rief die Offene-Fälle-Website auf. Als ehemalige Polizistin besaß MizMaizie – wie sie sich innerhalb der Ermittler-Community nannte – immer noch die nötigen Eingangscodes für eine Halterabfrage bei der Zulassungsstelle. Seneca bat sie also, die Computer nach Bethany Rose zu durchforsten. Sie nahm an, Candace hielt sich irgendwo an der Ostküste auf. Woanders ließ sich der Strandurlaub von früher kaum nachstellen.

Während sie auf MizMaizies Antwort wartete, starrte sie aus dem Fenster in die nichtssagende Landschaft. Irgendetwas machte sie nervös, aber sie konnte den Finger nicht darauf legen. Sie freute sich, dass sie jetzt wussten, woher Candace' Decknamen kamen, aber sie hatte das starke Gefühl, dass sie bei den Lords etwas übersehen hatten.

Ihr Telefon plonkte: MizMaizie hatte das Foto einer Fahrzeughalterin namens Bethany Rose aus Ohio gefunden. Nach den Angaben war sie einundfünfzig, was ungefähr stimmen konnte, und außerdem straßenköterblond und düster dreinblickend, genau wie die Frau auf dem Überwachungsbild, die sich Sadie Sage nannte. »Das ist sie vielleicht«, meinte Seneca und zeigte Maddox das Bild. Er warf nur einen kurzen Blick darauf. Sie näherten sich einer Ausfahrt. Auf dem Hinweisschild waren in weißen Buchstaben verschiedene Küstenstädte aufgelistet.

»Soll ich da rausfahren?«, fragte Maddox, bekam aber keine Antwort.

»Vielleicht rufen wir mal bei der Adresse an?«, schlug Madison vor. Sie starrte immer noch auf Senecas Display.

Auf der Fahrerlaubnis war Bethany Rose' Adresse angegeben: 108 Court Street, Apartment 5J in Dayton. Eine schnelle Google-Suche lieferte die Aufnahme eines nichtssagenden sechsstöckigen Wohnblocks und dazu den Namen der Wohnungsgesellschaft. Madison wählte bereits die Nummer. »Ich rufe wegen eines bestimmten Apartments an«, sagte sie. »Die 5J. Ist die Wohnung derzeit vermietet? Nein?« Sie sah mit hochgezogenen Brauen zu Seneca, die das aber nicht sonderlich zu überraschen schien. Natürlich wohnte diese Bethany Rose nicht unter der angegebenen Adresse. Wahrscheinlich hatte sie das nie getan.

»Ich glaube nicht, dass sie mit Damien bis nach Ohio gereist ist, um einen neuen Namen und einen Führerschein zu bekommen«, sagte Seneca, nachdem Madison aufgelegt hatte. »Ich nehme mal an, sie hat einen ganzen Vorrat an falschen Identitäten.«

»Ist auch nicht so schwer, sich eine neue Identität zuzulegen«, erklärte Madison. »Man braucht nur seine Sozialversicherungskarte. Die kann man sich aber für fünfzig Dollar ganz leicht übers Internet besorgen. Man kann auch Geburtsurkunden fälschen. Diese Frau ist sicher ein Profi in solchen Dingen.«

Maddox sah seine Schwester erstaunt an. »Woher weißt du das alles?«

Sie funkelte verärgert zurück. »Du bist eben nicht der einzige Superdetektiv in unserer Familie.«

Seneca verfasste eine neue Nachricht an MizMaizie. »Ich frage mal nach, ob diese Bethany Rose irgendwelche Verkehrsdelikte zu verzeichnen hat. Wenn ja, wissen wir, wo sie derzeit herumfährt, und können vielleicht auf ihr Versteck schließen.« Kurz darauf schrieb MizMaizie aber schon, dass Bethany Rose offenbar eine extrem vorbildliche Fahrerin war. »Mist«, flüsterte Seneca. »Wieso kriegen wir nicht mal was Konkretes in die Hand?«

»Wir finden schon noch was«, meinte Maddox.

Sie sah ihn an. »Und wann? Morgen? Dann ist es zu spät!«

»Wenn wir nur wüssten, welche Sozialversicherungsnummer sie für die Fahrerlaubnis vorgelegt hat«, meinte Madison nach einer Weile.

»Warum?«, fragte Maddox. »Die war sicher eh gefälscht.«

»Ja, aber vielleicht hat sie die Nummer auch zum Beantragen einer Kreditkarte benutzt. Dann könnten wir sie leicht finden.«

Maddox fuhr auf den Highway und verzog nachdenklich das Gesicht. »Würde ein Kidnapper denn Kreditkarten benutzen? Und wie bezahlt sie die Kartenrechnungen? Ich kenne keinen Kidnapper mit Vollzeitjob. Da müsste sie schon online pokern. Oder hat sie irgendeinen Job, den sie von zu Hause erledigen kann?«

»Als Selbstständige müsste sie Steuern zahlen«, meinte Seneca. Ihr Vater war Steuerberater, daher wusste sie mit gerade mal neunzehn mehr über Steuern als die meisten Menschen. »Dann wäre sie im System und einfach zu finden.« Sie schüttelte den Kopf. »Ich wette, sie hat die Sozialversicherungsnummer höchstens für den Führerschein benutzt. Also kann sie auch keine Kreditkarten verwenden. Damit ist aber immer noch nicht beantwortet, wie sie das alles bezahlt. Selbst wenn sie alles bar auf den Tisch legt, muss sie das Geld doch irgendwie verdienen. Wie macht sie das, wenn sie die ganze Zeit auf die entführten Kinder aufpassen muss? Sie verlangt auch kein Lösegeld. Das ergibt keinen Sinn.«

»Vielleicht kommt sie auf ähnliche Weise an Geld wie Brett«, vermutete Maddox.

»Und zwar?«, hakte Seneca nach.

»Keine Ahnung. Vielleicht hat sie ihm irgendeinen Betrugstrick verraten.«

Seneca kniff sich in den Nasenrücken. »Könnte sein. Wir könnten mal Viola fragen, oder?«

Sie wählten Violas Nummer, aber sie nahm nicht ab.

Auf dem Tacho sammelten sich die Kilometer. An jedem Abzweig fragte Maddox: »Und, wo jetzt lang?« Aber niemand antwortete. Die Idee, dass Elizabeth den Strandurlaub mit ihren Kindern nachstellte, klang einleuchtend, aber sie konnten unmöglich sämtliche Küstennester abklappern. Vielleicht war es ja auch so, dass sie mit den Rollen auch die Orte wechselte und als Sadie lieber in die Berge oder an einen See fuhr?

Sie fuhren ziellos über den Highway, immer die Küste entlang. Madison räusperte sich. »Nicht alle müssen arbeiten.«

Seneca wandte sich zu ihr um. »Aha?«

»Du meintest doch, Sadie müsste irgendwie Geld verdienen. Aber nicht alle Menschen arbeiten, oder? Wenn ich Geld brauche, frage ich einfach meine Eltern.«

Maddox stöhnte. »Nicht besonders hilfreich, Mad.«

Seneca tippte sich an die Lippe. »Du meinst also, sie bekommt es von ihren Eltern?«

»Ich weiß nicht. Könnte doch sein.«

Maddox verzog das Gesicht. »Erinnerst du dich, in was für einer Wohnung wir da gerade waren? Die Lords sind pleite.«

»Und sie wussten doch offensichtlich nichts«, fügte

Seneca hinzu. »Glaubst du, die beiden können so gut lügen?«

Draußen zogen ein McDonald's, ein Best Buy und ein riesiger Walmart vorbei. Da fiel es Seneca ein: »Und wenn bei den Lords gerade deswegen das Geld knapp ist?«

»Was meinst du? Weswegen?«, fragte Maddox.

»Ein paar Dinge in der Wohnung passten nicht ins Bild – die hochwertigen Polstermöbel, das Klavier. Vor Jahren hatten sie ein schickes Haus. Das heißt doch, dass mal Geld vorhanden war, das jetzt weg ist. Und der Vater ist Postangestellter, das ist ein guter und sicherer Job.«

»Willst du damit sagen, dass sie ihrer Tochter heimlich Geld schicken?«, fragte Maddox.

»Ja, genau das will ich sagen.« Seneca sah ihn auffordernd an. Bei ihr hatte es endlich klick gemacht. »Dreh noch mal um.«

Maddox schien entsetzt. »Wie bitte?«

»Wir müssen zurück zu den Lords. Ich muss noch mal mit ihnen sprechen. Sofort.«

»Bist du sicher, dass das eine gute Idee ist?«, fragte Madison.

Seneca hatte keine Ahnung, ob die Idee so gut war, aber sie musste es wenigstens versuchen. Eine Dreiviertelstunde später hielt Maddox erneut vor dem Wohnblock. Seneca blickte sorgenvoll auf die Fassade. Wenn sie mit ihrer Vermutung falschlag, hätten sie hier wertvolle Stunden verloren. Es war schon nach zwölf. Die Zeit wurde knapp.

Sie sprang aus dem Wagen, bevor Maddox noch richtig angehalten hatte, und eilte durch die kaputte Sicherheitstür in den Hausflur. Rannte zwei Stufen auf einmal nehmend die Treppe hinauf. Mr Lord öffnete auf ihr Klopfen. Als er Seneca erblickte, wurde sein Mund zu einem wütenden Strich. »Ich habe Ihnen nichts mehr zu sagen«, presste er hervor.

»Sie lieben sie über alles, nicht wahr?«, unterbrach ihn Seneca.

Mr Lord wurde sehr still. »Was meinen Sie?«

»Ganz gleich, was sie tut oder wie krank sie sein mag – Sie sind ihr Vater. Sie möchten dafür sorgen, dass es ihr gut geht. Sie wissen, wo sie ist, die ganze Zeit wussten sie es. Sie wollen ihr nur helfen.«

Es war, als würde eine Klappe zugeworfen: Mr Lord machte komplett dicht und zeigte keine Regung. »Ich habe keine Ahnung, wovon Sie reden.«

»Bill?«, rief Mrs Lord von drinnen. »Was ist da los?«

Er warf einen Blick über die Schulter. »Alles gut, Dawn.«

»Wie haben Sie ihr das Geld zukommen lassen?«, drängte Seneca weiter. »Über eine geheime Kreditkarte? Oder einfach mit einem Geldumschlag?«

»Was redet diese Frau, Bill?« Mrs Lord klang benommen.

»Lauter Unsinn.«

Seneca wandte den Blick nicht von ihm ab. Wenn sie ihn noch ein bisschen weichkochte, würde er einknicken. »Sie kennen sich bei der Post bestens aus. Sie wissen, wie man Geld transferiert, ohne Misstrauen zu erregen. Deswegen haben Sie jetzt auch keins mehr zur Verfügung. Deswegen mussten Sie Ihr Haus aufgeben.«

Mrs Lord sah zu ihrem Mann: »Mir hast du gesagt, man hätte dir das Gehalt gekürzt.«

»Ich weiß nicht, wer Sie sind«, sagte Mr Lord und fuhr sich mit den Händen übers Gesicht. »Aber Sie haben sich den Falschen vorgeknöpft. Ich sollte die Polizei rufen.« Als er dann aber die Hände wegnahm, sah sie die Angst in seinen Augen. Ihr stockte das Herz. Er wusste es. Sie musste nur noch ein Stückchen weiterbohren.

»Sie wissen, wo sie ist, Mr Lord. Ich weiß, dass Sie es wissen. Aber Ihre Tochter hat etwas Schreckliches getan, und zwar mit dem Geld, das Sie ihr geschickt haben. Sie hat Kinder entführt. Kinder, die sie zu ihren Kindern machen will. Doch es funktioniert nie. Wissen Sie das? Haben Sie es geahnt, wollen es sich aber nicht eingestehen?«

Mr Lord riss die Augen auf. Er blinzelte, sagte aber kein Wort.

»Diese Kinder haben Angst, sie fühlen sich komplett allein, sie sind verstört. Candace lässt sie leiden. Sie ist krank. Ein paar der Kinder konnten entkommen. Ein Junge hat sich zu einem Psychopathen entwickelt. Er hat meine Mutter getötet … und das alles geschieht wegen Ihrer Tochter und dem Geld, das Sie ihr schicken.« Seneca holte tief Luft. Es war, als würde ihr der Boden unter den Füßen weggerissen durch diese Erkenntnis. Ja, der Albtraum hatte genau hier begonnen, in dieser Familie. Ohne Candace wäre Brett nicht entführt worden und anschließend total durchgedreht. Aerins Schwester wäre noch da. Aerin würde nichts geschehen. Senecas Mutter wäre am Leben.

Sie nahm die Eltern fest in den Blick. »Sie haben unrecht, wenn Sie glauben, es wäre in Ordnung, darüber zu schweigen. Wenn Sie glauben, es würde keinen Schaden anrichten, wenn Sie Ihre kranke Tochter über Wasser halten.«

Die Wut war aus Mr Lords Gesicht gewichen, er wirkte nun eher erschrocken … und beschämt. Er fuhr sich mit der Zunge über die Lippen. Seneca schlug das Herz bis zum Hals. Wie würde er reagieren? Und wenn er ihr etwas antat? Vielleicht hatte auch er eine Neigung zum Ausrasten, so wie seine Tochter?

Und doch hatte sie noch nicht das Gefühl, ihn am Haken zu haben. Sie musste weitermachen. »Während wir hier miteinander reden, hält Ihre Tochter einen weiteren kleinen Jungen als Geisel. Diesen Jungen hier.« Sie holte ihr Handy hervor und zeigte ihm das Foto von Damien. »Er ist neun, liebt Disney, und seine Familie wünscht sich nichts sehnlicher, als ihn wieder in die Arme zu schließen. Candace' ehemalige Geisel dagegen – der Mann, der meine Mutter getötet hat – hat unsere Freundin in seiner Gewalt. Wir arbeiten gegen die Zeit, Mr Lord. In zwei Tagen könnten die beiden Geiseln tot sein. Ich werde nicht zur Polizei gehen. Aber ich brauche diese Informationen. Bitte.« Seneca legte flehend die Hände zusammen. »Sie können einiges wiedergutmachen, wenn Sie mir sagen, wohin das Geld ging.«

Die Welt schien anzuhalten. Mr Lord hielt den Kopf gesenkt und starrte zu Boden. Seine Schultern hoben und senkten sich – vielleicht vor Wut, vielleicht vor Trauer. Mrs Lord stand leise atmend hinter ihm und biss sich in die geschlossene Faust. »Das kann nicht wahr sein«, flüsterte sie. »Bill, stimmt das?«

Irgendwann hob er den Kopf. Sein Mund war klebrig und formlos, und als er zu sprechen begann, klang seine Stimme stockend und weinerlich, als müsste er mühevoll ein Schluchzen unterdrücken. »Ich wollte nicht, dass sie auf der Straße landet.«

»Wie?«, rief Mrs Lord aus. Sie blinzelte ihn erschrocken an. »Was hast du getan?«

»Wann haben Sie ihr zum letzten Mal Geld geschickt?«, fragte Seneca leise. Sie musste sich arg zusammenreißen, um nicht zu zeigen, wie froh sie war, ihn geknackt zu haben.

Er schluckte schwer. »Vor ein paar Wochen.«

»Vor ein paar Wochen?«, wiederholte Mrs Lord.

»Und wohin haben Sie das Geld geschickt?«, fragte Seneca, ohne auf die Frau einzugehen. Sie waren so nah dran. So nah.

Mr Lord schüttelte den Kopf. Sein Mund blieb verschlossen. Da packte seine Frau ihn am Arm und riss ihn herum, sodass er ihr in die Augen sehen musste. »Sag es!«, kreischte sie. »Wenn das stimmt – wenn sie wirklich Kinder entführt –, dann sag es, und zwar jetzt!«

Sie rüttelte an seinen Schultern. Sein Kopf wackelte, seine Arme hingen wie knochenlos herab. Sie ließ sich aufheulend gegen ihn fallen, sie schlug ihm immer wieder gegen die Brust. Er schob sie seufzend von sich und wandte sich an Seneca, hinter der sich längst auch Madison und Maddox aufgebaut hatten. Er bedachte die drei mit einem vernichtenden Blick und öffnete mehrmals den Mund, bis endlich Worte herauskamen: »An ein Postfach. In Breezy Sea, New Jersey.«

Seneca klappte die Kinnlade herunter. Sie hörte die beiden hinter sich aufseufzen. Das war es. Candace Lord alias Sadie Sage alias Elizabeth Ivy und wahrscheinlich auch alias Bethany Rose versteckte sich in einem Küstenstädtchen namens *Breezy Sea*. Schon bei dem Namen musste man an sanfte Wellen, kreischende Möwen und Minigolfplätze denken. Seneca konnte das Softeis und die Sonnencreme förmlich riechen.

Und dann erinnerte sie sich an etwas. Sie dachte an die Straße, die sie eben noch abgefahren waren, an die Abzweige, die Maddox nehmen wollte, an die Ortsnamen und Kilometerangaben. Das Schild mit der Abfahrt nach Breezy Sea hatte sie noch vor Augen. Sie streckte sich. Da war neue Energie in ihr. Sie waren nah dran. Ganz nah. Breezy Sea war nur eine Ausfahrt entfernt.

24

Die warme Sonne warf einen langen, schrägen Schatten durchs Fenster. Bretts Handy klingelte. Er sah zu Aerin, die neben ihm auf dem Bett saß und sich eine Wiederholung von *Friends* anschaute. Er hatte den Fernseher erst heute Morgen ins Zimmer geschoben, und es hatte ihm gefallen, wie sich Aerin darüber gefreut hatte. Ihm hatte außerdem gefallen, dass sie zur Seite gerückt war, damit auch er sehen konnte, wie Monica und Rachel und Ross in ihrem großen New Yorker Apartment pausenlos Witze rissen. Zwar waren ihm Monica, Rachel und Ross herzlich egal – er hatte die Serie nie verfolgt und fand sie nichtssagend. Am meisten gefiel ihm immer noch, neben Aerins warmem, gut riechendem Körper zu sitzen und ihr beim Lachen zuzusehen. Er wollte, dass dieser Moment nicht aufhörte. Manchmal dachte er darüber nach, wie er es einrichten könnte, dass er nicht aufhörte.

Das Telefon klingelte weiter. Aerin sah neugierig auf. So leicht ließ sich ein Moment zerstören. Aber gut, es waren die letzten Stunden von Senecas Ermittlungen. Klar, dass sie da alles tat, um die Puzzleteilchen doch noch zusammenzubekommen. Er hoffte, sie hatte etwas Nützliches herausgefunden.

»Wir wissen jetzt, wo sie sich versteckt«, sagte Seneca, sobald Brett die grüne Taste gedrückt hatte.

Brett bewegte sich vom Fenster weg. »Habt ihr das von den Lords?«

Zuerst kam keine Antwort. »Woher weißt du, dass wir bei den Lords waren?« Senecas Stimme klang argwöhnisch.

Brett kribbelte die Haut. *Mist.* Er wusste, dass sie die Lords befragt hatten, weil er Senecas Handy per GPS verfolgte. Aber *sie* musste das nicht wissen. »Es war die einzige Spur«, erwiderte er hastig. »Ihr habt also mehr aus ihnen herausbekommen als ich. Gut gemacht. Und wohin geht es jetzt?«

»Das sage ich dir erst, wenn du uns Aerin zurückgibst.«

Brett schnaubte verächtlich. »Ich gebe euch Aerin, wenn ihr es mir sagt.«

»Liefere, dann sagen wir es dir.«

»Sagt es mir, dann liefere ich«, konterte Brett.

Er spürte, wie Aerin ihn beobachtete, deshalb ging er hinaus und verschloss sorgsam die Tür. In seinem Zimmer klickte er als Erstes auf seinen Laptop. Er gab sein Passwort bei der GPS-App ein, woraufhin eine Karte erschien. Ein blinkender Punkt bewegte sich durch den Staat New Jersey in Richtung Küste.

»Wenn du uns noch ein bisschen hilfst, kommst du schneller an deine Info«, warf Maddox ein. »Erinnerst du dich, wann Elizabeth rausgegangen ist, was sie euch zu essen mitgebracht hat? Weißt du noch, welche Supermarktlogos auf ihren Tüten waren oder von welcher Marke die Lebensmittel waren? Sonst was in der Richtung?«

Brett sah zu, wie der Blinkpunkt sich langsam, aber sicher der blauen Meeresfläche näherte. Er fand den Anblick sehr beruhigend – als würde er Fischen im Aquarium zusehen. »Wir hatten immer frisches Brot«, sagte er. »Sie fand Bäckereien toll. Und sie ging gern auf den Markt und hat frisches Obst gekauft. Und Brezeln in Herzform.«

»Okay«, meinte Seneca. »Das reicht. Danke.«

Brett schnaubte. »Und was bekomme ich für meine tollen Tipps?«

»Gib uns Aerin, dann bekommst du was.« Damit legte Seneca auf.

Brett sah aus dem schmalen Fenster. Über den Dächern flog eine Drohne. Ein billiges Spielzeug, vielleicht aus dem Souvenirladen um die Ecke. Fröhlich und unbekümmert zog sie ihre Kreise. Brett wünschte, seine Augen wären Laserstrahlen, dann würde er das Ding verglühen lassen und vom Himmel holen. Einem Kind die Freude verderben.

Er drehte sich wieder zum Computer. Der Blinkpunkt wanderte eben über eine Brücke, die zu einem abgelegenen Küstenort führte. Brett beugte sich vor, bis seine Nase beinahe den Bildschirm berührte. Er vergrößerte den Kartenausschnitt, um mehr erkennen zu können. Die Brücke führte zu einem kleinen Ort namens Breezy Sea.

Also war es Zeit aufzubrechen. Das GPS funktionierte auch im Auto. Er würde es nicht zulassen, dass sie zuerst bei Elizabeth waren.

Er schloss den Laptop und lief in Aerins Zimmer. Aerin setzte sich sofort auf. »Was hat Seneca gesagt?«

Brett antwortete nicht, sondern eilte wortlos ins Badezimmer. Im Schrank waren eine Klobürste und Reiniger. Er nahm sie heraus und begann zu schrubben. Dabei ging er im Kopf durch, wie er die Putzsachen anschließend in irgendeine Mülltonne am Straßenrand werfen würde, damit sie nicht mit diesem Ort in Verbindung gebracht würden. Obwohl er eigentlich nicht befürchtete, dass sie das Haus durchsuchen oder nach DNA-Spuren von Aerin durchkämmen würden. Er war als Eigentümer eingetragen und es gab für die Polizei keinen Grund für eine Durchsuchung. Trotzdem war natürlich Vorsicht geboten.

»Brett.« Aerin stand in der Tür und sah zu, wie er ein paar ihrer langen blonden Haare aus dem Duschabfluss zog. »Rede mit mir. Was machst du da?«

Brett sah sich zu ihr um. Der schmale Streifen Sonnenlicht, den die Rollläden hereinließen, beleuchtete sie von hinten und verlieh ihr eine engelhafte Erscheinung. Ihre blauen Augen glänzten. Die hauchdünne Bluse, die er ihr gekauft hatte, umfloss ihre schlanke Taille, und ihre Shorts zeigten die ganze Länge ihrer schön geschwungenen Beine. Die Waage war gekippt: Brett liebte Aerin inzwischen mehr, als er sie hasste. Und das machte das, was er vorhatte, sehr viel schwerer.

»Ich muss eine Entscheidung fällen«, verkündete er mit monotoner Stimme, bemüht, auch in seinen Blick keinerlei Gefühl zu legen. »Und es wird keine einfache Entscheidung.«

Aerin zog die Stirn kraus. »Was soll das heißen?«

Er ließ die Klobürste zusammen mit einem Knäuel Papiertücher und einer Haarbürste in eine Plastiktüte fallen. Dann wusch er sich die Hände und trocknete sie an seiner Jeans ab. »Das heißt: Los!«, sagte er und nahm Aerin an die Hand. »Wir gehen!«

»Wohin?«

Seine Miene schien ihn jetzt doch zu verraten, denn sie wich zurück. Ihre Mundwinkel bebten. Brett schnappte ein Handtuch vom Ständer, packte sie und band ihr das Tuch vor die Augen. Aerin schrie auf, aber er hielt ihr den Mund zu.

»Nicht schreien«, raunte er ihr ins Ohr. Es klang sanft und freundlich, fast entschuldigend. »Bald ist das alles vorbei.«

25

Breezy Sea sah genauso aus wie alle Küstenstädte, die sie besucht hatten – belebt, touristisch, mit hübschen Wohnhäusern und der riesigen Ozeanfläche im Osten. Als sie über die Brücke fuhren, gingen mit Seneca beinahe die Nerven durch. Sie waren so nah dran. Aber es war schon fast vier Uhr nachmittags. Die Fahrt hatte länger gedauert als gedacht. Brett hatte bis Montagabend Antworten verlangt: Hieß das, bis 18 Uhr? Oder bis Mitternacht?

Es gab da noch ein Problem: Laut Karte war Breezy Sea ziemlich groß. Sie würden die Nadel im Heuhaufen suchen, wenn sie hier ohne Hilfe nach einer Frau namens Bethany Rose und ihrer Geisel Damien Dover fahndeten.

»Wo seid ihr jetzt?«, fragte Thomas, der aus seinem Krankenhausbett über Lautsprecher mit ihnen telefonierte. Die Ärzte wollten ihn noch einen Tag dabehalten. Seneca merkte genau, dass es ihn halb wahnsinnig machte, nicht dabei zu sein.

»Sind eben an der Post angekommen«, sagte Maddox und kurvte so abrupt auf den Parkplatz, dass die Reifen des Jeeps quietschten. Wenn Mr Lord seiner

Tochter Geld in ein Postfach schickte, hatte sie vielleicht ein Mitarbeiter der Post beim Abholen der Sendung gesehen … und wusste womöglich sogar, wo sie wohnte. Der Parkplatz vor der Post war ungewöhnlich leer, und als Seneca aus dem Wagen sprang und zum Eingang rannte, entdeckte sie dort den handgeschriebenen Hinweis: *Stromausfall. Bis Donnerstag geschlossen. Postfachsendungen können im Postamt von Ocean City abgeholt werden.*

»Nein!«, schrie Seneca. »Nein!«

»Was ist los?«, fragte Thomas.

»Die Post hat geschlossen«, informierte ihn Maddox. Thomas seufzte.

Keiner wusste, was sie tun sollten. Seneca spürte förmlich, wie ihnen die Zeit aus den Händen rann.

Da deutete Madison auf die gegenüberliegende Straßenseite. *Darnell and Daughters Bakery* stand da in Schönschrift an einem Schaufenster. »Hat Brett nicht was von frischem Brot erzählt?«

Sie eilten hinüber. In der Bäckerei roch es herrlich nach frischem Backwerk, und der Laden war voll mit Strandgängern, die auf einen nachmittäglichen Snack hofften. Am Eingang empfing sie ein roter Automat: *Bitte eine Nummer ziehen!* Aber Seneca drängte sich zur Theke vor.

»Kennen Sie diese Frau?«, fragte sie und zeigte der ersten Verkäuferin, die in ihre Richtung schaute, das Foto von Sadie.

Das Mädchen schüttelte den Kopf. Seneca zeigte es auch der anderen Verkäuferin und einzelnen Personen in der Schlange, aber niemandem kam Sadie bekannt vor.

»Sind Sie sicher?«, hakte Seneca nach. »Ist nicht vielleicht eine Frau, die dieser hier auf dem Bild ähnlich sieht, zum Brotkaufen hier gewesen? Sie könnte inzwischen eine andere Frisur haben. Oder dicker oder dünner sein.«

Die zuerst angesprochene Verkäuferin hob die Schultern. »Kann sein«, meinte sie. »Aber hier kommen eine Menge Leute rein. Besonders im Sommer.«

Zurück auf der Straße tigerten sie im Kreis wie im Käfig eingesperrte Tiere. »Wie wäre es mit dem Spielzeugladen?«, schlug Madison vor und zeigte auf die Fassade.

Maddox schüttelte den Kopf. »Brett und Viola haben nie erwähnt, dass sie ihnen Spielzeug gekauft hat.«

»Und da hinten?« Madison zeigte auf einen Markt. »Hat Brett nicht was von frischem Obst erzählt?«

Sie kamen zu einem Platz, auf dem die Bauern aus der Umgebung Stände mit Bohnen, Mais, Tomaten, Wassermelonen und Pfirsichen aufgebaut hatten. Inzwischen war aber ziemlich die Luft raus: Die Verkäufer hatten den ganzen Tag in der heißen Sonne gestanden und wollten nun nach Hause. Die drei teilten sich auf und zeigten überall das Foto von Candace herum. Doch wieder hatten sie kein Glück. Eine Frau reagierte ganz aufgeregt und meinte: »Die habe ich doch mal bei dieser Gerichtssendung im Fernsehen gesehen!« In Breezy Sea aber hatte sie Sadie noch nie gesehen.

Nachdem auch der Mann vom Käsestand, der Ökofleischer und ein weiterer Wassermelonenverkäufer ihre Frage verneint hatten, stieg Senecas Panik ins Unerträgliche.

Sie berichteten Thomas, wie wenig Erfolg sie hatten. »Wir sollten überlegen, anstatt wild draufloszufragen«, mahnte er. »Irgendwo muss sie doch Spuren hinterlassen haben.«

»Kann ich mir da mal eben ein Wasser holen?«, fragte Maddox und zeigte auf einen Mini-Supermarkt ein paar Häuser weiter.

Seneca schoss ihm einen wütenden Blick zu. »Wir haben keine Zeit, um Wasser zu kaufen!«

»Okay, soll ich lieber kollabieren?«, konterte er. »Wir müssen etwas essen.«

Sie beendeten das Gespräch mit Thomas und versprachen ihm, sofort Bescheid zu geben, wenn sie etwas Neues erfuhren. In dem Supermarkt war die Temperatur beinahe auf Frostgrade heruntergekühlt. Seneca irrte verloren durch die Regalreihen. *Denk nach. Denk nach!*, befahl sie ihrem Hirn. Candace musste doch irgendwie auffindbar sein. Was gab sie Damien zu essen? Woher bekam sie Medikamente, wenn sie welche brauchte? Wo holte sie Sachen, um das Haus zu putzen? Putzte sie das Haus überhaupt?

Immer noch außer Atem stellte sie sich neben Maddox, der mit seiner Flasche Gatorade an der Kasse wartete. Der Kassierer schien neu zu sein, er hockte vor seiner Kasse wie vor einem Rätsel und tippte die Beträge im Schneckentempo ein. Als er wieder einmal die Tastatur anstarrte, musste Seneca den Blick abwenden, um nicht loszuschreien. Sie besah sich die Artikel auf dem Laufband: Kaugummi, Schokolade und dann etwas, bei dem es klick machte: eine herzförmige Brezel. Sie zuckte zusammen.

»Brezeln in Herzform«, murmelte sie.

Maddox sah auf. »Was sagst du?«

Aber Seneca zückte schon ihr Handy und rief das Foto von Candace Lord bei Google auf. »Kennen Sie diese Frau?«, fragte sie den Kassierer, der seine Tastenglotzerei erschrocken unterbrach.

»Wen?«, fragte er und blinzelte auf das Foto.

»Sie nennt sich Bethany. Haben Sie sie hier schon einmal gesehen?«

Der Mann schüttelte den Kopf. »Nee. Glaube nicht.«

Aber das war vielleicht nicht verwunderlich, schließlich war er neu hier. Seneca lief zur Frischetheke und unterbrach den Verkäufer beim Käseschneiden. »Kennen Sie diese Frau?«, fragte sie ihn und hielt ihr Telefon über die Glastheke.

»Keine Ahnung«, antwortete er, sah dabei aber kaum auf.

»Haben Sie sich das Foto überhaupt angeschaut?«, schnaubte Seneca. Sie wedelte mit dem Display vor seiner Nase.

Der Verkäufer ließ sein Messer auf die Arbeitsfläche fallen und funkelte sie böse an. »Ich sagte doch, ich kenne sie nicht.«

Seneca sah Hilfe suchend zu Maddox. »Candace hat hier Brezeln gekauft, da bin ich mir ziemlich sicher. Das ist unsere letzte Chance!«

»Ich habe diese Frau schon einmal gesehen.«

Die Stimme kam von einem Kunden in der Schlange. Seneca, Maddox und Madison wandten sich langsam um. Gesprochen hatte ein groß gewachsener Mann mit *Rip Curl*-T-Shirt und Boardshorts. Er sah aus wie Mitte dreißig und an der Hand hatte er einen kleinen Jungen.

»Ja?«, hörte Seneca sich hauchen.

Der Blick des Mannes sprang zwischen dem Foto auf Senecas Handy und ihrem Gesicht hin und her. »Sie wohnt bei uns die Straße runter, auf der Sea Tern Lane. Gut einen Kilometer von hier. Wir sind nur eine Häuserreihe vom Meer entfernt.« Er neigte den Kopf zur Seite. »Warum sucht ihr sie?«

Seneca sah zu dem kleinen Jungen neben ihm und hätte gerne gesagt: *Ach, nichts weiter. Aber passen Sie gut auf, dass Ihr Junge sich von ihr fernhält.* Stattdessen zog sie die Schultern hoch und murmelte irgendetwas von einer Privatangelegenheit.

Sie bedankte sich bei dem Mann und ging zum Ausgang. Sie benötigte jeden Fetzen Selbstbeherrschung, den sie noch aufbringen konnte, um sich mit normalen Schritten und einigermaßen neutralem Gesichtsausdruck durch den Minimarkt zu bewegen. Erst als man in dem Laden wie gewohnt weitermachte und ihr niemand mehr nachstarrte, auch Vater und Sohn nicht, wetzte sie los. Sie mussten zu diesem Haus. Sofort.

26

Mit verbundenen Augen spürte Aerin, wie Brett sie einen Flur entlangschob. Ein paar Stufen, dann ging eine Tür auf. Vielleicht die Tür, die sie von ihrem Zimmer aus gesehen hatte: Die Tür, durch die sie hatte entkommen wollen, als Brett schlief. Beißender Benzingeruch drang ihr in die Nase. Der Boden fühlte sich hart und kalt an – betraten sie eine Garage?

Bretts Hände umfassten ihre Schultern und lenkten sie nach links. Sie stolperte und wedelte mit den Armen, griff aber ins Leere. Brett stöhnte entnervt und legte eine Hand an ihre Hüfte. »Geh einfach«, maulte er. Nach einem weiteren Schritt stieß sie mit der Hüfte gegen ein hartes, metallenes Hindernis. Sie hörte ein Piepen, dann klackte es, und etwas öffnete sich: der Kofferraum eines Autos.

»Nein«, flüsterte Aerin, die auf einmal begriff, was als Nächstes passieren würde. Sie sah über die Schulter – dorthin, wo sie Brett vermutete. »Bitte nicht. Lass mich auf den Beifahrersitz. Von mir aus mit Augenbinde. Ich sage kein Wort. Aber steck mich nicht in den Kofferraum. Bitte.«

»Sei einfach still«, befahl Brett ruhig, aber streng.

»Wohin fahren wir?« Wenn sie einfach weiterredete, würde er vielleicht vergessen, was er mit ihr vorhatte. »Kommen wir hierher zurück?« Brett hatte nichts gepackt, weder von ihren noch von seinen Sachen. Sie hatte mitbekommen, dass er in einem anderen Zimmer an einem Laptop gearbeitet hatte. Den würde er doch nicht einfach stehen lassen.

Bretts Finger gruben sich in Aerins Schulter. »Ich vielleicht«, antwortete er. »Bei dir bin ich mir da nicht so sicher.« Und damit gab er ihr einen Schubs.

Aerin schlug mit dem Kinn zuerst auf. Sie spürte, wie Brett sie auf die Seite drückte und ihre Beine einknickte. Er packte ihre Handgelenke und band sie ihr auf dem Rücken zusammen. »Bitte«, stieß Aerin immer wieder hervor. »Bitte, Brett. Ich dachte, wir wären Freunde. Warum tust du das?«

Brett antwortete nicht. Die Kofferraumklappe schlug zu. Kurz darauf hörte sie, wie sich die Fahrertür schloss und der Motor angelassen wurde. Mit dem typischen Ächzen öffnete sich eine Garagentür.

Sie zitterte vor Angst, wollte aber die Hoffnung nicht aufgeben. Während Brett wie besessen das Bad geputzt und jedes Restchen Haut, Haar und Speichel entfernt hatte, hatte sie ganz in Ruhe ein paar Fingernägel abgekaut und unter das Bett geworfen. Sie hatte sich einzelne Haare herausgerissen und unter die Matratze geschoben. Und sie hatte sich den Kontaktlinsenbehälter mit Bretts Haar in die Tasche gesteckt. *Von wegen keine DNA-Spuren*, hatte sie sich grimmig vorgesagt. In dem Moment hatte sie sich stark gefühlt, doch jetzt kamen ihr diese Beweise mickrig und sinnlos vor. Wenn sie daran dachte, was sie Brett alles erzählt hatte! Wie oft sie zugelassen hatte, dass er neben ihr saß, sie *berührte*. Unglaublich, aber sie hatte sogar Mitleid mit dem Kerl empfunden. Und das war der Dank? Er würde sie trotzdem töten?

Ihr Körper wurde geschüttelt, als der Wagen sich in Bewegung setzte. Sie lag furchtbar gequetscht – ihre Beine waren angezogen, der Rücken gekrümmt, der Kopf zu einer Seite gedreht. Es war dunkel in dem Kofferraum, und außerdem hatte sie den Eindruck, dass der Sauerstoff immer knapper wurde. Sie war in einer solchen Angststarre, dass sie nicht einmal weinen konnte. In diesem Moment stand ihr klar vor Augen, was sie verlieren würde … und wie sehr sie am Leben hing. Wenn sie hier doch noch heil herauskäme, würde sie sich ändern. Sie würde sich bemühen. Alles geben. Die Dinge ganz anders angehen, so wie seit Jahren nicht. Sie musste daran denken, wie ihr die Nähe zu anderen Menschen verloren gegangen war – zu ihrer Mutter, ihrem Vater, ihren Freunden. Und das nur, weil sie wütend, verschlossen und in ständiger Abwehrhaltung war. Was würde sie dafür geben, die Zeit mit ihnen zurückzudrehen. Sie wollte ihnen sagen, dass es ihr leidtat, sie wollte von vorn anfangen. Ihre Eltern würden nie erfahren, dass sie sie im Grunde immer geliebt hatte. Sie hatte es ihnen nie gesagt und sich benommen wie eine Idiotin. Immer nur zugemacht.

Und Thomas. Ihr Herz krampfte sich zusammen. Würde sie Thomas je wiedersehen?

Bitte, Helena, betete sie, obwohl sie nicht im leisesten das Gefühl hatte, ihre Schwester wäre bei ihr. *Hilf mir, hier rauszukommen. Ich werde die Dinge ab jetzt anders anpacken. Ich werde versuchen, ein besserer Mensch zu sein, freundlich und offen. Ich werde sogar versuchen, glücklich zu sein. Versprochen.*

Sie hörte Geräusche aus dem vorderen Teil des Wagens. Brett hatte das Radio aufgedreht, es wurde ein Song von *Metallica* gespielt, zu dem er schief mitsang: »*Off to never-never land …*«

»Brett«, rief Aerin. Sie schaffte es, sich herumzudrehen, und kam endlich an die kleine Klappe, die sich zur Rückbank öffnen ließ. Das Auto ihrer Mutter hatte auch so eine Öffnung. Sie drückte dagegen, sah sich schon nach vorne klettern, doch die Klappe klemmte. »Bitte. Warum tust du das?«

Brett änderte den Sender. Nachrichten plärrten aus den Lautsprechern. Er suchte weiter. Countrymusik. Er blieb eine Weile bei dem Sender hängen, dann war wieder Rauschen zu hören.

»Wirst du mich wirklich töten?«, fragte Aerin.

Ein weinerlicher Song aus den 70ern, irgendeine Ballade mit vielen Geigen.

»Brett?« Aerin hämmerte gegen die Klappe. »Sprich mit mir! Ich weiß, dass du mich hören kannst!«

Das Auto nahm mehrere Kurven, dann fuhren sie offenbar auf einer Autobahn, denn es ging gleichmäßig geradeaus. Irgendwann aber sprang das Auto nach links und ihr Körper wurde gegen die Kofferraumwand gedrückt.

»Brett, bitte«, flehte Aerin schwach. Der Sauerstoff wurde immer knapper, sie fühlte sich schwindlig und benommen. Vielleicht war das ja Bretts Plan: einfach so lange herumzufahren, bis sie erstickte. »Bitte töte mich nicht«, keuchte sie. »Ich mache alles, was du willst.«

Meinte sie das ernst? Sie wusste es nicht. Sie wusste aber, dass sie noch nicht sterben wollte. Der Wunsch, am Leben zu bleiben, brannte stärker in ihr denn je.

Nach gefühlten Stunden kam der Wagen polternd zum Stehen. Der Motor ging aus, Bretts Tür öffnete sich. Schritte kamen in ihre Richtung, sie schöpfte Hoffnung. Sie bereitete sich innerlich vor, wappnete sich für das Licht und die Hitze der Sonne. Aber dann wurden die Schritte leiser. Aerin horchte, ob noch weitere Geräusche kämen … aber da war nichts.

»Brett!«, schrie sie und trat gegen die Kofferraumklappe. »Komm schon, Brett! Das kannst du doch nicht machen! Lass mich raus!«

Autos rauschten vorbei. Ab und zu hörte sie ein Flugzeug über den Himmel dröhnen. »Hilfe!«, brüllte sie. Sie trat weiter gegen die Haube, bis ihre Knöchel wund waren. Aber es brachte nichts, nur dass sie jetzt blutete und ihren Lungen den kostbaren Sauerstoff raubte. Sie rang nach Luft, und in ihrem Kopf formte sich eine neue, grausame Erkenntnis: Brett würde nicht zurückkommen. Er ließ sie hier zurück. Und das Auto stand an einem Ort, an dem niemand ihre Schreie hörte.

So würde es also zu Ende gehen.

27

Zehn Minuten später umrundeten Maddox und die anderen einen proppenvollen Strandparkplatz nahe der Sea Tern Lane und fanden endlich eine Lücke. Die Bürgersteige waren unheimlich menschenleer, und es sah nicht so aus, als würde sich jemand in einem der Ferienhäuser aufhalten. An einem superheißen Tag wie diesem musste man einfach draußen am Wasser campieren. Irgendwo spielte ein Radio ein Gute-Laune-Lied. An der Promenade drehte sich gemächlich ein Riesenrad, man hörte das Plärren von Spielautomaten.

Es gab drei Straßen, die von der Straße, die zum Strand führte, abgingen: Sea Tern Lane, Sea Glass Road und First Street. Die Sea Tern war offenbar nur einen Häuserblock lang, dann endete sie als Sackgasse vor einem Park. Sie konnten also jedes einzelne Haus in Augenschein nehmen. In welchem versteckte sich Candace?

»Also gut«, meinte Maddox und schnallte sich ab. »Wie gehen wir vor? Machen wir zuerst Candace ausfindig und rufen dann Brett an?«

»Erst muss er uns Aerin geben«, sagte Madison.

»Genau.«

»Hat jemand Bedenken, Brett mitzuteilen, wo Candace ist, nachdem wir Aerin wiederhaben?« Seneca trommelte mit den Fingern auf ihre Handyhülle. »Damit lassen wir zu, dass er einen Menschen ermordet. Das ist Beihilfe.«

Maddox wirkte beunruhigt. »Können wir nicht die Polizei rufen, sobald wir das Haus gefunden haben?«

»Damit rechnet Brett sicher auch. Ich frage mich, was er noch im Ärmel hat. Was auch immer er mit Candace vorhat: Er will nicht, dass wir oder die Polizei etwas davon mitkriegen. Und was ist mit dem Jungen? Ich fände es furchtbar, wenn er in ein SEK-Kommando hineingerät, womöglich mit Schießerei.«

»Haben wir eine Chance, da reinzugehen und Damien rauszuholen, bevor der Wahnsinn losgeht?«, überlegte Madison. Doch dann schüttelte sie den Kopf. »Ach was, vergesst es. Eine absolut irre Aktion wäre das.«

Sie riefen Thomas an, um ihm die neuesten Entwicklungen mitzuteilen. Gemeinsam gingen sie die Möglichkeiten durch. »Ihr solltet dafür sorgen, dass ihr als Erstes Aerin bekommt«, sagte er. »Und wenn ihr sie habt, könnt ihr die Polizei rufen.«

Mitten im Gespräch kam ein zweiter Anruf. Maddox stockte das Herz, als er die Nummer im Display sah: Brett.

»Thomas, wir melden uns später noch mal«, sagte Seneca hastig. Sie nahm Bretts Anruf an. »Was ist?«, meldete sie sich schroff und stellte das Gespräch laut.

»Also?«, fragte Brett.

»Was, also?«, entgegnete Seneca.

»Habt ihr mir etwas mitzuteilen?«

»Nein.«

»Du lügst«, schnaubte Brett. »Ich weiß, dass ihr es wisst. Ihr habt angehalten. Ihr wisst es und sagt mir nichts. Das ist gegen die Abmachung.«

»Wir haben nichts Sicheres in der Hand.« Es nervte Maddox, wie Brett sie bedrängte. *Lass uns erst mal unseren Job machen, Mann. Der Tag ist noch nicht vorbei.*

»Wenn ihr lügt, gilt nichts mehr. Das ist euch klar, oder?«

Maddox wandte sich an Seneca und erwartete einen Ausbruch, aber sie blieb stumm, mit großen Augen und zusammengekniffenem Mund. Das war ihr Denkgesicht. Sie nahm kaum wahr, dass Brett auflegte.

Maddox fasste sie am Arm. »Was hast du?«

Seneca runzelte die Stirn. »Bretts Stimme hat irgendwie seltsam geklungen, findet ihr nicht? Nicht so deutlich wie sonst. Eher so wie bei dem ersten Anruf von ihm. Es hat ziemlich gerauscht. Ich glaube, er sitzt im Auto.«

»Okay …«

»Wohin fährt er? Wo ist Aerin? Und habt ihr mitbekommen, dass er gesagt hat: Ihr habt angehalten. Woher weiß er, dass wir nicht mehr unterwegs sind?« Sie sah fragend auf. »Glaubt ihr, er kann uns sehen? Verfolgt er uns irgendwie?«

Maddox befiel ein unheimliches Kribbeln. Es war wirklich merkwürdig, dass Brett geahnt hatte, dass sie die Lords besucht hatten. Und er hatte auch erraten, dass sie mit Viola gesprochen hatten, bevor die drei mit der Information herausgerückt waren. Konnte er sie etwa beobachten?

Er sah zu Madison. »Ist es möglich, dass er uns per Tracking verfolgt?«

Madison verzog den Mund. »Er könnte uns während eines Telefongesprächs orten, so wie wir es bei ihm probiert haben. Und es gibt im Darknet Software, die einen Bug in einem fremden Smartphone installiert. Dann kann man die betreffende Person ständig verfolgen. Aber diese Programme sind illegal und stecken voller Viren. Die würde ich nicht mit Handschuhen anfassen.«

»Ja, aber Brett hat bei so etwas keine Bedenken«, meinte Seneca. Sie sah bestürzt zu Boden. »Brett hat *mein* Telefon kontaktiert. Also trackt er *mich.*« Sie schaltete sofort ihr Handy aus und warf es aufs Armaturenbrett, als könne sie Brett allein dadurch Informationen liefern, dass sie es in der Hand hielt. »Also weiß er, dass wir in Breezy Sea sind. Ich habe ihn auf unsere Fährte gesetzt.«

»Selbst wenn das so sein sollte, ist das doch nicht deine Schuld«, entgegnete Maddox rasch. Er sah aus dem Fenster, doch ringsum waren nur Autodächer. »Wir dürfen nicht zulassen, dass er das Haus vor uns findet. Denn dann hat er keinen Anlass mehr, uns Aerin zu geben.«

Er wollte schon aus dem Jeep springen, aber Madison hielt ihn am Arm zurück. »Warte. Wenn Brett

Senecas Handy per GPS ortet, können wir ihn vielleicht austricksen und ein bisschen Zeit gewinnen.« Sie beugte sich nach vorn und drehte am Zündschlüssel. »Kommt, wir fahren zu einem anderen Parkplatz, schalten Senecas Handy ein und lassen es auf dem Beifahrersitz liegen. Dann laufen wir zur Sea Tern und suchen das Haus. Wenn Brett Seneca trackt, dann gelangt er zu ihrem Telefon, nicht zu uns.«

»Gute Idee«, kommentierte Seneca zittrig. Dann legte sie den Kopf schief. »Sollte nicht einer von uns auf dem Parkplatz bleiben, falls er tatsächlich auftaucht? Vielleicht du, Maddox?«

»Auf keinen Fall«, protestierte Maddox.

»Aber …«, wandte Seneca ein.

»Nein«, flehte Maddox. »Seneca, das ist nicht klug. Wir müssen zusammenbleiben.«

Seneca sah zu Madison. Die schien hin- und hergerissen. »Kann sein, dass es gut wäre, Brett abzufangen. Aber ich finde auch, dass wir zusammenbleiben sollten, das ist auf jeden Fall sicherer. Ich würde auch nicht alleine auf einem öffentlichen Parkplatz herumstehen wollen, wenn dieser Freak in der Nähe ist.«

Maddox fuhr los. Ein paar Straßen weiter fand er einen anderen Strandparkplatz, der genauso voll besetzt war. Hier war es noch schwieriger, eine Lücke zu finden, aber dann quetschte er sich zwischen ein Toilettenhäuschen und einen gigantischen GM, der zwei Parkplätze einnahm. Er stellte den Motor ab, schaltete Senecas Handy ein und ließ es auf den Sitz fallen. Hoffentlich würde ihr Plan eine Weile gut gehen. Brett war alles andere als doof. Er würde ihnen bald auf die Schliche kommen.

Sie eilten zu Fuß zur Sea Tern Lane zurück. Es war ein knisternd heißer Tag – sie hatten noch nicht einen Häuserblock hinter sich, da rann Maddox schon der Schweiß über den Rücken, als hätte er einen 800-Meter-Sprint hinter sich. Vor dem ersten Haus standen mehrere Autos mit Kennzeichen aus Pennsylvania. In der riesigen Villa hatten sicher zwanzig Personen Platz. Das zweite und das dritte Haus waren ähnlich opulent – mit drei Etagen, mehreren Terrassen und aufgemotzten Golfcarts, SUVs und Booten in den Einfahrten. Maddox konnte sich nicht vorstellen, dass Candace sich in so einem Luxusanwesen verborgen hielt. Ein Haus aber stach heraus wie ein wunder Punkt: ein ungepflegtes blassgelbes Holzhaus, das viel kleiner war als alles in der Umgebung und außerdem völlig verlassen wirkte.

Und wenn …?, dachte Maddox und sah in die Fenster.

»Ist es das?«, flüsterte Seneca.

Maddox wandte sich zu ihr um. Sie zeigte nicht etwa auf den gelben Schandfleck, sondern auf ein graues, zweistöckiges Wohnhaus an der gegenüberliegenden Straßenseite. Es war in einem viel besseren Zustand, mit einem hübsch ordentlichen Steingarten nach vorn. Am Garagentor lehnte ein Fahrrad.

»Sieh mal.« Sie deutete auf die Windspiele an der Veranda. »An dem Haus, in dem Brett gefangen war, hingen die auch. Und hinten steht ein Schuppen.«

Maddox schauderte trotz der Hitze. Die Jalousien

waren geschlossen, also hatten sie keine Chance, einen Blick ins Innere zu werfen. Sollten sie also Wache halten und abwarten? Er suchte nach einem geeigneten Versteck. Sie konnten doch nicht einfach hier stehen bleiben und das Haus anstarren. Womöglich fuhr Brett vorbei und bemerkte sie. Doch die Vorgärten waren allesamt eine kiesbelegte Ödnis.

Dann entdeckte er in der Nachbareinfahrt ein mit blauer Plane abgedecktes Motorboot. »Wenn wir da reinklettern, können wir das Haus beobachten, ohne gesehen zu werden«, murmelte er und zeigte auf das Boot.

Madison sah ihn an, als wäre er komplett irre. »Und wenn der Besitzer rauskommt?« Sie deutete auf ein Drahtseil, über das das Boot mit einem SUV verbunden war. »Oder wenn die mit uns hinten drin wegfahren?«

»Hast du eine bessere Idee?«

»Ich schon.« Seneca ging auf Candace' Haustür zu. »Wir klingeln einfach.«

»Bist du verrückt?« Er fasste sie an der Schulter. »Als wenn Candace uns einfach so die Tür öffnet!«

Seneca konterte: »Weißt du nicht mehr, was Brett uns erzählt hat? Sie hat sich mit den Nachbarn gutgestellt und ihnen eine Geschichte zu Brett serviert. So getan, als wäre sie eine normale Mutter. Damien ist da versteckt, sie aber nicht. Sie weiß, dass das Verdacht erregen würde.« Seneca befreite sich von Maddox und trat erneut auf das Haus zu. »Wir sagen, wir sammeln Spenden oder so. Irgendwas. Hauptsache, sie öffnet die Tür, und wir können nachprüfen, ob sie es ist.«

»Aber …«, protestierte Maddox.

»Wir müssen irgendwas tun«, erwiderte Seneca im Gehen. »Aerins Leben ist in Gefahr, Maddox. Wir können hier nicht einfach rumsitzen!«

Auf einmal gab es einen Knall. Sie wandten sich blitzschnell um und sahen gerade noch, wie ein Stein auf den Boden kullerte, nachdem er gegen die Hauswand gekracht war. Madison wischte sich die Hände ab und trat einen Schritt zurück. »Was?«, fragte sie, als sie die schockierten Gesichter der beiden sah.

»Hast du da eben einen Stein gegen das Haus geworfen?«, rief Maddox.

Madison nickte. »Ein bisschen Krawall lockt Candace sicher auch nach draußen.«

»Dann müssen wir hier weg!« Er wollte auf keinen Fall, dass Candace sie vor ihrer Haustür erwischte.

Sie kauerten sich hinter das Boot, wo der Schatten angenehm kühlte. Ein Auto, aus dem Rap dröhnte, fuhr vorbei – aber der Fahrer bemerkte sie zum Glück nicht. Aus einem offenen Fenster hörte man lautes Lachen. Maddox schlug das Herz bis zum Hals. Und dann ging tatsächlich die Haustür auf. Eine Frau mit großen, matten Augen, eingesunkenen Wangen und dünnen Lippen trat auf die Veranda und blickte sich um, offenbar nach der Ursache des Geräuschs suchend. Trotz ihrer erschöpften, ausgezehrten Züge erkannte man die Frau auf den Bildern im Wohnzimmer der Lords.

Candace.

Maddox schnappte nach Luft. Seneca gab ein gurgelndes Geräusch von sich. Madison schlug sich die Hand vor den Mund. Unglaublich, dass diese Frau tatsächlich hier stand. Dass sie real war. Während die drei sie anstarrten, runzelte Candace die Stirn, grummelte etwas und trat zurück ins Haus. Die Tür fiel donnernd zu.

»Ach du Scheiße. Scheiße, Scheiße«, flüsterte Madison und schüttelte ihre Hände aus.

Maddox prickelte der ganze Körper. »Wir müssen weg hier. Brett könnte in der Nähe sein. Wir dürfen nicht riskieren, dass er uns hier direkt vor dem Haus stehen sieht.«

»Zurück zum Parkplatz.« Seneca schlüpfte hinter dem Boot hervor und begann zu rennen. »Und dann erst rufen wir Brett an. Wir müssen den Überblick bewahren.«

Maddox rannte ebenfalls los. Sein Kopf schwirrte. Sein Herz hämmerte. *Wir haben es geschafft*, dachte er erleichtert. Sie würden Aerin zurückbekommen. Der Albtraum wäre gleich vorbei. Aber dann durchschnitt ein Telefonklingeln die flirrende Stille. Maddox holte sein Handy aus der Tasche und starrte entsetzt aufs Display.

Jetzt rief Brett also *ihn* an.

28

Brett presste zähneknirschend sein Telefon ans Ohr. Er war so wütend, dass er schon befürchtete, seine Zähne zu Brei zu malmen. Er war Senecas blinkendem GPS-Signal bis zu einem Parkplatz am Strand von Breezy Sea gefolgt. Als er Maddox' Jeep dort endlich entdeckt hatte – was ziemlich schwer gewesen war, da alles mit Autos vollstand –, hatte er sich dreimal auf die Schulter geklopft. Prima. Seine Tracking-App hatte ihn also nicht im Stich gelassen. Da er nun wusste, wo die drei angehalten hatten, brauchte er ihre Hilfe nicht mehr. Er würde herausfinden, welches Haus sie beobachteten, und dann zuschlagen. Er würde seine Belohnung bekommen. Elizabeth. Und Aerin.

Er hatte sich hinter dem stinkenden Toilettenhäuschen verschanzt, außerhalb ihrer Sichtweite, und sich einen Plan zurechtgelegt. Wenn die drei hier parkten, hieß das vermutlich, dass sie ein Haus in der Nähe beschatteten. Er hatte sich umgesehen. Direkt gegenüber vom Parkplatz stand ein Haus, aber dort hingen Handtücher auf der Leine, und ein Teenie stand auf einem der Balkone und telefonierte. Das war also keinesfalls das Versteck von Elizabeth. Im Haus daneben wohnte ebenfalls eine Familie und vor dem nächsten Haus stand ein Kombi mit drei Surfbrettern auf dem Dach. Die drei Häuser waren die einzigen, die man vom Parkplatz aus sehen konnte.

Aha.

Brett starrte angestrengt auf den Jeep. Er rümpfte die Nase über den bescheuerten New-Balance-Aufkleber am Heck. Und dann fiel es ihm wie Schuppen von den Augen: Man sah keine Schatten hinter den Fenstern. Der Jeep war leer!

Er sog Luft durch die Zähne und trat näher. Tatsächlich. In dem Wagen saß niemand. Er linste durch die Windschutzscheibe – immer darauf achtend, die Karosserie nicht anzufassen. Auf dem Fahrersitz lag ein Handy. Es war Senecas – Brett erkannte die mintgrüne Hülle, weil er das Handy in Avignon präpariert hatte. Sie hatte es absichtlich dort zurückgelassen. Um ihn auszutricksen.

Er unterdrückte einen Schrei. *Hau ab*, dachte er sich. *Bloß weg hier. Schnapp dir Aerin. Die haben dich zu oft beschissen.*

Was ihn zurückhielt, war der Drang, Elizabeth zu finden. Er beschloss, ihnen noch eine letzte Chance zu geben. Also rief er bei Maddox an. Es klingelte. Ein Mal. Zwei Mal. Brett spürte, wie sein Blutdruck mit jeder Sekunde in die Höhe schnellte. *Wenn sie jetzt nicht abnehmen, werden sie es noch bereuen.*

»Hallo?«, meldete sich Maddox.

Brett hob das Telefon umständlich ans Ohr. Kurzzeitig war er so blind vor Wut, dass er kaum ein Wort rausbrachte. »Glaubt ihr wirklich, ihr könnt mich verarschen?«

»Ich …«

»Wo seid ihr? Ich brauche eine Adresse. Jetzt. Ich weiß, dass ihr vor dem Haus steht. Die Regeln haben sich geändert.«

»Warte.« Jetzt sprach Seneca. »Wir haben die Adresse, aber die geben wir dir erst, wenn wir Aerin haben. Auf etwas anderes lassen wir uns nicht ein.«

Brett hatte das Gefühl, als würde gleich seine Schädeldecke abplatzen. Nein. Nein! Er würde Aerin nicht aufgeben. Das perfekte Ende sah so aus, dass er Aerin aus dem Kofferraum holte, wenn alles vorbei war. Sie wäre halb tot von der Hitze und der Luftnot, aber er würde sie auf den Rücksitz betten, ihr einen kühlen Waschlappen auf die Stirn legen und sie in den Schlaf wiegen. Sie würden einfach losfahren, immer weiter, vielleicht dorthin zurück, wo sie gewesen waren. Oder ganz woanders hin. Die einzige Grenze wäre der Himmel. Er wäre frei. Frei, einfach dorthin zu gehen, wo es ihm gefiel. Denn dann hätte er Elizabeth nicht mehr als Mühlstein um den Hals hängen.

Aber Elizabeth bekam er nur, wenn er diesen Traum fallen ließ. Brett schloss die Augen. Er hasste die drei dafür, dass sie ihn so in die Ecke drängten. Dennoch brauchte er nur ein paar Augenblicke, um eine Entscheidung zu fällen.

»Gut«, brummte er. »Wir treffen uns an der Promenade. Nehmt den Aufgang von dem Parkplatz, auf dem euer Jeep steht.« Ihm war inzwischen egal, dass sie wussten, dass er sie per Tracking verfolgt hatte. »Ich bin im Fun House. Wenn ihr in zehn Minuten nicht da seid, sehen wir uns nie wieder.«

29

Seneca und die beiden anderen standen an einer Kreuzung, an der die Sea Tern und der Ocean Drive mit großen Schildern markiert waren. Hinter den Dünen konnte man die halsbrecherischen Steilkurven der Achterbahn sehen. Erneut ratterte ein Wagen über die höchste Stelle und die Menschen darin kreischten vor Grausen und Spaß. Aus der Spielhalle tönte ein Klingeln.

Er ist da, dachte sie schaudernd und starrte auf die blinkende, plärrende, fahnengesäumte Promenade. *Gleich da drüben, da ist er.*

»Im *Fun House*?«, flüsterte Madison, und ihr Blick ging nun ebenfalls in Richtung Promenade. »Meint er das ernst?«

»Sollen wir tun, was er verlangt?«, fragte Maddox.

»Ich sehe keine andere Möglichkeit.« Seneca drückte ihre Schultern durch und schlug nochmals auf den Ampelknopf. Endlich wurde es grün, sie überquerten die Straße, und ihre Flipflops knallten auf den Asphalt. Alle paar Schritte meinte Seneca, im nächsten Moment in Ohnmacht zu fallen. Das hier geschah wirklich. Ganz real. In ein paar Minuten würde sie Brett begegnen. Wie sollte sie sich beherrschen? Wie sollte sie sich davon abhalten, auf ihn loszugehen?

Du musst, sagte sie sich. *Tu, was er sagt, und wir bekommen Aerin. Und ihn kriegen wir vielleicht auch.*

Sie umrundeten Familien, die mit Liegestühlen und Spielzeug beladene Karren über die Düne zogen. Senecas Nerven waren zum Zerreißen gespannt. Sie räusperte sich. »Habt ihr auch so ein ungutes Gefühl? Brett kam mir zum allerersten Mal verunsichert vor. Sonst ist er doch nie auf unsere Bedingungen eingegangen.«

»Und dass beunruhigt dich?«, fragte Maddox.

»Irgendwie schon«, gab Seneca zu. Bei Brett war es doch nie das, wonach es aussah. Es mochte sich wie ein Sieg anfühlen, aber dieser Wahnsinnige konnte immer noch etwas in petto haben. Sie hatte das Gefühl, als würden sie in den Rachen eines Löwen spazieren: Seine Zähne lagen blank, der Magen rumorte.

Madison fächerte sich Luft zu. »Sollen wir nicht lieber die Polizei rufen? Denen melden, was in dem Haus los ist, und Candace' Adresse durchgeben? Ich halte das nicht aus, dass Brett da reinstürmt und rumballert. Was ist, wenn Damien verletzt wird?«

Darüber hatte Seneca auch schon nachgedacht. »Ich fürchte, Brett würde das merken. Der rechnet mit allem. Stell dir vor, er sieht es unseren Gesichtern an und gibt uns deswegen Aerin nicht.«

»Jetzt gucken wir erst mal, was uns erwartet«, schlug Maddox vor.

Sie bogen nach rechts auf die Promenade. Auf dem

breiten Holzsteg waren lauter Grüppchen versammelt – die Leute lachten, flirteten oder bummelten an den Buden vorbei. Lauter Farben wirbelten durcheinander, der Geruch von verbranntem Popcorn hing in der Luft, und das Geplärre aus den Spielautomaten war kaum zu ertragen. Sie liefen an Karussells vorbei, deren grelle Reize sich zu einem wilden Brei aus Lärm, Farbe und Licht vermischten. In der Abendsonne wirkten die Gesichter der Leute gespenstisch. Hinter einem gut besuchten Hotdog-Stand, der mit dem »größten Hotdog von Breezy Sea« warb, stand ein großes Gebäude, an dessen Fassade ein riesiger, gruseliger Clown über dem Eingang lauerte. Der Clown saß in der Hocke, die Hände auf den Knien, wie ein Sumo-Ringer. Er hatte hochstehende Brauen und ein hässliches Grinsen im Gesicht. Genau in diesem Moment kam ein kleines Mädchen mit Zöpfen angelaufen, zeigte auf die grässliche Gestalt und schrie vor Angst auf. Auf den beiden riesigen Türflügeln stand in neongelben Buchstaben: *Fun House.*

Seneca stockte das Herz.

Madison hob zitternd einen Finger. »Nur zur Information: Ich habe schreckliche Angst vor Clowns.«

Sie schoben sich zum Eingang, umrundeten Familien, Teenager und einen Mann mit einer Scream-Maske. Aus einem Lautsprecher über dem spitzen Clownshut tönte irres Gelächter. Seneca spähte durch die Eingangstüren, aber drinnen war es so dunkel, dass sie keine Ahnung hatte, was sie dort erwartete. Sie griff nach Maddox' Hand und drückte sie. Sie fragte sich, ob er ihren Puls in den Fingern spüren konnte. *Brett ist da drin*, hämmerte es in ihrem Kopf. *Er ist da*.

»Kommt. Wir gehen da jetzt rein«, stieß Maddox zwischen den Zähnen hervor.

Sie drängten sich ins Gebäude. Es war kühler und feuchter als draußen und Seneca war in kalten Schweiß ausgebrochen. Der erste Raum war seltsam schmal und extrem hell – mit gestreiften Wänden, einem schrägen Schachbrett-Fußboden und einer nach hinten aufsteigenden Decke. *Raum der Schwerkraft* stand auf einem Schild an der Wand. Die drei durchquerten ihn mit großen, vorsichtigen Schritten. Das schreckliche Gelächter aus dem Lautsprecher wollte nicht aufhören. Seneca warf den anderen verzweifelte Blicke zu. Wo war Brett? War das hier eine Falle?

Sie traten durch eine zweite Tür und gelangten in einen Raum mit lauter Spiegeln. Seneca hielt verwirrt inne. Die Seneca im Spiegel vollführte ihre Bewegungen, aber ihr Körper war grässlich auseinandergezogen. Da sah sie in den Spiegeln blonde Haare aufleuchten. Sie wandte sich um. Hinter einer Ecke am anderen Ende des Raums lauerte eine Gestalt. Vielleicht waren es auch zwei Gestalten. Sie schnappte nach Luft.

»Da«, flüsterte sie den anderen zu.

Sie eilte hinüber und Dutzende Senecas zogen neben ihr her wie bunte Streifen. Als sie die Ecke erreichte, sah sie das Spiegelbild eines braunhaarigen Typen in schwarzem T-Shirt und schwarzen Shorts. Ihr Herz setzte aus. Brett sah ganz normal aus – weder bedrohlich noch böse. Er stand gelassen da, den Fuß an die

Wand gelehnt. Sein Arm umfing ein großes Mädchen im schwarzen Hoodie, dessen blonde Haare ihr auf die Schulter fielen.

Aerin.

Seneca schlug sich die Hand vor den Mund. Brett drehte sich herum und entdeckte sie. Ihre Blicke trafen sich im Spiegel. Bretts Mundwinkel kräuselte sich zu einem Grinsen. Seneca kroch ein Kribbeln den Rücken hoch. Einen Moment lang konnte sie nur starren. Sie konnte nicht glauben, dass er sein Versprechen hielt. Ihr fiel es ja schon schwer, zu glauben, dass Brett tatsächlich hier war. Nach all der Zeit hatte sie ihn zu einem Dämon anwachsen lassen, zu einem bösen, überirdischen Wesen. Es hatte etwas Aggressives, wie er den Arm um Aerins Hüfte geschlungen hatte. Als Aerin die anderen erblickte, entfuhr ihr ein stummer Schrei, da packte Brett sie noch fester, und sie schwieg.

Er drückt ihr eine Waffe in den Rücken, vermutete Seneca panisch. Wenn Aerin schrie, würde er sie töten. Wenn irgendjemand von ihnen schrie, würde er Aerin töten. Brett hatte sie alle in der Hand, wie immer.

Seneca, Maddox und Madison gingen langsam auf Brett und Aerin zu, gefolgt von ihren unheimlich verzerrten Spiegelbildern. Brett ließ sie nicht aus den Augen. »Schön, euch zu sehen«, rief er über das Lautsprechergelächter hinweg. Seine Stimme hämmerte in Senecas Schädel. Die Form seines Mundes, die zugekniffenen Augen – es war alles furchtbar real. »Und? Habt ihr mir etwas zu sagen?«

»Erst wenn du sie freilässt«, erwiderte Seneca zittrig.

Sie sah zu Aerin. Sie hatte die Lippen zusammengepresst, als habe man ihr das Sprechen verboten, aber ihre angsterfüllten Augen waren weit aufgerissen. *Bitte helft mir*, schien sie zu sagen. *Macht, dass das hier vorbei ist.*

Brett schüttelte den Kopf. »Sagt mir die Adresse und ihr bekommt sie.«

»Nein«, beharrte Seneca. »Gib uns Aerin, dann *führe* ich dich zu dem Haus. Kommt nicht infrage, dass ich es dir einfach so sage. Das ist der Deal.«

Sie spürte, wie Maddox stocksteif neben ihr stand. Und Madison sah sie an, als wollte sie sagen: *Bist du dir sicher?* Seneca war sich *nicht* sicher. Aber sie wollte nicht hereingelegt werden. Sie hatte Angst, dass Brett die Adresse bekam, Aerin schnappte und einfach abhaute. Er hatte schließlich eine Waffe.

Es roch schimmelig in dem Spiegelraum. Das Clownsgelächter ging in einen wummernden Techno-Song über. Brett sah die drei lange an. »Und woher soll ich wissen, dass du mich nicht zum falschen Haus bringst?«

»Weil ich an der Tür klingle. Sie wird öffnen. Das hat sie bei uns auch getan. Wart's ab.«

»*Seneca*«, raunte Maddox ihr zu. »Das ist keine gute Idee.«

Aber Seneca sah unentwegt zu Brett, mit bibberndem Herzen. Jede Zelle ihres Körpers zitterte. »Komm schon. Maddox nimmt Aerin und wir gehen zu dem Haus. Aber du musst versprechen, dass du dem Kind nichts tust, verstanden?«

Brett gab einen Protestlaut von sich. »Glaubst du wirklich, ich würde einem Kind etwas antun?«

Was weiß ich denn?, dachte Seneca. »Du musst Damien rauslassen, sobald du drin bist. Schick ihn zu mir. Ich sorge dafür, dass ihm nichts passiert. In Ordnung?«

»Seneca …«, murmelte Maddox.

»In Ordnung?«, wiederholte Seneca und fixierte Brett.

Brett sah zu Boden. Aerin wand sich leise, die Angst in ihren Augen wuchs. Was war da in ihrem Rücken? Eine Pistole? Ein Messer? Seneca trat noch einen Schritt näher – sie konnte schon den Duft von Aerins Shampoo riechen. Sie war nun auch dichter an Brett dran. Seine Durchschnittlichkeit jagte ihr unheimliche Angst ein. Die kräuseligen Haare über den Ohren. Die Aknenarben auf dem Kinn. Die Tatsache, dass er sich angezogen, seine Schuhe zugebunden, seine Fingernägel geschnitten und seine Zähne geputzt hatte. Dass er die Nacht über geschlafen hatte wie jeder andere Mensch auf diesem Planeten.

»Komm schon, Brett«, sagte sie sanft. »Ich weiß, was Elizabeth für dich bedeutet. Ich führe dich zu ihr. Dann kannst du dieses Kapitel endlich abschließen.«

Bretts Mundwinkel zeigten immer noch nach unten, aber Seneca sah an seinen Augen, dass er einknicken würde. Er würde es tun, er würde Aerin freigeben. Doch dann riss er den Kopf hoch, und sein Blick fing etwas auf, das von der gegenüberliegenden Seite des Raumes kam. Seneca sah sich blitzschnell um. Jemand tauchte in den Spiegeln auf – eine dicke, verdoppelte, verzerrte Figur. Das blinkende Abzeichen war das Erste, das Seneca auffiel, und kurz danach der gespiegelte Schriftzug auf dem Rücken der Jacke: *Security*.

»Alles in Ordnung da drüben?«, fragte der Wachmann und richtete seine Taschenlampe auf die Gruppe.

Seneca erstarrte. *Verschwinde*, wollte sie sagen. *Hier ist nichts*. Doch dann bemerkte sie Bretts enttäuschten Blick. Glaubte er, dass sie ihn verraten hatten? *Ach was, Brett. So blöd sind wir nicht!*

Sie öffnete den Mund, wollte die Situation klarstellen, aber die Zeit raste und kroch zugleich, und ihre Muskeln gehorchten ihr nicht. Der Wachmann kam entschlossen auf sie zu. Bretts Augen verengten sich zu Schlitzen, er zog Aerin zurück. Sein Arm umfasste sie wie ein Sicherheitsgurt. Seneca streckte den Arm aus und versuchte, Aerin zu fassen – würde Brett jetzt ausrasten? Im selben Moment sauste ein blinkender Gegenstand auf ihren Körper zu, sie sah Metall aufblitzen und spürte einen stechenden Schmerz. Maddox rief etwas, das sie wegen des Techno-Lärms nicht hören konnte. Plötzlich lag sie auf dem Boden, vor ihren Augen tanzten Sterne.

»Halt!«, rief der Wachmann, zog seine Pistole und richtete sie auf Brett.

Als Seneca aufsah, hielt Brett ein rot verschmiertes Messer vor sich. Sie starrte entsetzt auf das Blut, das an ihrem Arm hinunterlief. Hatte er zugestochen? Der Schmerz trat erneut in aller Schärfe hervor. Alles um sie herum begann zu kreiseln, die Umrisse verschwammen. Maddox fiel neben ihr auf die Knie. »Scheiße. Seneca. *Scheiße.*«

Seneca schob ihn weg. »Ist gut, mir geht es gut, halb so schlimm«, stöhnte sie außer Atem und versuchte sich hochzurappeln.

»Lass das Messer fallen«, befahl der Wachmann und zielte weiter auf Brett. »Lass das Mädchen frei.«

Die Hand des Wachmanns wanderte zu dem Funkgerät an seinem Gürtel, Brett drückte Aerin das Messer an den Hals. Aerin kreischte auf. »Rufen Sie bloß keine Verstärkung«, drohte Brett. Er fixierte den Mann mit wildem Blick. Seine Kiefer hatte er so stark zusammengepresst, dass die Sehnen am Hals hervortraten, seine Lippen zuckten. Aerin wimmerte. Die Messerklinge grub sich in ihre Haut. »Komm schon, Junge«, mahnte der Wachmann schroff. »Mach jetzt keinen Unsinn.«

»Bitte …«, flüsterte Aerin, der Tränen über die Wangen rannen.

Grausame Sekunden verstrichen. Seneca wusste nicht, was sie tun sollte. Bretts Blicke waren überall – auf den Spiegeln, auf ihren Taschen, auf ihren Händen. Wahrscheinlich befürchtete er, dass einer der drei Hilfe rufen könnte. Doch das Nächste, das Seneca mitbekam, war seltsamerweise, wie das Messer klappernd zu Boden fiel, wegschlitterte und vor einem der Spiegel liegen blieb. Aerin flog Brett aus den Armen und stolperte Maddox entgegen, der sie mit einer festen Umarmung auffing.

»He!«, bellte der Wachmann und stürmte ins Dunkel. Seneca sah sich orientierungslos um. Brett war verschwunden.

»Nein!«, brüllte sie und folgte dem Wachmann durch die Tür. »Komm zurück!«

Schritte hallten durch die Dunkelheit. Senecas Arm pochte vor Schmerz. Taumelnd verließ sie den Spiegelraum und gelangte in eine Spielhalle mit Retro-Spielkonsolen und Plüschtier-Greifautomaten. Nach der verstörenden Dunkelheit taten die vielen grellen Lichter beinahe weh. Sie stolperte durch das Gewirr und suchte zwischen den Menschenknäueln nach Bretts wippendem Kopf. Er war nicht da. Neben einem Dinosaurier-Spiel entdeckte sie den Wachmann, mit gesenkter Waffe, der in sein Funkgerät sprach: »… ist flüchtig … brauche Verstärkung.« Er sah auf und erblickte Seneca. »Soll ich einen Krankenwagen rufen?«, fragte er besorgt.

Seneca schüttelte den Kopf und eilte zum Ausgang der Spielhalle. Kurz darauf stand sie wieder auf der Promenade. Brett musste hier doch irgendwo sein. So schnell konnte niemand verschwinden. Sie suchte die Menge nach einem großen, dunkelblonden Typen ab – aber genau das war das Problem: Es waren unzählige große, dunkelblonde Typen unterwegs. Es war ein bisschen wie bei »Wo ist Walter?«. Sie machte ein paar zögernde Schritte nach links, rannte dann aber doch nach rechts zu dem Aufgang, den sie vom Parkplatz genommen hatten. Vielleicht lief Brett zurück auf die Straße und versuchte auf eigene Faust, das Haus von Candace zu finden. Sie schlängelte sich zwischen den parkenden Autos hindurch und stand irgendwann auf dem Bürgersteig. Immer noch rann ihr Blut über den Arm, immer noch waberte und schwamm es in ihrem Kopf.

Die Straßen abseits der Promenade waren leer. Windsäcke flappten an ihren Pfählen, Möwen zogen kreischend über den Himmel. Ein entferntes schrilles Klingeln signalisierte, dass jemand in der Spielhalle einen großen Gewinn gemacht hatte. Von Brett keine Spur.

Nein. *Nein!* In ihr zerbrach etwas, ein schmerzender Riss tat sich auf. Ein dunkler Vorhang schob sich vor die Welt. Seneca beugte sich nach hinten, sah gen Himmel und stieß einen gellenden Schrei aus.

Brett war entkommen. Wieder einmal.

30

Das Blut in seinem Kopf kochte, als Brett die Straßen entlangrannte. Es fühlte sich an, als schieße Säure durch seine Adern. Nachdem er die große Straße, die zum Strand führte, überquert hatte, ging er hinter einem Baum in Deckung, öffnete seinen Rucksack und kramte darin herum. Er zog sein T-Shirt aus und streifte stattdessen ein Tanktop über. Dann setzte er die langhaarige Perücke auf und drückte sie mit einer Yankees-Basecap an den Kopf. Eine derart primitive Verkleidung würde er niemals über längere Zeit verwenden, aber Seneca und die Polizei suchten nach einem dunkelblonden Mann in schwarzen Klamotten, der durch den Ort sprintete – und nicht etwa nach einem langhaarigen Skater-Typen im Muskelshirt, der entspannt herumschlenderte.

Er kam an einzelnen Häusern vorbei. Es war immer noch furchtbar heiß. Ihm lief der Schweiß in Augen und Mund. War es dieses Haus? Oder das da? Oder das da drüben? Nein, nein, nein …

Er blieb stehen und beugte sich vornüber. Schnappte nach Luft. Scheiße. Scheiße! Er schlug sich mit den Fäusten auf die Oberschenkel. Was passierte hier?

Hatte er verloren? Hatten diese Idioten ihn ausgetrickst? Warum hatte er Aerin laufen lassen? Warum war dieser Wachmann gekommen? Warum hatte er vergessen, eine Pistole mitzunehmen?

Er würde das Ruder noch rumreißen. Er musste Elizabeth finden. Sie war ganz in der Nähe, hinter einer dieser Türen. In seiner jetzigen Stimmung würde es keine halben Sachen geben, er würde es knallhart durchziehen.

Er richtete sich wieder auf und stapfte zum nächsten Block. War es dieses Haus? Das nächste? Er würde es finden. Er war klüger als sie alle. Wieso wäre er beinahe darauf eingegangen, dass Seneca ihn zu der Adresse führte? Warum war er nicht seinem Bauchgefühl gefolgt und hatte die Info einfach aus ihnen rausgepresst?

Er kam an einem Bungalow vorbei und stolperte beinahe über ein nagelneues Fahrrad, das quer über dem Bürgersteig lag. Verbitterung erfasste ihn. So ein Fahrrad hatte er nie besessen. Er war ein Gutteil seiner Kindheit eingesperrt gewesen. Er versetzte dem Fahrrad einen so heftigen Tritt, dass es in hohem Bogen in den Vorgarten segelte und dort mit einem hässlichen Poltern aufprallte.

Und dann hörte er es. Zuerst nur ein fernes Jaulen, das durch die stickige Luft wirbelte, dann aber immer näher kam. Er sah sich um und versuchte die Sirenen zu orten. Eine Straße weiter blinkte Blaulicht zwischen den Bäumen hindurch. Brett kroch heran und stapfte halb in einen Vorgarten, um besser sehen zu können. Vor einem grauen Haus standen mehrere Polizeiwagen am Straßenrand. Ein paar der Polizisten hatten Hunde. Die Beamten kommunizierten nur verstohlen, SEK-mäßig. Wie Ninjas schlichen sie zur Eingangstür.

Brett empfand mit einem Mal eine schreckliche Leere. Er versuchte sich einzureden, der Einsatz würde wegen eines anderen schlimmen Verbrechens erfolgen. Aber wie wahrscheinlich war das denn? Seneca musste die Polizei verständigt haben. Seneca hatte ihnen alles über Elizabeth erzählt. Sie hatte den Bullen die Information gegeben, die er eigentlich haben sollte.

Er zitterte vor Wut. Es kam ihm vor, als würde sein Körper in einer einzigen Explosion zerrissen. Er drehte sich herum und schnappte sich den ersten Gegenstand, der ihm in die Finger kam: das Ruder eines Kajaks, das an dem Haus lehnte, dessen Vorgarten er betreten hatte. Blind, beinahe unwillkürlich schleuderte er es zu Boden und stieß dabei ein kehliges Schluchzen aus. *Sie hatten es verraten. Diese Schweine hatten es verraten*. Das, wovon er so lange geträumt hatte. Diese Begegnung, die ihm das Leben noch schuldig war. Vorbei. Er hätte es so sehr verdient, ihr in die Augen zu schauen. Ihr seine Hände um den Hals zu legen und die widerlichen Dinge zu wiederholen, die sie ihm immer zugeraunt hatte: *Das ist alles nur zu deinem Besten. Ich tue das nur für dich. Weil ich dich liebe.*

Das Ruder zerbrach. Ein Splitter flog ab, sprang gegen seinen nackten Unterschenkel und schnitt ihm in die Haut. Ein anderes Teil schlitterte unter einen sehr teuer aussehenden Gasgrill. Brett stieß ein Grunzen aus, warf die Reste hinter sich und kam sich vor wie ein Gemisch aus wildem Tier, Vulkan und Abrissbirne. Das Ruder zu zerschmettern hatte ihn nicht im Geringsten besänftigt – er wollte etwas in Stücke reißen, zu Pulver zermalmen. Er krallte sich die Hände ins Gesicht und hörte auch nicht auf, als er das Blut auf seiner Haut spürte.

Doch dann siegte doch die Neugier. Halb blind, nach Luft schnappend kroch er näher ans Blaulicht heran. Die Ninja-Bullen standen nicht mehr auf dem Rasen vor dem grauen Haus. Ein blinkender Krankenwagen hatte sich auf die Grasfläche gestellt. Da flog die Haustür auf und SEK-Leute trugen einen Jungen heraus. Sofort nahmen ihn Rettungskräfte entgegen, legten ihm eine Decke um und taten alles Erforderliche, um einen Schock zu verhindern. Brett blinzelte, er bemühte sich, das alles ungerührt aufzunehmen, doch er merkte, wie es ihn zerbrach. Denn für ihn hatte es keine solche Rettungsaktion gegeben.

Ein zweiter Schub Polizisten brachte nun ein Mädchen nach draußen. Sie war etwas größer als Damien, hatte schwarze Haare und feine Gesichtszüge. Sie ähnelte Viola so sehr, dass Brett zweimal hinsehen musste. Es war doch erstaunlich, wie Elizabeth immer wieder perfekte kleine Kopien fand. Wie abstoßend war es, dass sie immer wieder Kinder dazu brachte, ihr zu vertrauen. Er überlegte, ob er nicht irgendwie stolz sein müsste, weil er dabei geholfen hatte, diese Kinder zu retten. Aber er empfand nur Wut und Verbitterung.

Damien und das Mädchen hatten maximal ein paar Monate in diesem Albtraum gesteckt. Sie würden ihre Kindheit zurückbekommen. Sie würden ihre Eltern wiedersehen. Sie würden ihr Leben weiterleben.

Erneut ging die Tür auf und mehrere Polizisten führten eine Frau in Handschellen nach draußen. Brett stieg ein bitterer Geschmack in den Mund, doch er traute sich nicht zu blinzeln oder gar zu atmen: Er wollte diesen Augenblick, auf den er beinahe die Hälfte seines Lebens gewartet hatte, mit allen Sinnen aufsaugen. Elizabeth sah aus wie früher: hager, zottelig, mit irrem Blick. Sie rief etwas, aber er konnte nichts davon verstehen. Wahrscheinlich behauptete sie, die beiden wären ihre Kinder und sie hätte nichts Böses getan. Sie weinte sogar. Die Polizisten schoben sie rüde in ihren Mannschaftswagen.

Und dann fuhren sie ab.

Brett biss sich so heftig auf die Lippe, dass er Blut schmeckte. Sein Hirn kreiselte vor Wut. Er war nur eine Straße entfernt gewesen. Eine Straße weiter hatte die Antwort gelegen. Es war seine Angelegenheit gewesen, diese Verbrecherin zu fangen … aber jetzt wurde Elizabeth einfach fortgebracht, sie verschwand die Straße runter, mit dem Gurt über der Brust, abgeschirmt durch eine Glasscheibe. Monate der Vorbereitung waren einfach dahin. Die jahrelange Suche war umsonst. Wo sollte er mit seiner Wut hin? Was sollte er mit seinem Hass machen?

Sirenengeheul näherte sich und Brett platzte zurück in die Gegenwart. Er musste runter von diesem Grundstück, weg von dem zerschmetterten Ruder. Er wollte nicht auch noch seine Freiheit verlieren. Bevor er sich wegschlich, fiel sein Blick zwischen den Bäumen hindurch auf eine Gestalt, die auf dem Rasen vor dem Haus der Entführerin stand. Sie hatte die Arme fest um den Oberkörper geschlungen, den Mund nachdenklich verzogen. Senecas stechender Blick suchte die Straße ab, die Häuser, den Abgang zum Strand. Sie schien nicht zufrieden. Nein, sie wirkte furchtbar wütend.

Sie suchte nach *ihm*, wurde Brett jetzt klar. Er trat auf den Bürgersteig. Ihm kam eine Idee und ein winziger Funken Hoffnung blitzte in ihm auf. Rasch holte er sein Handy hervor, rief die Offene-Fälle-Seite auf und verschickte eine Nachricht.

Jetzt bist du enttäuscht, was? Enttäuscht, dass du mich nicht gekriegt hast. Aber du wirst mich schon noch finden. Du musst nur eins und eins zusammenzählen. Ich warte auf dich.

31

An diesem Abend saßen Maddox, Seneca und Aerin im Wartezimmer der Polizeistation von Breezy Sea.

»Haut rein«, sagte Madison, die von den Snackautomaten zurückkam. Sie legte Chipstüten, Schokoriegel, Studentenfutter und mehrere Getränkedosen auf dem zerkratzten Couchtisch ab. Maddox griff nach einer Tüte Cheetos, Aerin schnappte sich eine Packung M&M. »Ich habe mir geschworen, dass ich weniger Zucker esse, wenn ich freikomme. Und jetzt das. Aber was soll's.«

Maddox lachte lauter, als der Witz es verdiente, aber er war einfach schrecklich stolz auf Aerin. Dieses Mädchen war der Hammer. Andere Leute wären in Stockstarre verfallen, wenn sie von Brett Grady gefangen gehalten und anschließend noch in einem gespenstischen *Fun House* mit dem Messer bedroht worden wären. Und Aerin? Als der Tumult vorbei war, als sie sich in Sicherheit wusste und echte Polizei vor Ort war, hatte sie sich sofort an die anderen rangehängt. »Ich gehe mit auf die Wache«, hatte sie in aller Bestimmtheit gesagt. »Ihr haltet mich da nicht raus, auf keinen Fall. Die müssen Brett schnappen, dafür sorge ich.«

Vor der Polizeiwache drängten sich Schaulustige, Übertragungswagen und Reporter – Maddox konnte das Getöse sogar drinnen hören. Die Namen Candace Lord, Bethany Rose und Sadie Sage waren in aller Munde. Damien saß mit einem Sozialarbeiter und mehreren Psychologen zusammen, seine Eltern und Freya waren auf dem Weg hierher. Das Mädchen, das mit ihm aus dem Haus gerettet worden war, eine Elfjährige namens Huntley Monroe, war auch nach hinten geführt worden und wurde dort befragt. Huntley galt erst seit einer Woche als vermisst. Ihre Familie stammte aus Pennsylvania und hatte in einem der Küstenorte in der Nähe Urlaub gemacht, und laut Medienberichten war Huntley ziemlich wild drauf: Ihre Eltern hatten befürchtet, dass sie einfach abgehauen war oder sich in eine irrsinnige Situation begeben hatte. Sie hatten keine Ahnung, wer Candace war, hatten niemals Kontakt zu ihr gehabt. Candace war hier von ihrem üblichen Muster abgewichen, aber Maddox vermutete, sie hatte einfach nicht widerstehen können, weil Huntley ihrer Tochter Julia so stark ähnelte. Aber nun konnte Huntley zum Glück nach Hause zurückkehren.

Die Polizeibeamten kamen mit den Befragungen nicht hinterher, doch Seneca, Maddox, Madison, Aerin und auch Thomas standen definitiv auf der Zeugenliste. Die Sorge um Damien und Huntley und die Festnahme von Candace standen im Vordergrund, daher war noch niemand dazu gekommen, mit ihnen zu reden. Maddox und die anderen hatten sich auf eines geeinigt, was ihre Aussage betraf: Sie wollten die Wahrheit erzählen. Sie würden die ganze Geschichte liefern und das beinhaltete Aerins Entführung, Bretts Hinweisspiel, seine Drohungen und seine Vergangenheit. Brett war wieder einmal entkommen, und sie benötigten nun jede Hilfe, um ihn zu fassen. Bretts Rachefeldzug musste enden, und zwar sofort. Sie hatten auch Viola informiert, die nun ebenfalls auf dem Weg nach Breezy Sea war. Viola hatte fast schockiert geklungen, dass es tatsächlich gelungen war, ihre Entführerin von damals zu fassen, und sie war beeindruckt. Es hatte sich verdammt gut angefühlt, ihr diese Nachricht zu überbringen.

»Ich wette, die finden Brett«, meinte Maddox, nachdem er die Cheetos vertilgt hatte und nun nach einer Tüte Chips griff. »Es gibt Beweise. Fingerabdrücke auf dem Messer zum Beispiel. Das ist doch was.«

»Ja«, pflichtete Aerin bei und schüttete sich noch mehr M&M in die Handfläche. »Außerdem ist da dieses Haar von ihm, das ich in einem Kontaktlinsenbehälter mitgenommen habe.«

Maddox schauderte es bei dem Gedanken, dass Aerin ein Haar von Brett an sich gebracht hatte. Doch dann nickte er anerkennend. »Super gemacht.«

»Und vergesst nicht das Auto«, fiel Madison ein. Der Ford Focus, den Brett benutzt hatte, um Aerin zu entführen und sie nach Breezy Sea zu bringen, stand noch immer auf dem Parkplatz, an dem der Austausch gescheitert war. Ein Polizist hatte in unmittelbarer Nähe Position bezogen, falls Brett zu dem Wagen zurückkehren würde. Was er natürlich nicht tat. So doof war er sicher nicht. Doch vielleicht fanden sich in dem Ford DNA-Spuren.

Seneca verdrehte nur die Augen und zupfte Fussel von der Sofalehne. Sie war die Einzige, die nicht nach den Automatensüßigkeiten griff. Sie hatte nicht einmal etwas getrunken. »Sie werden ihn nicht finden. DNA ist nur nützlich, wenn der Verdächtige irgendwo registriert ist.«

Aerin schaute bekümmert. »Ja, schon. Aber …«

»Wir haben ihn alle gesehen«, sprang ihr Maddox bei. »Wir können ihn beschreiben. Dann kann man eine Phantomzeichnung anfertigen. Und die wird dann überall in den Nachrichten gezeigt.«

»Er ändert ganz einfach sein Aussehen. Und in den Nachrichten hört man irgendwann nichts mehr. In ein paar Monaten ist er wieder da und geht auf uns los, weil er glaubt, dass wir ihn verraten haben.«

»Seneca!«, protestierte Maddox. Er wollte nicht, dass sie Aerin Angst einjagte. Seit der Konfrontation im Fun House war Seneca in absolut düsterer Stimmung. Zuerst hatte sie sich toll verhalten: Sie hatte Aerin in den Arm genommen und sich um sie gekümmert, sie schien sogar einigermaßen gefasst angesichts der Tatsache, dass Brett entwischt war. Aber seit man Candace aus dem Haus geholt und Seneca das gesamte Grundstück nach Brett abgesucht hatte, war sie in Verzweiflung versunken.

Sie zupfte noch eine Fluse vom Sofa, dann wandte sie sich an Aerin: »Hat Brett etwas davon gesagt, dass er dorthin zurückkehren will, wo er dich gefangen gehalten hat?«

Aerin nippte an ihrer Diet Coke. »Er meinte, er würde vielleicht dorthin zurück. Aber das war, bevor sie Candace verhaftet haben. Also wer weiß.«

»Und du erinnerst dich nicht, wo genau ihr da wart?«

Aerin biss sich auf die Lippe und starrte ins Leere. »Es war ein Haus«, sagte sie dann. »Kein Hotel und keine Wohnung.«

»Das hast du uns schon gesagt«, erwiderte Seneca.

»Entschuldige.« Aerins Blick irrte hin und her. »Ich war in einem der Zimmer. Man konnte nicht nach draußen sehen. Ein Mal habe ich in den Flur gelinst, daher weiß ich auch, dass es ein Haus war. Ein ziemlich schickes Haus. Aber das war es auch schon. Falls wir es finden, kann ich beweisen, dass ich da war. Ich habe mir ein paar Fingernägel abgekaut und unters Bett gesteckt.«

Seneca grummelte etwas, das Maddox dennoch verstand. Er warf ihr einen warnenden Blick zu. Sie zuckte nur mit den Schultern und sah wieder zu Aerin. »Und die Fahrt hierher, wie lange hat die gedauert?«

»Ein paar Stunden vielleicht? Ich habe versucht, die Zeit zu stoppen. Aber ich war im Kofferraum und konnte rein gar nichts sehen.«

»Hattest du den Eindruck, dass ihr über Landstraßen oder Autobahnen fahrt?«

Maddox räusperte sich. »Sie hat doch eben gesagt, dass sie nichts sehen konnte.«

»Autobahnen«, antwortete Aerin, bekam dann aber

doch Zweifel. »Obwohl, es gab da eine Straße, die war ziemlich kurvig ...«

Seneca sah auf ihr Handy. »Brett und ich haben etwa um fünf Uhr nachmittags das letzte Mal telefoniert. Ungefähr um halb acht hat Brett dann Maddox angerufen, nämlich als er den Jeep auf dem Parkplatz entdeckt hat. Es muss also zweieinhalb Stunden gedauert haben, von diesem Haus bis nach Breezy Sea zu fahren.« Sie runzelte die Stirn. »Und wie war das, als du da warst? Hast du etwas Bestimmtes gerochen? Oder gehört? Insekten oder Tiere? Gab es da außergewöhnliche Tierlaute? Hast du Insektenstiche gehabt?« Aerin schüttelte nur immer wieder den Kopf. »Hast du nachts Geräusche gehört? Lkws oder Flugzeuge? Menschen? Musik?«

Aerins Gesicht hellte sich auf. »Ja, einmal habe ich einen Lkw gehört, der fuhr rückwärts und hat so gepiept, kennt ihr das?«

Seneca hakte nach: »Wie ein Müllauto? Oder ein Kipplaster?«

»Keine Ahnung. Ich habe nur das Piepen gehört.«

»Das hört sich aber jeweils anders an.« Seneca suchte auf ihrem Handy nach Geräuschbeispielen und spielte Aerin erst ein Müllauto und dann einen Kipplaster im Rückwärtsgang vor. Aerin hob die Hände. »Sorry, aber für mich hört sich das gleich an.«

»Ist es aber nicht«, beharrte Seneca. »Man kann einen Unterschied erkennen.«

»Seneca«, unterbrach Maddox. »Die klingen wirklich total gleich.«

Auf Senecas Stirn standen Schweißperlen. Eine ganze Weile hörte man nur das dumpfe Murmeln der Nachrichten, die im Fernseher über ihren Köpfen liefen. Topthema auf allen lokalen Sendern war ein Tumult im Fun House an der Promenade, der dazu geführt hatte, dass man Damien und Huntley fand.

»Oh Mann«, stöhnte Seneca und verzog das Gesicht. Sie stand auf und stürmte aus dem Gebäude, wobei sie einen Seitenausgang benutzte, der auf einen kleinen Parkplatz führte.

Auch Maddox sprang auf. »Warte doch! Die rufen uns jeden Augenblick rein!«

»Na und?«, schnaubte Seneca. Die Tür fiel hinter ihr zu und traf Maddox beinahe ins Gesicht. »Das bringt doch eh nichts.«

»Seneca …« Maddox folgte ihr entlang einer Reihe Streifenwagen. Der Asphalt war immer noch heiß, es roch wie frischer Teer und verbranntes Karamell. »Was ist nur los mit dir?«

Sie hatte die Arme so fest um sich gelegt, dass sich ihre Fingernägel in die Oberarme bohrten. Maddox sah sorgenvoll auf den hohen Zaun, der die beiden von dem Menschenauflauf trennte. Er konnte sie zwar nicht sehen, hörte aber, wie alle durcheinanderredeten und die Reporter aktuelle Meldungen ausgaben.

»Ich weiß. Es ist unerträglich, dass wir Brett nicht geschnappt haben. Ich kann nicht fassen, dass er immer noch frei rumläuft. Aber alles, was wir eben drinnen besprochen haben, stimmt doch. Wir haben DNA-Spuren. Die Polizei glaubt uns, dass er Aerin entführt hat. Ein Wachmann hat beobachtet, wie Brett ausgerastet ist. Wir haben etwas in der Hand. Wir werden ihn finden.«

»Werden wir nicht«, murrte Seneca.

Maddox ließ die Schultern fallen und versuchte, seinen Frust hinunterzuschlucken. Wie konnte sie da so sicher sein? Warum sah sie alles so schwarz? »Außerdem haben wir heute zwei Kinder gerettet. Wir haben eine Psychopathin hinter Gitter gebracht. Darauf bin ich stolz und darauf kannst auch du stolz sein. Findest du nicht?«

Er wartete auf eine Reaktion, aber sie zeigte keine Regung. Kein Lächeln, kein Nicken. Doch dann bebte auf einmal ihr Oberkörper. Maddox spürte einen Knoten im Magen. Weinte sie etwa?

»He …« Er trat näher an sie heran. »Tut mir leid. Bitte sprich mit mir. Ich möchte verstehen, was mit dir los ist. Sag mir, was in dir vorgeht.«

Er berührte sie am Arm, aber sie wich aus, als hätte er sie verbrannt. Sie prallte beinahe gegen die Stoßstange des nächstbesten Streifenwagens. »Seneca«, flehte Maddox. »Bitte!«

Es schienen Stunden zu vergehen, bis sie trotzig die Tränen aus ihren Augen wischte und ihn ansah. »Na schön. Du willst wissen, was ich denke? Dann sieh dir das an.«

Sie hielt ihm ihr Handy vors Gesicht. Auf dem Display stand eine Nachricht an ihren Account bei *Offene Fälle*: *Jetzt bist du enttäuscht, was? Enttäuscht, dass du mich nicht gekriegt hast. Aber du wirst mich schon noch finden.*

Du musst nur eins und eins zusammenzählen. Ich warte auf dich. Die Nachricht stammte von BMoney. Von Brett.

Maddox stockte der Atem. »W-wann hast du die bekommen?«

»Ich habe sie vor etwa einer Viertelstunde entdeckt. Aber er hat sie gesendet, als Candace gerade verhaftet wurde.«

»Aber du willst doch nicht …« Doch als Maddox ihr in die Augen sah, wusste er schon, was sie vorhatte. »Bitte nicht, Seneca«, sagte er. Sein Hirn spielte verrückt. Ihm war übel. Nach allem, was sie durchgemacht hatten, nach den vielen Gefahren, denen sie sich ausgesetzt hatten, konnte sie doch nicht ernsthaft weitermachen wollen?

»Du darfst ihn nicht wieder auf eigene Faust jagen«, sagte er bestimmt. »Du musst diese Nachricht der Polizei zeigen. Vielleicht können die ihn ausfindig machen.«

Er griff nach ihrem Telefon, aber Seneca drückte es an die Brust. »Ich wusste, dass du das nicht kapieren würdest.«

Sie klang so schneidend, dass er sie nur erschrocken anstarrte. Er hatte auf einmal das Gefühl, am Rand einer Klippe zu stehen. Bei der kleinsten Bewegung würde er abstürzen. »Du darfst sein Spiel nicht weiterspielen«, bat er. »Sonst passiert dir noch was.« Sein Hals war wie zugeschnürt. »Begreifst du das nicht? Begreifst du nicht, dass es Menschen gibt, die wollen, dass du lebst?«

»Du verstehst nicht, was das für mich bedeutet.«

Seneca klang kalt und leer. »Du verstehst nicht, wie verzweifelt ich bin, dass er immer noch frei rumläuft.«

»Das verstehe ich sehr gut. Aber es ist nicht deine Aufgabe, ihn zu finden. Mach dich nicht wahnsinnig.«

»Oh doch.«

»Nein!« Maddox wollte Seneca die Hand auf die Schulter legen, aber wieder wich sie vor ihm zurück. Es tat weh. Mehr als das. Es kam ihm vor, als würde sie ihn tatsächlich hassen.

»Du verstehst es einfach nicht, klar?«, schnauzte sie.

»Ich glaube schon. Aber –«

»Nein.« Sie unterbrach ihn. Ihr Blick war düster und unnachgiebig. »Das tust du nicht. Du bist nicht wie ich, Maddox.«

»Seneca.« Die Verzweiflung packte ihn wie eine heftige Welle. »Für Aerin und ihre Familie ist es doch nicht weniger schwer als für dich. Er hat euch alle verletzt. Erkennst du nicht die böse Ironie darin? Du machst das zu deinem persönlichen Rachefeldzug, so wie Brett die Suche nach Candace. Es wird dich genauso zerstören, wie es ihn zerstört hat.«

Senecas Mund formte ein O. Sie blinzelte, als hätte er ihr einen Schlag vors Brustbein versetzt. Maddox beobachtete, wie seine Worte auf sie einwirkten, und befürchtete schon, zu weit gegangen zu sein. Sie wirkte entsetzt und verletzt zugleich. Sie biss die Zähne noch fester zusammen und drehte sich nun ganz von ihm weg, bis sie mit dem Gesicht zu dem Maschendrahtzaun stand. »Na dann«, sagte sie leise, »sind Brett und ich einander wohl sehr ähnlich.«

»Seneca, das habe ich nicht …«, setzte Maddox an.

Aber sie hielt abwehrend die Hand hoch. »Am besten lässt du mich allein«, sagte sie mit matter, tonloser Stimme.

Er sah sie verwirrt an. »Was meinst du damit?«

Sie starrte auf ihre Füße. Der Schnitt an ihrem Arm war verbunden worden, aber es sickerte schon wieder Blut durch den Mull. Eigentlich wollte Maddox nichts lieber, als loszulaufen und ihr einen neuen Verband zu holen. Sie im Arm halten.

»Ich muss da allein durch«, sagte sie. »Ich muss allein ein.« Ihr Kiefermuskel zuckte, und sie sah ihn für eine Millisekunde an – mit großen, blitzenden Augen. »Ganz allein.«

Maddox trat einen Schritt zurück. Ein wütender Mischmasch aus Verständnis und Zurückweisung und Schmerz grummelte in seinem Bauch. »Oh«, sagte er nur. Meinte sie das, was er zu verstehen glaubte?

Auf einmal entlud sich der ganze Frust, der sich die Woche über angesammelt hatte – die vielen Male, die sie seinen Berührungen ausgewichen war, die extremen Achterbahngefühle und ihre ständigen Vorwürfe wegen seines angeblich fehlenden Engagements. Maddox wurde jetzt erst klar, wie fertig ihn das machte. Sie wollte ihn nicht. Er hatte gedrängt und nachgebohrt und versucht, sich in ihr Leben zu fuchsen. Aber sie wollte ihn nicht. Er kam sich schrecklich dämlich vor.

Er holte Luft. »Na gut. Wenn du das so willst.«

Seneca wandte sich ab, die Arme eng um den Körper gelegt. »Ja. Genau so will ich es.«

Er stapfte wütend in Richtung Polizeiwache und spürte dabei kaum den Asphalt unter seinen Füßen. Als er an der Tür angelangt war, drehte er sich noch einmal um und warf einen Blick hinüber.

Aber Seneca sah nicht auf. Sie hielt sich fest umarmt. Sie nahm nicht einmal wahr, dass er noch da war.

32

Seneca hatte fast zwei Wochen in ihrem Zimmer verbracht und nichts hatte sich geändert. Es roch immer noch nach Peanut Butter Cups und außerdem leicht muffig nach den Secondhandklamotten, die sie so gern kaufte. Auf ihren Bücherregalen lag immer noch eine dicke Staubschicht und in der Warteschleife bei Pandora befand sich derselbe Emo-Rap. Sie hatte das Gefühl, dass sie als dieselbe Person nach Hause zurückgekehrt war, obwohl sie doch gehofft hatte, eine ganz andere geworden zu sein.

Da war noch etwas, das geduldig auf ihre Rückkehr gewartet hatte. Vier Tage nachdem man Damien und Huntley in dem grauen Haus am Meer gefunden hatte, öffnete Seneca die Tür zu ihrem begehbaren Kleiderschrank, knipste das Licht an und betrachtete das Brett-Wandbild, das sie in den vergangenen drei Monaten zusammengestellt hatte. Sie hatte Karteikarten von allen Fällen angefertigt, zu denen er bei *Offene Fälle* etwas beigetragen hatte, sie hatte Ort und Zeit der Verbrechen in Beziehung gesetzt, um herauszufinden, ob Brett dort gewesen sein könnte. Dazu hatte sie Fragen notiert wie: *Verfolgt er einen Plan? Wie finanziert er das alles? Was ist sein Ziel?* Oder ganz einfach: *Warum?*

Einige Antworten hatte sie inzwischen bekommen. Vor Monaten hätte sie das noch als Sieg gefeiert. Jetzt reichte es ihr nicht mehr.

... enttäuscht, dass du mich nicht gekriegt hast. Aber du wirst mich schon noch finden. Du musst nur eins und eins zusammenzählen. Ich warte auf dich.

Was hatte das zu bedeuten?

Seneca starrte auf die Fotos der Opfer, bis ihr der Blick verschwamm. Sie war alle Fälle, die Brett bei OF aufgebracht hatte, nochmals durchgegangen, sie hatte psychologische Gutachten zu Serienmördern und zu den Nachwirkungen von gewaltsamen Entführungen gelesen. Sie hatte Viola Nevins so oft angerufen und mit Fragen gelöchert, dass Viola ihre Anrufe inzwischen nicht mehr entgegennahm. Sie grübelte über Bretts Hinweis nach, er habe Aerin an einem Ort gefangen gehalten, an dem sie, Seneca, schon einmal gewesen sei. Gab es da einen Zusammenhang zu Bretts aktuellem Versteck?

Sie setzte sich an ihren Laptop und klickte auf die Google-Suche, die sie ständig als Tab geöffnet hatte: *Jackson Brett Jones*. Nach einer kurzen Aktualisierung listete die Site keine neuen Ergebnisse auf. Sie hatten Brett noch nicht gefunden. Oh Wunder.

Sie hatte geahnt, dass die armseligen Hinweise nicht ausreichen würden, um Brett dingfest zu machen. Es war niemand gekommen, um den Ford vom Parkplatz zu holen, daher war er irgendwann zu einem Abstellplatz gebracht worden. Forensiker hatten das Haar untersucht, das Aerin als Beweis gesichert hatte, es hatte sich daraus aber kein Hinweis auf den Ort ergeben, an dem Brett sie gefangen gehalten hatte. Aerins Entführung war durch die Medien gegangen – vor allem auch, weil ihr Entführer als mutmaßlicher Mörder ihrer Schwester gehandelt wurde. Endlich wurde auch Chelseas Geschichte gehört, und die Behörden gaben eine öffentliche Entschuldigung ab, weil man fälschlich angenommen hatte, sie sei eine selbstsüchtige Narzisstin, die sich ihre Entführung nur ausgedacht hatte. Beide, Aerin und Chelsea, beschrieben Brett einem Phantombildzeichner, aber auch damit wurde nichts erreicht. Nach Veröffentlichung der Bilder gingen keine Hinweise ein.

Seneca hatte einige Interviewanfragen bekommen, sogar von *Good Morning America.* Maddox und Madison waren dort aufgetreten, sie aber sah keinen Sinn darin. Warum sollte sie auch allen erzählen, dass sie einen Serienmörder entkommen lassen hatte? An Brett käme sie so nicht heran. Und ihre Mutter würde es auch nicht zurückbringen.

Sie suchte erneut ihr Wandbild ab. Irgendetwas stand da direkt vor ihrer Nase, aber sie sah es nicht. Sie musste die Teile neu ordnen.

Mach dich nicht wahnsinnig, klang Maddox ihr in den Ohren. Aber Seneca verscheuchte diesen Satz wie eine lästige Fliege. Genauso hatte sie seine unbeantworteten Anrufe von ihrem Handy gelöscht. Seit der Szene im Innenhof der Polizeiwache hatte er ihr immer wieder Nachrichten geschickt – als sie an dem Abend endlich befragt worden waren, hatte sie wenig beigetragen und am Ende ein Taxi gerufen, das sie für ein kleines Vermögen zurück nach Maryland fuhr.

Zuerst hatte Maddox unbedingt wissen wollen, ob sie okay wäre. Auch Madison hatte sich bei ihr gemeldet. Doch je mehr Tage vergingen, desto weniger Nachrichten kamen. *Gut so*, dachte sie. Nicht, weil sie die beiden los sein wollte. Sie hatte ein schlechtes Gewissen, weil sie Madison nicht antwortete, und es tat weh, wie sie Maddox an dem Abend bei der Polizei zurückgewiesen hatte. Aber es war notwendig gewesen. Seit Brett ihr wieder einmal durch die Lappen gegangen war, hatte sich in ihrem Kopf ein Hebel umgelegt, und diesen wilden Horror wollte sie den anderen nicht offenbaren. Sie spürte, wie sich die Dunkelheit über sie legte wie ein schwarzes Tuch, das ihr die Sicht versperrte und ihr die Luft zum Atmen nahm. Sie wollte Madison und Maddox nicht mit in diesen Abgrund ziehen. Das verdienten die beiden nicht. Sie war wie Brett, ja. Sie nahm etwas persönlich, das vielleicht nur Zufall oder Schicksal war. Sie verdrehte ihre kaputte Vergangenheit in eine rachsüchtige Gegenwart.

Aber sie konnte nicht anders. *Sie* hatte das durchzustehen, niemand anders. Bretts Grausamkeiten waren niemand anderem so in die Knochen gefahren wie ihr. Ihr ganzer Körper war davon durchflutet, ihre Haltung war eine andere, ihr Blut war vergiftet. Sie musste ihre Mutter rächen. Sie musste Brett finden. Das war der einzige Gedanke, der sie tags aus dem Bett brachte. Es war, als hätte Bretts Dasein eine Spur in ihr gezogen, die sich nicht wegwischen ließ, die alles andere übertünchte und verwirrte. Die ihre Sinne, ihr Glück und ihr Fortkommen behinderte. Sie würde nie wieder normal sein, bis sie ihn schnappte. Sie war in dieser scheußlichen Brett-Welt gefangen und würde ewig nur um ihn kreisen.

Trotzdem sah sie sich Maddox' Instagram-Konto an. Er postete inzwischen wieder Sonnenaufgänge von seinen morgendlichen Laufrunden und Bilder mit Freunden auf irgendwelchen Hauspartys. Und gerade da kam ein Foto von ihm neben einem Mädchen – eine hübsche, unauffällige Rothaarige mit schulterfreier Bluse und baumelnden Ohrringen. Vielleicht sah er sich also anderweitig um. Gut so. Senecas Finger lauerte über seinem Eintrag in ihrer Kontaktliste … aber nein. *Nein.*

Sie ließ sich aufs Bett fallen und nahm ihr geliebtes Löwenkissen in den Arm. Am Fußende waren Fotoalben gestapelt, die sie aus der Anrichte im Wohnzimmer gekramt hatte. Sie beäugte sie unentschlossen. Die Bilder stimmten sie unendlich traurig, aber sie ließen sie auch eine tiefe Nähe zu ihrer Mutter spüren. Sie hatte mehrmals die Ansage angehört, die noch immer auf dem Anrufbeantworter der Kanzlei war, in der ihre Mutter früher gearbeitet hatte. Immer wieder hatte sie gelauscht, wie ihre Mutter die Anrufenden begrüßte und bat, sie möchten doch bitte die Eins für dieses und die Zwei für jenes drücken. Seneca glaubte, beim nächsten Mal würde ihre Mutter ihr irgendeinen

Code mitteilen und verraten, wo sich Brett versteckte. Aber die Ansage blieb immer dieselbe.

Sie zog ein Fotoalbum heraus und legte es sich auf den Schoß. Der Buchrücken knackte, als sie die erste Seite aufschlug. Dort lag ihre Mutter in einem Krankenhausbett, mit der neugeborenen, tief und fest schlafenden Seneca auf ihrem Bauch. In Collette Fraziers Gesicht stand ein helles, überglückliches Lächeln. Das nächste Foto zeigte dieselbe Pose, dieses Mal aber schaute Collette ihre Tochter verwundert an. *Ich habe ein Kind*, sagte ihr Blick. *Und das ist das Wunderbarste, was ich je erlebt habe.*

Tränen ließen das Bild verschwimmen. *Verdammt*, dachte Seneca verbittert, ein dicker Klumpen steckte ihr im Hals. Die Freude und die Liebe im Gesicht ihrer Mutter packten sie jedes Mal.

Aber sie blätterte weiter. Mit jeder Seite konnte sie sehen, wie das Band zwischen ihr und ihrer Mutter enger wurde. Die kleine Seneca lächelte, sie saß, sie stand auf. Und im Hintergrund war immer Collette, die lachte, sich freute und klatschte. Es gab Weihnachtsfotos, auf denen Collette und ihre kleine Seneca im glitzernden Wohnzimmer auf dem Sofa eingeschlafen waren. Oder ein Bild von Seneca als kleinem Eskimo in Parka und Stiefeln, wie sie einem Februar-Schneesturm trotzte. Senecas dunkle Haare wurden immer länger, Collettes Frisur wandelte sich von einem Pixie Cut zu einem gestuften schulterlangen Bob. Eine weitere Aufnahme zeigte, wie Mutter und Tochter durch den Quiet Waters Park liefen, der gar nicht weit von dem Schlafzimmer entfernt war, in dem Seneca gerade hockte. Und dann waren da sie beide beim Muschelessen – Klein-Seneca riss die Augen auf und rümpfte angewidert die Nase – im McGarvey's, einem Irish Pub im Ort. Das McGarvey's gab es immer noch und es wurden dort noch immer Muscheln angeboten. War das denn richtig, dass ein bescheuertes Restaurant einfach weitermachte, mit derselben Speisekarte, ein Mensch aber verschwand? Seneca empfand es als ungerecht, dass überhaupt irgendetwas Collette überlebte.

Ich habe dich enttäuscht, Mom, dachte Seneca. *Wieder einmal.*

Sie blätterte weiter und sah sich Fotos an, an die sie sich seit Jahren nicht herangetraut hatte. Selbst gestern hatte sie einige Seiten überschlagen, weil die Bilder sie zu traurig machten. Auf den letzten Seiten sah man Collette, ihren Vater und die dreijährige Seneca am Strand: Collette und Seneca trugen die gleichen gepunkteten Bikinis, Senecas Vater grub im Sand. Alle drei grinsten mit sandigen Knien fröhlich in die Kamera.

Seneca verzog den Mund. Das Bild ähnelte dem Foto von Candace Lords Familie, das sie bei der Befragung von Candace' Eltern entdeckt hatte. Die Menschen darauf wirkten glücklich und sorglos. Als könnte ihnen nichts Böses geschehen.

Sie blätterte weiter und fand noch mehr Bilder von diesem Strandurlaub. Einen Ausflug zum Minigolfplatz. Seneca und ihr Vater, die einen Drachen steigen ließen. Und dann ihr Lieblingsfoto, auf dem ihre Mutter ein hübsches Sommerkleid trug, ein Lächeln im Gesicht, und auf der Hüfte eine verdreckte, beinahe zu große Seneca. Seufzend fuhr sie mit dem Finger darüber. Sie wollte gerade weiterblättern, als etwas sie aufmerken ließ. Der Baum, vor dem ihre Mutter mit ihr auf dem Arm stand, kam ihr seltsam bekannt vor.

Sie zog das Foto näher heran, starrte darauf und durchsuchte tausend Bilder in ihrem Kopf. Der Baumstamm hatte ein rechteckiges Brandzeichen. Hatte sie so einen Baum nicht vor Kurzem schon einmal gesehen?

Sie blinzelte. Und dann kam die Antwort. Halt mal. Genau so ein Baum stand vor dem Haus, in dem Brett als Kind gefangen gewesen war.

Alles in ihr schlug Alarm. Auf dem Bild war teilweise auch das Haus zu sehen – und tatsächlich, es hatte dieselbe rote Farbe wie das von Brett, nur war sie da noch frischer und satter. Auf der Veranda stand ein großer Topf mit Sonnenblumen … und am Pfosten hingen Windspiele. Seneca wettete eine Million, dass es dieselben waren, die sie in der vergangenen Woche gesehen hatte.

Was für ein Irrsinn war das denn?

Seneca hörte, wie ihr Vater durch die Küche schlurfte, wahrscheinlich auf der Suche nach einem Snack, bevor er dann zurück vor den Fernseher ging und eine weitere Folge *Law & Order* schaute.

Sie polterte die Treppen hinunter. Ihr Vater saß im Wohnzimmer, mit einer Schüssel Erdnussbutter-Eiscreme vor sich. Er sah sie schuldbewusst an. »Ich weiß.

Das ist gar nicht gut für mich. Aber es sah einfach so lecker aus.«

»Dad.« Seneca trat ins Licht und der wohlwollende Blick ihres Vaters machte einer eher vorsichtigen Miene Platz. Sie hielt ihm das Fotoalbum hin und deutete auf das Foto mit dem Baum. »Wo war das?«

Ihr Vater nahm sich seine Brille vom Beistelltisch. »Ach, da haben wir Urlaub an der Küste von Jersey gemacht. Ich glaube, der Ort hieß Halcyon.«

Senecas Bewusstsein blieb einige Sekunden taub. Das Wort *Halcyon* läutete ihr in den Ohren wie Kirchenglocken.

Sie sah zu ihrem Vater. »W-wie alt war ich da?«

»Zwei vielleicht? Oder drei? Das war unser einziger Strandurlaub. Danach waren wir immer campen. Du warst zu klein, um dich erinnern zu können.«

»Und was machen wir da auf dieser Straße?« Sie tippte auf den Hintergrund.

»Ich glaube, da haben wir gewohnt. Ja, das da war das Haus.« Mr Frazier zeigte auf ein blaues Haus, das im nächsten Bild zu sehen war. »Etwas heruntergekommen, aber wir haben uns wohlgefühlt.« Er blinzelte sie an. »Warum?«

In ihrem Hirn sprühte es Funken. Sie rechnete nach. Sie war neunzehn. Vor sechzehn Jahren war sie drei, es war der Sommer 2002. Genau in diesem Jahr wurde auch Brett entführt. Sie hielt sich an der Sessellehne fest, so schwindlig wurde ihr.

»Schatz?« Ihr Vater neigte den Kopf zur Seite. »Was ist los?«

Seneca öffnete den Mund, konnte aber nicht sprechen. Es war unmöglich … und doch ergab es Sinn. Die Straße mit dem Entführungshaus hatte etwas in ihr anklingen lassen, etwas Unbewusstes, Unterdrücktes. Die Windspiele, dieser Baum. Und dann fiel ihr etwas ein, das Aerin gesagt hatte. Sie hatte draußen vor dem Fenster ein Piepen gehört – von einem Laster, einem Bulldozer oder einem Müllauto. Als Seneca vor dem Haus stand, in dem Elizabeth die Kinder gefangen gehalten hatte, war ihr der Schutthaufen zwei Häuser weiter aufgefallen. Die Bulldozer hatten an dem Abend unbewegt dagestanden, aber tagsüber könnte ihr Piepen in der Straße zu hören gewesen sein.

Hatte Aerin etwa diese Bulldozer gehört?

Du kennst diesen Ort. Du warst schon einmal hier.

Nein. Das war absolut lächerlich. Nur weil sich ihre Wege dort vor Jahren einmal gekreuzt hatten, würde Brett Aerin doch nicht nach Halcyon bringen. Warum sollte Brett sich an einem Ort verstecken, nur wenige Schritte von einem Haus entfernt, in dem er so viel Unglück erlebt hatte? Es sei denn, er war ein Masochist – was durchaus sein konnte. Oder das Ganze war einfach ein großer Zufall.

Seneca schloss die Augen. In Bretts Welt gab es keine Zufälle. Aber warum hatte er das Ferienhaus *ihrer* Familie ausgesucht? Gab es da einen tieferen Zusammenhang, den sie nicht erkannte? Hatte er Seneca und ihre Familie gesehen, als sie in ebendem Sommer dort Urlaub machten, wo er als Gefangener lebte? Erinnerte er sich an sie?

Sie durchforstete ihr Hirn nach allem, das Brett und Viola aus ihrer Zeit bei Elizabeth erzählt hatten. Sie hatten frisches Brot bekommen. Sie hatten im selben Bett geschlafen. Sie waren im Schlafzimmer, im Keller und im Schuppen eingesperrt gewesen. Seneca riss die Augen auf, als ihr eine andere Erinnerung einfiel, die Brett als sehr qualvoll empfunden hatte. Es war im Grunde seine schlimmste Erinnerung. Etwas, das ihn immer noch zu verbittern schien.

Sie schlug sich die Hand vor den Mund. Nein. Das war undenkbar. Vollkommen abwegig. Und doch ergab es Sinn.

Sie sah zu ihrem Vater. Er hatte den Fernseher stumm geschaltet und blickte sie voller Sorge an. Diese Sorge war in ihm stetig angewachsen, seit ihre Mutter gestorben war. Aber die beiden hatten nie offen darüber gesprochen. Senecas Kehle war staubtrocken, als sie zu reden versuchte. »Dad, ist in diesem Urlaub irgendwas Seltsames passiert? Vielleicht etwas, das mit dem Nachbarkind zu tun hatte?«

Er musterte ihr Gesicht. Seneca hatte furchtbare Angst, er würde Nein sagen oder könnte sich nicht erinnern, aber dann blitzte ein Erkennen in seiner Miene auf. Er schien verwundert, dass sie ausgerechnet diese Frage stellte – als wüsste sie davon.

Er fasste sie an den Handgelenken und nickte. »Ja, da ist wirklich etwas Seltsames passiert.«

Und dann erzählte er ihr die Geschichte, mit der Seneca schon gerechnet hatte. Die Geschichte, die alle absurden, undenkbaren Teile zusammenfügte. Als ihr

Vater geendet hatte, wusste Seneca, was es mit Brett auf sich hatte. Sie hatte ihn durchschaut. Endlich. Genau so, wie er es vorhergesagt hatte.

33

An ebendiesem Abend saß Maddox auf einem groben Holzklotz mitten im Wald von Dexby und sah zu, wie sein Laufkollege Archer am Lagerfeuer vorbei auf ihn zusteuerte. »Ist ein bisschen warm. Hoffe, das macht dir nichts«, sagte er und reichte Maddox eine Dose Heineken.

»Danke.« Maddox rollte das glatte Metall zwischen seinen Handflächen. Überall um ihn herum war Gelächter. Bässe dröhnten. Es roch nach Mückenspray und nassem Laub. Die vielen Bäume versperrten die Sicht auf den Vollmond.

Es war Archers jährliche Party zur Eröffnung der Cross-Country-Saison, die traditionell in dem dichten Wald hinter Archers Zuhause stattfand. In diesem Jahr erschien die Party ein wenig sinnlos, denn Archer und Maddox und viele andere würden aufs College wechseln, und es gäbe für sie am nächsten Morgen eben kein Cross-Country-Training. Aber die Jüngeren hatten ihren Spaß, sie spielten Bierpong an einem Klapptisch, versuchten sich wie die Vollpfosten an Breakdance-Posen und gaben bei den Mädels an, wie viel sie nach einem Lauf verdrücken könnten. Die Szene erinnerte Maddox an die Rentier-Spiele in *Rudolph mit der roten Nase*, bei denen Rudolph und sein Kumpel mit den Hirschkühen flirten. Der Gedanke ließ ihn auflachen, und er wollte Seneca schon eine Nachricht dazu schreiben, denn sie fände das Ganze sicher ähnlich absurd. Aber dann erinnerte er sich: Sie antwortete ihm nicht. Was ihm Sorgen machte. Extreme Sorgen.

»Hallo.«

Maddox blickte auf. Er hatte halb mit Madison gerechnet, die ebenfalls auf der Party war, weil sie ihr Cheerleading aufgeben und im letzten Schuljahr lieber die Laufschuhe schnüren wollte. Stattdessen stand Tara Sykes neben ihm, die nun auch ihr Abschlussjahr beginnen würde. Sie setzte sich auf den Baumstumpf neben ihn, in der Hand eine langhalsige Flasche Rolling Rock. Ein paar Strähnen ihrer langen rotgoldenen Haare lockten sich um ihre Ohren, ihre schlanken Läuferbeine hatte sie an den Knöcheln übereinandergelegt. »Hey«, sagte er und prostete ihr mit seiner noch geschlossenen Bierdose zu. »Wie geht's?«

»Lange nicht gesehen.« Sie stieß mit ihrer Flasche an sein Heineken, dann hielt sie ihr Handy hoch. Auf dem Bildschirmfoto war Tara mit ein paar Mädels aus dem Team, die nach einem Lauf mit verschwitzten Pferdeschwänzen in die Kamera grinsten. »Hast du was dagegen, wenn ich ein Selfie mache? Kommt mir vor, als hätte ich dich Ewigkeiten nicht gesehen.«

»Klar, mach«, sagte Maddox und lehnte sich zu ihr herüber. Tara roch nach einem süßlichen Mädchenduft, der sicher aus einem herzförmigen, pinkfarbenen

Flakon stammte. Sie entstammte einer anderen Art als Seneca.

Der Blitz traf seine Augen. Sie posteten das Foto bei Insta und im Anschluss rückte Tara noch ein bisschen näher an ihn heran. »Was hast du denn den ganzen Sommer getrieben? Ich habe dich bei keinem einzigen Gruppenlauf gesehen.«

Ihre Hand lag auf seinem Oberarm. Maddox brauchte eine Weile, bis er sich erinnerte, dass er in seinem normalen Leben ein gefragter Typ war. Vor acht Millionen Jahren hatte er tatsächlich mal eine Auge auf Tara geworfen. Es schien offensichtlich, dass sie ein Paar werden würden, die beiden Spitzenläufer der Schule, beide so entspannt und selbstbewusst und motiviert. Hatte Archer nicht eine Anspielung auf Tara gemacht, als er Seneca zum ersten Mal getroffen hatte? Seneca hatte dieses abgehobene Zickengesicht gezogen, bei dem Maddox sich so eindimensional vorkam, weil er mit Sportidioten befreundet war und Mädchen im Kopf hatte. Aber dann war er zugleich verärgert gewesen, denn Seneca kannte ihn ja gar nicht, was brach sie einfach in sein Leben ein und fing an, ihn zu kritisieren?

Seine Verärgerung hatte natürlich einen Grund. Er wollte Seneca beeindrucken. Seit dem ersten Internet-Chat hatte er sie angehimmelt. Und sich gewünscht, sie würde ihn auch anhimmeln.

Aber Seneca liebte ihn nicht. Das hatte sie eindeutig klargemacht und er musste das nun mal in sein Hirn kriegen. Sie hatte ihn laufen lassen, in sein altes Leben zurückgeschickt.

Er wandte sich an Tara. »Mein Sommer war ziemlich verrückt.«

»Ach ja?« Ihre langen Wimpern flatterten. »Mit verrückten Partys und so? Oder musstest du dich aufs College vorbereiten? Gehst du nicht nach Oregon?«

Maddox blinzelte sie an. Hatte sie denn nichts davon mitbekommen? Nach dem Interview bei *Good Morning America* waren lauter Leute aus Dexby auf ihn zugekommen und hatten ihm auf die Schulter geklopft. Ein cooles Gefühl. Die Anerkennung tat gut und endlich wurde er mal nicht nur als Superläufer gesehen. Doch wenn er darüber nachdachte, fiel ihm auf, dass Gleichaltrige eigentlich kaum etwas zu seinen Erlebnissen gesagt hatten. Vielleicht schauten sie kein *Good Morning America* und lasen auch keine Zeitung. Oder aber sie fanden das Ganze ziemlich abgedreht und seltsam. Auf einmal bekam Maddox Angst, es könnte vor allem Letzteres sein.

Im flackernden Feuerschein bemerkte er Taras Rückzugs-Blick. Der Geruch einer Mückenkerze wehte ihm in die Nase. Nebenan kreischte ein Mädchen: »Mach das Viech da weg!« Maddox lachte unbeholfen. »Ach, vergiss es. Ist eine lange Geschichte.«

Er starrte in die zuckenden Flammen. Enttäuschung machte sich in ihm breit. Im Grunde war die ganze Party eine ziemliche Pleite. Es machte ihm keinen Spaß mehr, da war irgendein Hebel umgelegt worden. Maddox fragte sich, ob das, was mit Brett und Seneca geschehen war, seine DNA für immer umgekrempelt hatte. Er konnte es nicht ablegen wie eine Jacke und dann Bier trinken, Bierpong spielen und Breakdance imitieren, so wie die anderen Idioten hier. Was da passiert war, würde ihn auf jedem Lauf begleiten, auf jeder Party, und ihn bis in sein Zimmer im olympischen Dorf verfolgen, falls er es je dorthin schaffen sollte. Er betrachtete seine harmlosen Freunde in ihrer Schutzblase. Seneca hatte ihn aufgefordert, zu seinem alten Leben zurückzukehren. Aber das gelang ihm nicht, zumindest nicht ganz. Er würde immer anders sein wegen all dem, was er erlebt und gesehen hatte.

Außerdem war es wohl so, dass Seneca auf ewig Maßstab für alle anderen Mädchen sein würde. Wer konnte schon an sie heranreichen? Und wollte er das überhaupt? Wenn er nicht gesagt hätte, dass sie wie Brett wäre, würde sie dann vielleicht noch mit ihm reden? Wenn er sie nicht gedrängt hätte, der Polizei von Bretts Nachricht zu berichten, würde sie ihn dann womöglich noch in ihre Pläne einweihen?

»Na, war trotzdem nett, dich zu treffen«, meinte Tara, der Maddox' schwindendes Interesse nicht verborgen blieb. Sie stand vom Baumstumpf auf und drückte seine Schulter. Er rief sie nicht zurück. Sondern starrte nur auf sein ungeöffnetes Bier. Fuhr mit dem Finger um den Verschluss und überlegte, ob er die Dose öffnen oder sich lieber nach Hause verziehen sollte. Er merkte, dass seine Schwester ihn durch die Menge hindurch beobachtete. Wahrscheinlich würde sie ihm gleich Vorhaltungen machen, wie er denn eine so heiße Braut laufen lassen könne. Doch als er aufsah, traf ihn Madisons mitfühlender, offener Blick. *Ich weiß,* schien sie zu sagen. *Sie ist nicht Seneca*. Madison machte sich genauso Sorgen um Seneca.

Als das Telefon in seinen Shorts vibrierte, dachte er, es wären bestimmt nur Kommentare zu seinem Insta-Bild – Archer und Rory, die zotige Bemerkungen über ihn und Tara machten, mit den entsprechenden Emojis. Aber es brummte immer weiter.

Irgendwann zog er das Telefon also heraus. Und es war nicht Instagram, was da verrücktspielte – es war eine App, die Madison auf sein Handy geladen hatte, aller Malware und allen Viren zum Trotz. Ein kleiner, blinkender Punkt war dabei, die Stelle zu verlassen, an der er die letzten zwei Wochen geruht hatte. Maddox sah zu, wie der Punkt sich über die Straße wegbewegte und schon in die nächste abbog – wahrscheinlich war da ein Auto unterwegs und kein Fußgänger. Huch. Seine Uhr zeigte zwei Uhr nachts an.

Während jemand die Musik noch weiter aufdrehte, während ein Mädchen kreischte, es gäbe Bären im Wald, während die Bierdose in seinem Schoß noch wärmer wurde, sah Maddox den kleinen Punkt über eine Straße und eine Brücke wandern. Sein Magen zog sich zusammen. Das war keine Snacktour. Da war jemand unterwegs zu einem entfernteren Ziel.

Und zwar allein.

»Madison«, rief er und stand auf. Die Angst kribbelte in ihm. Seine Schwester sah von ihrer Unterhaltung auf. Sie war sofort hellwach und kam angelaufen.

»Ist das …?«, fragte sie, als stünde es ihm mit Edding auf die Stirn geschrieben.

»Ja.« Er stellte sein Bier auf dem Baumstumpf ab. Ließ die Handknöchel knacken. Zog seine Jacke über. »Komm.«

Nachdem sie sich verabschiedet und zum Auto geeilt waren, sah er nochmals auf den Punkt. Er bewegte sich noch immer. *Wohin fährst du?*, fragte er. *Was hast du vor?*

34

Seneca schlich sich heimlich davon, nachdem sie ihrem Vater eine Nachricht hinterlassen und die Autoschlüssel genommen hatte. Auf der 95 war kein Verkehr und sie schaffte es in knapp drei Stunden nach Halcyon. Der Ort wachte gerade erst auf: Ein Jeep mit Surfboards auf dem Dach fuhr aus einer Parklücke vor einer Bäckerei und ein paar unerschrockene Powerwalker begannen ihre Runde. Das Herz schlug ihr bis zum Hals, ihre Augen brannten vom frühen Aufstehen, ihre Fingerknöchel schmerzten, weil sie das Steuer so krampfhaft festhielt – Seneca bog auf die Philadelphia Avenue ab.

Die aufgehende Sonne beschien die Straße und ließ den Asphalt glitzern. In den meisten Häusern war es noch dunkel und auf dem Bürgersteig war kein Fußgänger zu sehen. Sie hielt den Atem an, als sie an Bretts altem Haus und dem markierten Baum vorbeifuhr. Es sah genauso verlassen und gespenstisch aus wie immer. Dann kam das Grundstück mit der Baustelle: Inzwischen arbeitete dort ein Löffelbagger, der ein bodenlos scheinendes Loch gegraben hatte.

Sie parkte an der Ecke und nicht direkt vor dem

fröhlichen blauen Haus, das sie aus dem Familienalbum wiedererkannte. Sie hatte den Eindruck, als würde sie von unsichtbaren Fäden gezogen. Sie musste das hier tun. Ganz gleich, was dabei herauskam. Sie musste es wissen. Sie hatte auch keine Angst mehr. Da war eher der Wunsch nach Rache. Und Wut. Sie war bereit.

Die Bodenbretter knarrten, als Seneca auf die Veranda trat. Vor der Tür blieb sie zögernd stehen. Sollte sie klopfen? Das fand sie doch ein bisschen lächerlich, schließlich lud Brett sie nicht zu Kaffee und Kuchen ein. War er überhaupt da? Konnte gut sein, dass er Aerin in diesem Haus festgehalten hatte. Deswegen musste er aber jetzt nicht drinnen lauern. Und doch spürte sie ganz genau, dass es so war. Er hatte ihr schließlich einen Hinweis darauf gegeben. Alle Wege führten in diese Straße, zu diesem Haus. Alle Fragen hatten hier ein Ende.

Sie umfasste den Knauf. Er drehte sich in ihrer Hand und die Tür ging auf. Überrascht trat Seneca einen Schritt zurück. Drinnen war es dunkel, aber sie erkannte eine Treppe und einen Flur, der zu hinten liegenden Zimmern führte. Ihr Hals war trocken, ihre Hände zitterten. Doch sie nahm allen Mut zusammen und trat ein.

Es roch angenehm, ein bisschen nach Minze. Im Flur erkannte sie gerahmte Fotos, unter ihren Füßen spürte sie einen weichen Teppich. Sie lauschte nach Geräuschen, aber da war nichts. Ihr Magen bäumte sich auf. *Lauf weg*, kreischte eine Stimme in ihrem

Kopf. Aber das besessene Tier in ihr drängte vorwärts. Sie war ein Roboter, programmiert für eine einzige Aufgabe.

Knack.

Seneca erstarrte. Das Geräusch war von links gekommen. Sie tastete die Wand ab und merkte, dass sie ein Zimmer übersehen hatte. Sie trat einen Schritt zurück und starrte hinein. Das Licht war nur sehr schwach, aber sie konnte eine Couch, Sessel und in der Ecke einen Fernseher ausmachen. Sie legte den Kopf auf die Seite. Ihre Ohren klingelten vor Stille.

»Ich hoffe, du rechnest nicht damit, jemanden anrufen zu können«, brach eine Stimme durch die Dunkelheit. »Ich habe dafür gesorgt, dass hier im Haus kein Empfang ist.«

In einer Ecke des Raums ging eine Tischlampe an. Brett saß auf einer Ledercouch, die Hände im Schoß, so gerade und aufrecht, als wäre er der Musterschüler in der ersten Reihe. Seine Augen blickten düster und unstet, aber auch amüsiert. Auf dem Couchtisch vor ihm stand ein Eiskübel mit einer Flasche Weißwein. Daneben warteten zwei leere Kristallgläser.

Jeder einzelne Muskel an Senecas Körper versteinerte.

»Eins muss ich dir lassen, Seneca.« Ein unheimliches Grinsen zog Bretts Lippen auseinander. »Du bist schneller draufgekommen, als ich dachte.« Er tippte an die Weinflasche. »Das sollten wir feiern, findest du nicht?«

35

Brett musterte Seneca. Oh Mann, wie hatte sie sich in den paar Tagen verändert. Ihre Augen waren blutunterlaufen, ihre Haare ungewaschen. Außerdem trug sie offenbar noch dieselben Klamotten wie in Breezy Sea. *Interessant*. Brett stellte sie sich bei ihren Nachforschungen vor, wie sie las, Karten zeichnete, Listen anfertigte, Fotos durchforstete, Fragen formulierte – all diese Seneca-Dinge hatten sie zu der Schlussfolgerung gebracht, die sie hierhergeführt hatte. Er wusste, dass sie es rausbekommen hatte.

Genauso wusste er, dass sie allein gekommen war. Das war jetzt ein Spiel zwischen ihm und ihr, die einzigen Spieler waren Seneca und Brett.

Er öffnete den Wein mit einem Korkenzieher, goss die bernsteinfarbene Flüssigkeit in die beiden Gläser und schob ihr eins davon hin. »Ich möchte einen Toast aussprechen.« Er hob sein Glas. »Auf uns. Darauf, dass wir uns so ähneln.«

Seneca starrte auf das Glas, nahm es aber nicht. Sie brauchte eine Weile, bis sie reden konnte. »Ich weiß es jetzt, Brett«, sagte sie mit tiefer, leerer Stimme. »Ich weiß endlich, warum du sie umgebracht hast.«

Ihr ernster Ton überraschte ihn. Die blanke, schmerzhafte Wut lag offen da. In ihren zitternden Fäusten lag Kraft. Und ihr Gesicht erinnerte ihn an irgendetwas, das er nicht benennen konnte. Er spürte ein leises, nervöses Flattern in der Brust, schüttelte es aber ab. Okay, sie war nicht so ängstlich wie gedacht. Aber er war hier immer noch der Überlegene. Natürlich war er das.

»Deswegen hast du erzählt, wie Elizabeth dich im Schuppen eingesperrt hat«, sagte Seneca. »Als du zu fliehen versucht hast, bist du zu einem Haus in derselben Straße gerannt – es war das Haus, in dem meine Familie Ferien machte. Dieses Haus hier.« Sie wies in den Raum. »Und die Frau, die dir aufgemacht hat, die Frau, die dir nicht geglaubt hat und dich wieder nach Hause gebracht und bei Elizabeth abgeliefert hat, das war meine Mutter. Richtig?«

Der Wein lag ihm säuerlich im Mund. Brett blickte Seneca teilnahmslos an und bemühte sich, rein gar nichts zu empfinden. Er hatte sich auf dieses Gespräch vorbereitet. Er hatte es sich vorgestellt, seit er ihr in Dexby zum ersten Mal begegnet war. Als er sie aus dem Feuer in dem Hotel gerettet hatte, wäre es beinahe aus ihm rausgeplatzt. Aber dann war der Impuls zum Glück verpufft. Die Zeit war da noch nicht reif gewesen.

»Absolut richtig«, entgegnete er. »Fein gemacht. Du bist meine Musterschülerin.«

»Du weißt es seit Jahren.« Seneca legte die Hände an die Hüften. »Du weißt seit Jahren, wer ich bin.«

Auf einmal fiel ihm ein, an wen Seneca ihn erinnerte: Elizabeth hatte ihm manchmal erlaubt, Naturdokus zu schauen, und da war dieser Tiger gewesen, der sich mit geducktem Kopf und mit großen, superfokussierten Augen an seine Beute herangeschlichen hatte. Und im nächsten Moment hatte er die nichts ahnende Ziege auch schon angefallen und in Stücke gerissen. Senecas entschlossener, fester Blick erinnerte ihn an einen sprungbereiten Tiger.

»Ich hab dich gesehen, an diesem Tag, an dem ich zu eurem Haus gelaufen kam«, sagte er. »Du hast dich hinter deiner nichtsnutzigen Mutter versteckt.« Er genoss, wie Seneca bei diesen Worten zusammenzuckte, aber das Zittern in seiner Stimme ärgerte ihn. Er klang lange nicht so fies, wie er es gerne gehabt hätte. »Es war gar nicht so schwer, euch ausfindig zu machen, nachdem ich dann doch freigekommen bin. Ich habe den Annapolis-Aufkleber am Heck eures Wagens gesehen, als deine Mutter mich zurückbrachte. Es hat etwas gedauert, aber irgendwann habe ich dann herausgefunden, wo ihr wohnt. Du warst elf, als ich zum ersten Mal vor eurem Haus stand. Du hast mich wahrscheinlich nicht bemerkt, als ich dir beim Schwimmtraining zugesehen habe, oder?«

»Nein.« Senecas Blick blieb kalt.

»Ich saß oben auf der Tribüne und tat gelangweilt. Aber ich war nicht gelangweilt. Ich habe beobachtet, wie du deine Bahnen gezogen und am Rand angeschlagen hast. Ich habe zugesehen, wie deine Mutter geklatscht hat. Ich wollte, dass sie mich sieht und das

Kind in mir erkennt, das sie nicht gerettet hat. Aber sie hatte nur Augen für dich.« Er zuckte mit den Achseln und winkte ab. »Sie hat mich sofort vergessen. Aber ich habe sie nicht vergessen. Ich habe nur auf den richtigen Zeitpunkt gewartet, um das zu tun, was ich tun musste.«

Seneca war wie eine Betonwand. Alles, was er sagte, schien an ihr abzuprallen. »Dann hast du meine Mutter getötet, nur weil sie dich an diesem Tag zurück zu Elizabeth gebracht hat, ja?«

»Ja. Natürlich.«

Sie schnaubte. Es war ein hässliches, spöttisches Geräusch. »Ich habe die ganze Fahrt hierher darüber nachgedacht. Ist dir eigentlich klar, wie irrational du handelst? Wie selbstbezogen? Woher sollte sie wissen, was da los war?«

Die alte Wut kochte in ihm hoch, sein brennend heißer Zorn. Irrational? Selbstbezogen?

Er rutschte auf der Couch nach vorn. »Deine Mutter hat ein verängstigtes, verzweifeltes Kind weggeschickt. Es war, als würde sie mich nicht hören. Es war ihr gleichgültig, dass ich voller Angst war. Sie ist einfach mit mir zum Haus zurückspaziert, tralala. Sie wollte sich nicht ihren netten Urlaub verderben lassen durch ein verstörtes Kind, das an die Tür klopft. Wollte nicht, dass die hübschen Erinnerungen getrübt würden. Also hat sie mich einfach wieder dem Albtraum ausgeliefert.« Er starrte Seneca wütend an, sein Herz zersprang fast, seine Kehle schnürte sich zu. Er war kurz davor, entweder loszubrüllen oder loszuheulen.

»Du und deine Eltern, ihr habt einfach fröhlich weitergemacht, während ich vor mich hin rottete. Das ist nicht gerecht. Also habe ich geschworen, etwas dagegen zu unternehmen. Sie dafür büßen zu lassen.«

»Ja, und ging es dir danach besser?« Seneca zog die Augenbrauen hoch. »Nachdem du sie umgebracht hattest, waren da deine Probleme verschwunden? Einfach so?« Sie schnippte mit den Fingern.

Er lachte verärgert auf. Was sollte diese Frage?

»Nein. Sind sie nicht. Die Wut steckte immer noch in dir fest, genauso ekelhaft und widerlich wie vorher. Dieser Drang, die Dinge zurechtzurücken, Rache zu üben, der wurde doch nur noch heftiger, nachdem du getötet hattest, stimmt's?«

Sie sah ihn an, aber Brett hatte sich abgewandt.

»Da war eine Leere in dir, die du füllen musstest, also hast du das Nächste gesucht, wodurch sie vielleicht verschwinden würde«, fuhr sie fort. »Aber nichts von dem, was du getan hast, hat es wiedergutgemacht. Ganz gleich, wie viele Menschen du umgebracht hast und wie sehr du dich nach Rache gesehnt hast, anschließend warst du doch immer derselbe armselige Scheißer. Soll ich dir mal was verraten? Du wirst dich nie ändern. Du wirst immer du sein. Du wirst immer ein elender Trümmerhaufen bleiben.«

»Na klar bleibe ich das!«, schrie Brett. »Man hat mir meine Kindheit gestohlen!«

»Du bist nicht der Einzige, dem so etwas passiert ist!«, brüllte sie zurück. »Was ist mit anderen Entführungsopfern? Die werden nicht zu irren Mördern!«

Beim Reden flog ihr Spucke aus dem Mund. Sie beugte sich jetzt so dicht über ihn, dass er die Sommersprossen auf ihrer Nase sah und die gelben Flecken in ihren weit aufgerissenen, wütenden Augen. *Sie hat keine Angst vor mir*, dachte er. *Kein Stück*.

Das reichte. Er musste die Situation wieder unter Kontrolle bringen. Er legte die Arme auf die Kissen und holte Luft. »Warum bist du dann hier, Seneca? Was willst du wissen? Willst du, dass ich dir alles erzähle? Willst du wissen, wie ich Collette gefolgt bin? Wie alles rauskam, am letzten Tag, den sie noch lebte? Was ich mit ihr gemacht habe, kurz bevor sie starb?«

Seneca erstarrte. Sie öffnete den Mund, aber es kam kein Laut heraus.

»Möchtest du vielleicht hören, was ich sonst noch mit ihr angestellt habe? Dass sie furchtbare Angst hatte? Und was sie noch gestammelt hat?« Er grinste. »Ich erinnere mich an jedes Wort. Sie hat auch von dir gesprochen.«

Seneca wich zurück, als hätte er ihr einen Schlag versetzt. Aber sie stieß kein schnelles, entschiedenes *Nein* hervor. *Sie ist neugierig*, dachte Brett genussvoll. In einer dunklen, abgelegenen Ecke ihrer Seele wollte sie alles wissen, jedes Detail.

»Oder vielleicht interessiert dich, dass ich dich weiter beschattet habe, nachdem es vorbei war?«, fragte Brett, der nun wieder Oberwasser bekam. »Ich habe aus nächster Nähe beobachtet, wie zerstört du warst. Wie geschockt, dass man dir die Mami genommen hatte. Und es tat gut, dich so zu sehen. Endlich hast du einen Schmerz gefühlt, der wie meiner war. Ich habe gesehen, dass du ihre Halskette nicht mehr abgelegt hast. Und ich wusste auch von deinem kleinen Geheimnis – dass du sie deiner toten Mutter abgenommen hast. Sie trug sie übrigens auch, als – ach du weißt schon.« Grinsend legte er sich die Hände um den Hals und tat, als würde er erwürgt. »Ich habe bemerkt, wie du nach Antworten gegiert hast, wie verzweifelt du wissen wolltest, was da passiert war. Es hat dich über Jahre gequält, nicht? Du hast es kaum durch die Highschool geschafft! Und bist vom College geflogen! Ich habe mitbekommen, wie du dich bei *Offene Fälle* registriert hast. Ich habe deine E-Mails überwacht.«

Seneca schluckte. Sie strengte sich an, keine Reaktion zu zeigen, aber Brett musste den Eindruck gewinnen, dass jede neue Erkenntnis sie schockierte wie ein Eimer Eiswasser, den er ihr ins Gesicht schleuderte.

»Ich habe mich dann natürlich auch sofort angemeldet. Und wir haben uns angefreundet, so war es doch, oder? Erst war es eine lose Bekanntschaft, aber ich wollte unbedingt mehr über dich erfahren. Ich wollte wissen, was dich antreibt, was du denkst. Wenn es um deine Mutter ging, hast du dir ja kaum in die Karten schauen lassen. Aber ich wollte mehr von dieser Trauer und Verzweiflung, ich war süchtig danach. Und dann habe ich mir gemerkt, mit wem du auf der Site befreundet bist. Mit dem guten alten Maddy Wright zum Beispiel. Ich habe mich mit ihm getroffen, ganz real, und wir haben es so richtig krachen lassen.« Er lehnte sich zurück und schüttete sich einen Schluck

Wein in den Rachen. »Und welch Zufall, Maddy Wright stammte aus Dexby, das ich doch auch so gut kannte. Und dann dachte ich: Wäre doch sicher spaßig, wenn ich zwei Menschen zusammenbringe, die mit meinen Opfern verwandt sind. Und ich mittendrin. Noch besser fand ich die Vorstellung, dass wir zusammen einen Fall lösen und Freunde werden.« Ihm brach die Stimme weg und er spürte ein Stechen in der Brust. »Je länger ich über diesen Plan nachdachte, umso mehr wollte ich, dass es genau so passiert.«

Seneca blinzelte ihn an. »Also hast du Maddox auf den Helena-Fall angesetzt. Und er hat mich angeheuert. Und dich.«

Brett nickte. »Ich habe ihm gesagt, er soll sich ein Team zusammenstellen. Ich wusste, dass er dich auswählt … und mich.«

»Aber warum? Wenn du doch wusstest, wo ich war, und wenn deine Wut auf meine Familie noch so groß war, warum dann dieser Umweg? Wieso hast du mich nicht gleich getötet?«

»Weil …« Brett hob die Schultern und schüttelte einen Anflug von Verwirrung ab. »Du mein Pfand warst. Elizabeth kriegte ich nicht in die Finger, aber wenigstens hatte ich dich.«

»Aha.« Der Tigerblick, dieser herablassende Ton, es war alles wieder da.

Brett ballte die Faust. »Was soll das heißen?«

»Ich glaube, du hast das alles getan, weil du Kontrolle ausüben wolltest. Du willst andere kontrollieren, weil du selbst dein ganzes Leben kontrolliert wurdest.

Du warst eine Marionette und jetzt wolltest du endlich mal selbst die Fäden in der Hand halten. Also hast du dich an uns herangemacht. Du wolltest, dass wir deinen Schmerz aufarbeiten.«

Brett drehte sich weg. »Hast du Psychologie studiert oder was?«

»Du bist nicht so schwer zu durchschauen, Brett. Tut mir leid.«

»Ah, okay.« Eine weiche, wabbelige Masse breitete sich in ihm aus, seine Wangen brannten, seine Nackenhaare stellten sich auf. »Außerdem brauchte ich euch, um Elizabeth zu finden. Danach hätte ich euch laufen lassen. Aber jetzt ist alles anders gekommen.« Sein Gesicht verdüsterte sich. »Ihr habt mir diese Chance geraubt. Ich bin aber gar nicht mehr wütend auf Elizabeth. Ich will mich nicht mehr an ihr rächen. Sie bekommt, was sie verdient. Aber an *dir* will ich mich rächen.«

Brett stand auf. Seneca trat einen Schritt zurück. Aus der neuen Perspektive fiel ihm ein schwaches Leuchten in ihrer Hosentasche auf. Das war ihr Handy, das einen rechteckigen Schimmer durch ihre Baumwollshorts schickte. Zuerst dachte er, sie hätte einen Anruf oder eine Nachricht bekommen, aber das war ja nicht möglich. Er hatte einen Handy-Störsender installiert, den er über eine Kleinanzeigenseite bei einem zwielichtigen Typen erstanden hatte. Sämtliche Mobilfunkgeräte waren außer Funktion, sobald sie die Schwelle dieses Hauses überschritten.

Wieso war ihr Handy also aktiv? Er brauchte nur

einen kurzen Moment, bis er klarsah. Sofort ließ er das Weinglas fallen, das am Boden zersplitterte, und stürzte sich auf sie. Seneca wich aus und schrie.

Brett packte sie an der Schulter und riss ihr das Handy aus der Tasche. Wie er sich schon dachte, war die Videofunktion eingeschaltet. Der Timer am unteren Rand zeigte an, dass die Aufnahme schon über fünf Minuten lief.

»Du hast alles aufgenommen?«, kreischte er.

Seneca wollte ihm das Telefon wieder entreißen, aber Brett war schneller. Brüllend schleuderte er das Handy quer durchs Zimmer. Es knallte gegen die Wand und fiel polternd auf die Holzdielen. Er empfand es wie Betrug, wie einen Schlag ins Gesicht. Seneca war nicht gekommen, um sich mit ihm zu unterhalten – diese fiese Schlampe war hier, um ihm eine Falle zu stellen. Sie war genauso herzlos wie ihre Mutter.

Seneca wollte zu ihrem zerstörten Handy hasten, aber er nutzte ihre Unbedachtheit, packte sie an der Schulter und riss sie herum. In Dämmerlicht sah sie genauso aus wie ihre Mutter, mit dem gleichen herzförmigen Gesicht, den großen blauen Augen und dem elenden Schmollmund. Wenn er die Augen zukniff, sah er Collette Frazier vor sich, wie sie vor Jahren auf der Schwelle ebendieses Hauses stand. Seine Geschichte hatte sie unberührt gelassen, sein Flehen war nicht zu ihr durchgedrungen. Der so lange zurückgehaltene Schmerz, das Bedauern und der Zorn kamen zurück wie ein gleißender Feuerball, der in ihm explodierte und aus seinem Mund hervorsprühte. Er sah sich, wie er geschüttelt von Angst und Verzweiflung beim Ferienhaus von Senecas Familie klingelte. Die Erleichterung, als ihre Mutter öffnete, durchflutete ihn aufs Neue, als sei es nur wenige Augenblicke her. Dort stand seine Retterin. Der Mensch, der alles wiedergutmachen würde.

Warum hatte er sich nicht von ihr losgerissen und war weggerannt, als sie ihn zurück zu Elizabeth brachte? Warum war er nicht abgehauen und hatte sich versteckt? Brett wusste, warum: Elizabeth hatte ihm eine Gehirnwäsche verpasst. In seinem Kopf spielte immer derselbe Refrain: *Deine Eltern lieben dich nicht. Niemand liebt dich, nur ich. Alle anderen finden, du bist ein Stück Scheiße.*

»Deine Mutter hätte mich retten müssen«, fauchte Brett und bohrte Seneca seine Fingernägel ins Fleisch. »Das werde ich ihr nie verzeihen. Und dir verzeihe ich auch nicht.«

Er legte ihr die Hände um den Hals. Atmete ihren leicht säuerlichen Geruch ein. Spürte, wie ihr Körper zitterte. Und es tat furchtbar gut. Endlich hatte er sie. Seneca Frazier war in seiner Gewalt. Es fühlte sich an, als würde sich ein Kreis schließen. Er hatte es sich zum Ziel gesetzt, eine Familie zu zerstören. Und genau das tat er jetzt.

»Du bekommst, was du verdienst«, raunte er und umfasste ihren Hals. Er drückte immer fester zu, damit es endlich vorbei wäre.

36

Seneca spürte, wie Bretts kräftige Hände ihr die Kehle zudrückten. In ihrer Brust gab etwas nach. Er quetschte ihre Luftröhre zusammen, ihre Lungen schrien vor Panik. Sie packte seine Hände und wollte sie wegziehen, aber sein Griff war zu fest. Und dann auf einmal lag sie am Boden, ihr Kopf drückte sich in den Teppich, Bretts Gewicht lastete auf ihr.

Oh Gott, dachte sie. So sollte es nicht kommen. Sie wollte aus dem Haus rennen, nachdem sie sein Geständnis bekommen hatte. Für den Fall, dass Brett gewalttätig würde, hatte sie einen Taser in der Tasche. Aus dem Augenwinkel sah sie ihre Tasche, die noch im Türrahmen lag. Sie könnte sie vielleicht mit dem Fuß heranziehen, aber Brett klemmte ihre Oberschenkel ein.

Ruckartig drehte er ihren Kopf zur Seite, sodass Seneca Tränen in die Augen schossen. In seinem Gesicht stand ein verzücktes Grinsen, ein diabolischer Blick, der Seneca mit Grauen erfüllte. Sie wimmerte leise. Brett beugte sich über sie, als wollte er genauer hinhören. Sein Grinsen wurde noch breiter. »So ist es gut«, säuselte er.

Er brauchte ihre Angst, dachte Seneca. Es war, als würde er daraus seine Kraft ziehen.

Sie würde ihm aber keine mehr geben. Sollte er sie doch töten, sie würde nicht zulassen, dass er bekam, was er wollte.

»Tu's doch«, keuchte sie. »Töte mich. Dein Geständnis ist längst in meine Cloud gewandert. Du hast mein Handy ganz umsonst zerstört.«

Ein Anflug von Panik huschte über Bretts Gesicht, doch er hatte sich schnell wieder im Griff. »Du bluffst. Die Aufnahme ist futsch. Du hättest eben doch nicht allein kommen sollen. Aber du konntest nicht anders, was? Niemand da, der noch hinter dir steht. Und jetzt stirbst du, ganz allein.«

Er drückte fester zu. Seneca würde nicht mehr lange durchhalten. *Komm schon*, redete sie sich zu, während ihr Herz verzweifelt gegen ihre Brust hämmerte. Ihr verschwamm der Blick. Sie merkte, wie sie immer schwächer wurde. Bald müsste sie aufgeben. So sollte es also zu Ende gehen?

Als sie die Augen schloss, sah sie einen schmalen Lichtstreifen. *Ist das der Tod?*, dachte sie angstvoll. Wartete er schon? Doch dann trat sie hindurch, sie schob den Lichtstreifen beiseite wie einen Perlenvorhang und stand plötzlich vor einer leuchtenden Gestalt. Seneca schnappte nach Luft, als deren Gesichtszüge schärfer wurden. Die blauen Augen, die hohen Wangenknochen und das seidige blonde Haar würde sie überall herauskennen: Es war ihre Mutter.

Liebes, rief sie. Es war ihre Stimme, klar und deutlich, aber auch ein wenig herrisch, genau so, wie sie es von ihrer Mutter kannte. *Steh auf. Du schaffst das. Ich weiß es.*

Seneca starrte ihre Mutter hilflos an. Wortlos. Atemlos. Wieso war Collette hier? Wieso sah sie mit diesem leisen Lächeln auf sie herab? Hob sie da gerade die Arme?

Die Hände kannst du bewegen, wies ihre Mutter sie an und zeigte auf Senecas Arme, die zuckend neben ihrem Körper lagen, während Brett sie erstickte. *Pack dir sein Ohr und dreh es.*

»Was?«, wimmerte Seneca.

Du hast es doch gehört. Pack ihn. Los. Du bist stark. Ich habe kein Weichei großgezogen.

»Ich kann das nicht!«, heulte Seneca.

Du kannst. Ihr Blick war fest und stark. *Ich bin bei dir.*

Bevor Seneca noch merkte, was passierte, war sie von Leichtigkeit erfüllt, ein helles Strahlen durchfloss sie vom Kopf bis zu den Füßen. Mit einem Schwung unerwarteter Energie hob sie die zitternde Hand, packte Bretts Ohr und verdrehte es mit aller Kraft. Er schrie vor Schmerz auf, schreckte zurück und ließ ihren Hals los. Hustend scherte Seneca unter ihm weg und sprang auf. Brett erwischte ihr Fußgelenk, und sie geriet kurz ins Stolpern, aber dann konnte sie ihn abschütteln und ihm sogar einen Tritt ins Gesicht verpassen. Brett rollte sich weg und hielt sich die Nase. »Was tust du!«, schrie er.

Weiter so, drängte die Stimme ihrer Mutter. *Mach weiter!*

Brett hatte sich auf die Knie hochgerappelt, also versetzte sie ihm einen Stoß – mit einer Kraft, die sie selbst überraschte. Mit einem unheimlichen Krachen landete er auf dem Boden. Blut schoss aus seiner Nase. Er fluchte leise vor sich hin. Seneca wischte sich den Schweiß aus dem Gesicht und überlegte, was sie als Nächstes tun sollte. Sollte sie den Taser aus ihrer Tasche holen? Doch die lag mehrere Schritte weit weg. Wenn sie nur einen Moment unachtsam war, würde Brett wieder die Oberhand gewinnen. Er war viel größer und stärker.

Das macht doch nichts, redete ihre Mutter ihr zu. *Größe ist nicht immer von Vorteil.*

Da fiel ihr ein Gegenstand auf dem Couchtisch ins Auge: Die metallene Spitze des Korkenziehers zeigte direkt zu ihr. Sie griff danach. Brett bemerkte, was sie vorhatte, und riss erschrocken die Augen auf. Erneut schnappte er nach ihrem Bein und versuchte, sie zu Boden zu reißen, aber sie trat ihm in den Magen, und er wich unheimlich gurgelnd zurück. Brett rollte sich auf den Rücken, und Seneca sah, wie sein Blick durchs Zimmer irrte, sicher auf der Suche nach einer Waffe. Aber Seneca trat auf ihn zu und stellte sich auf sein Brustbein. Sie hatte immer noch diese übermenschliche Kraft, sie fühlte sich durch ihre Mutter gelenkt und gestärkt. Sie würde es schaffen. Sie war dabei, es zu schaffen.

Der Korkenzieher zitterte in ihrer Hand, als sie ihn wie ein Messer erhob. Tränen strömten ihr aus den Augen. Der bleiche, verletzliche Streifen Haut an

Bretts Hals trat im fahlen Licht hervor. Er starrte sie flehentlich an, seine Lippen bebten. Dann schloss er die Augen und zog eine Grimasse.

»Tu's doch«, sagte er. »Ich weiß, dass du es willst. Aber wenn du das machst, trennt uns nichts mehr.«

Senecas Handflächen waren schweißnass, sie konnte den Korkenzieher kaum noch halten. Ein Schluchzen stieg in ihr hoch. Sie wollte ihn nicht töten. Sie wollte nicht so sein wie er. Sein Tod würde nichts besser machen. Alles würde nur noch schlimmer.

Auf einmal war ein lautes Krachen zu hören, das beide zusammenfahren ließ. Brett rollte sich auf die Seite, Seneca rettete sich an die Wand. Vier Gestalten drangen ins Haus ein und umstellten sie mit erhobenen Waffen. Sie brüllten Sätze, die Senecas verworrenes Hirn nicht verarbeiten konnte. Als sie irgendwann doch klarer sah, erkannte sie den Schriftzug HALCYON POLICE auf den Rücken ihrer Jacken.

»Unten bleiben!«, herrschten sie Brett an. »Und die Hände dahin, wo wir sie sehen können!«

Brett sah mit wutverzerrtem Gesicht erst auf die Polizisten und dann auf Seneca. Auf einmal rappelte er sich hoch, drehte sich um und wollte wegrennen, stieß dabei gegen den Couchtisch und warf die Weinflasche um, und kurz darauf war er über den dunklen Flur, der in einen anderen Teil des Hauses führte, verschwunden.

Die Beamten stürmten ihm nach. »Halt oder wir schießen!«, bellten sie.

Seneca sah in die Dunkelheit. Ihre Zähne klapperten, ihre Lunge brannte. Ein Poltern tönte über den Gang. Sie hörte, wie Körper gegen Wände schlugen. Dazu heftiges Stöhnen. »Nein!«, rief eine Stimme, die nach Brett klang, danach gab es einen dumpfen Schlag. Handschellen wurden klickend geschlossen, dann donnerten erneut Schritte über den Flur. Die Polizisten betraten den Raum, wobei sie Brett flankierten und zum Gehen zwangen. Bretts Kopf schoss empor, als er Seneca am selben Platz wie vorher stehen sah. Seine Unterlippe kräuselte sich, seine Augen verengten sich zu Schlitzen. Er raunzte die Polizisten an: »*Sie* muss verhaftet werden. Sie ist hier eingedrungen und hat mich angegriffen.«

Der Beamte neben ihm schnaubte nur. »Dazu hatte sie auch guten Grund, Junge.«

Sie schoben ihn weiter Richtung Tür. Kurz vor der Schwelle rief Brett Seneca zu: »Wieso sind sie dir gefolgt? Ich dachte, sie nehmen dich nicht mehr für voll!«

Seneca öffnete den Mund. Sie hatte keine Ahnung, was er damit meinte. Ihr folgen? Sie nicht für voll nehmen? Wer denn?

Wie zur Antwort machten die Beamten ein Stück Platz, um Brett durch den Eingang zu bugsieren, und da entdeckte Seneca im Halbschatten dahinter zwei Gestalten. Madison hatte die Hände in die Taschen geschoben. Maddox stand mit offenem Mund da und starrte blinzelnd auf die Veranda, als könnte er nicht fassen, was da geschah.

Seneca erwachte aus ihrer Starre. »Was macht ihr denn hier?«

Maddox und Madison gingen ein paar vorsichtige Schritte in ihre Richtung. Zuerst war Seneca noch zu verdutzt, um irgendetwas denken zu können. Dann aber rannte sie den beiden entgegen und warf sich ihnen in die Arme.

»Oh mein Gott«, flüsterte sie. Sie spürte, wie die beiden in ihr stotterndes Schluchzen einfielen. »Wie habt ihr …? Warum seid ihr …?«

»Es war nicht zum Aushalten, dass ich nicht mit dir sprechen konnte«, hauchte Maddox. »Und als ich gehört habe, wie du geschrien hast, da dachte ich …« Er sah zur Haustür, wo die Polizisten Brett festhielten. »Aber ich habe mich geirrt.« Er musterte sie erstaunt. »Du hast es ganz alleine geschafft.«

»Aber wie kommt ihr hierher?«, rief sie. »Woher wusstet ihr, was los ist?«

»Sei nicht böse«, meinte Madison. »Wir waren extrem besorgt. Ich habe Maddox geholfen, dich zu orten. Wir haben gesehen, dass du dich von zu Hause wegbewegst, und da mussten wir einfach hinterher. Als wir gecheckt haben, dass das hier Bretts Haus ist, haben wir die Polizei gerufen.«

Das alles kam zu schnell. Seneca konnte die herumwirbelnden Teilchen nicht ordnen. »Ihr habt mich also überwacht, ja?«

Maddox strich sich über die Augen und lachte verlegen. »Nein, so nicht. Wir haben nur … na ja, wir haben deine Bewegungen verfolgt. Aber aus Sorge. Weil du uns ziemlich wichtig bist.« Seneca wollte protestieren, aber er hob die Hand, um ihren Einwand abzuwehren.

»Ich verstehe, warum du ihn finden musstest. Soweit ich das kann, meine ich.«

Seneca schloss die Augen. »Das ist gut. Denn ich verstehe es nicht mehr so richtig.« Sie sah erst zu Maddox, dann zu Madison. Es war trotzdem kaum zu glauben, dass die beiden hier standen. Dass sie ihnen so wichtig war. Dass sie sich Sorgen machten, obwohl sie die beiden so hart abgewiesen hatte. Für diese selbstlose Treue gab es eigentlich keine Worte.

Maddox hielt sie an den Armen und sah ihr tief in die Augen. »Reden wir jetzt nicht darüber, okay? Vielleicht erklärst du uns lieber, wie du einen Superhirn-Verbrecher mit bloßen Händen zur Strecke gebracht hast?«

Seneca zog den Kopf ein. »Na ja, ich hatte schon etwas in der Hand.« Sie hob den Korkenzieher. *Außerdem hatte ich Hilfe*, fügte sie im Geiste hinzu. *Hilfe der übernatürlichen Art.*

Das Bild ihrer Mutter kam ihr wieder in den Sinn. War das wirklich passiert? Sie sah ihre Mutter nun nicht mehr vor sich, aber sie spürte ihre Anwesenheit, und die schenkte ihr Kraft. Sie könnte schwören, dass ihre Mutter ihr eben jetzt etwas ins Ohr flüsterte: *Liebes, hör auf, Maddox abzuweisen. Er ist ein Guter.*

War das wirklich ihre Mutter oder nur der Sauerstoffmangel in ihrem Hirn? Aber jetzt war sich Seneca sicher. Die Stimme ihrer Mutter hörte sich ganz natürlich an, sie klang hell und freundlich und absolut richtig. Sie unterdrückte ein Schluchzen und umarmte Madison. Fest. Dann wandte sie sich an Maddox. Mit einem leisen Flattern. »Danke«, flüsterte sie.

»Wofür?«, fragte Maddox erstaunt.

Statt eine Antwort zu geben, beugte sie sich vor und küsste ihn auf die Lippen. Und als er ihren Kuss erwiderte, schloss sie die Augen und ließ sich fallen. Sie war so unendlich froh, dass sie überlebt hatte, dass Maddox da war und dass diese Tür in ihrem Leben vielleicht – ganz vielleicht – zugegangen war. Endlich.

Dafür hatte sich eine andere Tür geöffnet. Ab jetzt würde Seneca dem Rat ihrer Mutter folgen. Sie würde Maddox hereinlassen.

37

Zwei Tage später saßen Aerin und Thomas – dem es schon viel besser ging – in der Pizzeria von Dexby. Es war wahrscheinlich das unschickste Restaurant in dieser wohlhabenden Stadt, aber das musste nichts heißen. Der Kellner trug einen schwarzen Anzug, die Vorspeisen begannen bei fünfzehn Dollar, und die Gourmet Pizza konnte man sich mit Trüffeln, Pancetta oder Kaviar belegen lassen – was Aerin ziemlich überzogen fand.

Sie wurden von einem pickeligen jungen Mann namens Ross bedient, mit dem sie vor zwei Jahren beinahe mal was angefangen hatte. Als er ihnen ihre Margherita brachte, langten beide fröhlich zu. »Mmh, genial …«, murmelte Aerin und genoss den geschmolzenen Käse in ihrem Mund. »Davon habe ich geträumt, als ich da eingesperrt war. Ich dachte, ich kriege nie mehr richtiges Essen.« Thomas schaute sie mitfühlend an, aber sie strich ihm über den Arm. »Entschuldige.«

»Du musst dich nicht entschuldigen.« Thomas legte mit dem guten Arm – der andere hing in einer Schlinge – sein Pizzastück ab. »Ich möchte nur sicher sein, dass du das, was du da erlebt hast, irgendwie verarbeitest … und dass es dir gut geht.«

Aerin zuckte mit den Achseln. Ein Teil von ihr wollte nicht über die Entführung reden. Das, was sie Brett von Mallorca erzählt hatte, war nicht gelogen: Wenn es schwierig wurde, ergriff sie gern die Flucht. Es war einfacher, so zu tun, als wäre das Ganze nie passiert.

Aber das ging nicht, solange Brett noch frei herumlief. Sie hatte ihren ganzen Mut zusammengenommen und die Befragung im Polizeirevier von Breezy Sea, so gut es ging, überstanden. Sie hatte ihre Personalien angegeben und berichtet, was Brett mit ihr gemacht hatte. Sie hatte ihnen die blauen Flecken an ihrem Hals gezeigt, wo Brett sie gewürgt hatte. Freundliche Damen hatten ihren Körper abgekämmt, die Beamten hatten unzählige Fragen gestellt. Seneca hatte das Haar aus der Kontaktlinsendose überreicht und erzählt, dass sie Fingernägel unter dem Bett deponiert hatte. Sie hatte sogar beschrieben, wie Brett ihr im Fun House das Messer in den Rücken gehalten hatte, obwohl es sie dabei schlimm durchzuckt hatte.

Diesen Sicherheitsmann hatte der Himmel geschickt. Zuerst hatte es die Situation natürlich verschärft, und Aerin hatte befürchtet, dass Brett ausrasten und sie töten würde. Aber dann war sie freigekommen! Es hatte sich angefühlt, als würde ihr Herz vor Erleichterung platzen. Soweit Aerin wusste, war es reiner Zufall gewesen, dass der Sicherheitsmann sich im Fun House umgesehen hatte. Aerin fragte sich, ob da nicht Helena ihre Hand im Spiel gehabt hatte. Vielleicht sorgte sie dafür, dass ihrer Schwester nichts geschah. Der Security-Mitarbeiter hatte ausgesagt, dass Brett sie mit dem Messer bedroht hatte, außerdem waren Bilder aus der Überwachungskamera vor dem Reeds Hotel aufgetaucht, die zeigten, wie Aerin zu Brett ins Auto stieg, wie sie kurz darauf zu entkommen versuchte und wie Brett daraufhin die Türen verriegelte. Deswegen hatte man ihrer Aussage Glauben geschenkt und die Suche nach Brett war umso dringlicher fortgesetzt worden.

Richtig ausgezahlt hatte sich ihr Mut aber erst, als Brett verhaftet wurde. Die Anklage wegen Entführung stand, also wanderte er sofort ins Gefängnis. Seine Fingerabdrücke passten zu den vor Jahren gesicherten bruchstückhaften Spuren am Auto von Senecas Mutter *und* zu denen vom Dakota-Pick-up aus den Ermittlungen zu Helenas Tod. Zusammen mit dem Geständnis, das Seneca aufgezeichnet hatte, führte dies zur Anklage wegen Mordes in zwei Fällen.

Im Anschluss fielen gleich mehrere Dominosteine: Marissa und Harris Ingram – das Ehepaar, dem man den Mord an Helena zur Last gelegt hatte – wurden aus der Haft entlassen. Die Polizei entschied sich, Chelsea Dawson erneut zu befragen. Dabei wurde auch eine Wahlgegenüberstellung mit potenziellen Entführern durchgeführt, bei der sie Brett sofort ausmachte. Man fand Bretts Fingerabdrücke an dem Balkongeländer der Ocean-Sands-Apartmentanlage – dort hatte er Jeff Cohen in die Tiefe gestoßen. Das Gericht ordnete sogar eine Exhumierung der Leiche an, die man für einen gewissen Gabriel Wilton gehalten hatte. Dieser Gabriel, eine von Bretts falschen Identitäten, war angeblich bei einem Autounfall ums Leben gekommen. Nun stellte sich heraus, dass der Tote ein dänischer Tourist war, der Brett sehr ähnlich sah.

So viele Tote. So viel Grausamkeit. Als Aerin jetzt zu Thomas schaute, schauderte es sie bei dem Gedanken, dass er bei der Explosion noch viel schlimmer verletzt worden sein könnte. Endlich bekam Brett seine gerechte Strafe. Und Aerin hatte dazu beigetragen, dass es so kam. Vielleicht hatte es also doch seinen Sinn, dass sie ihre Geschichte erzählte.

Aerin steckte sich noch ein Stück Pizza in den Mund. Ein einziges kleines Problem gab es: Seit sie wieder zu Hause war, konnte sie nicht mehr richtig schlafen. Ständig wachte sie mitten in der Nacht auf, schweißgebadet und fest überzeugt, dass sie wieder mit Brett in diesem Zimmer eingesperrt war, und um alles noch schlimmer zu machen, konnte sie sich weder bewegen noch schreien. Nach der vierten schlaflosen Nacht hatte sie ihrer Mutter gestanden, dass sie vielleicht – ganz eventuell – doch etwas psychologische Hilfe bräuchte.

Anfangs war sich Aerin nicht so sicher, ob sie Dr. Cindy Fowler mochte – die Therapeutin stand auf Katzen und trug einfach zu viele hässliche, klimpernde Armreifen –, aber sie fluchte wie ein Seemann und behandelte Aerin nicht wie eine arme Irre. Und es war tatsächlich so, dass Reden half. Ein bisschen, schrittweise, in ihrem Tempo. Aerin hatte immer noch den Drang, alles von sich zu schieben und die Erinnerungen zu löschen. Diese Panik, als sie in dem Kofferraum eingeschlossen war. Diese Benommenheit, als sie aufwachte und merkte, dass Brett sie in seine Gewalt gebracht hatte. Diese Angst, dass Brett jeden Moment ins Zimmer gestürzt kommen könnte und sie tötete. Wenn sie aber jemandem davon erzählte, fühlte sie sich leichter und befreiter. Bestimmt war sie kein Beispiel für eine erfolgreiche Schnelltherapie, aber doch: Es tat ihr gut, im Moment jedenfalls.

Und sie hatte natürlich Thomas. Abgesehen von einem gebrochenen Arm und abklingenden Verletzungen im Gesicht ging es ihm gut. Die Verbrennungen am Körper waren abgeheilt. Er hatte sich eine Rippe gebrochen, wodurch er Schmerzen beim Einatmen hatte, aber auch das würde mit der Zeit vorbeigehen. Sie griff nach seiner Hand. »Ich glaube, wir beide schaffen das«, sagte sie mit einem Zwinkern.

»Das glaube ich auch.« Er sah sie so verliebt an, dass Aerins Herz einen Dreifachsalto hinlegte. Sie wollte ihm so gerne sagen, wie furchtbar sie sich nach ihm gesehnt hatte und dass das Einzige, was sie hatte durchhalten lassen, der Gedanke war, dass sie zu ihm musste, damit es ihm besser ging. Aber sie hatte Angst, das auszusprechen. Seit Helena verschwunden war, hatte sie im Grunde niemandem mehr vertraut. Aber nach noch ein paar Sitzungen bei Dr. Fowler würde sie vielleicht genug Mut aufbringen.

Thomas wurde auf die Sendung im Fernseher über der Theke aufmerksam. Es liefen Nachrichten und ein Foto von Candace Lord erschien auf dem Bildschirm.

Obwohl der Ton ausgeschaltet war, wusste Aerin, was der Reporter berichtete: Heute hatte die Voruntersuchung stattgefunden, aber da Candace auf nicht schuldig – unzurechnungsfähig – plädiert hatte, würde die Sache vor Gericht gehen. Candace blieb in Haft, ohne auf Kaution freikommen zu können.

Aerin schaute zu, wie eine hagere Frau in einem zu großen, orangefarbenen Gefängnisoverall in Handschellen aus dem Gerichtsgebäude geführt wurde. *Das ist die Frau, die Brett zu dem gemacht hat, was er ist*, dachte sie schaudernd. Sie durchzuckte die Erinnerung daran, wie sie neben Brett auf dem Bett gesessen und angehört hatte, was er ihr über Candace' Grausamkeiten erzählt hatte. Und seltsamerweise spürte sie einen Anflug von Mitleid.

Sie schluckte ein Stück Pizza hinunter. »Ist es eigentlich krank, dass mir Brett leidtut wegen dem, was er ihretwegen durchgemacht hat?« Auf dem Bildschirm wurde Candace in einen Streifenwagen geschoben. Sie sah nicht aus, als würde sie sich schuldig fühlen. Vielleicht wusste sie nicht einmal, dass sie ein Verbrechen begangen hatte. »Und ist es nicht auch krank, dass sie mir leidtut, weil sie ihre Kinder verloren hat?« Sie lachte unsicher. »Vielleicht drehe ich jetzt komplett durch. Ich müsste diese Menschen hassen.«

»Ich finde das sehr menschlich von dir«, meinte Thomas. »Und die beiden haben ja wirklich Schreckliches erlebt. Das ist das Tragische an der ganzen Geschichte.«

Die Nachrichten gingen zum Wetter über. Aerin

wandte sich wieder ihrer Pizza und Thomas zu und auf einen Schlag spürte sie eine wohlige Zufriedenheit. Es tat so gut, hier mit ihm zu sitzen. Dabei taten sie ja nicht mal etwas Besonderes, sie fanden ganz einfach ins normale Leben zurück, sie aßen und redeten. Dieses Gefühl hatte sie jetzt öfter, seitdem Brett verhaftet war und sie sich endlich in Sicherheit wusste. War es nicht irre, dass sie erst entführt werden musste, um sich an dem zu freuen, was sie hatte?

»Aerin, Liebes?«

Mrs Kelly stand an ihrem Tisch und lächelte verlegen. »Habt ihr etwas dagegen, wenn ich mich zu euch setze?«

Aerin zog die Zehen ein. Das Letzte, was sie jetzt gebrauchen konnte, war eine Mutter, die den neuen Freund begutachtete. Die beiden hatten in den letzten Tagen über viele Dinge geredet, die sie bisher gemieden hatten: über Helenas abgedrehte Affäre mit Harris Ingram und darüber, was Aerin über Brett wusste. Und ja, sie hatten auch über Thomas geredet. Es hatte gutgetan. Wie lange war es her, dass Aerin eine richtige Mutter hatte? Aber es war auch unangenehm und aufwühlend … besonders die Geschichte mit Brett. Manchmal wollte sich Aerin einfach nur ausklinken, auf der Couch liegen und *Dancing with the Stars* glotzen.

Doch dann atmete sie lang aus. Ihre Mutter wirkte so hoffnungsvoll – sie wünschte sich anscheinend nichts mehr, als ein wenig an Aerins Leben teilzuhaben. Sie hatten auch darüber gesprochen, dass ihre Mutter nach Helenas Tod natürlich endlos verzweifelt und am Boden zerstört gewesen war. Aber sie war anders damit umgegangen, sie hatte sich in die Arbeit gestürzt und versucht, es irgendwie zu verdrängen. Und dabei hatte sie auch Aerin aus den Augen verloren. Nun hatte sie versprochen – und es war ein ernst gemeintes Verspechen –, sich ab sofort zu bessern. Die beiden nahmen sich fest vor, sich umeinander zu bemühen. Denn das Leben war kurz genug. Erst sitzt man in einem Privatflugzeug und kurz darauf wird man von einem Wahnsinnigen gekidnappt. Aerin wusste jetzt, wie wahr dieser abgedroschene Spruch war: Man weiß erst zu schätzen, was man hat, wenn man es verliert.

Sie ließ die Schultern fallen, lächelte und rutschte ein wenig beiseite, damit ihre Mutter neben ihr Platz hatte. Mrs Kelly plumpste mit einem Lächeln auf die Sitzbank und winkte dem Kellner. Ross kam mit drei Gläsern Weißwein herbeigeeilt. Zuerst dachte Aerin, ihre Mutter wollte alle drei alleine trinken, doch dann reichte sie Aerin und Thomas ein Glas.

»Für uns?«, fragte Aerin.

Mrs Kelly nickte. »Ich finde, wir haben Grund, anzustoßen.«

Sie hob ihr Glas, schien dann aber nicht mehr zu wissen, was sie eigentlich sagen wollte. Aerin bemerkte die feinen Gefühlsregungen in ihrem Gesicht und überlegte, wie sie ihre Mutter unterstützen konnte. Ja, es war brutal und grausam, was ihnen widerfahren war. Aber jetzt sahen sie endlich das Licht am Ende des Tunnels. Sie waren auf dem Weg der Heilung.

»Auf die Familie«, sagte Aerin.

Mrs Kelly lächelte unsicher, doch dann immer aufrichtiger. »Auf die Familie«, erwiderte sie und stieß mit den beiden an. Alle nahmen einen Schluck. Es war der beste Wein, den Aerin je getrunken hatte.

38

Als Maddox in Senecas hübsches Wohnzimmer zurückkam, grinste sie ihn herausfordernd an. Sie hatte ihren Laptop geöffnet. »Ich habe eine superwichtige Frage an dich«, verkündete sie.

»Nur raus damit«, erwiderte Maddox. Als er auf den Bildschirm linsen wollte, drehte sie ihn weg und lächelte verschmitzt.

»Was würdest du sagen, welchen Wohnstil hast du?«, fragte sie. »Rustikal und natürlich? Schlicht und modern? Warte mal, ich glaube das passt: zwanglos und sportlich.« Jetzt drehte sie den Laptop doch in sein Blickfeld. Sie hatte die Website von Ikea geöffnet und sah sich Schlafzimmereinrichtungen an.

Maddox stöhnte. »Ich kriege zu viel, wenn ich noch mehr Kissen und Decken begutachten muss.«

»Du hast nur noch eine Woche, bis du nach Oregon gehst. Du musst dich mal entscheiden und ein bisschen Stil kann nicht schaden.« Der Mauszeiger lauerte über einem Wäschesack mit geometrischem Muster. »Findest du den nicht cool? Der heißt *Snajda*.« Sie lachte. »Wir spricht man das eigentlich aus? Ikea ist echt abgedreht.«

Ihre rosaroten Lippen öffneten sich, ihre blauen Augen strahlten. Würde Maddox je genug davon bekommen, wie zärtlich ihn ihre hübschen Augen anschauten? Er war ja so froh, dass er noch ein paar Tage in Annapolis verbringen konnte, bevor es ans College ging. Madison, Thomas und Aerin würden heute Nachmittag mit dem Zug kommen, sie wollten zusammen ausgehen und Senecas Geburtstag feiern. Im Grunde würden sie alle fünf Geburtstag feiern, und das nicht nur, weil bald das Semester begann und sie in den kommenden Monaten getrennt sein würden. Sondern vor allem auch, weil die Sache mit Brett sie gelehrt hatte, wie schnell das Leben vorbei sein konnte: Da hieß es, jede Gelegenheit zum Feiern zu nutzen.

Maddox klappte den Laptop zu und legte ihn auf den Couchtisch. »Ich muss zugeben, dass ich mich nicht mehr so darauf freue wie früher.«

Seneca musterte ihn. »Wegen dem, was diesen Sommer passiert ist?«

Er nickte. »Ich fühle mich irgendwie … anders. Ich weiß nicht, ob mir das noch reicht, das Laufen und Lernen. Ich werde immer daran denken, was wir erlebt haben. An Chelsea. An Damien und Huntley. Und an Helena. Selbst Bretts verkorkste Existenz spukt mir durch den Kopf.« Er fuhr sich durchs Haar. »Sogar Madison ist nicht mehr dieselbe. Sie hat mit dem Cheerleading aufgehört. Das hätte ich nie für möglich gehalten. Sie meint, die Dinge, um die es da geht, wären ihr zu *banal*.« Er lachte. »Du färbst wohl auf sie ab. Diesen Ausdruck hätte sie früher nie benutzt.«

Seneca sann kurz nach, lachte über Madison und nickte nachdenklich. »Aber geht es im College nicht darum, sich über sich selbst klarer zu werden? Seine Sicht auf das Leben zu verbreitern? Menschen kennenzulernen, die so ticken wie man selbst?« Sie faltete die Hände. »Wenn du in Dexby bleibst, passiert dir das nicht.«

»Ich weiß …«

»Und du willst doch wohl nicht mit dem Laufen aufhören?« Jetzt schien Seneca wütend. »Du bist eine olympische Hoffnung! Warum sollte ich mir sonst die nächsten Sommerspiele anschauen?«

Sie holte aus und wollte ihn auf den Arm schlagen, aber Maddox duckte sich weg, fasste sie um die Taille und zog sie an sich. Oh Mann, wie gut sie roch – nach Schokolade, Shampoo und nach … Seneca. Wie sollte er ihr erklären, was er für sie empfand? Begriff sie eigentlich, wie leer er sich gefühlt hatte, während der paar Tage, nachdem sie sich so ungut getrennt hatten? War ihr eigentlich genauso klar wie ihm, dass ihr erster Kuss genau im richtigen Moment gekommen war?

»Das Laufen gebe ich niemals auf«, gestand er. »Da bleib ich dran, und wenn auch nur, weil ich dich bei den Ausscheidungswettkämpfen auf der Tribüne sehen will.«

»Gut«, sagte Seneca.

»Aber ich muss so weit weg«, stöhnte er. »Ich werde dich zu sehr vermissen.«

Seneca lehnte sich in die Kissen zurück und blickte aus dem Fenster. Das Haus lag am Chesapeake Bay und man schaute auf das mit Segelbooten und Fischkuttern gespickte Wasser. »Deswegen darfst du deine Träume nicht aufgeben«, wandte sie ein.

»Es ist nicht nur deinetwegen.« Maddox überlegte, die Füße auf den Couchtisch zu legen, bis ihm einfiel, dass er hier nicht zu Hause war. »Klar, am meisten geht es um dich. Aber dieser Sommer hat mich verändert. Diese ganze Woche, als wir nach Aerin gesucht haben, bin ich nicht gerannt, und es war mir sogar egal. Es gibt da draußen Dinge, die größer sind als das Laufen, verstehst du? Dadurch wird alles in die richtige Perspektive gerückt.«

»Ja. Aber hoffentlich müssen wir uns von diesen großen Dingen nicht mehr aufreiben lassen, oder? Das alles liegt hinter uns.«

Sie sagte das ganz gelassen. Nicht so irrsinnig und besessen, wie sie sich in Breezy Sea verhalten hatte, nachdem sie Damien gefunden hatten. Maddox dachte kurz an diesen wahnsinnigen, erschreckenden und furchtbaren Moment. Erst ein paar Tage nach ihrem Streit war Maddox aufgegangen, was Seneca ihm eigentlich hatte mitteilen wollen. Brett war wie eine Krankheit, die in ihrem Kopf saß, und wenn Seneca nichts dagegen tat, würde diese Krankheit sich wie Unkraut ausbreiten und alles andere verdrängen. Das Unkraut konnte Seneca nur loswerden, indem sie Brett ausfindig machte.

Das und die Nachricht, die sie von ihm erhalten hatte, waren der Grund, warum er sie per GPS im Auge behalten hatte. Er wusste, dass sie auf der Suche war.

Und er wusste auch, dass sie die Antwort irgendwann finden würde. Brett hatte schließlich auch gesagt, sie hätte alle Puzzleteilchen zusammen.

Als Maddox aufsah, wirkte Seneca fröhlich aufgekratzt, als müsste sie sich hüten, eine Überraschung zu verraten. »Was ist?«, fragte er.

Sie biss sich auf die Lippe. Ihre Augen blitzten. »Okay. Ich wollte das eigentlich aufheben bis kurz vor deiner Abreise. Aber dann sage ich es dir lieber jetzt.«

»Was denn?«

Sie sah auf die Couch, auf die paar Krümel von den Pita Chips, die Maddox und sie vorhin vertilgt hatten. »Ich habe mit meinem Vater gesprochen. Also geredet, so richtig. Er ist wütend auf mich, weil ich ihm nicht gesagt habe, was ich da mache, und er fand es ungeheuerlich, dass ich allein zu Brett gefahren bin. Aber wir haben auch über andere Dinge geredet. Wir haben von ihr erzählt. Von meiner Mutter.« Ihr Blick wanderte zu dem Stapel Fotoalben auf dem Couchtisch, die die beiden seit Maddox' Ankunft pausenlos durchgegangen waren. »Mein Vater wollte das die ganze Zeit nicht. Er meinte, er wollte mich mit seiner Trauer verschonen. Und ich glaube, dass ich nicht mit ihm geredet habe, weil ich ihn mit meiner Wut verschonen wollte. Aber jetzt haben wir uns Geschichten über sie erzählt. Lustige Dinge, die ich fast vergessen hatte. Es war schön.«

»Ja, das glaube ich«, stimmte Maddox zu.

»Und das ist nicht alles. Dass wir jetzt so viel über Brett wissen, hilft uns. Es fühlt sich an, als hätten die

Dinge einen Abschluss bekommen. Diese Unruhe, die wir seit dem Tod meiner Mutter empfunden haben, sie hat sich gelegt. Ich bin nicht mehr so schrecklich aufgewühlt. Als ich in Maryland in der Uni saß, stand ich noch vollkommen neben mir. Der rätselhafte Tod meiner Mutter hat mich die ganze Zeit umgetrieben. Deswegen konnte ich mich nicht aufs Studium konzentrieren. Eigentlich hatte ich für nichts einen Kopf, selbst für Jungs nicht.« Sie sah auf und lächelte Maddox halb verschmitzt, halb verschämt an. »Aber das ist jetzt vorbei.«

»Das freut mich.« Ein Boot kreuzte Maddox' Blickfeld, und einen kurzen Moment wünschte er, Seneca und er lägen in knappen Badesachen an Deck und hörten Hip-Hop. Als er wieder zu ihr schaute, lächelte Seneca ihn an, als hätte sie das Beste noch in petto.

»Ich glaube, mir hat vor allem zugesetzt, dass ich mich in derselben Stadt aufgehalten habe, in der meine Mutter ermordet wurde. Selbst die Ermittlungen zu den anderen Fällen haben mir geholfen, weil ich so aus meiner Blase hier rausgekommen bin. Hör zu: Vor zwei Tagen habe ich eine Zusage für einen Bachelorstudiengang in Strafrecht bekommen. Außerdem mache ich ein Praktikum bei der Polizei vor Ort.«

»Halt mal. Was?«, rief Maddox. »Und das erzählst du mir jetzt erst?«

Seneca guckte verlegen. »Ich musste erst darüber nachdenken. Das ist ein Riesenschritt. Aber das College war beeindruckt von meiner Ermittlungsarbeit zu Helena und Brett. Das hat mir bei der Bewerbung geholfen.« Sie sah erwartungsvoll zu ihm auf. »Ich will das unbedingt machen.«

»Dann mach es! Auf jeden Fall!«

Sie lehnte sich zurück. »Siehst du? Du machst mir Mut. Ist doch klar, dass ich dich auch unterstütze, deine Träume zu leben.«

Maddox drehte die Fußgelenke und hörte die Gelenke knacken. Er brannte darauf, wieder zu laufen und an Rennen teilzunehmen. Die Olympischen Spiele zu verpassen, das würde er niemals ertragen. Wer vergibt schon die Chance, mit Michael Phelps und lauter heißen Volleyballspielerinnen ins Stadion einzulaufen?

»Ich finde es nur schrecklich, dass wir getrennt sein werden«, sagte er zärtlich.

Senecas hübsche Lippen kräuselte ein neckisches Grinsen. »Ich habe dir ja noch gar nicht verraten, an welchem College ich angenommen wurde.« Ihre Augenbrauen tanzten auf und ab. »Was sagst du zur University of Washington?«

Maddox starrte sie ungläubig an. »Du meinst Washington State, ja?«

»Washington D.C. ist viel zu nah.«

»Du meinst also tatsächlich die Uni, die nur ein paar Stunden von der University of Oregon entfernt ist, ja?« Maddox fasste sie an den Armen. »Ist das dein Ernst?«

»Mein voller Ernst«, bestätigte Seneca, als er sie schon an sich drückte. »Und das Praktikum mache in bei der Polizei in Seattle.«

Maddox sah sie einfach nur an, eine ganze Weile.

Dann legte er einen Finger an die Schläfe. »*Peng*. Ich fasse es nicht.«

»Hab ich mir gedacht, dass dir das gefällt«, murmelte Seneca ihm ins Ohr.

»Gefallen ist gar kein Ausdruck«, sagte er, hielt sie ein Stück von sich und sah ihr tief in die Augen. Er wollte diesen Moment einfrieren, in ein Gefäß stecken und für immer behalten. »Ich liebe es!«

»Und ich liebe dich«, sagte sie sanft und küsste seine Lippen.

39

Am Abend, nachdem Madison, Aerin und Thomas angekommen waren und Seneca sie in den Gästezimmern in der knarrenden oberen Etage untergebracht hatte – die Zimmer waren ziemlich staubig und dienten vor allem Spinnen als Hotel –, machten sich die vier auf zum *Lowry's*, Senecas Lieblings-Crab-Cake-Laden in Annapolis. Das Restaurant war ziemlich düster und piratenhaft: Man saß im Halbdunkel, die Böden stammten noch aus den 1940ern und waren mit Erdnussschalen und Sägespänen bedeckt, der Barmann war ein alter, grantiger Typ namens Sven, und draußen am schief gezimmerten Steg schaukelten die Boote.

Es herrschte eine Mordsstimmung, als die Kellnerin – Fran, eine mürrische alte Dame, die quasi zum Inventar gehörte – sie an einen Tisch führte. Bevor Seneca den anderen folgte, machte sie Maddox ein Zeichen und trat auf die kleine Veranda vor dem klapprigen Steg. Sie blickte zu einer in der Ferne liegenden Brücke.

Es gab noch einen Grund, warum sie sich zu diesem Restaurant hingezogen fühlte: Wenn man von hier über das Wasser schaute, sah man die Stelle, an der man ihre Mutter gefunden hatte. Wenn Seneca die Augen zukniff, konnte sie den sumpfigen schmalen Zufluss erkennen, aus der damals ihre Leiche geborgen wurde. Seneca war nicht dabei gewesen – sie hatte es erst Stunden später erfahren, als ein Polizist zu ihr nach Hause gekommen war und sie gebeten hatte, die Leiche zu identifizieren. Als sie dann die Einzelheiten erfahren hatte, hatte gleich ihr Hirn zu rattern begonnen, um die Leerstellen zu füllen. Wie war Collette nur dort hingekommen? Wer hatte ihr das angetan? Warum geschah so etwas?

Jetzt hatte sie die Antworten. Sie kannte die Details. Sie hatte Colettes Mörder sogar hinter Gitter gebracht.

Seneca schob sich die Haare hinter die Ohren. Vor nicht langer Zeit hatte sie gedacht, wenn – nicht *falls*! – sie den Mord an ihrer Mutter aufklären würde, würde ihr eine große Last von den Schultern genommen. Ihr Leben würde mit einem Schlag glücklich und friedvoll, alles würde sich zum Guten wenden. Aber das war nicht geschehen. Indem sie nach und nach erfuhr, was ihrer Mutter widerfahren war und warum das alles geschehen konnte, hatte Seneca viele schreckliche Ereignisse offengelegt. Tragische Autounfälle. Das Abgleiten in den Wahnsinn. Gestohlene Kindheiten. Bizarre Gewalt. Die Welt konnte so sinnlos und grausam sein. Und die Menschen waren verletzlich, sie waren so leicht zu zerstören und so schnell dem Irrsinn verfallen.

Brett hatte recht: Sie waren sich in vielem ähnlich.

Beide quälte, was sie erlebt hatten. Beide waren sie Opfer von irrsinniger Gewalt und Willkürlichkeit. Aber anders als Brett würde sich Seneca von den tragischen Ereignissen und ihrem unfassbaren Unglück nicht auf die falsche Seite ziehen lassen. Wenn sie Strafrecht studierte, könnte sie anderen helfen, ihre bösen Geister zu bezwingen. Einen Ausstieg zu finden. Selbst wenn es nur ein Mensch sein würde, dem sie auf diese Weise half: Sie hoffte, dass es etwas bewirkte.

Der Wind nahm zu und kräuselte das Wasser. Der Steg wippte auf und ab, das einzige angetaute Boot schlug gegen die Bretter. Seneca starrte auf den kleinen Zufluss auf der anderen Seite der Bucht. Im Grunde betrachtete sie diesen Ort als das eigentliche Grab ihrer Mutter, nicht die Stelle auf dem St. Anne's Friedhof, wo sie unter der Erde lag. *Wir haben es geschafft, Mom*, dachte sie. Tränen kitzelten ihr in den Augen. *Wir haben ihn. Doch das, was passiert ist, tut immer noch weh.*

Sie schloss die Augen und wünschte, ihre Mutter könnte ihr antworten. Aber seit dem Abend in Bretts Haus hatte sie ihre Stimme nicht wieder gehört. Was wollte Seneca noch von ihr wissen? Dass ihre Mutter sie liebte? Dass es ihr leidtat? War Seneca wütend auf ihre Mutter, weil sie Brett damals zurück zu Elizabeth gebracht hatte? In Brett hatte sie damit furchtbaren Zorn gesät. Man könnte meinen, die Entscheidung ihrer Mutter hätte eine unheilvolle Kettenreaktion in Gang gesetzt, die letztendlich zu ihrem Tod führte.

Wenn man die Dinge rational betrachtete, konnte aber doch niemand vermuten, dass zwei Häuser weiter in einem friedlichen Badeort das Böse lauerte. Seneca hätte damit nicht gerechnet. Die meisten Menschen hätten damit nicht gerechnet. Sie konnte ihrer Mutter keine Schuld geben.

»Hey.« Maddox stand in der Tür. Er hatte den Kopf schief gelegt und seine Augenbrauen fragend gehoben.

»Hey«, sagte sie, ging auf ihn zu und ließ sich von ihm in den Arm nehmen. »Ich liebe diesen Blick.«

Maddox lächelte. »Ja. Sieht schön aus, besonders bei Sonnenuntergang.«

Seneca nickte. Dann drehte sie sich zu ihm. Sie war etwas zittrig und unsicher, ob sie ihm diese Frage stellen sollte, die ihr die ganze Zeit durch den Kopf schwirrte. »Denkst du manchmal an Brett, im Gefängnis?«

Maddox blickte sie sorgenvoll an, und Seneca befürchtete schon, er würde sie ermahnen, das Brett-Gedankenknäuel endlich aus ihrem Hirn zu verscheuchen. Aber dann nickte er. »Ja, tue ich. Man kann sich schwer vorstellen, dass er irgendwo eingesperrt ist, oder? Ich kapiere das noch nicht so richtig.«

»Ich denke immer, er entkommt.« Seneca lachte verunsichert. »Ich rufe jeden Tag da an und frage, ob er noch in seiner Zelle ist.«

Maddox lachte und fasste nach ihrer Hand. Seneca legte den Kopf auf seine Schulter und überlegte, ob sie ihm auch die zweite Frage stellen sollte, die ihr auf der Seele lag – nämlich, ob Maddox zu Bretts Verhandlung gehen würde. Sie musste hin. Und Aerin auch, wegen der Entführung. Maddox würde höchstens als Leumundszeuge vorgeladen. Seneca rechnete damit, dass er aussagen würde, aber die beiden hatten in den vergangenen Tagen vermieden, über Brett zu reden. Die Stimmung war dadurch ruhiger und weniger aufgeladen.

Aber sie dachte immer noch an Brett. Nicht mehr so besessen, nicht mehr mit dem Gefühl: *Ich muss ihn finden, sonst reißt es mich in Stücke.* Sie war selbst erstaunt, aber ihre Gedanken an ihn waren jetzt viel komplexer. Sie wusste, dass es ziemlich abwegig klang, aber sie fühlte sich ein bisschen wie nach ihrer Mandeloperation: Die OP hatte wehgetan, das Krankenhausbett war unbequem, die Krankenschwestern waren maulig, aber im Ganzen war es ein bedeutender Einschnitt, aus dem sie verwandelt herauskam. Das Bizarre an der Sache war, dass die Aufklärung des Mordfalls ihrem Leben eine spannende und sinnvolle neue Richtung gegeben hatte. Sie hatte neue Freunde gewonnen, war Maddox begegnet und fühlte sich endlich bereit, ein Studium aufzunehmen. Insofern war im Laufe der schrecklichen Begegnungen mit Brett schließlich auch etwas für ihr Leben Bedeutendes geschehen. Etwas Positives.

»Halloo?«, trällerte jemand. Madison streckte den Kopf zur Tür heraus, eine Hand in die Hüfte gestemmt. »Da drinnen steht ein Riesenteller Fried Clams, extra für dich, Seneca!«

Seneca drückte Maddox' Hand und ging zurück ins

Restaurant, wo sie sich mit den vier Menschen in eine Sitzecke quetschte, die ihr im Leben wohl am meisten bedeuteten. Aerin saß an der Wand. Auf ihren glänzenden Lippen stand ein breites Lächeln – sie ähnelte so gar nicht mehr dem verschrobenen, verschlossenen Mädchen, das Seneca vor Monaten kennengelernt hatte, als sie nach Dexby gekommen war, um Helenas Mörder zu finden. Dicht neben ihr saß Thomas, der offenbar irrsinnig froh war, dass er Aerin bei sich hatte, zugleich aber eine angenehme Ruhe ausstrahlte. Madison griff sich eben mit spitzen Fingern eine Muschel. Ihre Fingernägel waren mit Punkten und Glitter verziert. Sie zog ihren Bruder auf, weil der mit einem »unsäglichen« Under-Armour-T-Shirt zum zwanzigsten Geburtstag seiner Freundin erschienen war. »Jetzt echt mal, Maddox.« Sie nahm den T-Shirt-Ärmel zwischen die Finger. »Hättest du dich nicht ein bisschen herrichten können?«

»Schon okay.« Seneca lehnte sich an ihn. »Ich mag diesen Look. Was schon ziemlich seltsam ist, denn als ich ihn das erste Mal sah, dachte ich: Ach du je, ein Sportfreak.«

Maddox stupste sie. »Ach was. Als du mir das erste Mal begegnest bist, hast du dich gewundert, dass ich kein Mädchen bin.«

Alle brüllten vor Lachen, auch Seneca. Vor ein paar Monaten, ja auch noch vor ein paar Wochen wäre das anders gewesen. Da hatte sie sich Fehler nur schwer eingestehen können und war schon bei leiser Kritik voll in die Defensive gegangen. Aber sie war dabei, das zu überwinden. Sie hatte nicht immer recht. Und das war auch nicht weiter schlimm, solange sie nur Rückendeckung hatte.

»Hier«, sagte Madison und schob einen in Seidenpapier verpackten Gegenstand über den Tisch. »Unser Geburtstagsgeschenk.«

Seneca zog die Brauen zusammen. »Ich hab doch gesagt, keine Geschenke.« Trotzdem wickelte sie das hauchdünne Papier ab und entdeckte eine kleine weiße Schachtel. Sie öffnete den Deckel und schnappte erst mal nach Luft. Auf einem kleinen Samtkissen lag die Kette ihrer Mutter mit ihrer Initiale, dem P. Das Silber glänzte. Da war nichts verbogen und nichts verkratzt. Seneca traten Tränen in die Augen.

»Oh Mann«, flüsterte sie. »Wie habt ihr das denn hingekriegt?«

»Madison kennt einen Goldschmied«, erklärte Maddox. »Der konnte sie reparieren.«

Sie fuhr mit dem Finger über das blanke Silber. Und schon war die Erinnerung wieder da, wie sie den Schmuck ihrer toten Mutter abgenommen hatte, weil sie unbedingt etwas in den Händen halten wollte, das ihr gehört hatte. Sie nahm die Kette aus der Schachtel, und Maddox half ihr, sie zu schließen. Der P-Anhänger legte sich genauso beruhigend wie früher an ihren Hals. Ihre Finger begannen automatisch, damit zu spielen, ihr Herzschlag beruhigte sich. Dass die vier überhaupt Zeit gehabt hatten, sich auch noch um ihre Kette zu kümmern. Noch nie hatte sie etwas derart gerührt. »Danke. Ich bin sprachlos.«

Maddox hielt sein Wasserglas hoch. »Alles Gute zum Geburtstag, Seneca.«

»Du bist die Beste«, sagte Aerin und hob ebenfalls ihr Glas.

Seneca stieß mit ihnen an. Sie zuckte widerwillig zusammen, als sie daran dachte, wie vor Kurzem schon einmal jemand sein Glas auf sie erhoben hatte – in dem gespenstischen Wohnzimmer in Halcyon, als Brett ihr schmierig grinsend vom Sofa zugeprostet hatte. Sie schauderte, auf einmal packte sie Unbehagen. Aber das war natürlich Unsinn. Brett würde ihr keine Angst mehr machen. Denn sie – und ihre Freunde – hatten dafür gesorgt, dass Brett nie wieder jemandem etwas tun würde.

Danach

Jackson Brett Jones sah die Sache so: Er war jahrelang mit einer Wahnsinnigen eingesperrt gewesen, dagegen war der Knast ein Klacks. Seit er Elizabeth entkommen war, hatte er das ein oder andere gelernt. Zum Beispiel wie man Menschen manipulierte. Wie man in jede beliebige Rolle schlüpfte, die einem gerade zupasskam. Man musste einfach so tun, als ob. Und so betrat Brett die Justizvollzugsanstalt mit dem hübschen Namen *Garden Plaza* nicht etwa wie ein verängstigter kleiner Pisser, der sich hatte kidnappen lassen, oder wie ein blöder Ignorant, der eine Hobbyermittlerin namens Seneca Frazier unterschätzt hatte. Nein, er ging da rein wie der selbstbewusste, unerschrockene, geniale Knallertyp, als den er sich kannte.

Und es funktionierte – bisher jedenfalls. Er bekam Schnürsenkel, Shampoo und frische Brötchen. Er hatte sich bei den Insassen durch kleine Gefallen eingeschleimt – vor allem dadurch, dass er ihre eingeschmuggelten Handys dazu brachte, Kontakt nach draußen herzustellen. Die Leute ließen ihn in Frieden. Mittwochnachmittags wurde er an der Telefonschlange vorbei nach vorn durchgelassen, zum Duschen hatte er immer warmes Wasser. Alles in allem lief es ziemlich gut.

Das Beste war aber immer noch, dass er die Wachen dazu gebracht hatte, ihm einen Job in der Bibliothek zu geben, wo er zwischen Tonnen von Büchern saß und an Computer herankam! Klar dachten die, der Server würde nur eine Handvoll Seiten zulassen, die für Inhaftierte unverfänglich waren. Aber nicht, wenn Brett seine Finger im Spiel hatte. Als wenn es so schwer wäre, die popeligen Firewalls zu umgehen. Beinahe hätte er einen offenen Brief an die Steuerzahler New Jerseys geschrieben, in dem er darauf aufmerksam machte, wie hier ihr mühsam verdientes Geld verbrannt wurde. Aber dann hatte er während seiner Internetzeit natürlich Wichtigeres vor.

Gerade jetzt saß er vor einem Monitor und seine Finger flogen über die Tasten. Er versuchte auszublenden, dass es in dem Raum nicht etwa nach vergilbten Büchern, sondern nach Schweiß, Pisse und verbrannten Haaren roch. Zuerst einmal googelte er *Jackson Brett Jones.* Bis vor Kurzem hatte es dazu kaum Ergebnisse gegeben, höchstens die alten Berichte über einen vermissten Jungen aus Tallyho Island. Inzwischen aber war er Top-Twitter-Thema.

Sämtliche Nachrichtenkanäle spekulierten über die kommende Gerichtsverhandlung und fragten sich, worauf die Verteidigung plädieren würde und ob er die Todesstrafe bekommen könnte. Letzteres bestimmt nicht: Brett rechnete damit, dass sämtliche Klagen wegen Beweismangels oder irgendwelcher Formsachen abgewiesen würden. Im Netz wurden seine Mordtaten chronologisch aufgelistet, es gab da psychologische Gutachten, die ihm verschiedene Geisteskrankheiten attestierten, und eine Gruselstory, in der er mit berühmten Serienmördern in eine Reihe gestellt wurde. Auch ein Interview mit Viola entdeckte er: Sie wirkte so ungläubig und entsetzt, dass Brett fast ein wenig schwer ums Herz wurde. In den OF-Foren häuften sich die Fragen: Wie konnte er so lange unentdeckt bleiben? Wonach hat er sich seine Opfer ausgesucht? Woher hatte er das Geld, um sich all die Jahre über Wasser zu halten?

Die letzte Frage hätte Brett liebend gerne beantwortet. Denn wer wusste schon, dass die altmodische Vera Grady – eines seiner ersten Mordopfer und die Frau, die er vor Seneca und den anderen als seine Großmutter bezeichnet hatte – null Vertrauen in Banken besessen hatte? Und Brett hatte sie nicht einmal wegen ihres Geldes getötet. Er hatte in einem exklusiven Lebensmittelladen als Einpacker gearbeitet und sie war immer furchtbar zickig zu ihm gewesen. Da war er irgendwann ausgetickt, auch weil er noch so angekratzt war wegen dem, was er bei Elizabeth durchgemacht hatte. Trotzdem, das Geld war natürlich ein hübscher Nebeneffekt.

Es war überall im Haus versteckt. Ein Safe mit sagenhaft einfachem Code enthielt einhunderttausend Dollar in frischen Scheinen. Nicht einmal Veras Haushälterin Esmeralda schien etwas von dem gehorteten Geld zu wissen, denn im Anschluss wurde nirgends erwähnt, dass etwas fehlte. Wahrscheinlich war da hilfreich gewesen, dass Brett den geschmacklosen Schmuckhaufen, allerhand Wertpapiere und einen schmalzigen alten Liebesbrief im Safe gelassen hatte.

Er verließ Google, lehnte sich zurück und ließ die Fingerknöchel knacken. Und dann nahm er die Angelegenheit in Angriff, wegen der er eigentlich hier vorm Computer saß. Er sah sich um und versicherte sich, dass Joseph, der Bibliotheksleiter, seine Nase immer noch in dem Le-Carré-Schinken versenkt hatte. Ja, hatte er. Lächelnd tippte Brett die Adresse von *Offene Fälle* ein.

Als die Website erschien, meldete Brett sich unter neuem Namen an, nämlich als JCoin – eine hübsche Abwandlung von BMoney, fand er. Es hatte etwas Tröstliches, wie diese alte, schlecht designte Homepage sich nie änderte. Genauso wenig wie die Loser, die dort an alten Fällen herumrätselten.

Er klickte einen Tab an und starrte auf den Namen Helena Kelly. *Fall gelöst* stand in einem roten Kasten über dem Thread. Dann klickte er sich zu Collette Frazier weiter: Seneca war sicher glücklich, dass ihre Mutter auch ein hübsches, nagelneues *Fall-gelöst*-Etikett bekommen hatte. Der Thread war jedoch noch nicht geschlossen und Brett scrollte bis zum Ende. Ein paar Spezis hatten sich nach Bretts Verhaftung noch einmal zu Wort gemeldet. Außerdem hatte die Presse publik gemacht, dass er jahrelang als BMoney bei OF gepostet hatte. *Der gehört nicht hierher!*, warnte eine Schlampe namens MizMaizie und schmückte ihren Post auch noch mit Totenschädeln und einem GIF von einem bulligen Typen, der sich mit der Faust in die Handfläche schlug. *Hoffentlich schmort der Kerl in der Hölle.*

Ach ja, dachte Brett seufzend. *Man kann es eben nicht allen recht machen.*

Sein Blick wanderte zu dem kleinen Nachrichtenfenster in der Ecke. Es war keine Zahl zu sehen, sein Briefkasten war leer, denn niemand kannte JCoin, niemand scherte sich um den Neuen. Er hatte sich noch zu keinem Fall gemeldet. Aber er brannte darauf. Es gab da ein Mädchen aus Arkansas, das man mit aufgeschlitztem Bauch in einer Scheune entdeckt hatte. Und ein Zwillingspärchen, das aus seinem Zuhause in Texas verschwunden war, den preppermäßig für den Jüngsten Tag aufgesparten Goldbarren der Eltern im Gepäck. Ein Mädchen aus Phoenix galt als vermisst, in New York war ein Student ermordet worden, und in einem Wohnwagen in Michigan hatte man eine Frau tot aufgefunden, von deren frischgebackenem Ehemann jede Spur fehlte. Jeden Tag wurden neue schreckliche Dinge gemeldet, zu viele Fälle, die Polizei war überfordert. Tote und Vermisste wurden einfach in Schubladen abgelegt, weil es zu viele von ihnen gab.

Na klar wollte er da wieder mitmischen. Und vielleicht könnte er tatsächlich helfen. Als Insider sozusagen. Aber allein Fälle lösen, das war ihm zu einsam. Brett wünschte sich ein Team.

Er öffnete ein neues Nachrichtenfenster und lauerte mit dem Mauszeiger über dem Empfängerfeld. Dann los. Er tippte: *TheMighty*. Ihr Name wurde automatisch ergänzt, also war sie noch aktiv. Brett spürte ein leises Kribbeln. Kein schlechter Anfang.

Hey Kollegin, ich vermisse dich, tippte er. Und weil er Angst hatte, irgendetwas zu schreiben, das ihn verraten könnte, klickte er schnell auf den SENDEN-Button. Die Nachricht verschwand im Äther. Brett stellte sich vor, wie sie zusammenschrumpelte, durch die Kabel flitzte und erst in Senecas Inbox wieder Form annahm. Vergnügt malte er sich aus, wie sie die Worte zum ersten Mal lesen würde. Wüsste sie wohl sofort, wer da schrieb, oder bräuchte sie eine Weile? Würde sie verängstigt oder vielleicht ein bisschen gespannt reagieren? Vor allem: Würde sie antworten?

Brett hoffte sehr darauf. Das Leben machte einfach mehr Spaß, wenn sie ihr Spiel nicht aufgaben.

Sara Shepard

Lying Game – Und raus bist du

320 Seiten, ISBN 978-3-570-30800-4

Kurz vor ihrem achtzehnten Geburtstag macht Emma via Facebook eine überraschende Entdeckung: Sie hat eine eineiige Zwillingsschwester! Doch noch bevor sie Sutton treffen kann, erhält sie die mysteriöse Nachricht, dass ihre Schwester tot ist – und sie ihre Rolle übernehmen soll. Der Beginn eines gefährlichen Lügen-Spiels: Aus Emma wird Sutton, um herauszufinden, was wirklich geschehen ist. Dabei übernimmt sie nicht nur Suttons Leben als makelloses Upperclass-Girl, die teuflischen Glamour-Freundinnen und Boyfriend Garret – sondern gerät auch in tödliche Gefahr. Denn nur der Mörder weiß, dass Emma nicht Sutton ist ...

30025

www.cbt-buecher.de

Sara Shepard

The Perfectionists – Lügen haben lange Beine

ca. 360 Seiten, ISBN 978-3-570-30998-8

Die Highschool-Mädchen Ava, Caitlin, Mackenzie, Julie und Parker haben nur ein Ziel: perfekt zu sein. Außer derselben Schule verbindet die privilegierten Überflieger nicht viel. Doch sie haben ein gemeinsames Hassobjekt: Nolan Hotchkins, gutaussehend, reich – und skrupellos. Jedem der Mädchen hat er übel mitgespielt. Die fünf schmieden einen Plan, wie man Nolan umbringen könnte – nur aus Spaß! Nie würden sie so etwas wirklich tun. Doch als Nolan ermordet aufgefunden wird und genau auf die Art, wie sie es geplant hatten, sind die Mädchen plötzlich Hauptverdächtige in einem hochbrisanten Mordfall. Wenn sie nicht bald den wahren Mörder finden, wird ihr perfektes Leben zusammenfallen wie ein Kartenhaus ...

Sara Shepard

Pretty Little Liars

Vier Mädchen, ein dunkles Geheimnis

Hinter perfekten Outfits und dunklen Sonnenbrillen verstecken vier Mädchen ihre geheimsten Geheimnisse: Spencer flirtet mit dem Freund ihrer Schwester, Aria hat eine Affäre mit ihrem Englischlehrer, Emily knutscht mit einem Mädchen aus der Parallelklasse und Hanna steckt sich heimlich den Finger in den Hals. Außerdem: Die vier sind verantwortlich für die Erblindung von Jenny – eine schreckliche Tat, die jahrelang unerkannt blieb. Doch jetzt versetzen mysteriöse SMS die vier in Angst und Schrecken. Denn A. weiß alles. ALLES!

Unschuldig
340 Seiten, ISBN 978-3-570-30562-1

Makellos
320 Seiten, ISBN 978-3-570-30563-8

Vollkommen
340 Seiten, ISBN 978-3-570-30564-5

Unvergleichlich
340 Seiten, ISBN 978-3-570-30565-2

Teuflisch
320 Seiten, ISBN 978-3-570-30774-8

Mörderrisch
320 Seiten, ISBN 978-3-570-30775-5

Herzlos
320 Seiten, ISBN 978-3-570-30776-2

Vogelfrei
288 Seiten, ISBN 978-3-570-30777-9

Unerbittlich
352 Seiten, ISBN 978-3-570-31032-8

Skrupellos
384 Seiten, ISBN 978-3-570-31037-3

cbt

www.cbj-verlag.de

6370_10